河出文庫

死者と踊るリプリー

P・ハイスミス
佐宗鈴夫 訳

河出書房新社

目次

主な登場人物

トム・リプリー　本編の主人公。パリ近郊の村ヴィルペルスの屋敷ベロンブルに住む
エロイーズ・プリッソン　トムの妻。フランスの大富豪の娘
マダム・アネット　ベロンブルの家政婦
デイヴィッド・プリチャード　ヴィルペルスに引っ越してきたアメリカ人
ジャニス・プリチャード　デイヴィッドの妻
ノエル・アスレール　パリ在住のエロイーズの親友
アントワーヌとアニエス・グレ　ヴィルペルスに住む、トムとエロイーズの友人夫妻
リーヴズ・マイノット　盗品故買人
ジェフ・コンスタント　カメラマン。バックマスター画廊の経営者
エド・バンバリー　ジャーナリスト。バックマスター画廊の経営者
シンシア・グラッドナー　ダーワットの贋作を描いた亡きバーナード・タフツの元彼女

死者と踊るリプリー

インティファーダやクルド人たちの
死者と死にゆく者たちへ、
いかなる国であれ抑圧と闘い、立ち上がりながら
顧みられることもないばかりか、銃弾に倒れていく者たちへ。

1

トムはカップにたっぷり注がれたエスプレッソを手にして煙草屋兼バー〈ジョルジュ&マリー〉の店内に立っていた。支払いはすでにすませ、エロイーズのマールボロふた箱をしまいこんだ上着のポケットがふくらんでいる。トムは客が遊んでいるゲーム機を眺めていた。

画面の奥へ向かって絵のオートバイが疾走している。スピード感を生み出すのは、画面前方へ動いてくる、道の両側の杭垣だ。プレイヤーが半円形のハンドルをきると、バイクは遅い車を追い越し、突如、路上に現われた障害物を馬のように飛びこえる。ライダー（ゲームのプレイヤー）がよけそこなうと、音もなく衝突し、衝撃を示す黒と金色の星が現われて、ライダーは一巻の終わり、ゲームオーバーである。

トムはこのゲームを何度も見ていたが（店では空前の人気を誇っていた）、プレイしたことは一度もない。どうもやる気がしないのだ。

「ちがうわよ！」いつもどおり騒々しい店内に、バーカウンターの背後からマリーの声が轟いた。客と議論を戦わせている。たぶん政治の話だろう。マリーも夫のジョルジュも筋金入りの左翼だった。「あのね、ミッテランは……」

それでいて、この夫婦は北アフリカからの人口流入をこころよく思ってないからな、とトムは思った。

「ああ、マリー！　パスティスを二杯！」太ったジョルジュの声がした。いくらか汚れの目立つ白いエプロンでシャツとズボンの前を覆い、テーブル席の給仕をしていた。テーブル席の数は多くないが、客たちが酒を飲んではポテトチップや茹で卵をつまんでいる。

ジュークボックスは古いチャチャチャを流していた。

音もなく、黒と金色の星！　見物客たちが残念そうに呻き声をあげた。死亡。ゲームオーバー。画面では執拗に「コインを入れてくださいコインを入れてくださいコインを入れてください」と無声で点滅している。ブルージーンズの労働者は素直にポケットを手で探り、再度コインを入れた。ふたたびゲームスタート、コンディション最高のライダーが、何ものも恐れずに背景に向かって疾走し、コースに出現した樽を華麗にかわし、最初の障害を難なくクリアした。プレイヤーは真剣で、ライダーをゴールインさせようとする決意に満ちていた。

トムはエロイーズのことを考えていた。エロイーズのモロッコ旅行。彼女はタンジールとカサブランカを見たがっていた。マラケシュも見たいのだろう。トムも一緒に行くことに同意していた。とにかく、今度の旅は彼女がよく行くアドベンチャー・クルーズのように、出発前に病院でワクチン接種をする必要もないし、夫としては妻に付き合わなければならない場合もある。エロイーズは年に二、三度は旅行を思い立つが、すべて実行されるわけではない。目下、トムはのんびり旅をしたい気分ではなかった。いまは八月の初旬、モロッコは暑さがいちばん厳しい時期だろうし、この季節は庭のシャクヤクやダリアがすばらしく、トムは毎日のように二、三本切ってはリビングルームに飾って愛でていた。自宅の庭が好きだったし、大仕事を手伝ってもらっている便利屋のアンリのこともけっこう気に入っていた。役に立たないこともあるが、こと力仕事に関しては重宝な大男だ。

それから、あの〝妙なペア〟。トムはいつしかあの男女を心のなかでそう呼んでいた。ふたりが夫婦かどうかもわからないが、むろん、そんなことはどうでもいい。この男女にあちこちで待ち伏せされ、見られているような気がしていたのだ。とくに害はないかもしれない。だが、なんとも言えない。トムがはじめてふたりの存在に気づいたのは、ひと月ほど前、フォンテーヌブローでのことだった。その日の午後、エロイーズと買い物をしていると、三十代半ばのアメリカ人とおぼしき男女がこちらに近づき、じろじろ見つめてきたのだ。あのような目つきの意味をトムはよく知っていた。この人、誰だか知ってる、と言いたそうな目つきだ。あるいは、あ、トム・リプリーだ、と名前まで知られているかもしれない。トムはこれまでも何度か同じような眼差しに気づいたことがある。いずれも空港での出来事だったが、めったにあることではないし、ここしばらくは経験していない。どうも新聞に写真が載るとこうしたことが起こるようだが、この何年かはトムの写真が紙面を飾ったことはない。それは確かなはずだ。マーチソンの一件の後は一度もなく、あれはもう五年ほど前のことだ。——マーチソン、あの男の血痕はいまも自宅の地下室の床に残り、その染みについて誰かに訊(き)かれたら、ワインの染みだよ、とトムは答えることにしている。

実際、ワインも混じっているはずだ、とトムは思っている。マーチソンの頭を割ったのはワインの壜(びん)だったのだから。マルゴーの壜で、トムが撲殺したのだ。

そんなことより、〝妙なペア〟だ。衝撃がライダーを襲った。トムはその場を離れ、空(から)のカップをバーカウンターへ持っていった。

〝妙なペア〟の男のほうは、癖のない黒髪で、丸眼鏡。女のほうは、明るい褐色の髪で、細めの顔、灰色というか淡い栗色の瞳。じろじろ見ていたのは男のほうで、曖昧(あいまい)な薄笑いを浮かべていた。あの男は、以前にも見たことがある気がする。ヒースロー空港かシャルル・ド・ゴール空港で、「この男、知ってるぞ」と訴える目つきをしていなかったか。敵意は感じられないが、ああした目で見られるのは好きではない。

その後、ある日の正午、トムがヴィルペルス村の大通りのパン屋でフランスパンを買って（マダム・アネットが休みの日か、昼食の準備に忙しかったのだろう）店を出ると、通りを徐行してくる〝妙なペア〟の乗った車を目撃したことがあった。このときも彼らはこちらを見ていた。ヴィルペルスは小さな村で、フォンテーヌブローから数キロ離れている。こんな村に、なんの用事があったのだろう？

トムはバーカウンターに置いたカップと受け皿を押しやると、カウンターの向こうに、満面の笑みを浮かべた赤ら顔のマリーと頭の薄いジョルジュのふたりが揃っていた。「どうも。おやすみ、マリー――ジョルジュ！」トムは声をかけて、にっこりした。

「おやすみ、ムッシュー・リプリー！」ジョルジュは大声を出しながら片手を振り、片手でカルヴァドスを注いでいた。

「ありがとう、ムッシュー、またいらしてね！」マリーが言った。

トムが扉のそばまで来たとき、〝妙なペア〟の男性が店に入ってきた。丸眼鏡ほかすべて間違いない。今晩はひとりのようだ。

「ミスター・リプリーですか？」ピンク色がかった唇に、やはり笑みが浮かんでいた。

「こんばんは」

「こんばんは」と言って、トムはそのまま出ていこうとした。

「じつはわたしたち――家内とわたしですが――ともかく、一杯、いかがですか？」

「ありがとう、でもちょうど帰るところでして」

「では、また別の機会に。実はわたしたち、ヴィルペルスに家を借りることになったんです。こっち方面に」彼は曖昧に身ぶりで北のほうを指した。笑みが広がり、四角い歯があらわになった。「これからはご近所同士のようですね」

客がふたり入ってきて前をふさがれ、トムは外に出られず、後じさりした。

「プリチャードといいます。デイヴィッド・プリチャード。フォンテーヌブローの経営大学院に通ってます――ＩＮＳＥＡＤ、あの学校は当然ご存じでしょう。とにかく、わが家は白い二階建てで、庭には小さい池があるんですが、それが気に入りましてね。池の照り返しが、天井に映りこむんですよ――水面そのものだ」彼は含み笑いをした。

「そうですか」とトムは努めて愛想のいい声を出した。もうすでに扉の外に出ていた。

「お電話しますよ。家内はジャニスといいます」

トムはどうにか会釈をし、作り笑いをした。「ええ――かまいません。そうしてください。では」

「このあたりはアメリカ人が少なくて！」デイヴィッド・プリチャードがきっぱりした口調で背後から言った。

ミスター・プリチャードはそう簡単に電話番号を探せないだろう、とトムは思った。彼もエロイーズも、電話帳に番号が載らないようにしていたからだ。一見、デイヴィッド・プリチャードは鈍そうだが――身長はトムとほぼ同じくらいだが、体重はいくらか重そうだ――トラブルのもとになりそうだと思いながら、トムは帰宅の途についていた。警官か何か？　過去を探っているのか？　雇われた私立探偵か――まさか、誰が雇うんだ？　いま自分と敵対する者は思いあたらなかった。デイヴィッド・プリチャードに対して、頭に浮かんだ言葉は〝偽物（にせもの）〟だった。偽物の微笑み（ほほえみ）、偽物の好意、たぶんＩＮＳＥＡＤで学んでいるというのも嘘（うそ）だろう。フォンテーヌブローの経営大学院は隠れ蓑（みの）じゃないか。あんまり見えすいているから、大学院に通っているという話をかえって信じてしまいそうだ。

あるいは、あのふたりは夫婦ではなくてＣＩＡのコンビかもしれない。だが、なぜ合衆国に狙われるんだ？　所得税じゃない。ちゃんと払っている。マーチソンの件で？　それはない、終わった話だ。捜査は打ち切られている。マーチソンは行方不明で、死体も見つかっていない。ディッキー・グリーンリーフの件？　ありえない。ディッキーの従弟、クリストファー・グリーンリーフだって、ときどき親しげな葉書をくれる。去年は、オーストラリアのアリス・スプリングズから届いた。いまやクリストファーは土木技師で、結婚もして、たしかニューヨーク州のロチェスターで働いている。ディッキーの父、ハーバートとも良好な関係だ。ともかくクリスマス・カードのやりとりはしている。

ベロンブル屋敷の向かいにある大きな木が見えてきた。この木は枝が路上にすこし張りだしている。元気が出てきた。気にすることなんてあるか？　トムは大きな門を押し開けて、身をすり抜け、できるだけ音をたてないように閉めて、しっかりと南京錠をかけ、長いボルトをスライドさせた。

そう、リーヴズ・マイノット。トムは不意に足をとめ、前庭の砂利で靴底がすべった。またリーヴズから故買の仕事が舞いこみそうだ。二、三日前、リーヴズが電話をかけてきた。もう二度と引き受けないようにしようとトムはよく心に誓うものの、結局はいつも引き受けてしまう。知らない人との出会いを楽しんでいるのか？　一瞬、笑い声が漏れたが、かろうじて押し殺し、玄関へ向かった。いつものように軽快な足どりで、砂利はほとんど乱れなかった。

リビングルームに明かりがついていて、玄関には鍵がかかっていない。四十五分前にトムが家を出たときのままだ。なかに入り、後ろ手に鍵をしめた。エロイーズがソファで、熱心に雑誌を読んでいる——たぶん北アフリカの記事だろう、とトムは思った。

「あら(アロー)、あなた(シェリ)——リーヴズから電話があったわ」エロイーズは顔をあげ、頭を振って、ブロンドの髪を後ろにやった。「トム——」

「ああ、はいこれ！」にっこり笑って、トムは赤と白の箱のマールボロをひとつずつ放り投げた。エロイーズはひとつ目は受けとめたが、ふたつ目は青いシャツの胸元に当たった。

「リーヴズは、何か急ぎの(プレッシング)用だった？　アイロンがけ(プレッシング)、ルパッサン、ビューゲルン（「アイロンがけ」の意の仏語と独語）——？」

「もう、トム、やめて！」エロイーズはそう言うと、ライターで火をつけた。内心は、あれで駄洒落(だじゃれ)を楽しんでいるんだ、とトムは思ったが、彼女は決してそれを認めないし、笑おうともしない。「また電話をくれるんじゃない。今夜はもうないと思うけど」

「誰かが——まあ——」トムは訊くのをやめた。リーヴズはいつだって、エロイーズには細かいことを話さないし、エロイーズは、トムとリーヴズのふたりがやることに興味がない、むしろうんざり、と公言していた。そのほうが無難——自分は余計なことを知らないほうがいい、エロイーズはそう考えているのだろうと、トムは思っていた。その考えが間違っているかどうかは、わからない。

「トム、明日よ、チケットを買いにいくのは——モロッコ行きの。ね？」彼女は黄色いシルクのソファの上で裸足（はだし）で横座りしている。丸まった子猫のようだ。淡いラベンダー色の目で静かにトムを見つめた。

「あ、ああ。そうだね」彼はその約束を思い出した。「まずタンジールだったね」

「そうよ（ウィ）、タンジールから、あちこちへ行くの。カサブランカも――当然ね」

「当然だ」トムはおうむ返しに言った。「よし、明日、チケットを買いにいこう――フォンテーヌブローへ」ふたりがいつも行く旅行代理店は決まっている。顔なじみの担当がいた。トムは迷ったが、いま話しておこうと決心した。「いつだったか、フォンテーヌブローの舗道で見たふたりのことをおぼえてる？　アメリカ人のようなカップルがぼくたちに近づいてきて、あとでぼくが言っただろう、さっきの男はじろじろこっちを見ていたような気がするって？　眼鏡をかけた黒髪の男だったかな」

「そう――そんなことがあったかもね。なぜ？」

　エロイーズもはっきりおぼえていることがトムにはわかった。「その男が、煙草屋兼バーで声をかけてきたんだ」トムは上着のボタンを外し、ズボンのポケットに両手を突っこんだ。まだ腰をおろしていない。「あの男、どうも気に入らない」

「連れの女性はおぼえてるわ。明るい髪の。ふたりともアメリカ人よね、ちがう？」

「とにかく、男のほうはね。それで――ふたりでヴィルペルスに家を借りたらしい。ほら、あの家――」

「ほんと（ヴレマン）？　ヴィルペルスに？」

「そう(ウィ)！　池の照り返しが天井に映りこんでたあの家――リビングルームの天井だっけ？」白い天井に楕円形(だえんけい)の光がまるで水面そのままに動いていたので、ふたりで目を見張ったことがある。

「ええ。おぼえてる。二階建ての白い家で、ちょっと暖炉がひどかった。グレの家のけっこう近くでしょ？　あそこを買おうとしていた人に、ふたりでついていったから」

「ああ。そうだ」トムとエロイーズは、パリからあまり遠くないところに別荘を探していた知り合いの知り合いのアメリカ人から、この付近で何軒か見てみたいので同行してほしいと頼まれたことがある。結局、すくなくともヴィルペルス近辺では購入しなかった。一年以上前のことだ。「そう――要は、黒髪の眼鏡の男が、この近所の住人になるつもりでいるってことさ。気に入らないね。その理由が、ただぼくたちが英語を話せるからだって！　どうも彼はＩＮＳＥＡＤに通っているらしい――ほら、フォンテーヌブロー近くの大きな学校」トムはさらに言った。「そもそも、ぼくの名前をどこで知って、なぜ興味をもってるんだ？」彼はあまり気にしている様子を見せないように静かに座った。背のまっすぐな椅子(いす)で、コーヒーテーブルをはさんでエロイーズと向かいあった。「名前は、デイヴィッドとジャニス・プリチャードだ。電話してきたら、丁重に、でも、忙しいからと断わってくれ。いいね？」

「もちろんよ、トム」

「厚かましくも呼び鈴を鳴らしてきたって、家には入れないで。マダム・アネットには、ぼくから言っておく。大丈夫だ」

普段は明るい亜麻色のエロイーズの眉が翳りを帯びている。「そのふたり、何か問題なの？」

率直な質問に、トムは笑顔で応じた。「なんとなく――」トムは口ごもった。普段は直感でエロイーズにものを言うことはないが、今回は、できるなら彼女を守ろうと思ってのことだろう。「ぼくには、あのふたりは普通じゃないように思えるんだ」トムの視線はちらりと絨毯に落とされた。普通とはなんだ？　その疑問に彼は答えられなかった。「あのふたり、夫婦じゃないような気がする」

「ふうん――それがどうしたの？」

トムは笑いながら、手を伸ばしてコーヒーテーブルに置かれたジタンの青い箱をとり、エロイーズのダンヒルのライターで煙草に火をつけた。「そうだね。でも、なぜ彼らはいつもじろじろ見てるんだろう？　話してなかったかな、つい最近、空港でぼくのことをじっと見ていた男がいたんだけど、その男と同じ奴なんじゃないかと思ってる。あのときも、このふたりだったような」

「聞いてないわね」とエロイーズが言った。その答えに自信があるようだ。

「大事なことを話してないんだな――だが、もしこの男女がどんな形で近づいてこようとも、敬して遠ざける、そうしてもらいたいんだ。いいかな？」

「わかったわ、トム」

彼は微笑んだ。「これまでだって、嫌な連中はいた。どうってことない」トムは立ち上がると、コーヒーテーブルをまわり、エロイーズの差し出す手をとって、立ち上がらせた。トムはエロイーズを抱きしめ、目をつぶると、その髪、その肌の香りを味わった。「愛してる。きみを守りたい」

彼女は笑った。ふたりは抱擁を解いた。「ベロンブルならぜったい安全よ」

「奴らにこの家の敷居はまたがせない」

2

翌日、トムとエロイーズは航空券を買いにフォンテーヌブローへ出かけた。エールフランスを頼んだのだが、手に入ったのはロイヤル・エア・モロッコだった。

「両社は親密な協力関係にありますので」と旅行代理店の若い女が言った。トムの知らない担当だ。「ホテル・ミンザ、おふたり部屋、三泊ですね？」

「そう、ホテル・ミンザ」トムはフランス語で言った。快適であれば、あと一、二日は滞在を延ばすことになるだろう、とトムは思った。ミンザは現在、タンジールで最高のホテルという評判だった。

エロイーズは、近くの店へシャンプーを買いにいっていた。担当の女がチケットを作るのにかなり時間をかけていたので、トムは無意識に入口を窺（うかが）っていた。気がつくと、デイヴィッド・プリチャードのことをぼんやり考えていた。だが、プリチャードが本当に店に入ってくると思っていたわけではない。プリチャードと連れの女は借りた家の片づけに忙しいのではないか？

「モロッコははじめてですか、ムッシュー・リプリー？」女はチケットを一枚、大きな封筒に入れながら、笑顔で見あげた。

関係ないだろ、とトムは思い、おざなりに微笑(ほほえ)んだ。「ええ。いまから楽しみです」

「オープンチケットですので、あの国がお気に召したら、しばらく滞在できます」彼女は二枚目のチケットを入れて、封筒を手渡した。

トムはすでに小切手にサインをしていた。「そうですか。どうもありがとう、マドモワゼル！」

「いいご旅行を(ボン・ヴォワイヤージュ)！」

「ありがとう(メルシー)！」トムは入口のほうへ歩いていった。両側の壁はカラフルなポスターで埋まっている――タヒチ。青い海。一隻の小型ヨット。あれは――そう！　いつ見ても微笑ましいあのポスターは、タイの島、プーケットだ。彼は立ちどまってポスターを見あげた。そこにもやはり青い海と黄色い砂浜、長年の風で海のほうに傾いた椰子(やし)の木が一本。どこにも人はいない。「つらい日よ、さようなら。今日からは、プーケット！」これは行楽客をたくさん呼べそうないいコピーだな、とトムは思った。

エロイーズは店で待ってると言っていたので、トムは舗道を左へ向かった。店はサン・

ピエール教会の向かい側にある。

するとーートムは悪態をつきそうになったが、ぐっとこらえて舌先を嚙んだーー前方から歩いてくるのは、デイヴィッド・プリチャードとそのーー内縁の妻、か？　通行人で賑わうなか（正午、ランチタイムだ）、まずトムが気づいたが、すぐに〝妙なペア〟もこちらに視線を向けてきた。トムは前を向いたまま、視線を外しつつ、左手に航空券の封筒を持っていたことを後悔した。すれちがうふたりの目に触れてしまう。プリチャード夫妻に気づかれるか？　しばらく留守にすることを知られたら、留守中に、ベロンブル周辺を車で偵察されたり、屋敷脇の小道を探索されたりしないか？　いや、ばかばかしいほど気にしすぎだろうか？　金色のステンドグラス窓の〈モン・リュクス〉まであと数メートルのところで、トムは小走りした。開かれたドアの前で立ちどまり、振りかえった。ふたりはまだこちらを見ているのではないか。もしかしたら旅行代理店に入っていくのではないか。何が起きても驚かないぞ、とトムは自分に言い聞かせた。青いブレザーを着たプリチャードの幅広い肩と後頭部が、人込みから突き出て見えた。〝妙なペア〟はどうやら、旅行代理店の前を通りすぎていった。

〈モン・リュクス〉に入ると、いい香りに包まれた。エロイーズが知り合いと話をしている。トムは名前を思い出せない。

「あら、トム！　フランソワーズよーーおぼえてる？　ベルトランのお友だちの」

おぼえていないが、トムはおぼえているふりをした。どうでもよかった。

　エロイーズの買い物は終わっていた。フランソワーズに別れを告げて、ふたりは外に出た。エロイーズの話では、彼女はパリで勉強中で、グレ夫妻とも知り合いだという。グレ夫妻、アントワーヌ・グレと妻のアニエスは古くからの友人にして隣人で、ヴィルペルスの北部に住んでいた。

「浮かない顔ね」エロイーズが言った。「チケットは大丈夫?」

「そう思うよ。ホテルの予約も確認した」そう言って、トムは上着の左ポケットをぽんと叩(たた)いた。チケットの先がはみ出している。「お昼は〈レーグル・ノワール〉だよね?」

「ええ――そう(ウィ)!」エロイーズが嬉(うれ)しそうに言った。「もちろん(シュアー)」

　もともと予定していたことだ。トムは、彼女のフランス語訛(なま)りの「sure」を耳にするのが好きだった。だから、「surely」だよ、と間違いを正すことはしない。

　ふたりは陽当(ひあ)たりのいいテラスで食事をした。ウェイターも給仕長も顔なじみで、エロイーズの好みを理解していた。ブラン・ド・ブラン、シタビラメの切り身、陽の光、それにこのサラダはたぶんエンダイブだ。ふたりは楽しい話題を選んだ。夏、モロッコ革のハンドバッグ。真鍮(しんちゅう)か銅の水差しは?　もちろん話した。ラクダに乗ることは?　トムは目まいを感じた。一度乗ったことがある。いや、あれは動物園の象だったか?　地上数メートルのところで突然ゆらりと揺れる(バランスを崩せば、確実に地面に落ちる)、とても趣味じゃなかった。女はあれが好きだ。女とはマゾヒストなのか?　これには何か意味があるのか?　出産、あれは痛みを必死に我慢しているのか?　みんなつながっているのか？　トムは下唇を噛んだ。

「いらいらしてるのね、トム」いらいらしてる(ナーヴァス)を、彼女は「ナーヴュス」と発音した。

「そんなことない」彼はきっぱり言った。

トムはそれから食事中も、車で帰宅するときも、冷静さを装った。

タンジールへの出発はおよそ二週間後だ。便利屋アンリの友人、パスカルという若者が空港までふたりの車に同乗して、車をヴィルペルスに戻してもらうことにした。以前もパスカルにお願いしたことがある。

トムはリーバイスにはき替えると、お気に入りの防水革靴をはき、鋤(すき)を手にして庭に出て、草むしりをした。抜いた草はあとで堆肥にするためにビニール袋に投げこみ、枯れた花を摘みとりはじめたところで、裏のテラスのフランス窓からマダム・アネットに呼ばれた。

「ムッシュー・トム？　お電話ですよ！」

「ありがとう(メルシー)！」彼は歩きながら、剪定(せんてい)ばさみをパチンと鳴らし、テラスに置いて、玄関ホールの受話器をとった。「もしもし？」

「もしもし。ぼくは――トムかい？」若い男とおぼしき声がそう尋ねた。

「そうですが」

「ワシントンからかけているんだ」ここで、水の底から聞こえてくるようなウィーウィーという雑音が入った。「ぼくは……」

「どなた?」トムは訊いた。何も聞こえない。「そのままお待ちいただけますか? 別の電話にしますので」

マダム・アネットはリビングルームのダイニングテーブルのあたりで掃除機をかけていた。普通の電話の声ならば問題ない距離だが、いまは無理だった。

トムは二階の自室で受話器をとった。「もしもし、お待たせしました」

「ディッキー・グリーンリーフだ」若い男の声が言った。「おぼえてる?」含み笑いの声。

トムは衝動的に電話を切りかけたが、思いとどまった。「もちろん。どこにいるんだい?」

「さっき言ったように、ワシントンだ」今度は、声がすこし裏がえった。

偽者め、やりすぎだな、とトムは思った。この声は女か? 「そうなんだ。観光?」

「いやあ――あのときの海の底の体験で――たぶん、おぼえてるよね――いまの身体じゃ、観光は無理だな」わざと陽気な笑い声。「ぼくは――」

ここで混線して、声が聞こえなくなり、かちりと音がしたが、ふたたび声がした。

「……発見されて、生きかえったんだ。このとおり。アハハ。過去は消せないね、えっ、トム?」

「うん、そうだね、ほんとに」トムは言った。

「いま、ぼくは車椅子で生活している」その声が言った。「もう治らない――」

今度は、電話の向こうで大きな音がした。はさみか、それより大きめな何かが落ちたような音。

「車椅子でも壊れた?」トムが訊いた。

「アハハ!」間があった。「いいや。ぼくが言っているのは」若者の声は静かに続いた。「自律神経系をやられて、それがもう治らないんだ」

「なるほど」トムは丁重に言った。「またきみの声が聞けて、嬉しいよ」

「きみがどこに住んでいるかはわかってる」若い声がそう言った。語尾が高くなった。

「そうだろうね——電話をくれたわけだから」トムが言った。「元気に回復するよう、心から祈っているよ」

「そうしてくれ! それじゃ、トム」あわただしく電話が切れた。たぶん、笑いをこらえきれなかったのだろう。

やれやれ。心臓の鼓動が速くなっている。怒りのせい? 驚きのせい? 恐れではない、とトムは独りごちた。デイヴィッド・プリチャードの連れの女の声じゃないか、と先ほどから思っていた。ほかに誰かいるだろうか? いまは誰も思いつかなかった。

なんて卑劣で、薄気味悪い——いたずらだ。ありきたりな表現だが、心が病んでいる、とトムは思った。しかし誰が? なぜ? あれは外国からの電話か、それとも、そう見せかけただけか? わからない。ディッキー・グリーンリーフ。面倒な事態の始まりだった、とトムは思った。はじめて殺した男、殺したことを後悔している唯一の男、まさに、犯したことを悔いている唯一の犯罪。ディッキー・グリーンリーフは(当時としては)裕福なアメリカ人で、イタリアの西海岸、モンジベロで暮らしていた。彼はトムを友人として遇し、手厚くもてなした。トムは尊敬し、憧れた。それどころか、たぶん度が過ぎた。ディッキーはトムに背を向けるようになり、トムはそれが許せなかった。そして、ある日の午後、ふたりきりで小型のモーターボートに乗ったとき、ほとんど無計画に、トムはオールを手にして、ディッキーを殺した。死んでいたか？　もちろんディッキーはとうの昔に死んでいる！　死体はコンクリートの錘（おもり）をつけて、船外に押しだし、沈め――長年、ディッキーは海の底だ。いまになって浮上するわけがない。

トムは顔をしかめ、絨毯（じゅうたん）を見つめながら、ゆっくりと部屋のなかを歩きまわった。いくらか吐き気がして、深呼吸をした。ありえない、ディッキーは死んでいる（とにかく、あれはディッキーの声に似ていない）。当時しばらく、トムはディッキーの靴と衣服を身につけ、ディッキーのパスポートを使っていたが、すぐにやめた。ディッキーの非公式の遺書は、トムが書いたものだが、有効と認められている。それをいまさら蒸しかえしてくる厚かましい奴は、誰だ？　ディッキー・グリーンリーフとの過去のつながりを調べてくるほど、事情に通じた者、関心を抱く者は、誰だ？

吐くしかなかった。一度、吐きそうだと思ったら、こらえきれなくなった。以前にも経験がある。トムは便座をあげて、屈みこんだ。幸い、わずかに液体が込みあげただけだったが、数秒、胃が痛んだ。トイレを流し、洗面台で歯を磨いた。

誰であろうと、人間の屑（くず）だ、とトムは思った。電話口にはふたりいたんじゃないか、といまになって感じた。ひとりは黙ってそばで聞いていたのだろう。だから笑いそうになっていたのだ。

トムは階下に下りてリビングルームに行くと、マダム・アネットがダリアの花瓶を手にしていた。たぶん、水を替えたのだろう。布巾で花瓶の底を拭(ふ)いて、サイドボードの上に置きなおした。「三十分ばかり出かけてくるよ、マダム」トムはフランス語で言った。「ぼくに電話があるかもしれないが」

「はい(ウィ)、ムッシュー・トム」彼女はそう答えて、仕事を続けた。

マダム・アネットがこの家に住みこんで、もうそれなりになる。彼女の寝室と浴室はベロンブル屋敷の正面から見て左側にあり、自分のテレビとラジオを持っている。キッチンも彼女の領域で、彼女の寝室とは短い廊下でつながっている。ノルマンディー出身で、薄い青色の瞳に、下がり目ぎみのまぶた。トムもエロイーズもマダム・アネットが大好きだったし、彼女のほうも同じ気持ちでいてくれる、トムはそう思っている。村には彼女のふたりの親友、マダム・ジュヌビエーヴとマダム・マリー・ルイーズがいて、みんな家政婦だ。三人は休日の晩になると、持ちまわりで誰かの家に集まり、テレビを楽しんでいるようだ。

トムはテラスに置いた剪定ばさみを手にして、人目につかない片隅にある木箱の道具入れにしまいこんだ。この箱があれば、わざわざ裏庭の右端の温室まで行かなくてすむ。玄関のクローゼットから綿のジャケットを取り出すと、ちょっとの外出ではあるが、トムは財布があるか確認した。財布には運転免許証が入れてある。フランス人はよく抜き打ちで交通違反を取り締まり、地元の警官ではないから、容赦がない。エロイーズはどこだろう？　たぶん二階の自室で、旅行用の服でも選んでいるのだろう。さっきの下司な電話をエロイーズがとらなくてよかった！　彼女が自室の電話をとっていないのは間違いない。電話の話を聞いていたならば、即座に彼の部屋にやってきて、当惑しながら、問いただしてくるだろう。だがそもそも、エロイーズは決して盗み聞きをしない。トムの仕事に興味がないのだ。受話器をとっても、トムへの電話だとわかれば、彼女はすぐさま、慌てず、だが、機械的に、電話を切る。

エロイーズは、ディッキー・グリーンリーフの一件を知っていた。トムに容疑がかけられた（あるいは、かけられている）ことも耳にしているはずだ。だが、彼女は何も言わず、何も尋ねなかった。エロイーズの父、ジャック・プリッソンの心証をよくするためには、言うまでもなく、トムが不審な行動をしたり、不可解な理由で頻繁に旅行に出たりすることの極力ないよう、エロイーズもトムも気を配っていなければならなかった。製薬会社の社長であるジャック・プリッソンは、ひとり娘のエロイーズに惜しみなく金銭的援助をしていて、リプリー家の家計の一部となっていた。エロイーズの母、アルレーヌは、トムのやることに対してはエロイーズ以上に何も言わなかった。すらりとした上品な女性で、若いふたりには寛容であろうと努めているように思われた。家具の手入れなど家事のコツをエロイーズに（いや、誰に対しても）教えるのが好きで、なかでも倹約と節約の秘訣を好んで説いた。

そんなことをこまごま考えながら、トムは村の中心に向けて茶色のルノーを控えめな速度で走らせていた。もうすぐ午後五時。今日は金曜だから、アントワーヌ・グレは家にいるだろう。だが、パリでの仕事が忙しければ、まだ戻っていないかもしれない。アントワーヌは建築家で、グレ夫妻には十代前半の子どもがふたりいた。デイヴィッド・プリチャードが借りたという家は、グレの家の先にある。だから、トムは右折して、ヴィルペルスのグレの家に向かう道に入った。通りかかったついでにグレ夫妻に挨拶でもしようと自分に言い訳ができた。いままで走っていた心地よい道が村の大通りで、通りに面して郵便局、肉屋、パン屋、煙草屋兼バーがあり、この四つがヴィルペルスのほぼすべてだ。

栗の木の端正な木立に隠れて、グレの家が見えた。城の小塔のような円形の屋敷で、きれいにほぼ全体がピンクの薔薇の蔓に覆われている。ガレージの入口が閉まっている。ということは、アントワーヌはこの週末まだ帰宅しておらず、アニエスはたぶん子どもたちを連れて買い物に出かけているのだろう。

道の左側に、木立を透かして、例の白い屋敷――最初に見える家ではなく、二軒目――が見えた。トムはギアをセカンドに入れた。舗装道路は車二台がゆったりすれちがえるが、見渡す限り一台も走っていない。ヴィルペルス北部のこのあたりは人家もまばらで、土地は農地よりも草地が多い。

もし十五分前の電話をかけたのがプリチャード夫妻なら、おそらくいま自宅にいるはずだ。ひょっとしたら、陽だまりのなか、池のそばのデッキチェアでくつろぐふたりの姿を拝めるかもしれない、通りからでも池のあたりならば見えるだろう。道路と白い屋敷の間は伸び放題の緑の芝生で、石畳（いしだたみ）の小道が私設車道から玄関ポーチまで延び、ポーチには小道側と舗装道路に面した側とに数段の階段があり、道路側に池があった。敷地の大半は屋敷の背後にあったはずだと思い出した。

トムは笑い声を耳にした。たしかに女の声で、男の声も混じっていたかもしれない。間違いない、生け垣と数本の立木に隠れてよく見えないが、声がしたのは、道路と屋敷の間、池のあたりからだ。ちらりと池が垣間見え、水面が陽の光に煌（きらめ）いていた。さらに、芝生に横たわるふたりの人影を目にした気がしたが、自信がない。男が立ち上がった。長身で、赤い短パンだ。

トムはアクセルを踏んだ。いた、あれはデイヴィッドだ。トムは九十パーセント確信した。

プリチャード夫妻はこの茶色のルノーを見て、トムの車だと気づくだろうか？

「ミスター・リプリーじゃないか？」という声が、かすかだが、はっきり聞こえた。

トムは何も聞こえなかったかのように、同じ速度のまま車を走らせた。

まったく迷惑な話だ、とトムは思った。次の角を左に曲がり、狭い道に入った。道沿いに家が三、四軒あり、片側には農地が広がっていた。村の中心へ戻る道だが、トムは左に曲がった。この道を進んで直角に曲がれば、グレ家のある道に戻る。ふたたび小塔型のグレの家へ向かった。トムは低速を保ちつづけた。

グレの白いステーションワゴンが私設車道に入るのが目に入った。トムは電話もかけずにいきなり訪ねるのが好きではないが、新たな隣人の情報が得られるかもしれず、無作法もやむをえまい。トムが車を寄せたとき、アニエス・グレが車から大きな買い物袋をふたつ運び出していた。

「やあ、アニエス。手を貸そうか?」

「助かるわ! こんにちは、トム!」

トムは袋をふたつとも受け取った。アニエスは車からほかのものを降ろしている。

キッチンにはミネラルウォーターのケースを運びこんだアントワーヌがいて、ふたりの子どもがコカ・コーラの大瓶を開けていた。

「やあ、アントワーヌ!」トムは言った。「ちょっと通りかかったんだ。いい天気だね」

「本当に」アントワーヌが言った。声がバリトンなので、そのフランス語はトムにはロシア語のように聞こえるときがある。短パンに靴下、テニスシューズ、それに緑のTシャツという格好で、とりわけそのTシャツがトムには不快だった。いくらか癖のある黒髪で、いつも心もち肥満ぎみである。「最近どう?」

「まあまあだね」トムは買い物袋を下におろしながら言った。

グレ家の娘のシルヴィが、慣れた手つきで袋の中身を出しはじめている。

トムはコーラもワインも断わった。まもなくアントワーヌは芝刈り機(電動式ではなく、ガソリンエンジンだ）をガーガーやりだすのではないか、とトムは思った。パリの事務所でも、ヴィルペルスの家でも、勤勉だけが取り柄の男だ。「この夏、カンヌの貸別荘は順調？」彼らは広いキッチンにまだ立っていた。

トムは見たことがないが、カンヌの市内か近郊かにグレ夫妻の別荘があり、一年のうちでもっとも高額の賃料がとれる七月と八月の二カ月間、別荘を貸し出していた。

「賃料は前金でもらってる——それに電話の保証金も」アントワーヌは返事をして、肩をすくめた。「万事順調——だと思うよ」

「こっちの家に誰か住みはじめてたけど、知ってた？」トムはそう言って、白い屋敷のほうを示した。「アメリカ人の夫婦だと思う——何か知ってる？　いつからここにいるのか知らないけど」

「いやあ、どうかな」アントワーヌは考えこむように言った。「隣の家には誰もいないがね」

「いや、隣の隣の家。あの大きな家だ」

「ああ、売りに出されていたあれね！」

「賃貸かもしれない。借りてるんだと思う。男の名前はデイヴィッド・プリチャード。奥さんがいて——」

「アメリカ人ね」アニエスが思慮深げに言った。「奥さんがいて」に反応したのだ。ほとんど手を休めずに、冷蔵庫のいちばん下にレタスをしまった。「ふたりに会ったことあるの?」

「いや。男――」トムは話すことにした。「男のほうは、煙草屋兼バーで話しかけてきたことがあるけどね。ぼくがアメリカ人だって、誰かから聞いたんじゃないかな。きみたちには話しておこうと思って」

「子どもは?」とアントワーヌが言い、黒い眉(まゆ)をひそめた。アントワーヌは騒々しいのが苦手だった。

「わからない。いないと思うけど」

「フランス語は話せる?」とアニエスが訊いた。

トムは微笑んだ。「どうだろ」フランス語ができなければ、グレ夫妻は会う気にならないだろうし、相手にもしないだろう。一時的に家を借りるだけのよそ者に対しても、アントワーヌ・グレは〝フランス人のためのフランス〟を求めるような男だ。

話題が変わり、アントワーヌはこの週末に堆肥箱を設置する予定で、その材料一式が車のなかにあるという。パリでのアントワーヌの建築の仕事は順調で、助手も確保して、九月から働いてもらう。八月は、パリの事務所に誰もいなかろうが、もちろんアントワーヌに休暇をとる気はない。トムは、エロイーズと一緒にモロッコへ旅行に行くことをグレ夫妻に話そうかと思ったが、いまはやめておくことにした。なぜ? トムは自問した。無意識のうちに旅行には行かないと決めていたのか? いずれにしても、エロイーズともども二、三週間ほど留守にすることを、親しい隣人としてグレ夫妻に電話で連絡する時間はまだある。

　またお酒かコーヒーでもと誘いあって、トムは別れを告げた。グレ夫妻にプリチャード夫妻のことを話したのは、おもに自分の身を守るためだ、トムはそう感じた。ディッキー・グリーンリーフと称したあの電話は、脅迫の類いか？　間違いない。

　トムが車を出すとき、グレ夫妻の子ども、シルヴィとエドゥワールが前庭の芝生で白黒模様のサッカーボールを蹴っていた。息子のエドゥワールが手を振ってきた。

3

　トムがベロンブルに帰ると、エロイーズがリビングルームにいた。落ち着かない様子で立っている。

「あなた――電話があったの」と彼女が言った。

「誰から？」トムが訊いた。このとき、はっとして、薄気味悪い恐怖を感じた。

「男の人――ディーキー・グレーンリーフだと――ワシントンからよ」

「ワ、ワ、ワシントン？」トムはエロイーズが不安そうにしているのが気がかりだった。「グリーンリーフ――そんなばかな。悪質な冗談だ」

　彼女は眉をひそめた。「でも、なぜ――そんなにあせってるの？」エロイーズの口調から弱々しさが消えた。「何か知ってるの？」

　トムは姿勢を正した。ぼくは妻を守り、ベロンブルを守る。「いや。ただのいたずら電話だろう――でも、誰がそんなことを。なんて言われた？」

「最初は――あなたと話がしたいって。それから――ええと、フォートゥイユ・ルーランを使ってるとか――車椅子(くるまいす)？」

「なるほど」

「あなたと思いがけないことがあったためだって。海で――」

　トムは頭を振った。「サディスティックな冗談だ、ディッキーになりすますなんて。ディッキーは自殺したんだ――何年も前に。どこかで。海、かもしれない。でも遺体が見つからなかった」

「わかってる。あなたはそう言ってた」

「ぼくだけじゃない」トムは冷静に言った。「誰もが知っていることだ。警察だって。遺体は見つかっていないんだ。それに、ディッキーは遺書も遺している。行方(ゆくえ)不明になる直前、たしか二、三週間前に書かれたものだ」トムは自分の言葉を完全に信じていた。遺書を書いたのはトム自身だったが。「とにかく、あのときぼくは一緒じゃなかった。もう何年も前の、イタリアでの出来事だ――ディッキーが行方不明になったのは」

「わかってるわ、トム。でも、どうしてこんな嫌がらせを、いまさらしてくる人がいるの？」

　トムはズボンのポケットに両手を突っこんだ。「質(たち)の悪い冗談だ。刺激、スリル？　そのようなものを求める人間がいるんだ。残念ながら、うちの電話番号は知られている。どんな声だった？」

「若い男の声に聞こえたけど」エロイーズは慎重に言葉を選んでいるようだ。「それほど低い声ではなかった。アメリカ人ね。回線のせいか、声が聞きとりにくかった」

「本当にアメリカから？」トムはその点が信じられなかった。

「もちろんよ」エロイーズは事務的に言った。

トムは笑顔をつくった。「心配いらないよ。また電話がかかってきて、ぼくがいたら、ぼくに替わって。いなかったら、相手の言葉はひと言も真に受けず、必ず冷静な声で応じて、そのまま切るんだ。いいね？」

「ええ、そうする」エロイーズは言った。納得したようだ。

「そういう連中は、人を不安にさせるのが好きなんだよ。そうやって楽しんでいるんだ」

エロイーズはお気に入りの場所、フランス窓側のソファの端に腰をおろした。「どこへ行ってたの？」

「車でそのへん。村を一周してたんだ」トムは週に二度ほど、そうしたドライブをしていた。三台ある車のうち、普段は茶色のルノーか赤のメルセデスに乗って、途中、モレ近くのスーパーマーケットでガソリンを入れたり、タイヤの空気をチェックしたりと用事をすませる。「週末だからアントワーヌが帰宅してると思ってね、ちょっと寄って、挨拶してきた。買い物から帰ってきたところで、食料品の荷物を車から降ろすところだった。新しいご近所――プリチャード夫妻について話をしたよ」

「ご近所？」

「グレのうちからかなり近いんだ。五百メートルもないかな？」トムは笑った。「アニエスから、その人たち、フランス語が話せるのかって訊かれたよ。話せなければ、交際リストから外されちゃうんだ。わからないと答えたけど」

「アントワーヌは、あたしたちの北アフリカ旅行について、なんて言ってた？」エロイーズが微笑（ほほえ）みながら尋ねた。「ぜ・い・た・く、だって？」彼女は笑った。いかにも金のかかりそうな響きで言った。

「実は、そのことは話さなかったんだ。アントワーヌが費用のことで言ってきたら、ホテルの宿泊費ひとつとっても、あそこの物価がどれだけ安いか教えてやるよ」トムはフランス窓のほうへ歩いていった。庭をひと巡りして、ハーブや盛大に揺らめくパセリ、丈夫で香りのよいルッコラを見てこようかと思ったのだ。ルッコラをすこしばかり採って、今夜のサラダに入れるのもいい。

「トム――さっきの電話だけど、このまま放っておく気？」エロイーズはものを尋ねる子どものように、すこしふくれっ面をして依怙地（いこじ）な雰囲気だった。

　トムは気にしなかった。口の利き方とは裏腹に、頭は子どもではない。いま子どもっぽい雰囲気なのは、長いまっすぐなブロンドが額に半分かかっているせいもあるだろう。

「何もする気はないね」トムは言った。「警察に通報？　ばかばかしい」迷惑電話や猥褻（わいせつ）電話（一度もかかってきたことはないが）を警察に知らせるといかに厄介（やっかい）か、エロイーズもわかっているはずだ。何枚も用紙に記入をして、電話の傍聴装置を設置することになる。もちろん、内容を問わず、すべて傍聴される。これまで一度も経験がないし、今後もそのつもりはない。「アメリカからかけてるんだ。すぐ嫌になるよ」

トムは半分開かれたフランス窓に目を向け、そこを素通りしてそのままマダム・アネットの領域、屋敷の前面左隅にあるキッチンまで行った。凝った野菜スープの匂いが鼻をついた。

マダム・アネットは青と白の水玉模様の服に紺色のエプロン姿で、コンロで何かをかき混ぜていた。

「こんばんは、マダム！」

「ムッシュー・トム！　こんばんは（ボンソワ）」

「今晩のメインディッシュは？」

「子牛のヒレ肉（ノワゼット・ド・ヴォー）です――でも、大きい切り身じゃありません。今夜は暑いですからね」マダムが言った。

「なるほど。匂いもすばらしい。暑くても寒くても、ぼくは食欲があるんだ。マダム・アネット、念のためだけど、ぼくたちが留守の間は、楽しくやっててね、友だちを招くのも自由だから。マダム・エロイーズからは聞いてるよね？」

「ああ、はい（ウィ）！　モロッコへご旅行ですね！　もちろんです。何もかもいつもどおりにいたします、ムッシュー・トム」

「まあ——それでもかまわないが、ぜひ友だちを招いてはどうかな。マダム・ジュヌビエーヴと、もうひとりの——？」

「マリー・ルイーズです」マダム・アネットが言った。

「そうそう。夜はテレビを観て、夕食も食べて。酒倉のワインも」

「そんな、旦那様！　夕食なんて！」とんでもないというように、マダム・アネットが言った。「三人とも、紅茶で満足なんです」

「それなら、紅茶とケーキで。しばらくは、マダム・アネットがこの家の主婦だ。もちろん、リヨンの妹さんのマリ＝オディールのところへ一週間行きたければ、それもかまわない。室内の植木の水やりはマダム・クルソーに頼めばいいんだ」マダム・クルソーはマダム・アネットよりも若くて、週に一度、浴室や床の大掃除（とトムは呼んでいる）に来てもらっている。

「まあ——」マダム・アネットは考えこんだふりをしていたが、八月はベロンブルにとどまりたいのだろうと、トムは思っていた。八月は主人たちがしばしば休暇をとって旅行に出かける月であり、一緒に行かない限り、使用人たちは自由だった。「遠慮させていただきたいと思います、ムッシュー・トム、ありがたいこと（メルシー・カン・メーム）ですが。ここにいさせていただきます」

「お望みのままに」トムはにっこり笑い、勝手口を通って、屋敷脇（わき）の芝生に出た。

前方には小道があるが、西洋梨と林檎(りんご)の木々や、野放図に伸びた低木に隠れて、ほとんど見えない。かつてトムはこの未舗装の道を通ってマーチソンの死体を手押し車に載せて運んでいった――一時的に死体を埋めるためだ。また、この小道は、いまでもときおり農夫がヴィルペルスの大通りに向かって小型トラクターを走らせたり、手押し車に廏肥(きゅうひ)や薪(まき)の束を満載してどこからともなく現われたりする。小道は誰の私道でもなかった。

トムは温室のそばのよく手入れされたハーブ菜園に向かった。そして、温室から長いはさみを持ちだして、ルッコラとパセリを切りとった。

ベロンブル屋敷は、正面からはもちろん、裏庭からの眺めもすばらしい。一階(グランド・フロア)と二階(セカンド・フロア)（ヨーロッパでいうところのファースト・フロア）の左右の端には出窓のある塔がある。薄い赤褐色の石の壁は城壁のように堅固に見えるが、アメリカ蔦(づた)の紅葉や、花咲く灌木(かんぼく)、壁際にある二、三の大きな鉢植えなどのおかげで、ベロンブルにはおだやかな面影がある。出発前に、大男のアンリに連絡しなければ、とトムは思った。アンリの家には電話がないが、〈ジョルジュ＆マリー〉に伝言しておけばいい。アンリはヴィルペルスの大通りの路地裏にある家で母親と暮らしていた。聡明でも機敏でもないが、力は並はずれていた。

そう、アンリは背も高いな、百九十三センチはある、とトムは見ていた。気がつくと、ベロンブルが現実に襲撃されたらアンリに撃退してもらおうなどと考えていた。くだらない！　襲撃ってなんだ？　誰に襲撃されるんだ？

トムは三つあるフランス窓のほうへ戻りながら、デイヴィッド・プリチャードは毎日何をしているのだろうと思った。毎朝、本当にフォンテーヌブローまで通っているのか？　何時に帰宅する？　かなり華奢な、小妖精を思わせるジャニスは毎日ひとりで何をして過ごしているのだろう？　絵を描いたり、文章を書いたり？

隣人同士の付き合いとして、ダリアとシャクヤクでも持って、彼らの家に立ち寄ってみようか（もちろん、先方の電話番号がわからなければの話だが）？　すぐにその考えは色褪せて思えた。きっと退屈だ。そんなことをすれば、こそこそ嗅ぎまわっているのが自分のほうみたいだ。

やはり、じっとしていよう、とトムは決めた。タンジールのほか、エロイーズが行きたがっている場所ならどこであれ、モロッコについてもっといろいろ読んでおこう。カメラの手入れもしなければ。最低二週間、夫婦でベロンブルを留守にするのだから、準備が必要だ。

さっそくトムは行動をはじめ、フォンテーヌブローで、濃紺のバーミューダショーツ一着と、ドリップドライの白い長袖シャツ二枚を買った。トムもエロイーズも半袖シャツが嫌いだった。エロイーズはときおりシャンティイまで行って両親と一緒に昼食をとることがあり、いつものようにメルセデスに乗ってひとりで出かけていった。午前も午後も買い物をしているのだろう、とトムは思っている。いつも帰宅時にはブランド名入りの買い物袋が六個以上はあるからだ。プリッソン家での週に一度の昼食に、トムはほとんど顔を出さない。昼食の席は退屈だし、自分が同席しても、エロイーズの父、ジャックにただ我慢させるだけなのはわかっていたし、胡散くさい仕事に手を出していることをジャックに気づかれていることもわかっていた。胡散くさくない仕事をしている者などいるのか、とトムはよく思う。ジャック・プリッソン自身、税金逃れの所得隠しをしているではないか？あるときエロイーズが、父はルクセンブルクに隠し口座を持っていると、ふと漏らしたことがある（彼女にとってはどうでもいいことだった）。そこでトムも同様の口座を開いた。口座の金はダーワット画材株式会社からの入金と、ロンドンでのダーワットの絵画やデッサンの販売と転売における入金だ――もちろん、後者の入金額はどんどん減っていた。五年以上にわたってダーワットを贋作してきたバーナード・タフツが自ら命を絶って何年にもなるのだから。

とにかく、清廉潔白な人間などいるだろうか？ジャック・プリッソンに不信感をもたれているのは、自分のことをほとんどわかってもらえていないからじゃないか、とトムは思った。ひとつだけジャックにもいい点があり、エロイーズの母、アルレーヌもそうだが、孫欲しさに子どもを産むようエロイーズを責め立てることはないようなのである。このデリケートな問題について、もちろんトムはエロイーズとふたりで話し合っていた。エロイーズは子どもをあまり欲しがっていなかった。強く反対というわけではなく、たんに強く望んではいない、というだけのようである。そうして歳月が過ぎ、いまに至っている。トムはどちらでもよかった。子どもを授かっても心から喜んでくれる両親はいなかった。両親はトムが幼いころに、マサチューセッツのボストン港で溺死した。それで、トムはドッティ叔母の養子になった。やはりボストン出身の叔母は、ど吝嗇だった。ともかく、エロイーズは自分と一緒で幸せなはずだとトムは思っている。すくなくとも満足はしているはずだ。さもなければ、これまでに何度も不満を述べてきただろうし――とっくに離婚しているだろう。エロイーズは我の強い女だ。禿頭の老人ジャックは、娘が幸せに暮らしていることも、娘夫婦がヴィルペルスでかなりしっかりした家を維持していることも、ちゃんとわかっているはずだ。一年に一度あるかないかだが、プリッソン夫妻はベロンブルに来て一緒に晩餐をとる。アルレーヌ・プリッソンがひとりだけで来ることはもうすこしあり、夫婦一緒のときよりもあきらかに楽しそうだ。

　数日間、トムは〝妙なペア〟のことを、つかのま思い出すことがあっても、ほとんど考えもしなかったが、土曜日、午前九時半に、四角い封筒が舞い込んだ。宛名の筆跡に見覚えがなく、とっさに嫌な字だと思った。丸まっこい頭文字で、「ｉ」の上が点ではなくて丸だった。気どりが鼻について、馬鹿っぽい、とトムは思った。「マダムとムッシュー」宛てだったので、トムは開封した。何よりも真っ先に開封した。エロイーズはそのとき二階で入浴していた。

　リプリーご夫妻様

　もしよろしければ、土曜日（明日）にわが家にお越しいただいて食前酒でもご一緒できましたら、幸甚に存じます。六時ごろではいかがでしょうか？　急なこととは承知いたしております。おふたりともご都合がつかなければ、また後日にでも。おふたりとお近づきになれますこと、心より楽しみにしております！

ジャニス&デイヴィッド・プリチャード

裏面は、わが家までの地図です。電話は、四二四－六四三四。

便箋を裏返すと、単純な手描きの地図があった。ヴィルペルスの大通りの線が引かれ、それに直角に交わる線が一本、この道にプリチャードの家とグレの家の印があり、そのふたつの間に小さな空き家が一軒ある。

トン、ト、トン、トムは手紙を指で弾きながら、思案した。招待された日は今日だ。行ってみたい好奇心はある、それは確かだ——敵かもしれない相手のことは知っておくに如くはない——だが、エロイーズは連れていきたくなかった。エロイーズへの言い訳を考えなければ。また、うかがいますと返事をすべきだが、まだ午前九時四十分なので早すぎる、と思った。

トムは残りの郵便物も開封したが、エロイーズ宛ての封筒一通だけは開けずにおいた。この筆跡はノエル・アスレールだろう。パリ在住の、エロイーズの親友だ。どうでもいい郵便物ばかりだった。ニューヨークのマニー・ハニーからの銀行取引明細書。まだこの銀行に当座預金の口座があった。「フォーチュン500」からのダイレクトメール。どういうわけかトムは投資と株の専門誌に興味を持つ金持ちと思われているらしい。トムはその手の仕事（どこに投資するか）を税理士のピエール・ソルウェイに任せていた。ピエールはジャック・プリッソンの仕事もしており、トムはジャックを通して、彼と知り合ったのである。たまに彼は妙案を思いつく。この手の仕事は——仕事と呼ぶことができればだが——トムにはうんざりだったが、エロイーズはそうではなかった（金儲けの素質、すくなくとも金への関心は生まれながらの血筋だろう）。トムとふたりで投資先を決めるにあたっては、事前にエロイーズはいつも進んで父親に相談をもちかけた。

大男のアンリが、午前十一時に来ることになっていた。アンリはときどき木曜日と土曜日を間違えるが、十一時二分すぎに姿を現わした。いつもどおり、肩紐が時代遅れの色褪せた青のオーバーオールを着て、ぼろぼろと言っていいようなつば広の麦わら帽子をかぶっている。赤茶色のひげもたくわえていて、どうやらときどき、はさみでジョキジョキやるようだ。剃るより楽な手だ。ヴァン・ゴッホなら喜んで絵のモデルにしただろう、とトムはよく思う。馬鹿げた想像だが、ゴッホが描いたアンリの肖像画ならば、今日なら三千万ドル近い値がついて売れるだろう。もちろんゴッホの懐には一ペニーも入らないが。

トムは気をとりなおして、二、三週間の留守中にやってもらうことをアンリに説明しはじめた。まず堆肥だ。アンリ、堆肥のかき混ぜを頼んでもいいかな？　裏庭に、円筒型の金網の堆肥箱がある。トムの胸のあたりまでの高さで、直径は一メートル弱、蓋がついていて、金属のピンを抜けば開けることができる。

だが、トムはアンリのあとについて温室のほうへ歩きながら、ひきつづき新しい薔薇の消毒液について話しているのに（話を聞いているのか？）、アンリは温室の入口近くからフォークを持ちだして、堆肥にとりかかった。背が高く、力も強い男を相手に、トムは止める気になれなかった。アンリは堆肥の扱い方を心得ていた。堆肥のなんたるかをわかっているからだ。

「ウイ、ムッシュー」アンリはときおり、おだやかな声で呟く。

「それで——薔薇の話はしたね。さしあたって傷んだところはない。あとは——そこの月桂樹の並木なんだが——とにかく見栄えよく——刈りこみばさみで」並木のてっぺん近くの側面を刈りこむには、トムならば梯子が必要だが、アンリにはいらなかった。ともかく上部はまっすぐ伸びるままにしていたので、両面を平らに刈りこめば、きちんとした生垣に見えるだろう。

トムはうらやましそうにアンリの仕事っぷりを見ていた。左手で金網の箱を押し傾け、右手のフォークで、黒々と見事な色の堆肥を底からかきだした。「おお、すごい！　トレ・ビヤン！」トムはその金網の箱を押してみたが、根でも生えているようにびくともしなかった。

「じつにいい堆肥だ」とアンリが請け合った。

あと、温室にある苗木と、ゼラニウムだ。水やりを頼んでおかなければ。アンリは簀子の床板の上をどすどす歩きながら、わかったというようにうなずいた。アンリは温室の鍵の置き場所を知っている。温室の裏の丸い岩の下だ。トムが温室に鍵をかけるのは夫婦揃(そろ)ってベロンブルを留守にするときだけだった。アンリはその古ぼけた茶色い靴までがヴァン・ゴッホと同時代の産物に見えた。靴底の厚さは二センチ以上、甲革は足首の上まである。先祖代々の靴か？　トムは思う。アンリは歩く時代錯誤だ。

「最低二週間は留守にするんだ」トムが言った。「でもマダム・アネットはずっとここにいるから」

　さらにいくつか細かい指示を出し、伝えるべきことは伝えたと思った。多少の金を渡しておいてもいいだろうと、トムは尻(しり)ポケットから財布を引きだして、二百フランを渡した。「とりあえずこれを、アンリ。しっかり頼むよ」と言いそえた。トムは屋敷に戻ろうとしたが、アンリは立ち去ろうとしなかった。いつもこんなふうで、庭の隅をぶらつきながら、落ちている小枝を拾ったり、小石を脇へ放ったりして、挨拶もないままいなくなっている。「じゃあまた(オー・ルヴォアール)、アンリ！」トムは踵(きびす)をかえして、屋敷へ向かって歩いていった。振りかえると、アンリはフォークを構えていた。堆肥をまたひとかきするつもりなのだろう。

　トムは二階へ上がり、浴室で手を洗うと、モロッコのパンフレットを二、三部手にして、肘(ひじ)掛け椅子にくつろいだ。一ページに写真が十数点、並んでいる。モスク内部の青いモザイク模様、断崖の際(きわ)に並ぶ五門の大砲、明るい色の縞柄(しまがら)の毛布が吊(つ)るされた市場、黄色い砂にピンクのタオルを広げた肌もあらわなビキニ姿のブロンド観光客。反対側のページはタンジールの地図で、青色と紺青色で模式的にくっきり表現されていた。黄色が砂浜で、地中海というかジブラルタル海峡に向かって湾曲して延びる二本の曲線が港である。トムはリベルテ通りを探した。その通りにホテル・エル・ミンザがあり、巨大な市場であるグラン・ソッコまで歩いていける距離のようだ。

電話が鳴った。電話機はベッドのそばに置かれていた。「ぼくが出るから！」トムは階下のエロイーズに叫んだ。彼女はハープシコードでシューベルトの曲を練習していた。

「もしもし？」

「やあ、トム。リーヴズだ」リーヴズ・マイノットからで、電話の回線状況は良好だった。

「いまハンブルク？」

「そうだ。たぶん――エロイーズから聞いていると思うが、前にも電話をしたんだ」

「ああ、聞いている。万事うまくいってる？」

「ああ、もちろん」リーヴズは落ち着きはらった頼もしい声で言った。「用件はだね――そっちに郵便で届けたいものがあるんだ、小さなもので、カセット程度だ。実際――」

カセットテープなんだな、とトムは考えていた。

「爆発物じゃない」リーヴズは続けた。「五日間ほど手元で預かってもらい、それから別の場所に送ってほしい。送り先の住所を書いた紙は封筒に入れて荷物のなかに――」

トムはためらい、多少苛立ったが、それでも自分が応ずることはわかっていた。これまでリーヴズはトムの頼みを喜んで引き受けてくれた――ある人物のために新しいパスポートを手配してくれたし、あの夜は大きなフラットの自宅を隠れ家に提供してくれた。リーヴズは即座に引き受け、見返りを求めない。「引き受けたいが、数日後に、エロイーズとタンジールに行くんだ。そこからさらに別の場所に旅行することになってて」

「タンジール！　結構！　速達で送れば、間に合う。たぶん明日には届く。問題ない。今日、発送するよ。それを転送するのは、どこからでもかまわない――今日から四、五日後にきみがいる場所から、送ってくれればいい」

　まだタンジールにいるだろう、とトムは思った。「だいたい、わかった、リーヴズ」盗み聞きでもされているかのように、思わず声をひそめたが、エロイーズはあいかわらずハープシコードを弾いていた。「タンジールから出すことになるはずだ。あそこから郵送しても大丈夫かな？　ともかくなかなか着かないって注意されたんだ」

　リーヴズが、おなじみの乾いた笑い声をたてた。「これの中身は、『悪魔の詩』のようなものじゃない。頼んだよ、トム」

「わかった――実際は、なんなんだい？」

「言えない。いまはね。重さは三十グラムもない」

　そのあとすぐに電話を切った。送り先の者はすぐにまた別の者にそれを送ることになっているんじゃないか、とトムは思った。介在する人数が多いほど安全だというのが、リーヴズ独自と思われるいつもの持論である。本来、リーヴズは盗品故買人で、仕事が大好きだ。故買(フェンシング)――妙な言葉だが、むしろ故買屋としての振る舞いはリーヴズにとって、子どもが隠れんぼ遊びに興じるような、他人を騙(だま)す魅力があるのだろう。リーヴズ・マイノットがこれまでうまくやってきたことは認めざるをえない。彼はひとりで仕事をしてきた——すくなくとも、ハンブルク市アルトナ区のアパートメントにいつもひとりで住み、その住居が狙われ、爆破されたときも生きのびた。リーヴズが右の頰に十二、三センチにわたる傷を負ったときだって、その原因がなんであれ、ともかく生きのびていた。

パンフレットに戻ろう。次はカサブランカだ。ベッドの上にパンフレットが十部ばかり広がっていた。トムは速達の件を考えた。うちに届いたとき、本人のサインは必要ないはずだ。リーヴズは用心深いから書留にはしない。だから、家の者なら誰でも受け取れるだろう。

あとは、今日の夕方、午後六時にプリチャード夫妻とアペリティフだ。いま午前十一時すぎだから、はやく返事をしなければ。エロイーズになんと言おう？　エロイーズには、プリチャード夫妻の家を訪れることを知られたくなかった。ひとつは彼女を連れていきたくないからだ。さらに、話がこじれるからはっきりとは言いたくないのだが、エロイーズを守るためにも、あのような変人夫婦に近寄らせたくなかった。

トムは階下へ下りた。庭を見てまわろうと思い、マダム・アネットがキッチンにいたら、コーヒーでも頼むつもりでいた。

エロイーズがベージュのハープシコードから立ち上がって、伸びをした。「ねえ、あなたがアンリと話をしていたときに、ノエルから電話があったの。今夜、うちで一緒に食事をしたいんですって。たぶん泊まっていくかも。かまわない？」

「ああ、もちろん。全然かまわないよ」ノエル・アスレールが電話してきて、うちへ押しかけてくるのは、今回がはじめてのことじゃない。彼女は愛想がよく、トムも悪い感情は何ももっていない。「来るように言ったんだろう」

「言ったわ。気の毒に（ラ・ポーヴル）――」エロイーズは笑いだした。「男なのよ。ノエルったら、相手の男が本気だと思い込んじゃってたから！　優しい男じゃないわね」

逃げられたのか、とトムは思った。「それで、落ちこんでるの？」

「それほどでもないし、すぐ立ち直るわ。彼女、車を運転しないの。だから、フォンテーヌブローの駅まで迎えにいってくる」

「何時に？」

「七時ごろ。時刻表を見てみる」

トムはほっとした。多少は気が楽になった。本当のことを話す決心をした。「今朝（けさ）ね、まさかと思うだろうが、プリチャード夫妻から招待状が届いたんだ――ほら、あのアメリカ人夫婦。今日の夕方六時ごろ、ふたりで飲みにきてくださいって。ぼくひとりで、行ってきてもいいかな？――彼らのことをもうすこし知りたいんでね」

「どおぞ」とエロイーズが言った。しゃべり方も外見もティーンエイジャーのようだ。とても二十代後半には見えない。「気にしないで。夕食には戻るんでしょう？」

トムはにっこり笑った。「ぜったい戻るよ」

4

トムは結局、ダリアを三本切りとって、プリチャード夫妻に持っていくことにした。正午に、招待に応じる電話をかけた際、ジャニス・プリチャードは嬉(うれ)しそうだった。トムは、あいにく妻は六時ごろに駅まで友人を迎えにいく予定があるため、ひとりでうかがいますと伝えていた。

　六時すぎには、茶色のルノーでプリチャード家の私設車道を進んでいた。日没前で、まだ暑かった。トムはワイシャツとズボンにサマージャケットをはおり、ネクタイは締めていない。

「まあ、ミスター・リプリー、ようこそ！」玄関ポーチに立っていたジャニス・プリチャードが言った。

「こんばんは」トムは笑顔で応じた。ポーチの階段を上がり、赤いダリアを差し出した。

「切ったばかりです。うちの庭から」

「あら、すてき！　花瓶を持ってきますね。どうぞなかへ。デイヴィッド！」

　トムは狭い玄関ホールを進み、見覚えのある真四角の白いリビングルームに入った。醜悪といってもいい暖炉は以前のままで、白く塗られた木枠に、場違いな濃いワイン色の装飾。ソファと肘掛(ひじか)け椅子(いす)を除けば、どの家具もすべて偽物の田舎風といった印象だ。そこへデイヴィッド・プリチャードが布巾で両手を拭いながら入ってきた。ワイシャツ姿で、上着は着ていない。

「こんばんは、ミスター・リプリー！　ようこそ。いまカナッペを作ってたんですよ」

ジャニスが恭しく笑顔を見せた。思っていたより細身の女性で、薄い青の綿のスラックスに、赤と黒の長袖のブラウス、首と手首には襞飾りがある。ふわっとふくらんだショートカットの髪は、薄茶色というよりむしろ感じのいい杏色だ。

「さあ――何を召し上がります？」デイヴィッドは尋ね、黒縁の眼鏡越しにトムをそっと見つめた。

「なんでもあると思いますよ」ジャニスが言った。

「そうですね――ジントニックは？」

「すぐにお持ちします。きみはミスター・リプリーにうちを見ていただきたいんだろう」デイヴィッドが言った。

「ええ。差し支えなければ」ジャニスは細い首をかしげた。その仕種は、前にも思ったが、いたずら好きな小妖精を思わせた。首にあわせて傾いた眼差しはどことなく不穏な感じがした。

　リビングの奥は食堂で（その左手がキッチンだ）、どっしりしたテーブルを囲んで、背もたれの高い椅子が並んでいる。悪趣味なまがい物のアンティークという印象に拍車をかけた。椅子の座面は教会の会衆席のように座り心地が悪そうだ。派手な暖炉の脇に階段があり、ジャニスと一緒に上がっていった。彼女はずっと話しつづけていた。寝室がふた部屋、その間に浴室、二階はそれだけだった。壁紙はどこもかしこも地味な花柄である。廊下に絵が一枚あったが、これも花の絵で、ホテルの部屋で見かける類いのものだ。

「借りられているんですよね」階段を下りながら、トムが言った。

「あら、そうなんです。本当にここに住みたいのか、この家でいいのか、決めかねていて。でも、ほら、あの照り返し！　あれをお見せしたくて、横の雨戸を広く開けておいたんです」

「なるほど――見事ですね！」ちょうど一階の天井下まで下りていたので、階段から、灰色と白のさざ波が天井に映っているのが見えた。陽の光が庭の池に反射しているのだ。

「もちろん、風が吹けば、それはもう――生き生きと！」ジャニスは甲高い声でくすくす笑った。

「家具は自前ですか？」

「ええ。でも、家主からの借り物もあります。食堂の椅子やテーブルとか。すこし重たいように思うけど」

　トムは発言を控えた。

　デイヴィッド・プリチャードは、まがい物の頑丈なアンティークのコーヒーテーブルに飲みものを用意していた。カナッペはとろりとしたチーズが爪楊枝で刺してある。詰め物をしたオリーブもあった。

トムは肘掛け椅子に、プリチャード夫妻はソファに並んで腰をおろした。ソファには、肘掛け椅子と同じように、インド更紗風の花模様のカバーがかけられている。この家でいちばん目ざわりでないものだ。

「乾杯!」デイヴィッドがグラスをあげた。エプロンは外している。「新しい隣人たちに!」

「乾杯!」トムもそう言って、ひと口飲んだ。

「奥様がいらっしゃらなくて残念です」とデイヴィッドが言った。

「妻も残念がっていました。いずれまた。いかがですか——INSEADでは、何を学ばれているんです?」

「マーケティングの講義を受講しています。多角的に。マーケティングと一緒に、その分析方法を」デイヴィッド・プリチャードの話し方は明確で率直だった。

「多角的に!」ジャニスは苦笑まじりに、またくすくす笑った。飲んでいるピンク色っぽいものは、白ワインにカシスをほどよく加えたキールだろうか。

「授業はフランス語なんですか?」トムが訊いた。

「フランス語と英語です。フランス語も、まあまあできますが、まだまだ努力不足ですね」デイヴィッドのrの発音が耳ざわりだ。「マーケティングを学ぶことで、仕事がさまざまな方面に広がります」

「ご出身はアメリカのどちらで？」トムは訊いた。

「インディアナ州のベッドフォードです。その後、しばらくシカゴで働きました。ずっと営業畑です」

トムは相手の話を半分しか信用していなかった。

ジャニス・プリチャードはそわそわしていた。手は細く、爪には薄いピンクのマニキュアが塗られ、よく手入れされていた。指には結婚指輪というより婚約指輪のように見える小さなダイヤの指輪をしていた。

「ミセス・プリチャード」トムは愛想よく切りだした。「あなたも、やはり中西部のご出身ですか？」

「いいえ、生まれはワシントンなんです。でも、カンザスにも、オハイオにも住んでいましたし、それから――」ジャニスは台詞を忘れた女の子のように口ごもって俯いた。膝の上に組まれた両手がせわしなく動いている。

「住んでは苦しみ、住んでは――」デイヴィッド・プリチャードはあまり冗談には聞こえない口調で言い、かなり冷ややかな目でジャニスを睨みつけた。

トムはびっくりした。喧嘩でもしていたのだろうか？

「そんな話はしてないわ」ジャニスが言った。「ミスター・リプリーは出身地を尋ねているのよ――」

「細かい話は必要ない」プリチャードは肩幅の広い上半身だけわずかにジャニスのほうへ

向けた。「だろう？」

ジャニスは怯（おび）えた様子で口をつぐみながらも、微笑（ほほえ）もうとして、トムにちらりと視線を向けた。ごめんなさい、このことは気にしないで、と訴えかけるような一瞥（いちべつ）だった。

「だが、話したいんだろう」プリチャードはなおも言った。

「細かい話を？　わからないわ――」

「いったいどうされたんですか？」トムは微笑を浮かべて、口をはさんだ。「わたしはジャニスに出身地を尋ねただけで」

「あら、ジャニスと呼んでくださって、ありがとう、ミスター・リプリー！」

トムは仕方なく笑った。それでこの場の空気が和めばと思った。

「ほらね、デイヴィッド？」とジャニスは言った。

デイヴィッドはソファのクッションに背中をあずけた姿勢を崩さず、無言でジャニスを睨んでいる。

トムはジントニックをひと口すすった。うまかった。上着のポケットから煙草（たばこ）を取り出した。「今月はおふたりで、どこかへお出かけするんですか？」

ジャニスはデイヴィッドを見た。

「いや」デイヴィッド・プリチャードが言った。「本の入った段ボール箱をまだ開けてもいなくて。ガレージに入れっぱなしなんです」

トムは本棚をふたつ目にしていた。ひとつは二階、もうひとつは階下にあったが、どちらもペーパーバックが何冊かある以外は空っぽだった。

「本はここにあるだけじゃないんです」ジャニスが言った。「まだ――」

「ミスター・リプリーは本のある場所が聞きたいわけじゃない――上等な毛布のある場所が聞きたいわけでもない、ジャニス」デイヴィッドが言った。

トムは聞きたかったが、黙っていた。

「ミスター・リプリー」デイヴィッドは続けた。「この夏は、美しい奥様とご旅行でも？一度だけ、遠くからですが、奥様をお見かけしたことがあります」

「いや」トムはまだはっきりとは決めかねているように、いくぶん考えこみながら答えた。「今年はじっとしていてもいいかな」

「うちの本は、ほとんどロンドンにあるんです」ジャニスは姿勢を正して、トムを見つめた。「ささやかながらアパートメントを持ってまして――ブリクストン地区なの」

デイヴィッド・プリチャードは苦々しげに妻を見た。ひと息ついて、トムに向かって言った。「そう。ところで、わたしたちには共通の知人が何人かいるんじゃないかと思っています。シンシア・グラッドナー、ご存じですよね？」

その名前はすぐにわかった。いまは亡きバーナード・タフツのガールフレンドで、フィアンセだった女だ。彼女はバーナードを愛していたが、ダーワットの贋作を続ける彼に我慢できず、ふたりは別れた。「シンシア……」トムは記憶を探るように言った。

「彼女はバックマスター画廊の方々を知っています」デイヴィッドは続けた。「本人からそう聞きました」

　いま嘘発見器にかけられたらパスできない、とトムは思った。あきらかに心臓の鼓動が速まっていた。「ああ、はい。ブロンドがかった——そう、金髪の女性でしたね」シンシアはプリチャード夫妻にどこまで話したんだ、とトムは訝しんだ。どんな内容であれ、なぜこんな退屈な連中に話すんだ？　シンシアはおしゃべりな女じゃないし、社会的地位はプリチャード夫妻のほうがいくらか下だ。シンシアがトムを困らせて破滅させたければ、何年も前にとっくにできた。もちろん、ダーワットの贋作も暴露できたのに、彼女はそれをしなかった。

「ことによると、あなたのほうがロンドンのバックマスター画廊の方々をよくご存じかもしれない」とデイヴィッドが言った。

「あなたのほうが？」

「シンシアよりも」

「まったく知りませんよ。画廊には何度か行ったことがあるだけです。ダーワットが好きなんです。嫌いな人なんていませんよね」トムはにっこりした。「あの画廊はダーワットを一手に扱ってますから」

「あそこで何点か買われてますよね？」

「何点か？」トムは笑った。「あんなに高価なダーワットを？　二点、持ってますが、購入したのはまだそれほど高くないときでしてね。ごく初期の。いまは保険をかけています」

　数秒間の沈黙。プリチャードは次の手を考えているのか。やはりディッキー・グリーンリーフになりすました電話の声はジャニスだったんじゃないか、とトムは思った。ジャニスは甲高い声から、静かに話すときのかなり低い声まで、音域が広い。プリチャード夫妻はトム・リプリーの過去を知っているのではないか、という疑いは正しかったのか？——新聞のバックナンバー、シンシア・グラッドナーのような人間から聞きだした話を通じて、できる限り調べあげた上で、ただトムを弄んで怒らせたいだけなのか、もしや何かを白状させたいのか？　プリチャード夫妻は何を探り出そうと思っているんだ？　この男が警察官とは思えない。だがわからない。ＣＩＡには外部の契約職員がいる。ＦＢＩもそうだ。リー・ハーヴェイ・オズワルドはＣＩＡのそうした工作員のひとりで、例の事件では身代わりにさせられたという。強請（ゆすり）、金がプリチャード夫妻の目的か？　ぞっとするような考えだ。

「お代わりはいかがですか、ミスター・リプリー？」デイヴィッド・プリチャードが訊いた。

「ありがとう。では、半分ほど」

　プリチャードはジャニスを無視し、トムと自分のグラスを持って、お代わりを作りにキッチンへ入っていった。食堂からキッチンに入るドアは開いていた——リビングルームでの話をキッチンから聞かれても、たいして問題ない、とトムは思った。だが、ジャニスが口を開くのを待とう。いや、どうする？

トムは言った。「あなたもお仕事をされてるんですか、ミセス——ジャニス？　それともいまは何も？」

「あら、カンザスで秘書をしてたんです。そのあと、歌の勉強を——ヴォイス・トレーニングです——最初はワシントンで。意外かもしれませんが、あそこにはたくさん学校があるんです、でも、そのあと——」

「わたしと出会ったんですよ、運悪く」デイヴィッドが小さな丸いトレイにグラスをふたつ載せて、戻ってきた。

「あなたがそう言うのなら」ジャニスがわざと澄ました口調で言い、静かに低い声で言いそえた。「わかってないのね」

まだ腰をおろしていなかったデイヴィッドは、ジャニスに一撃を喰らわす真似をした。丸めた拳を彼女の顔と右肩にかすめさせ、反対の手のひらにバシッと撃ちつけた。「痛い目にあわせるぞ」顔が笑っていなかった。

ジャニスはひるまなかった。「でも、たまにはわたしの番ね」と彼女は応じた。

ふたりは他愛ないゲームに興じている、とトムには思えた。ベッドで仲直りか？　想像するのも不愉快だ。シンシアとのつながりについては、どうしても気になる。あれはパンドラの箱だ。もしプリチャード夫妻かほかの誰かが箱を開けたならば——とりわけシンシア・グラッドナーは、バックマスター画廊の関係者なみに真相を——晩年の六十点あまりの「ダーワット」が贋作であることを知っている。その彼女が真実を語ったならば、箱の蓋を閉めようとしても無駄である。あれほど高価な絵画はすべて無価値も同然となる。例外は、出来のいい贋作を珍重する物好きなコレクターぐらいで、事実、トムはその例外だ。だがいったい彼のように、正義と真実に対して斜に構えた態度をとる者など、この世にどれだけいるものだろうか？

「シンシア――グラッドナーでしたか、彼女は元気ですか？」トムは言った。「もうずいぶん会ってません。たしか、かなり物静かな人でしたね」トムはシンシアにひどく憎まれていることもおぼえている。ダーワットが自殺して、バーナード・タフツにダーワットの贋作を描かせることを思いついたのが、トムだったからだ。バーナードはすばらしい偽物を見事に描き、ロンドンの屋根裏部屋のアトリエでゆっくりと着実に仕事をしたが、その結果、人生を台なしにした。ダーワットとその作品を崇拝し尊敬するあまり、最後には、許しがたいほどダーワットを裏切ったと感じるようになったのだ。神経をすり減らし、バーナードは自殺した。

デイヴィッド・プリチャードは答えをじらして楽しんでいる。トムはシンシアのことが気がかりで、彼女の話をプリチャードから引き出したがっている、とプリチャードが考えていることはトムにはわかっている（とトムは思っていた）。

「物静かな人？　とんでもない」プリチャードはようやく答えた。

「ちがいますね」ジャニスが笑顔を輝かせて言った。フィルターつき煙草を吸っている。

手の動きは先ほどより落ち着いていたが、煙草を支えながらも、両手を組んだままだ。彼女の視線は夫からトムへ、トムから夫へと行き来していた。

この答えが意味するのは――シンシアがプリチャード夫妻に秘密をすべて漏らしてしまった、ということか？　それは単純に信じがたい。もしそうならば、プリチャード夫妻に何もかも話させてみようじゃないか。晩年の六十点あまりのダーワットについてバックマスター画廊は詐欺を働いている、と。

「彼女、いまは結婚してるんですか？」トムは尋ねた。

「そうだと思います、独身だったかしら、デイヴィッド？」ジャニスはそう訊いて、つかのま二の腕を手のひらでさすった。

「おぼえてない」デイヴィッドは言った。「とにかく、わたしたちは彼女に二、三度お会いしてますが、そのときはいつもおひとりでしたね」

どこで会ったんだ、とトムは思った。誰がシンシアをふたりに紹介した？　だが、トムはそれ以上追及するのをためらった。ジャニスは腕を打撲しているのだろうか。だから、八月の暑いさなかにあんな妙な長袖の綿のブラウスを着ているのか？　暴力夫に負わされた青あざを隠すために？　「おふたりは、芸術展には行かれますか？」とトムが訊いた。

「芸術ですか――ハハ！」デイヴィッドは妻をちらりと見て、心からおかしそうに笑った。

煙草を手にしていないジャニスは、固く閉じた両膝の上で、また指をそわそわと動かしている。「もっと何か楽しいお話をしません？」

「芸術より楽しいものがあるでしょうか？」トムは笑顔で尋ねた。「セザンヌの風景画を観るあの喜び！　栗の木、田舎道——家々の屋根の、あの暖かいオレンジ色」トムは笑った。温厚な笑いだった。そろそろ辞去する頃合いだが、もっと情報を得るには、何を言えばいいのかを考えていた。ジャニスに皿を差し出され、二個目のチーズ・カナッペを手にとった。カメラマンのジェフ・コンスタントとフリー・ジャーナリストのエド・バンバリーについては何も言う気はなかった。彼らは何年も前に、バーナード・タフツの贋作の力とそこから得た資金をもとに、バックマスター画廊を買いとっていた。トムにもダーワットの売上げから歩合が入っている。近年、その額は横ばいだが、バーナード・タフツの死後、もはや贋作は現われないのだから、それも当然だった。

　セザンヌに関するトムの真面目な意見は耳に届かないようだ。トムは腕時計をちらりと見た。「妻が気がかりですので」彼は言った。「そろそろお暇しなければ」

「しばらくお引き止めしましょうか？」デイヴィッドが言った。

「引き止める？」トムはすでに立ち上がっていた。

「ここから外に出さない、ということです」

「あら、デイヴィッド！　ミスター・リプリーとゲームする気？」ジャニスはいたたまれない様子で身もだえしながらも、笑顔で小首をかしげた。「ミスター・リプリーはゲームなどお好きじゃないわ！」彼女の声はまた甲高くなった。

「ミスター・リプリーはゲームがとてもお好きなんだよ」デイヴィッド・プリチャードは

言った。ソファの上で姿勢を正し、大きな両手を腰にあて、がっしりした太腿の存在感が増している。「わたしたちが帰したくないと思えば、あなたは帰ることができない。わたしには柔道の心得もある」

「ほう」正面のドア、このリビングに入るときに通ったドアは、ここから六メートルほど背後だ。プリチャードとの格闘は避けたいが、そうなったときの防衛策は考えていた。たとえば、両者の間にある重い灰皿を掴みとってもいい。灰皿は、ローマでフレディ・マイルズの額をやったときは大成功だった。一撃で、フレディは絶命した。トムはプリチャードを凝視した。うんざりする男だ、太りすぎで、月並みで、凡庸で、退屈な男。「これで失礼します。いろいろとありがとう、ジャニス。それに、ミスター・プリチャード」トムはにっこりして、背中を向けた。

背後からは何も聞こえず、玄関ホールへの戸口まで来て、後ろを振りかえった。ミスター・プリチャードは自分が仕掛けた〝ゲーム〟など忘れたかのように、ただゆっくりとこちらに向かってきた。ジャニスがそばでそわそわしている。「必要なものは近所で入手できますか?」トムが尋ねた。「スーパーマーケットや金物店は? やはりモレまで行けばなんでもありますよ。とにかく、いちばん近いし」

夫婦は相槌を打った。

「グリーンリーフ家から連絡はありますか?」デイヴィッド・プリチャードが尋ねてきた。背を高く見せようとするかのように、頭をのけぞらせていた。

「ときどきですがね。ありますよ」トムはなおも愛想のいい態度を装った。「ミスター・グリーンリーフをご存じなんですか？」

「どちらの？」デイヴィッドは冗談っぽく、なかば乱暴に訊いた。

「では、ご存じないのですね」とトムは言った。リビングルームの天井を見上げると、池に反射した陽光の円形が揺れている。太陽は木々の向こうに沈もうとしていた。

「雨が降ったら、人が溺れるほどの水嵩になるんです」トムが一瞥した先に気づいて、ジャニスが言った。

「あの池、けっこう深いんですか？」

「まあ――一メートル半ほどですか」プリチャードが答えた。「底は泥が深いようです。歩いて渡るのは無理だな」彼は四角い歯を見せて、にっこり笑った。

感じのいい、無邪気な笑いのようにも思っていたが、いまはもう、この男のことはよくわかっていた。トムはポーチの階段を芝生のほうへ下りていった。「ありがとう。また近いうちにお会いしましょう」

「ぜひに！　お越しくださってありがとう」デイヴィッドが言った。

不気味な連中だ、帰路、車を走らせながら、トムは思った。それとも、自分がもはや完全にアメリカと無縁になっただけなのか？　アメリカの小さな町ならどこでも、プリチャード夫妻のようなカップルは珍しくないのか？　妙な劣等感でも抱えているのか？　ちょうど若い男女——十七、八歳ごろ——で、腹囲二メートル以上になるまで食べる者がいるように？　そんな若者がフロリダやカリフォルニアに多く見られる、とトムは何かで読んだ。こうした極端な者は、過食のあとには、苛酷なダイエットに走り、骨と皮だけになるまで続けると、また同じことをくり返す。一種の自己強迫観念だ、とトムは思った。

　自宅の門は開いていた。ベロンブルの前庭に入って、灰色の砂利(じゃり)をやさしくじゃりじゃり鳴らしながら進み、ガレージの左側に車を入れた。隣には赤いメルセデスが駐車している。

　ノエル・アスレールとエロイーズがリビングルームの黄色いソファに並んで座っていた。ノエルはいつもどおりに陽気な笑い声を響かせている。今夜の黒髪はノエルの地毛で、長めのストレートだ。彼女はウィッグを愛用している——ほとんど、変装の域だ。なんのつもりなのか、トムにはさっぱりわからなかった。

「こんばんは。元気だった、ノエル？」トムは言った。

「元気よ(ビヤン)、ありがとう(メルシー)」ノエルが言った。「あなたは(エ・トワ)？」

「人生について話し合っていたの」エロイーズが英語で言った。

「それは高尚な話題だ」トムはフランス語で続けた。「夕食を待たせてない？」

「ちっとも(メ・ノン)！」とエロイーズが言った。

　トムはソファに座るエロイーズのすらりとした姿を愛(め)でるように眺めた。裸足(はだし)の左足を右膝に載せている。エロイーズとは対照的に、緊張に身もだえしていたジャニス・プリチャード！「というのも、夕食の前に電話を一本かけたいんだ、かまわないかな」「かければ」エロイーズは言った。

「じゃあ、ちょっと」トムはリビングを出て二階の自室に上がると、浴室で手早く手を洗った。先ほどのような不愉快な出来事のあとは、いつも手を洗いたくなる。今晩はエロイーズもこの浴室を使うんだったな、とトムは気づいた。エロイーズの自室の浴室は、彼女が客を泊めるときはいつも客に使ってもらっている。浴室にはドアがもうひとつあり、エロイーズの寝室とつながっている。トムはこのドアに鍵がかかっていないか確認した。胸糞悪い体験だった。牛のような恰幅のプリチャードが「しばらくお引き止めしましょうか？」と言いだし、ジャニスは執着するように、じっと見ていた。あの女は夫に手を貸す気だったのか？　そうだろう、とトムは思った。たぶん、機械人形のように言いなりだ。なぜ？

トムはタオルをぽいとタオル掛けに放り、電話に向かった。茶色の革製の住所録がそばにあり、ジェフ・コンスタントの番号もエド・バンバリーの番号もおぼえていなかったから、確認する必要があった。

まずはジェフだ。トムの知る限り、ジェフは個人のスタジオをかまえるロンドンのノースウエスタン八区にいまもまだ住んでいるはずだ。腕時計を見ると、七時二十二分。彼はダイヤルをまわした。

呼び出し音が三回鳴り、留守番電話に変わった。トムはボールペンを手にして、別の番号をメモした。「……午後九時まではこの番号を」ジェフの声だった。

フランス時間では午後十時だ。彼はメモした番号にダイヤルした。男の声が出て、パーティの最中であるかのように、騒々しい雑音がする。

「ジェフ・コンスタント」トムはくり返した。「ジェフ・コンスタントはそちらでしょうか？　カメラマンの」

「ああ、カメラマンの！　少々お待ちください。失礼ですがお名前は？」

トムは名乗りたくなかった。「トムとだけ伝えてくれますか？」

かなり長いこと待たされてから、すこし息切れした声のジェフが出た。パーティのばか騒ぎは続いている。「ああ、トムか！　別のトムだと思ったよ……結婚式で、披露宴の真っ最中なんだ。どうしたんだ？」

トムにとってパーティの騒音は好都合だった。ジェフは大声を出さざるをえず、話に耳を傾けざるをえない。「デイヴィッド・プリチャードという男を知っているかい？　三十五歳ぐらいのアメリカ人で、黒髪、ジャニスというブロンドの奥さんがいる」

「知らないな」

「エド・バンバリーにも訊いてもらえるかな？　エドに連絡はとれる？」

「ああ、ちょっと前に引っ越ししたけどね。訊いてみるよ。住所をおぼえてないな」

「実は――このアメリカ人が、ぼくの村に家を借りてね、最近、シンシア・グラッドナーに会ったと言っているんだ――ロンドンで会った、と。このプリチャード夫妻から、悪意に満ちた中傷を受けている。だが――バーナードのことではない」トムはその名前を口にして息が詰まった。ジェフの頭脳がカチカチと音をたてるのが聞こえるようだ。「この男はどうやってシンシアと会ったのだろう？　シンシアはこれまで画廊に来たことがある？」オールド・ボンド街にあるバックマスター画廊のことだ。

「ないね」ジェフはきっぱり言った。

「シンシアと会ったというのも、あやしいと思ってる。でも、シンシアのことを知っているのは確かだ――」

「ダーワットの親族と関わりでもあるんだろうか？」

「どうかな。まさかシンシアがそんな下司な真似はしないよね。漏らしたり――」トムは言葉を呑んだ。恐ろしいことに、妻の協力の有無はともかくプリチャードが自分に関する情報をかき集めていることはわかっていた。それも、ディッキー・グリーンリーフまでさかのぼって。

「シンシアは誠実な女だ」ジェフは心から真剣に言った。電話の向こうでは乱痴気騒ぎが続いている。「エドにも訊いてみるよ――」

「できれば、今夜にでも頼む。ぼくのほうは何時でもいい、遠慮なく電話をかけてほしい――そう、イギリス時間で深夜零時でも。明日も、自宅にいる」

「そのプリチャードは何を企んでいるんだ？」

「問題はそこだ。なんらかの悪意がある。どんな悪意かと訊かれても、まだわからない」

「つまり、その男は口にしたこと以外にもまだいろいろ知っているかもしれない、と？」

「そうだ。それに——言うまでもないが、ぼくはシンシアに嫌われている」トムはできるだけ静かに、かろうじて聞こえる声で言った。

「われわれはみんな彼女から嫌われているさ！　おれかエドから連絡するよ、トム」

ふたりは電話を切った。

夕食になり、マダム・アネットの給仕で、大変美味な澄ましスープは十五種類の素材を煮詰めたかのような味、つづいてエクルヴィスのマヨネーズとレモンあえ、それに冷えた白ワイン。その夜はまだ暑く、フランス窓が開いている。女性たちは北アフリカの話をしていた。ノエル・アスレールは一度ならず行ったことがあるようだ。

「……タクシーにはメーターがないから、運転手に言われた金額を支払うの……気候はほんとにすてき！」ノエルはほとんど恍惚と両手をあげ、白ナプキンを手にとって指先を拭いた。「あの風！　暑くないのよ、一日じゅう、気持ちのいい風が吹いているから……そうそう！　言葉！　アラビア語なんて無理よ」彼女は笑った。「どこへ行っても、フランス語で大丈夫」

さらに、いくつか助言してくれた。水を飲むときは、ミネラルウォーターを。ペットボトルの、シディなんとか。お腹をこわしたら、イモディウムという薬。

「市販の抗生物質を買っておいてね。処方箋の要らない薬を」ノエルは快活に言った。

「たとえば、ルビトラシン。安いんだから！　使用期限は五年よ！　ほんとなんだから、なぜって……」

エロイーズはじっと聞いていた。彼女ははじめての土地が好きだった。意外ながら、元フランス保護領のモロッコは家族に連れていってもらったことがなかったようだ。プリッソン家のヴァカンスはいつもヨーロッパだったらしい。

「プリッカートご夫妻は、どうだった？」エロイーズが訊いた。トムはちらりとノエルを見た。彼女はただ儀礼的な興味で話を聞いている。「まさにアメリカ人だ」トムは続けた。「デイヴィッドはフォンテーヌブローのINSEADでマーケティングを学んでいる。ジャニスは何しているのかわからない。家具がひどい代物なんだ」

ノエルが笑った。「どんな？」

「田舎風でね。スーパーマーケットで買ったんだ。ほんとに重たい」トムは顔をしかめた。「プリチャード夫妻もあまり好感をもてないな」おだやかに言って、微笑んだ。

「子どもはいるの？」エロイーズが訊いた。

「いない。ぼくたちが付き合いたいような相手ではないと思うよ、エロイーズ。だから、ぼくだけで行って、よかったよ。きみは我慢しなくてすんだ」トムは笑いながら、ワインの罎に手を伸ばし、みんなのグラスに少しずつ注いだ。

夕食後は、フランス語でスクラブル（盤面で行なう字並べゲーム）に興じた。これこそトムの求めていたくつろぎだ。あの凡庸なデイヴィッド・プリチャードが頭から離れなくなりつつあった。

ジェフも言っていたが、あの男は何を企んでいるんだ。

深夜零時には、トムは二階の自室で、「ル・モンド」と「ヘラルド・トリビューン」の土日合併号を持ちこんでベッドにいた。

しばらくすると、暗がりのなかで電話が鳴って、目が覚めた。エロイーズには、深夜に電話があるかもしれないから、部屋の電話は回線を外しておいてね、と頼んでおいたことをとっさに思い出した。そうしておいてよかった。エロイーズはノエルと話しこんで遅くまで起きていた。

「もしもし？」トムが言った。

「やあ、トム！　エド・バンバリーだ。こんな遅い時間に申し訳ない。ついさっきジェフの留守電を聞いてね。その限りでは、かなり重要なことだと思う」エドの平易で的確な言葉遣いは、かつてなく的確に感じられた。「プリチャードという名の男だろう？」

「そうだ。それに、その妻。ふたりは――この村に家を借りている。そして、シンシア・グラッドナーと会ったことがあると言っている。そのことで何か知ってるかい？」

「いいや」エドが言った。「だが、その男については聞いたことがある。ニック――ニック・ホールというのは画廊の新しいマネージャーで、彼から聞いたんだが、あるアメリカ人がやってきて――マーチソンのことを尋ねられたという」

「マーチソン！」トムは低い声で、くり返した。

「そう、驚いたよ。ニックはまだここに一年もいないから、行方（ゆくえ）不明になったマーチソンのことは何も知らない」

エド・バンバリーは、まるでマーチソンが実際に行方不明であるように言ったが、事実は、トムに殺されていた。「確認したいんだが、エド、プリチャードはぼくのことで何か言うか訊くかしてきただろうか？」

「きみの名前は出てこなかった。ニックにはいろいろ尋ねたんだが、もちろん、怪しまれてはまずいしね！」エドの笑い声がはじけた。懐かしい響きだった。

「ニックは、シンシアについては何か言ってないか――たとえば、プリチャードが彼女と話をしたとか？」

「いや、何も。その件はジェフから聞いた。ニックはシンシアを知らないだろう」

エドとシンシアは、かなりの付き合いがあった。それはわかっている。「プリチャードがどうしてシンシアと会ったか――実際に会ったかどうか、はっきりさせたい」

「しかし、そのプリチャードって奴、何をごちゃごちゃ言っているんだ？」とエドが訊いた。

「ぼくの過去を探っている。じつに忌々（いまいま）しい」トムが言った。「暗闇（くらやみ）のなか――どこかで溺死（できし）してほしい」

エドが短く笑った。「バーナードについては何か言われたか？」

「いや、幸いにね。マーチソンについても何も言わなかった――ぼくにはね。プリチャードと飲んだんだが、それだけだ。プリチャードは人を弄んでいる。嫌な奴だ」

ふたりとも、愉快そうに短い笑い声をあげた。

「ところで」トムが言った。「そのニックだが、バーナードやその絡みの件を知っているのか？」

「知らないと思うよ。何か勘づいてるかもしれないが、もしそうでも、その疑念を口に出さないでいる」

「疑念？　恐喝される可能性だってあるんだぞ、エド。ニック・ホールは何ひとつ怪しんでいないか――あるいは、われわれの仲間か。どっちなんだ」

エドはため息をついた。「ニックが疑念を抱いていると考える根拠はないんだ、トム――ぼくたちには共通の友人がいてね。ニックは挫折した作曲家なんだ、まだ諦めてはいないが。いまも仕事を探していて、画廊の仕事もそのひとつにすぎない。それはたしかに、絵については知識も関心もたいしてない。画廊には値段に関する基礎的な資料が揃っているだけだから、どんなことでも何か必要があれば、ジェフかぼくに電話で連絡することになっている」

「ニックの歳は？」

「三十前後だ。ブライトン出身でね。家族がそこにいる」

「ニックには、何も訊かないでもらえるかな――シンシアのことは」とトムが言った。思わず独りごちたかのようだった。「心配なんだ、彼女が何かしゃべったんじゃないかと思うと。何もかも知られてるんでね」トムは囁くように言った。「彼女のひと言かふた言で

──」

「彼女はそんな人間じゃない。しゃべれば、とにかくバーナードに傷をつけることになる。間違いなく、それはわかっているはずだ。彼女はバーナードの思い出を大切にしている──たしかに大切にしているんだ」

「彼女とはときどき会ってる？」

「まさか。画廊に来たこともない」

「たとえば、彼女がいま結婚しているかどうかも知らないわけか？」

「知らない」エドが言った。「電話帳を見て、現在もグラッドナーの姓で載っていれば、わかるよ」

「うーん、そう、そうだな。電話番号はたしか、ロンドンのベイズウォーターだったと思う。住所はまったく知らない。プリチャードが彼女に本当に会ったとすれば、どうやって会ったか、もしわかったら、連絡してもらいたい、エド。重要なことかもしれないので」

エド・バンバリーは約束した。

「あ、きみの電話番号は、エド？」トムは書きとめた。コヴェント・ガーデン地区の新しい住所も控えた。

彼らは別れの挨拶(あいさつ)をして、電話を終えた。

トムはしばらく廊下のほうに聞き耳を立て、電話の音で誰かを起こさなかったか、ドアの下から明かりが漏れてこないか確認して（暗いままだった）、ベッドに戻った。

マーチソンとはね、やれやれ！　ヴィルペルスのトムの家にひと晩泊まったときを最後に、マーチソンは消息を絶った。旅行鞄がオルリー空港で発見されたが、それだけだった。搭乗予定の飛行機にも乗らなかったと思われる――いや、乗っていないことが確認されている。マーチソンの遺体は、ヴィルペルスから遠くない、ロワン川、あるいはその支流の運河に沈められた。ダーワットの贋作に勘づいたマーチソンは、エドとジェフは最低限のことしか尋ねてこなかった。バックマスター画廊のオーナー、エドとジェフは最低限のことしか尋ねてこなかった。その結果、関係者全員が救われた。もちろん、トムの名前は新聞に載ったが、それも短期間にすぎない。マーチソンをオルリー空港まで送っていったという彼の証言は説得力があった。

　それは、気が進まぬままに犯し、犯したことを悔いている、もうひとつの殺人だった。マフィアを絞殺した二件は別だ。あれは、喜びと達成感があった。ベロンブルの裏手の森からマーチソンの死体を掘りだすのを手伝ってくれたのがバーナード・タフツだ。その数日前に、トムがひとりで死体を埋めたのだが、墓穴は浅く、発覚の恐れがあった。真夜中、トムはバーナードとともに死体を防水布かキャンバスシートのようなもので包むと、ステーションワゴンに乗せて、ロワン川か運河にかかる橋まで運び、ふたりがかりだったからさほどの困難もなく、欄干からマーチソンを――石の錘を入れて――投げ落とした。あのときバーナードはトムの指示に兵士のように従っていたが、ほかのことでは別の名誉の基準を優先する、自分ひとりの孤独な世界に生きる男だった。自ら崇拝するダーワットの作風(イル)を巧みに模倣し、バーナードは数年間で六、七十点の絵と数えきれないデッサンを創りあげたが、その罪の重さに、良心が耐えられなかった。

マーチソンの捜索中に、シンシア・グラッドナーに関する記事がロンドンかアメリカの新聞（マーチソンはアメリカ人だ）に掲載されたことがあっただろうか？　なかった、と思う。マーチソンの行方不明に関連して、バーナード・タフツの名前があがったことは一度もないと断言できる。マーチソンは贋作の件で相談するために、テイト画廊の人と会う約束をしていた。その前にまずバックマスター画廊を訪ね、画廊オーナーのエド・バンバリーとジェフ・コンスタントのふたりに話をした。ふたりは慌ててトムに助けを求めた。トムは事態を収拾するためにロンドンへ飛び、ダーワットに変装して、疑惑の絵数点を正真正銘の自作であると主張し、事を収めた。その後、マーチソンはトムの所有するふたつのダーワットを観るためにベロンブルまでやってきた。アメリカに住むマーチソン夫人の証言によれば、最後にマーチソンと会った人物はトムだった。マーチソンはロンドンから妻に電話をかけ、ヴィルペルスのトムを訪問すると言い残して、パリに渡ったのである。

トムはその晩、嫌な夢を見るのではないかと思った。マーチソンが地下室の床にばったり倒れて血とワインの海に浸(つ)かる、あるいはバーナード・タフツがザルツブルク近くの崖のふちをすり切れたデザートブーツで歩いていき、姿を消す、そのような夢を。だが、そんなことはなかった。夢や潜在意識は気まぐれで脈絡のないこと甚だしく、眠りはいたって安らかで、翌朝、目が覚めたときは、じつに爽快だった。

5

トムはシャワーを浴び、ひげを剃(そ)り、身なりを整え、階下へ下りていった。ちょうど八時半だった。雲ひとつない朝で、まだ暑くはなく、気持ちのいいそよ風が樺の葉をそよがせていた。マダム・アネットは、もちろんすでに起きていて、キッチンにいた。パン入れのかたわらに置かれた小型の携帯ラジオから、フランスのラジオによくあるニュースとディスクジョッキーの番組が流れていた。

「ボンジュール、マダム・アネット！」トムが声をかけた。「思ったんだが——マダム・アスレールはたぶん、今朝(けさ)帰るだろうから、ちゃんとした朝食がいいかもしれない。コドルドエッグはどうかな？」彼はその名詞を英語で言った。「とろ火で煮た(コドルド)」のフランス語は頭にあったが、「卵(エッグ)」が出てこなかった。「ウッフ・ドルロテだっけ？　おぼつかないフランス語で説明したことがあったよね？　小さな磁器の容器を使うやつ。場所はわかってる」トムは食器棚から六つでひとセットの容器を出してきた。

「ウイ、ムッシュー・トム！　おぼえてますわ(ジュ・ム・スーヴィヤン)。四分でしたね」

「最短でも。しかし、まずご婦人方に食べたいか訊(き)いてみよう。ああ、コーヒーね。もちろん、いただくよ！」その場で、マダム・アネットが保温ケトルからドリップ式のコーヒーメーカーにお湯を注いでくれた。彼はトレイに載せて、リビングルームへ運んでいった。

トムは立ったままコーヒーを飲みながら、芝生の裏庭を見渡すのが好きだった。ぼんやりしながら、庭でやるべきことを考えたりした。

コドルドエッグに賛同してもらえた場合に備えて、パセリを摘んでおこうと思い、数分後には外へ出て、ハーブの植え込みに行った。容器に生卵をひとつずつ落とし入れ、刻んだパセリに、バター、塩、胡椒（こしょう）をかけ、蓋（ふた）を閉めて熱湯に浸（ひた）すのだ。

「あら（アロー）、トム！　もう働いているの？　おはよう！」ノエルだ。黒い綿のスラックスにサンダルばき、紫色のシャツを着ている。英語は下手ではないが、ほとんどいつもフランス語で話しかけてきた。

「おはよう。重労働だよ」トムはパセリの束を差し出した。「味見してみる？」

ノエルは一本とって、齧（かじ）ってみた。もう薄い青のアイシャドーと薄い口紅をしていた。

「まあ、美味しい（デリスィユー）！」フランス語で言った。「そうそう、昨夜、夕食のあと、エロイーズと話したの。パリで都合がつけられたら、わたしもタンジールで合流できるかも。おふたりは今度の金曜日に出発でしょ。わたしは土曜日までには出られると思う。もちろん、ご迷惑でなければ。たぶん五日間は――」

「ほんと？　嬉（うれ）しいね！」トムが言った。「モロッコにお詳しいし。名案だよ」心からの言葉だった。

女性たちはコドルドエッグを希望したので、ひとりひとつずつ、楽しい朝の食卓には、ほかにトーストと紅茶、コーヒーが供された。ちょうど食べ終えたところへ、マダム・アネットがキッチンからやってきて、トムに告げた。

「ムッシュー・トム、お話ししておいたほうがよろしいかと。前の通りの向こう側からべ、ロンブルの写真を撮っている男の人がいます」彼女は「ベロンブル」という言葉をしかるべき敬意を込めて口にした。

トムは立ち上がり、「失礼」とエロイーズとノエルに言って席を外した。それが誰であるか察していた。「ありがとう、マダム・アネット」

彼はキッチンに行き、窓から外を窺(うかが)った。やっぱり。あのがっちりした身体(からだ)つき、デイヴィッド・プリチャードがお取り込み中だ。屋敷正面、道の反対側にある、トムのお気に入りの傾いだ大樹の陰から出て、陽射(ひざ)しを受けながら、カメラを顔の前に構えている。

「いい家だ、とでも思ったんだろう」トムは感情を抑え、落ち着いた口調でマダム・アネットに言った。家にライフルがあれば、喜んでデイヴィッド・プリチャードを撃っただろう。もちろん、露見しないならの話だが。トムは肩をすくめた。「うちの庭に入ってきたら」彼はにっこりして言った。「別の問題だ、知らせてもらいたい」

「ムッシュー・トム――観光客かもしれませんが、わたしはヴィルペルスの住民だと思います。あちらの家を夫婦で借りているアメリカ人かと」マダム・アネットは右の方向をさし示した。

小さな村ではたちまち噂(うわさ)が広がるな、とトムは思った。大半の家政婦(ファム・ド・メナージュ)は自分の車を持たず、あるのは窓と電話だけなのに。「実際」と言って、トムはとっさに罪悪感をおぼえた。昨日の夕方、食前酒（アペリティフ）の時間にそのアメリカ人宅に行ったことを、マダム・アネットは知っているかもしれない。あるいは、すぐに知ることになるだろう。「たぶん、問題ないよ」トムはそう言って、リビングルームへ戻った。

　エロイーズとノエルがリビングの正面の窓から外を見ていた。ノエルが長いカーテンを軽く開き、エロイーズに微笑（ほほえ）みながら何やら話している。もうキッチンから充分離れていたからマダム・アネットには聞こえないはずだが、それでもトムは背後を一瞥（いちべつ）してから、話しかけた。「ああ、あれね、例のアメリカ人だよ」声をひそめてフランス語で言った。「デイヴィッド・プリチャードだ」

　エロイーズが振りかえり、「どこにいたの？」と言った。「あの人、なんでうちの写真を撮ってるの？」

　いまもプリチャードは撮影を続けていて、通りを横断し、共有地である例の小道に入っていく。そばには木々と低木がある。あの小道からベロンブル屋敷の写真を撮るのは難しいだろう。

「さあね。でも、あの男は他人を苛（いら）つかせるのが大好きな人間だ。ぼくが出ていって困った顔を見せても、喜ばせるだけだ。無視したほうがいい」彼は愉快そうな眼差しでノエルをちらりと見やり、窓際を離れ、煙草（たばこ）の置いてあるダイニング・テーブルのほうに向かった。

「あの人、あたしたちに気づいたと思う——こっちを見てるぞって」エロイーズが英語で言った。

「かまわないよ」トムはそう言って、その日はじめての煙草を味わった。「ぼくが外に出ていって、なぜ写真を撮ってるんですかなんて尋ねたら、あの男は大喜びだ！」

「なんて変な人！」ノエルが言った。

「まったくだ」トムが言った。

「昨日の晩、ここの写真を撮らせてほしいと言われなかったの？」ノエルが続けた。

トムは頭を振った。「何も言われてないね。もうあの男の話はいいよ。マダム・アネットには頼んでおいた、あの男がうちの敷地内に足を踏み入れたら、知らせてくれって」

彼らは話題を変え――トラベラーズチェックと北米諸国用ビザカードとの比較の話になった。どちらも一長一短だよ、とトムは言った。

「どちらも？」とノエルが訊いた。

「たとえば、カードはアメリカン・エキスプレスだけで、ビザが使えないホテルもある」トムが言った。「でも、トラベラーズチェックならどこでも使える」彼はテラスのフランス窓の近くにいて、ときおり外に目を走らせた。左側は小道のある芝生で、右隅には静寂のなかに小ぢんまりと温室が見える。人がいる気配は何もなかった。まだ気にしているとエロイーズに悟られていることはわかっていた。プリチャードは車をどこに置いているのだろう、とトムは思った。あるいはジャニスに連れてきてもらい、迎えもジャニスの車がどこからともなく現われるのか？

女性たちはパリ行きの列車の時刻表を調べていた。エロイーズはノエルをモレまで車で送るつもりでいた。モレからはリヨン行きの直行列車がある。ぼくが送ろうか、とトムは言ったが、エロイーズは自分で友だちを送りたいと思っているようだ。ノエルはかなり小ぶりな旅行鞄で来ていたが、もう荷造りをすませていて、すぐに鞄を持って二階から戻ってきた。

「どうもありがとう、トム！」ノエルが言った。「今度はまたすぐに会えると思うけど――六日後に！」彼女は笑った。

「向こうで待ってますよ。楽しみだな」トムが旅行鞄を運ぼうとしたが、ノエルは断わった。

トムは一緒に外に出た。赤いメルセデスがベロンブルの門を出て左に曲がり、モレに向かった。その左の彼方に一台の白い車が見えた。速度を落としながら、こちらに近づいてくる。すると低木の茂みから人影が路上へ跳び出した――皺くちゃの褐色のサマージャケットに黒いズボン、プリチャードだ。彼は白い車に乗りこんだ。門の片側にある生垣の背後に、トムは身を隠した。好都合にも背の高い生垣で、ベルリンのポツダム広場の壁より高い。その場でじっと待った。

プリチャード夫妻は自信ありげにそばを通りすぎていく。デイヴィッドはジャニスに笑いかけ、興奮しやすい質のジャニスは、正面の道よりもむしろ夫のほうを見ている。プリチャードがベロンブルの開かれた門へちらりと目を走らせたとき、トムはほとんど願うような気持ちで、あの男が平然とジャニスに命じて車を停め、バックして門に入ってこないだろうか、と思った——あのふたりと拳で直接やりあいたい気持ちに駆られた——が、プリチャードはそんな命令などしなかったのだろう、車はゆっくり走り去った。白のプジョーは、パリのナンバーだった。

いまごろマーチソンの死体はどの程度、残っているだろうか、とトムは思った。肉食魚に食いかじられてもいるだろうが、それよりも大半はこの歳月の川の流れに、ゆっくり、でも着実に蝕(むしば)まれているのではないか。ロワン川のあのあたりに肉食魚の類(たぐ)いが棲息(せいそく)しているのか、よくわからない。だがもちろん、ウナギは別だ。聞いた話では——吐き気がするような考えはやめておこう。想像したくもない。そう、あのふたつの指輪。トムはあえて死者の指に指輪をはめたままにしていた。石をおもしに入れたから、死体は流されずに同じ場所にある可能性も否定できない。頭だけ首の骨から外れて、転がってどこかへ行ってしまっていれば、歯による身元確認は不可能じゃないか？　防水布か帆布はまず腐っているはずだ。

もうやめだ！　トムはそう独りごちて、顔を上げた。薄気味悪いプリチャード夫妻を目撃してから、まだわずかも経っていない。いまはまだ鍵のかかっていない玄関の前だ。

いまごろマダム・アネットは食卓の片づけを終えて、黒胡椒と白胡椒(こしょう)の補充の確認といった、ごく些末な家事でもキッチンでこなしているころだろうか。あるいは、もう自室にいて、自分用か友人のために裁縫をしたり（彼女は電動ミシンを持っていた）、リヨンにいる妹のマリ＝オディールに手紙を書いたりしているのかも。日曜日は日曜日で、誰しもその影響下にある、とトムは感じている。自分もまた例外ではない。人はどうしても日曜日にはあまり働く気になれないものだ。マダム・アネットは月曜日が休日だ。

トムはベージュのハープシコードを眺めた。鍵盤は黒とベージュだ。音楽教師のロジェ・ルプティが来るのは火曜日の午後で、エロイーズとふたりでレッスンを受けている。トムがいま練習しているのはイギリスの古謡、バラードで、スカルラッティほど好きではないが、バラードのほうが身近で温かみがあり、もちろん気分転換にもなった。エロイーズはシューベルトに励んでいたが、トムはそれを聴くのが、というより聞き耳を立てるのが好きだった（エロイーズは演奏に耳を傾けられるのを嫌がる）。彼女の天真爛漫さと思いやりが、巨匠のおなじみの曲から新しい魅力を引き出しているように思えた。ムッシュー・ルプティは若い日のシューベルトにかなり似ていて（もちろんシューベルトが最期まで若かったことは、トムも知っている）、それもあって、エロイーズの弾くシューベルトがトムにはいっそう愉快だった。四十前のムッシュー・ルプティはどこか丸々と柔らかな感じで、シューベルトのように縁なし眼鏡をかけている。母親と同居している独身者である点は、庭師の大男アンリと同じだ。まったく大違いのふたり！

ぼんやりするな、とトムは独りごちた。今朝、プリチャードがわざわざ写真を撮っていたことから、何が考えられるだろうか？　写真かネガをＣＩＡに送る気か？　かつて（トムの記憶によれば）Ｊ・Ｆ・ケネディがぜひこの目で連中が絞首刑に処され腸を抜かれ八つ裂きにされる姿を見てやりたいと評した組織、ＣＩＡに？　あるいは、デイヴィッドとジャニスは写真を仔細に検討して、何枚かはたぶん引き伸ばし、くすくす笑いながら、どうやら番犬も守衛もいないな、などとリプリー砦の攻略についてふたりでおしゃべりに興じるのか？　そんなおしゃべりは夫婦の夢想にすぎないのか、それとも本気の計画か？

　彼らはトムになんの恨みがあるのか、それに、なぜ？　マーチソンとはどのような関わりがあったのか、あるいはマーチソンが彼らに関わっていたのか？　親戚関係？　それはないだろう、とトムは思った。マーチソンはかなりの教養人だった。プリチャード夫妻より格上だ。トムはマーチソン夫人とも会っていた。夫が行方不明になったあと、トムに会いにベロンブルを訪問し、ふたりで一時間ばかり話し合った。上品な女性だったと記憶している。

　薄気味悪い蒐集家の類いか？　プリチャード夫妻はトムに署名を求めなかった。留守中、ベロンブルに何か悪さをするつもりか？　警察に通報すべきだろうか。不審者と思われる男を見ました、うちは夫婦でしばらくの間、留守にする予定ですので——

　エロイーズが帰宅したときも、トムはまだ思案していた。

　エロイーズは上機嫌だった。「ねえ、どうしてあの男性——写真を撮ってた人にうちに上がらないか誘わなかったの？　ええと、プリッカード——」

「プリチャード、だよ」

「プリチャードね。おうちに行ったんでしょ。何かあったの？」

「実際、好意的ではなかったんだ」トムは裏庭の芝生に面したフランス窓のそばで、心もち足を開いた姿勢で立っていた。あえてゆったり構えていた。「うんざりするほどの穿鑿好きだよ」トムはさらにおだやかに続けた。「穿鑿好き——そんな男だ」

「何を穿鑿しているの？」

「さあね。ただ——近づいてはならない——あの男は無視するんだ。奥さんのほうも」


翌日、月曜日の朝に、トムはエロイーズが入浴している隙を狙い、フォンテーヌブローの大学院へ電話をした。ここでプリチャードはマーケティングの講義を受けていると言っていた。電話にはけっこう時間がかかった。まずマーケティング科の担当者をお願いしたいと言った。フランス語で話すつもりでいたが、応対した女性は英語で話し、訛りもなかった。

担当者につながると、アメリカ人のデイヴィッド・プリチャードを呼び出していただくか、あるいは伝言をお願いできるか尋ねた。「マーケティング科だと思います」ミスター・プリチャードの希望にあいそうな借家が見つかりましたので、ぜひ伝言をお願いしたいんですと言った。ここの学生たちはいつも住宅を探しているから、ＩＮＳＥＡＤの職員はトムの願いを真面目に受け取ってくれた。しばらく待たされたのちに、デイヴィッド・プリチャードという学生は、マーケティング科にもほかの科にも、在籍名簿に記載されていませんね、と告げられた。

「そうですか、ではこちらの間違いのようですね」トムは言った。「お手数おかけいたしまして、ありがとうございました」

トムは庭をひと巡りした。デイヴィッド・プリチャードは——それが本名であれば——平気で嘘をつく。そうだと思ったよ。

今度は、シンシアだ。シンシア・グラッドナー。例の謎だ。トムはさっとかがんで、陽に輝く優雅なキンポウゲを芝生から引きぬいた。どうやってプリチャードは彼女の名前を知ったのか？

トムは大きく息を吐き、ふたたび家のほうを向いた。やるべきことはひとつしかないと腹を決めていた。エドかジェフに頼んで、シンシアに電話をかけ、プリチャードを知っているか直接訊いてもらうのだ。電話するだけならトムでもできたが、シンシアはトムからと知った瞬間に電話を切るか、どんなに頼んでも、あえて無視するだろう。そうとしか思えなかった。シンシアは誰よりもトムを嫌っていた。

リビングルームに入ると同時に、玄関の呼び鈴が二度鳴った。トムは姿勢を正し、拳を固めたり、ゆるめたりした。ドアの覗き穴から、覗いてみた。青い帽子の見知らぬ男が見えた。

「どちら様で？」

「速達です、ムッシュー。ムッシュー・リープリーに？」

トムはドアを開けた。「やあ、ありがとう」

配達人はトムに小判の丈夫なマニラ封筒を手渡すと、曖昧な挨拶をして、去っていった。フォンテーヌブローかモレから来た配達人で、煙草屋兼バーあたりでうちの場所を訊いてきたにちがいない。ハンブルクのリーヴズ・マイノットからの謎の品だ。差出人の名前と住所が左上の隅にあった。封筒の中身は小さな白い箱で、箱のなかには、透明なプラスチック・ケースに収まった小型タイプライターのリボンのようなものが入っていた。白い封筒が同封されていて、リーヴズの字で「トム様」とある。トムは開けてみた。

　こんにちは、トム。
　これが例のものだ。約五日後に、これを郵便番号10569、ニューヨーク州ピークスキル市テンプル通り三〇七、ジョージ・サーディ宛てに郵送してほしい。だが、書留にはしないように。どうかテープかタイプライターのリボンと書いたラベルを貼ってもらいたい。航空便で頼む。
　じゃあ、また。

R・M

透明なケースを白い箱に戻しながら、これには何が録音されているのだろうと思った。なんらかの国際的な秘密？　金融取引？　麻薬代金の移動記録？　あるいは、何か不快きわまりない私的で個人的な恐喝のネタで、隠し録りされた密談か？　トムはテープについて何も知らなくてよかったと思った。こんな仕事をしても報酬はもらわないし、それを期待してもいなかった。リーヴズが報酬を出すと言ってきても、危険手当てでさえ、受け取るつもりはない。

トムはまずジェフ・コンスタントに頼んでみることにした。デイヴィッド・プリチャードがシンシア・グラッドナーの名前をどうやって知ったのか、是が非でも突きとめてもらわねば。シンシアは最近どうしているだろう――結婚して、ロンドンで働いているのか？エドとジェフにはあまり不安を共有してもらえないんじゃないか、と思った。このトム・リプリーはみんなのためにトーマス・マーチソンを始末した。そしていま、トムとその家族が禿鷲に狙われている。プリチャードという名の禿鷲に。

エロイーズが入浴を終えて、いま二階の自室にいるのはわかっていたが、それでもこの電話は自分の部屋でドアを閉めきってかけるほうがいいだろう。階段を一段抜かしでそっと駆けあがり、セント・ジョンズ・ウッドにあるジェフのスタジオの番号を調べてダイヤルした。この時間だと留守電かもしれない。

知らない男の声が出て、応答した。ミスター・コンスタントはいま取り込み中でして、よろしければご伝言をいただけますか？　ミスター・コンスタントはご予約の方の撮影中なんです。

「トムがいま一瞬だけ話したいことがある、とミスター・コンスタントに伝えていただけますか？」

三十秒もしないうちに、ジェフが出た。トムは言った。「ジェフ。すまない、ちょっと緊急なんだ。例のデイヴィッド・プリチャードがシンシアの名前をどうやって知ったのか、エドと一緒にあらためて調べてもらえないか？　とても重要なことなんだ。それに――そもそもシンシアはあの男と会ったことがあるのか？　プリチャードは本物の病的な嘘つきなんだ。エドとは一昨日の晩に話した。彼から電話があった？」

「あったよ。今朝の九時前に」

「よかった。ひとつ報告なんだが――昨日の朝、プリチャードがうちの外の路上にいて、わが家を撮影していたんだ。どう思う？」

「撮影！　警官か？」

「突きとめようとしている。とにかく突きとめなければ。二、三日後には、妻と一緒に休暇旅行に出てしまうんだ。わかってもらえると思うが、家のことが心配でね。シンシアを、飲みでも昼食でもなんでもいいから、誘い出してもらえないだろうか、それで、われわれにとって必要な情報を聞きだしてほしいんだ」

「それはかなり――」

「簡単じゃないことはわかってる」トムは言った。「でも、やってみる価値はある。きみのかなりの収入に匹敵するほどの価値があるんだ、ジェフ。エドにとっても同じだ」それは同時に、ジェフとエドが詐欺罪に、トムが第一級殺人罪に問われる事態を回避することでもあるが、電話ではそこまで言いたくなかった。

「やってみよう」とジェフが言った。

「プリチャードについて、もう一度言う。アメリカ人、およそ三十五歳、癖のない黒髪、身長百八十以上、がっしりした体格、黒縁の眼鏡、髪の生え際が後退していていずれM字禿げになるだろう」

「おぼえておく」

「もし事情があってエドのほうがこの仕事に向いているようなら――」だが、ふたりのうち、どちらが向いているのかトムには決めかねた。「シンシアが扱いにくいのはわかっている」トムは宥めるように続けた。「でも、プリチャードはマーチソンを知っている――すくなくとも、その名前を口にしたんだ」

「わかっている」ジェフが言った。

「頼む」トムは疲れはてた。「それでは、ジェフ、エドとふたりで最善を尽くして、密に連絡を寄こしてほしい。金曜日の早朝まではここにいる」

彼らは電話を切った。

トムは時間を三十分とり、いつになく集中してハープシコードの練習をしようと思った。あらかじめ二十分間、三十分間などと短い時間をはっきり決めて練習したほうがうまくいく、あえて言えば、より腕前が進歩する。完璧を目指してはいないが、適当に行なうつもりもない。はは！　なんだそれは？　これまで人に聞かせるために弾いたことはないし、今後もそのつもりはない。だから、二流の腕を気にするのは自分以外に誰もいない。ひとりで練習して、週に一度シューベルト似のロジェ・ルプティに来てもらってレッスンを受ける、このやり方がすっかりお気に入りだった。

三十分経ったと思ったが、腕時計を見たらあと二分というときに、電話が鳴った。トムは玄関ホールへ行って、電話に出た。

「もしもし、ミスター・リプリー、どうか――」

ジャニス・プリチャードの声だとすぐにわかった。エロイーズも自室の電話をとっていたので、トムは「大丈夫だ、ぼくにかかってきた電話だよ」と言った。受話器の置かれる音がした。

「ジャニス・プリチャードです」緊張して怯えた声が続いた。「昨日の朝のことでお詫びしたいと思いまして。夫はあんな馬鹿げた、ときに無作法なことを思いつくんです――お宅の写真を撮るなんて！　きっと夫の姿に気づかれたかと思いますが。あるいは奥様も」

話を耳にしながら、トムはあのときのジャニスの顔を思い出した。車のなかで夫を見つめながら、あきらかに称賛の笑みを浮かべていた。「妻は気づいていたでしょう」トムが言った。「たいしたことじゃありません、ジャニス。でも、なぜご主人はわが家の写真が欲しいんですか？」

「そうじゃないんです」彼女は声高に言った。「あの人は、ただあなたを困らせたいだけなんです――あなたじゃなく、相手は誰でもいいんです」

トムは笑ったが、当惑の笑いで、本当に言いたい言葉を呑みこんだ。「ご主人にとっては、そんなことをするのが楽しい、と？」

「そうなんです。わたしには理解できません。夫には言ったんです――」

トムは相手の話をさえぎった。夫をかばおうとしているだけで、話が嘘くさかったからだ。「ひとつうかがいたいのですが、ジャニス、どこでうちの電話番号を知ったんですか？　あなたとご主人のどちらが調べたのか知りませんが」

「あら、それは簡単でした。ちょっと不具合があって、業者に来てもらったんです。地元の業者で、すぐに教えてくれました」

ヴィクトール・ジャロだ、水漏れやパイプの詰まりもこなすあの頑固職人の仕業に間違いない。あの手の男には、プライバシーの概念がないのか？「なるほど」とトムが言った。同時に、頭に血がのぼった。だが、相手がジャロではどうしようもない。何があってもうちの電話番号を他人に教えないでほしいと頼む以外ない。マズー――燃料油――の業者も同じことをやりそうだな。世の中は自分の仕事（メチエ）だけを中心にまわっていると思っている連中だ。「ご主人は本当は、何をされているんですか？」トムは思いきって訊いてみた。

「つまり――ご主人がマーケティングの勉強をされているとは、とても信じられない。マーケティングなど、なんでもご存じでしょう！　だからぼくは、ご主人は嘘をついてるように思います」ＩＮＳＥＡＤに問い合わせたことは、話さないつもりでいた。

「あら――ちょっと待って――やっぱり、車の音がしたみたい。デイヴィッドが帰ってきました。もう切らなきゃ、ミスター・リプリー。失礼します」彼女は電話を切った。

やれやれ！　電話も隠れてかけなければならないとは！　トムは笑みを浮かべた。彼女の目的は？　謝るためか！　謝罪することで、ジャニス・プリチャードはさらなる屈辱が味わえるのか？　デイヴィッドは本当に帰宅したのか？

トムは声をたてて笑った。ゲームだ、ゲーム！　秘密のゲームと公然のゲーム。公然に見えながら実は狡猾に仕組まれたゲーム。だがもちろん、最初と最後が秘密のゲームなら概して秘密裏に進行する。その関係者は全員がプレイヤーとなり、終わるまでどうなるかは誰にもわからない。まあ、そのとおりだな。

振りかえってハープシコードを見つめたが、続きをやる気が失せてしまい、外に出て、小走りでいちばん手近にあるダリアの丸い花壇に行った。一本選んでポケットナイフで切りとった。この種類は彼が〝ふわっとしたオレンジ〟と呼ぶお気に入りで、花びらを見ているとヴァン・ゴッホの絵を思い出す。アルル近郊の野原で、絵の具と筆で、細やかかつ大胆に描かれた葉と花びらの一枚一枚が脳裏に浮かぶようだ。

トムは家のなかに戻り、スカルラッティの作品三十八、ムッシュー・ルプティいわくニ短調ソナタについて考えていた。上達したいと思って練習してきた曲だ。（彼にとっての）メインテーマが大好きで、懸命に困難に挑むようなその調べは、それでいて美しかった。だが、練習しすぎて新鮮さが失われてしまうのは避けたかった。

また、シンシア・グラッドナーの件でジェフかエドがかけてくる電話についても考えていた。ジェフがシンシアとなんらかの会話を交わすことに成功するとしても、おそらくあと二十四時間は待たねばならないと思うと、気が重かった。

午後五時ごろに電話が鳴り、ジェフかもしれない、とトムはかすかに、ごくかすかに期待したが、そうではなかった。アニエス・グレの明るい声が出て、今晩七時ごろ、エロイーズとふたりでうちに来て食前酒（アペリティフ）を一緒にどうかと誘ってきた。「アントワーヌが今日まで休みで、明日の朝早く出発なの。あなた方、もうすぐ旅行でしょ」

「ありがとう、アニエス。エロイーズに訊いてみるから、ちょっと待ってて」

エロイーズが承知し、トムは電話口に戻ってアニエスにその旨を伝えた。

七時すこし前に、トムはエロイーズと一緒にベロンブルを出た。グレ家と同じ通りのすこし先に、最近プリチャードが借りた家があるんだな、とトムは運転しながら考えていた。グレ夫妻は新しい〝借家人〟について何か知っているだろうか？　たぶん何も知らないだろう。この付近の家は周囲に原野が広がり、必然的に自然木（トムはそのような木々が好きだ）が生育しているので、遠い隣家に灯る小さな明かりをときにさえぎり、葉の生い茂るこの季節は隣家の物音をかき消してしまうほどである。

いつもどおり、トムは気がつくとアントワーヌと立ち話をしていたが、今夜はあまり相手のペースに巻きこまれないようにしようと、軽く心に誓っていた。いつも忙しい保守的な建築家のアントワーヌとはほとんど話がなかったが、エロイーズとアニエスのふたりはいかにも女らしく、たちまち会話に花が咲いている。そして、顔つきも楽しげで——必要ならば、ひと晩じゅうでも話しつづけてそうだ。

だがこのとき、アントワーヌが話していたのは、パリへ外国人が流入すれば住宅不足になるといったことではなく、モロッコの話題だった。「ああ、そう、父親に連れられて行ったのは、六歳のころだ。忘れられない思い出だな。もちろん、そのあと何度か行ってるがね。あの街は魅力的で、魔力がある。あれがかつてフランスの保護国だったとは。当時は、郵便は機能してたし、電話も、通りも……」

トムは聞いていた。父の愛したタンジールやカサブランカについて語るアントワーヌは、ほとんど詩人と化していた。

「あの国を造るのは彼らだ、それは無論だ」アントワーヌは言う。「あの国は正しく彼らのものだ——だが、その彼らがあのような混沌を生み出している、フランス人から見ればね」

うん、なるほど。それについて何を言えばいい？　ため息を吐くしかない。トムは遠慮がちに言葉をはさんだ。「話は変わるけど」——背の高いグラスに入ったジントニックをかき混ぜ、氷がカラカラと音をたてた——「あっちのお隣さんはおとなしくしてる？」プリチャードの家のほうを顎で示した。

「おとなしく？」アントワーヌは下唇を突き出した。「きみに訊かれたあと」含み笑いを漏らした。「二度、大音量で音楽を流していたよ。夜遅く、十二時ごろ。午前様まで！　ポピュラー音楽だ」十二時すぎに聞く音楽がポピュラー音楽とは驚きだ、といった口ぶりだ。「でも、すぐ終わったがね。三十分間だった」

三十分間などと口から出まかせを、とトムは思ったが、じつにアントワーヌ・グレはそういったことがあれば腕時計で時間をはかるような男だ。「つまり、あの家の音がここまで聞こえてくるんだ？」

「ああ、そうだ。五百メートル近く離れてるんだがね！　本当に大きな音を出してたよ！」

トムは微笑んだ。「ほかにご不満は？　芝刈り機を貸してくださいとはまだ言われてない？」

「ないね」アントワーヌは不機嫌そうに答え、カンパリを飲んだ。

プリチャードがベロンブルの写真を撮っていたことについて、トムはひと言も口にするつもりはなかった。アントワーヌが抱いているトムに対するかすかな疑念をちょっとは強めるだろうし、トムはそれだけは避けたかった。マーチソンが行方不明になった直後に、ベロンブルでトムがフランスとイギリスの警察から事情聴取を受けたことは、結局、村じゅうに知れわたった。警察が騒ぎたてたわけでも、サイレンを鳴らしたわけでもなかったが、小さな村では村じゅうの者がなんでも知っている。トムにできることなど、もはや何もない。ここに来る前にエロイーズには、写真を撮るプリチャードを目撃した件は話さないように、と注意しておいた。

グレ家の子ども、エドゥワールとシルヴィが帰ってきた。どこかで泳いできたようだ。笑顔で、濡れた髪に裸足（はだし）だが、それでも騒々しくはしゃぐことはない。日ごろのグレ夫妻いった。

の躾だろう。子どもたちは「こんばんは」と言ってキッチンへ向かい、アニエスがついて
「モレの友人宅にプールがあるんだ」アントワーヌが言った。「すごくありがたいよ。向こうにも子どもがいてね。帰りはうちの子どもたちを家まで送ってくれるんだ。連れていくのはわたしだが」アントワーヌがめずらしくまた微笑み、太った顔に皺が寄った。

「いつ帰ってくるの？」とアニエスが尋ねながら、髪を指でといた。エロイーズとトムへの質問だ。アントワーヌはどこかへ席を外していた。

エロイーズが言った。「三週間後ぐらい？　とくに決めてないのよ」

「待たせてしまって」アントワーヌが両手に何かを持って、曲線を描く階段を下りてきた。「アニエス、小さなグラスは？　これはいい地図だ、トム。昔のだが――ほら！」昔がいちばん、という口調だった。

モロッコの道路地図で、かなり使いこまれていた。幾重にも折りたたまれ、透明なテープで補修されている。

「扱いには充分気をつけるよ」とトムが言った。

「レンタカーを利用すべきだね。間違いない。各地の名所を訪ねてまわるといい」アントワーヌは冷たい陶製の罎のほうに取りかかった。ご自慢の逸品、オランダ産のジンだ。

アントワーヌの二階の仕事部屋に小さな冷蔵庫があったのを、トムは思い出した。

アントワーヌは小さなグラス四つに注いでトレイに載せ、まず女性たちにまわした。

「まあっ！」エロイーズが愛想よく声をあげたが、彼女はジンが好きではなかった。

「乾杯（サンテ）！」アントワーヌの言葉に、全員がグラスをあげた。「楽しい旅行と無事な帰国を！」

グラスを傾けた。

そのオランダ産ジンは格別に口あたりがいい、トムも認めざるをえなかったが、アントワーヌはまるで自分で作った代物（しろもの）のように振る舞い、しかも決してお代わりを勧めようとしない。プリチャード夫妻はまだグレ夫妻に近づこうとはしていないようだ。プリチャードはグレ夫妻がリプリー家の古い友人であることを知らないのだろう。それと、グレ家とプリチャード家の間にあるあの家は？　ここ何年間か誰も住んでないはずだが、あれは売り家なのか。どうでもいい、とるに足らぬことをトムは考えていた。

トムとエロイーズは別れを告げ、葉書を出すと約束すると、すかさずアントワーヌはモロッコの郵便事情がいかにお粗末なものであるか言いふくめてきた。トムはリーヴズのテープのことを考えていた。

帰宅したとたん、電話が鳴った。

「ぼくへの電話だろう、だから――」トムは玄関ホールのテーブルにある電話をとった。相手がジェフだったら、込みいった話になりそうなので、二階の自室へ行かざるをえない。

「ヨーグルトが欲しいわ。あのジンはどうもね」そう言って、エロイーズはキッチンのほうに姿を消した。

「トム、エドだ」エド・バンバリーの声だった。「シンシアと連絡がとれたよ。ジェフとふたりで——手を尽くした。会う約束はできなかったが、いくつか、わかったことがある」

「それで？」

「シンシアは、以前、ジャーナリスト向けのあるパーティに出席したようだ。大がかりな立食パーティで、ほとんど参加自由だった——例のプリチャードも、そこにいたらしい」

「ちょっと待って、エド。別の電話でとり直す。このまま切らないで」トムは階段を駆けあがり、自室へ行って、受話器を外し、ふたたび階段を駆けおり、玄関の電話を切った。エロイーズはまったく気にしていない様子で、リビングでテレビを観ようとしていた。だが、エロイーズに聞こえるところでシンシアの名前を口にしたくはなかった。シンシアの婚約者であったバーナード・タフツのことを思い出される恐れがある。バーナードがこのベロンブルに来たとき、エロイーズは彼のことを狂人（フー）と呼んで、心底怯えていた。「お待たせ」トムが言った。「きみがシンシアと話をしたんだ」

「電話で、今日の午後にね。そのパーティでは、シンシアのもとに知り合いの男がやってきて、こう言ってきたそうだ。向こうにいるアメリカ人から、トム・リプリーを知っているかと訊かれたよ、とね。出し抜けに訊かれたようだ。それで、その男は——」

「やはりアメリカ人？」

「わからない。とにかく、シンシアは友人に——その男に——言ったんだ、そのアメリカ人に教えてあげて、リプリーとマーチソンの関係を調べてみたら、って。そういうことだったんだ、トム」

　ひどくつかみどころのない話に思われた。「ふたりの間を仲立ちしたその男の名前はわからないかな？　プリチャードと話をしたという、シンシアの友人の名前は？」

「シンシアは口にしなかったし、ぼくのほうも——あまりしつこく訊くのは避けた。そもそもどんな口実でシンシアに電話をかけたと思う？　かなり失礼な感じのアメリカ人からきみの名前を聞いたんだけど、だよ？　きみから聞いた話だとは、ひと言も言わなかったんだ。それこそ、出し抜けに訊いたんだ！　そうするしかなかった。とにかく、収穫はあったと思う、トム」

　そのとおりだ、とトムは思う。「だけど、シンシアはプリチャードと直接会ってないのかな？　その晩？」

「ないように思うね」

「仲立ちした男はプリチャードに、『わたしから友人のシンシア・グラッドナーに、リプリーについて訊いてみましょう』とでも言ったんだろう。プリチャードは彼女の名前を正確に知っていたんだ。ありふれた名前じゃない」もしかしたら、トム・リプリーに本当の恐怖を味わわせてやろうとして、シンシアがわざわざその男を通じて、名刺代わりに自分の名前を教えたのかもしれない、とトムは思った。

「もしもし、聞こえてる、トム？」

「うむ。シンシアはわれわれに対していい感情を持っていない。プリチャードもね。だが、あの男はたんに頭がおかしい」

「頭がおかしい？」

「精神病患者の類いだ。わからんがね」トムは息を吐いた。「エド、苦労をかけたね、どうもありがとう。ジェフにも礼を言っておいてくれ」

　電話を切ると、トムはわずかの間、身体が震えた。シンシアはトーマス・マーチソンの行方不明について疑念を抱いている、それは確かだ。そして果敢にも、危険を承知でこの件に関わってきた。彼女だってわかっているはずだ、トムが誰かを抹殺するならば、今度は自分の番であることを。贋作（がんさく）について何もかも知っているのだから。バーナード・タフツが偽作した最初の絵（トムですらはっきりとは知らなかった）やその制作日にいたるまで、まず間違いなく彼女は知っている。

　プリチャードはたぶん、古い新聞でトム・リプリーのことを調べているうちに、マーチソンの名前を見つけたのだろう、とトムは考えていた。トムの名前は把握する限りアメリカの新聞に一度だけ載ったことがある。マーチソンの飛行機の出発時刻にあわせてオルリー空港に向かおうとしていたトムは、マーチソンのスーツケースを車まで運んでいるところをマダム・アネットに見られたが、マダム・アネットは自分の間違いにも気づかずに警察に対して、ムッシュー・マーチソンはうちの旦那様とご一緒にお荷物を車まで運んでいました、と証言した。まさに暗示と見せかけの効果だ、とトムは思った。あのとき、マーチソンは古いキャンバスシートに無造作にくるまれて地下の酒倉に横たわっていたのだ。トムは死体の後始末をする前にマダム・アネットがワインをとりに地下へ下りていくことを恐れていた。

シンシアがマーチソンの名前を持ちだしたことで、プリチャード夫妻は色めき立ったことだろう。マーチソンがトムを訪ねた直後に〝行方不明〟となったことをシンシアが知っていることは疑いない。イギリスの新聞でも、小さい扱いながら、報じられていたことをおぼえている。マーチソンは、ここ最近のダーワットがすべて贋作であることを確信していた。その確信を駄目押しするように、バーナード・タフツがマーチソンのロンドンでの宿泊先のホテルまで赴いて、本人に直接、「もうこれ以上ダーワットを買っちゃいけません」と告げたのである。マーチソンは、ホテルのバーで見知らぬ男と話をしたこの妙な一件をトムに語った。マーチソンの話では、バーナードは名前を名乗らなかったという。あのときマーチソンをひそかに見張っていたトムは、バーナードと連れだってバーに入る現場を目撃し、ぎょっとしたものだ。バーナードが何を打ち明けようとしているのか手にとるようにわかったからだ。

バーナード・タフツは当時、シンシアのもとを訪れ、もう決して贋作はしないと誓い、彼女とよりを戻そうとしたのではないだろうか。何度もトムはそう思ったことがある。しかし、バーナードが何をしようと、シンシアがよりを戻すことはなかった。

6

ジャニス・プリチャードはふたたび〝接触〟してこようとするだろう、とトムは思っていた。いまに彼女から何か言ってくる。はたして、火曜日の午後、それが現実となった。午後二時半ごろにベロンブルの電話が鳴った。その音をトムはかすかに聞いた。そのとき屋敷近くの薔薇(ばら)の花壇で草とりをしていた。エロイーズが電話に出て、数秒後に「トム！電話よ！」と、開かれたフランス窓から呼んでくれた。

「ありがとう」彼は鍬(くわ)を置いた。「誰から？」

「プリッカードの奥さんよ」

「ああ！　プリチャードの」いらっとしながらも、好奇心がもたげ、トムは玄関ホールの電話に出た。今回はエロイーズに理由も言わずに二階へ上がって話をするわけにはいかない。「もしもし？」

「もしもし、ミスター・リプリー！　いらして、よかったわ。よろしければ——僭越(せんえつ)かもしれませんが——ぜひ直接お会いして、ほんのすこしお話しできたらと思いまして」

「ほお？」

「車はあります。五時近くまで時間があるんです。それで——」

トムとしては、うちに来てもらいたくないし、天井がちらちら光る家にも行きたくなかった。三時十五分に、（トムの提案により）フォンテーヌブローのオベリスク近く、〈ル・スポール〉という労働者階級のバー・カフェかどこかで会うことになった。四時半にムッシュー・ルプティが来てエロイーズともどもレッスンを受けることになっていたが、そのことは黙っていた。

およそトムの電話には無関心のエロイーズが、興味深そうな目でこちらを見ていた。

「よりによってね」トムは言いたくなかったが、しようがない。「会いたいと言ってきた。何かわかるかもしれない。だから、会うことにしたよ。今日の午後に」

「何かわかるって？」

「彼女の夫は嫌な男だ。あのふたりはどちらも好きになれないね。でも――何かわかれば、役に立つ」

「変なことを訊かれてるの？」

トムはわずかに微笑んだ。エロイーズはわが家の問題に理解があって、ありがたい。おもにトムの問題だが。「そんなにはね。心配ないよ。あいつら、からかってるんだ。ふたり揃って」声をはずませて、「帰ったら、ぜんぶ話すから――ムッシュー・ルプティのレッスンには間に合う」と言った。

数分後にトムは家を出て、オベリスクの近くに車を停めた。駐車違反かもしれないが、かまわなかった。

ジャニス・プリチャードはすでにバー・カフェに来ていて、居心地が悪そうに立っていた。「ミスター・リプリー」彼女は親しげな笑顔を見せた。

トムはうなずいたが、差し出された手には気づかないふりをした。「こんにちは。席が空いてませんか？」

席は見つかった。トムは彼女には紅茶、自分にはエスプレッソを頼んだ。

「いま、ご主人は何をされてるんですか？」トムは愛想よく微笑みながら尋ねた。フォンテーヌブローのＩＮＳＥＡＤに行っているという返事を期待し、そう言われたら、もっと具体的に夫の勉強について尋ねるつもりでいた。

「午後のマッサージを」ジャニス・プリチャードは頭をきょろきょろさせながら言った。「フォンテーヌブローなんです。四時半に迎えにいくことになっています」

「マッサージ？　腰痛ですか？」マッサージとは不愉快な言葉だ。まともなマッサージ店があることは知っていたが、トムには売春宿が連想される。

「いいえ」ジャニスは苦悩の表情を浮かべた。テーブルの上とトムの顔とを交互に凝視している。「たんに好きなんです。どこにいても、どこへ行っても、ともかく週に二回は」

トムは唾を呑んだ。こんな会話はやめにしたかった。「リカールを！」と注文を頼む大声やゲーム機のプレイヤーたちの勝利に沸く歓声を聞いているほうが、ジャニスの変態夫の話よりもましだった。

「つまり――パリにいようが、夫はマッサージ治療院をすぐに見つけられるんです」

「妙なお話で」トムは呟いた。「さて、ご主人はぼくになんの恨みがあるんです？」

「あなたに恨み？」ジャニスは言った。びっくりしたようだ。「なぜそんな、何もありません。夫はあなたに敬意を抱いています」トムの目を見つめた。

予想どおりの反応だ。「なぜご主人は、自分がＩＮＳＥＡＤの学生だと言うのですか、学生でもないのに？」

「あら――ご存じなの？」ジャニスは、楽しんでいるような、いたずらっぽい目をした。視線も泳がなくなっている。

「いえ」トムは言った。「単なる当てずっぽうです。ぼくにはご主人の言うことが何ひとつ信じられないだけです」

ジャニスは妙に嬉しそうにくすくす笑った。

トムは笑顔を見せなかった。そんな気分ではなかった。目の前でジャニスは、無意識にマッサージをするかのように、親指で右の手首をこすっている。パリッと清潔な白いシャツに、以前と同じ青のスラックス、シャツの襟の下にはトルコ石（本物ではないが、よくできている）のネックレス。マッサージで袖口が引き上がり、青あざがはっきり見えた。首の左側にも、打撲による青あざがあることにトムは気づいた。ジャニスは身体の青あざを見せようとしているのか？「ところで」トムはようやく口を開いた。「ご主人がＩＮＳＥＡＤに通っていないのであれば――」

「夫は変わった話をするのが好きなんです」ジャニスはそう言って、ガラスの灰皿を見おろした。前の客の吸い殻が三つ残されていて、ひとつはフィルターつきだ。

トムは寛大に微笑んだ。心からの笑顔に見えるよう最善を尽くした。「だが当然、それでもご主人を愛しておられる」ジャニスはためらい、顔をしかめた。外に連れ出して、と助けを求める囚われの姫君か何かを演じている、そんな印象だ。

「あの人には、わたしが必要なの。わたしにはわからない、あの人が——つまり、わたしはあの人を愛してるんです」彼女はちらりとトムを見あげた。

ああ、やれやれ、ご大層に、とトムは思った。「きわめてアメリカ人らしい質問をしますが、ご主人は何で生計を立てておられるんですか？　収入はどこから？」

突然、ジャニスの愁眉（しゅうび）が開いた。「あら、なんの問題もないのよ。夫の実家がワシントン州の材木商だったんです。父親を亡くすと会社を売却して、デイヴィッドは兄弟とふたりで分け合いました。全部投資——か何かに——まわしてます。だから、そこからの収入があるんです」

ジャニスが「か何か」と言ったその言い方から、株や債券に無知であることがわかった。

「スイスですか？」

「ちがうの。ニューヨークの銀行で、運用はすべてお任せ。わたしたちにはそれで充分——でも、いつもデイヴィッドは、もっと欲しいと言ってますけど」ケーキをもうひとつ欲しいと駄々をこねる子どもの話でもするように、ジャニスはほころぶような笑顔を見せた。「あの人は父親に勘当されたんだと思います、それで二十二歳ぐらいのときに、家を追いだされました。働こうとしなかったんです。当時も、かなりお小遣いをもらっていながら、もっと欲しいと言っていたみたいでして」

トムには想像できた。あぶく銭のおかげであの男の空想癖が肥大し、現実離れした人間のままで生きてこられた。それでいて、食べるにこと欠くことはなかった。

トムはコーヒーをひと口すすった。「どうしてぼくに会おうと思われたんです？」

「あら――」その問いかけに、夢から覚めたのだろうか。かすかに頭を振り、トムを見つめた。「本当のことを言えば、夫はあなたとのゲームを楽しんでるんです。あなたのことを傷つけようとしている。わたしのことも傷つけようと思っている。でも、当面の関心事は――あなたです」

「どうやってぼくを傷つけるんですか？」トムはジタンを取り出した。

「夫はあなたのことを、何もかも疑ってます。それで、ひたすらあなたに、いやあな思いを味わわせてやろうと」人を傷つける行為なんて不愉快ですが、ただのゲームですから、とでも言うかのように、「いやあな」と引きのばして言った。

「ご主人はいまのところうまくいってませんね」トムは煙草（たばこ）の箱を差し出した。彼女は首を振り、自分の箱から一本抜いた。「何もかも疑っているって、たとえば？」

「あら、それは言えません。言ったら、殴られちゃいますよ」

「殴られる？」

「ええ、そうなの。あの人、ときどき癇癪をおこすんです」

トムは軽いショックを受けたふりをした。「でも、ご存じなんでしょう、ご主人がなぜぼくを恨んでいるのかを。個人的な恨みではないはずだ。二週間前まで会ったこともないんです」そして、あえて言った。「ご主人はぼくのことを何ひとつご存じない」

ジャニスは目を細めた。かすかな微笑は、いまやほとんどかき消えていた。「そう、知っているふりをしているだけです」

トムはあの男が嫌いなように、ジャニスのことも嫌いだったが、その感情を努めて顔に出さないようにした。「ご主人はいつも誰かを邪魔してまわるんですか？」さも愉快な思いつきであるかのように、尋ねた。

またジャニスがけたけたと子どものように笑った。目のまわりの小皺(こじわ)を見ると、三十五歳は越えている。あの男も同じぐらいの年齢に見えた。「そうとも言えますね」ジャニスは視線をちらりと向け、そらした。

「ぼくの前は、誰でした？」

無言のまま、ジャニスは汚れた灰皿をじっと見ていた。まるで占い師が水晶玉を覗(のぞ)きこむように、そこに数々の過去の断片がおぼろげに見えているかのように。眉(まゆ)も吊(つ)りあがった――いまジャニス自身も楽しみながら、自分の役割を演じているのか？――トムはジャニスの額の右側にある三日月形の傷痕(きずあと)に、はじめて気づいた。ある晩、皿でも投げつけられたのか？

「何が目当てで、他人の邪魔をするんですか？」トムは降霊会に参加した質問者のように、静かに尋ねた。

「あら、あの人の趣味ですよ」ジャニスは心から微笑んだ。「アメリカの歌手で――それもふたり！」彼女はそう言って、笑った。「ひとりはポップ歌手で、もうひとりは――かなりの大物で、オペラのソプラノ歌手でした。名前は忘れましたが、たぶん、忘れるに越したことないわね、アハハ！　ノルウェー人だったと思います。デイヴィッドは――」ジャニスはまた灰皿をじっと見つめた。

「ポップ歌手ですか？」トムが先を続けるよう促した。

「そうなんです。デイヴィッドがほんとに失礼な手紙を書いたんです。『おまえはもう落ち目だ』とか『ふたりの暗殺者に狙われてるぞ』とかそんな手紙を。デイヴィッドはその歌手を動揺させて、うまく歌えないようにさせてやろうとしたんです。手紙が歌手の手に届いたかどうか、わたしにはわかりません。手紙なんて山のように来るでしょうし、若者の間で大人気でしたから。ファーストネームがトニーだったことはおぼえてます。でも、たしか麻薬問題があって――」ジャニスはまた口を閉ざし、やがて開いた。「デイヴィッドは人が潰れる姿を見るのが好きなだけなんです――自分の手で潰れる姿を。うまく人を潰すことができてそれを見るのが」

トムは聞いていた。「ご主人はそうした人たちの資料でも集めるんですか？　新聞の記事とか？」

「そんなには」ジャニスはちらりとトムを見て、何げなく言い、紅茶を飲んだ。「ひとつには、そうしたものを家に置いておきたくないんです。万一――成功した場合のことを考えて。ノルウェー人のオペラ歌手のときは、あの人は成功しなかったと思います。でも、夫はテレビをつけっぱなしにして、その歌手をずっと観てました。あの女、震えだしたぞ――そらミスった、とか言いながら。なに、くだらないことを、ってわたしは思いました」ジャニスは目をまっすぐ見つめてきた。

偽物の率直さ、とトムは思った。彼女が本当にそう思ったならば、デイヴィッド・プリチャードと同じ屋根の下で暮らして何をしているのだ？　トムは息を吐いた。結婚している女性を相手に、理屈で質問してもはじまらない。「ところで、ご主人はぼくに何をするつもりなんですか？　単なる嫌がらせ？」

「ええ――たぶん」ジャニスはまた身じろぎしている。「あなたはあまりにも自信たっぷりだ、と夫は考えてます。思いあがっていると」

トムは笑いをこらえた。「ぼくに、嫌がらせをする」しばし考え、「それで、どうなるんです？」

ジャニスの薄い唇の端が上がった。これまで一度も見たことがない、いたずらっぽい、楽しげな表情だった。彼女の目はトムの目を避けた。「さあ？」そして、また手首をさすった。

「デイヴィッドはなぜぼくに目をつけたんですか？」

ジャニスはちらりとトムに目を向け、考えこんだ。「たしか、どこかの空港であなたをお見かけしたんだと思います。コートが目を引いて」

めた。

「レザーとファーの。とにかく、すてきでした。デイヴィッドが『あのコート、似合わないよ、誰だろう』って言ったんです。どういうわけか夫はあなたのことを突きとめました。たぶん、あなたの列の後ろにでも並んで、名前を突きとめたのかと」ジャニスは肩をすくめた。

「コートが？」

トムは何か思い出せないかと必死に頭をめぐらしたが、思い出せなかった。彼はまばたきをした。もちろん、空港で名前を知られたり、アメリカのパスポートを所持していることに気づかれたりするのは、ありうることだ。それから、調べられることも——どこを？大使館か？　自分はどこの大使館にも登録してない。パリ大使館にも、登録していなかったと思う。では、新聞のバックナンバーか？　それには、忍耐力が要る。「結婚されて、どれくらいですか？　どこでデイヴィッドと出会ったんです？」

「あら——」ふたたび彼女のほっそりした顔が嬉しそうな表情になり、杏色（あんずいろ）の髪の毛を手でとかした。「そうね、結婚してもう三年以上でしょうか。出会ったのは——秘書と簿記係の大きな会議でした——上司たちもいましたが」また、笑い声。「オハイオ州のクリーヴランドです。デイヴィッドと話をしたきっかけはよくわかりません。参加者は大勢いましたし。でも、デイヴィッドはたしかに魅力的なんです。おわかりにならないでしょうけど」

トムにはわからなかった。プリチャードは、欲しいものがあれば、相手が男であれ女であれ、ねじ伏せてでも、首を絞めてでも、奪い取ろうとする男のように見えた。たしかに、そういう性格がある種の女性には魅力に映ることを、トムは知っていた。袖口を引き、腕時計を見た。「申し訳ない。そろそろ人と会う約束の時間なんですが、まだすこし大丈夫です」なんとしてもシンシアの話を持ちだしたかった。プリチャードがシンシアをどう利用するつもりでいるのか聞きだしたかったが、その名前を何度も言いだしたくはない。もちろん、気にしているとも思われたくなかった。「ご主人はぼくに何がしたいんですか——差し支えなければ教えていただけませんか？　たとえば、どうしてわが家を撮影していたんですか？」

「あら、それは、あなたを怖がらせたいからよ。夫は、自分を怖がっているあなたが見たいんです」

トムは寛大に微笑んだ。「申し訳ないが、無駄ですね」

「デイヴィッドは、ただ自分の力を誇示したいだけなんです」ジャニスは甲高い声で言った。「本人には何度もそう言っているんですけど」

「もうひとつ失礼なことを訊きます——ご主人はこれまで、精神科医にかかられた経験は？」

「まあ！　ハハハ！」ジャニスはおかしそうに笑いながら身もだえした。「まったくありません！　あの人の前でそんな話をしたら、鼻で笑うでしょうね、精神科医なんてあんないかさま連中、とか言いながら」

トムはウェイターに合図した。「でも——ジャニス、夫が妻に暴力をふるうのは普通じゃないと思いませんか?」トムは思わず微笑んだ。ジャニスはそういう扱いを受けるのをたしかに喜んでいる。

ジャニスは姿勢を変え、眉をひそめた。「暴力——」彼女は壁をじっと見つめた。「こんなこと話すべきではなかったかもしれません」

トムは配偶者をかばうタイプがいることは知っていたが、ジャニスがそうだった。すくなくとも、今のジャニスは。トムは財布から紙幣を取り出した。勘定よりも多めで、つりをとっておくようウェイターに身ぶりで示した。「楽しくやりましょう。デイヴィッドの次の手を教えてください」トムはゲームでも楽しんでいるように、明るく言った。

「次の手?」

「ぼくに恨みを晴らすための」

じっと見つめていた彼女の目が曇った。その夥しい可能性が頭のなかをめぐっているかのようだ。彼女はかろうじて微笑んだ。「正直申しあげて、わたしには何も言えません。とてもお話はできないでしょう、もし——」

「いいじゃないですか。かまいませんよ」トムは待った。「窓から石を投げこむんですか?」

ジャニスは答えなかった。トムはうんざりして、立ち上がった。

「残念ですが、そろそろ——」と彼は言った。

侮辱されたと思っているのか、ジャニスは無言のまま立ち上がった。トムは彼女のあとについて入口へ向かった。

「ところで、日曜日に、わが家の前まで車でデイヴィッドを迎えにきましたね」トムは言った。「これからまた迎えにいくわけですか。あなたはとても思いやりのある方だ」

やはり返事はなかった。

トムは不意に、激しい怒りをおぼえた。失望による怒りだ、と自覚した。「なぜあなたは手を引かないんです？　なぜ我慢してまで、つきまとうんです？」

当然、ジャニス・プリチャードはその質問に答えないつもりだろう。決して触れてほしくなかったはずだ。トムは彼女の右目に涙が光るのを見た。ふたりはジャニスが先になって歩いていたが、たぶんこの先に彼女の車があるのだろう。

「そもそもご結婚されてるんですか？」トムは畳みかけた。

「もう、やめてください！」涙が溢れた。「わたしは本当にあなたを嫌いになりたくないんです」

「どうぞお気遣いなく、マダム」トムはそのとき、先日の日曜日に、ジャニスがデイヴィッド・プリチャードを乗せてベロンブルから走り去るときのあの満足げな笑顔を思い出した。「さようなら」

トムは向きを変え、自分の車のほうへ歩きだし、あと数メートルのところで小走りになった。木の幹でもなんでもいい、何かを殴りつけたいような気持ちだった。帰宅の途上、アクセルを踏みすぎないよう気をつけねばならなかった。

玄関は鍵がかかっていたので、トムはほっとした。エロイーズがドアを開けてくれた。彼女はハープシコードの練習をしていた。楽譜台にシューベルトの歌曲の楽譜が置かれている。

「まったくなんてことだ！」トムは心の底から憤慨して言い、一瞬、両手で頭を抱えた。

「どうしたの、あなた（シェリ）？」

「おかしな女だ！　がっかりしたね。あきれたよ」

「なんの話だったの？」エロイーズは落ち着いていた。

よほどのことがない限りエロイーズは動じない。その平然とした態度を目にして、トムは気が楽になった。「ふたりでコーヒーを飲んだんだ。ぼくもね。彼女は——というか、あのアメリカ人夫婦は」彼はためらった。プリチャード夫妻のことなど相手にしなければいい、やはりそんな気がした。なぜわざわざあの夫婦の奇行を教えてエロイーズを心配させる？　「ぼくはほら、よく人にうんざりさせられるからね。ある種の人に。うんざりしすぎて我慢ならない、すまない」エロイーズに質問を重ねる隙を与えず、「ちょっとごめん」と言って、トムは玄関ホールを抜けて洗面所に入った。冷たい水で顔を洗い、石鹸（せっけん）と水で手を洗い、ブラシで爪を洗った。ムッシュー・ロジェ・ルプティが来れば、じきに気分もすっかり変わるだろう。ムッシュー・ロジェの三十分間のレッスンをどちらが先に受けるのかは、トムもエロイーズもわからなかった。その場で先生が決めるのだ。上品に微笑みながら、「では（アロール）、ムッシュー」、あるいは「マダム、どうぞ？（シル・ヴ・プレ）」と言ってくる。

　数分後、ムッシュー・ルプティがやってきた。いつもどおりに、天気や庭の様子を褒める社交上の挨拶（あいさつ）を終えると、かすかに微笑んだ血色のいい顔をエロイーズに向け、ずんぐりした手をあげて、「さあ、マダム？　はじめましょうか？　よろしいですか？」と言った。

　トムは立ったまま、邪魔にならないようにしていた。エロイーズは練習中にトムがそばにいても気にしない。それがトムにはありがたかった。きびしい批評家めいた言辞を弄する気はさらさらない。煙草に火をつけ、横長のソファの背後に立ちながら、暖炉の上のダーワットを眺めた。本物のダーワットじゃない、トムは改めて思う。バーナード・タフツによる贋作（がんさく）だ。『椅子（いす）の男』と題されたこの絵は、赤茶色のなかに黄色い線があるが、ダーワット作品すべてに共通するように輪郭（りんかく）が数本の線で描かれている。この絵も随所で黄色い線にもっと濃い色の線が重なっていて、見ていると頭が痛くなるという人もいる。遠くからだと絵が生きているように感じられ、わずかに動いているようにさえ見える。椅子に腰かけた男の顔は、茶色くて猿のようだが、物思いに耽（ふけ）る表情とも言える。だが決して目鼻立ちははっきりしない。（椅子に腰かけていても）落ち着きがなく、疑い深げで、不安そうにしていて、トムはそこが気に入っていた。同時に、偽物である事実もまた気に入っている。家のなかで、それは名誉ある場所を占めていた。

　リビングルームにはダーワットがもう一枚ある。『赤い椅子』というこれも中サイズの絵で、十歳ぐらいの少女ふたりが緊張した様子で、背のまっすぐな椅子にそれぞれ座っている。大きく見開いた目は、何かに怯えているようだ。これもやはり、椅子と人物を描く赤みがかった黄色の輪郭線が三重、四重に引かれ、絵を見る者は数秒後に（トムはいつも、はじめてこの絵を見たつもりで、考える）背景は炎で、この椅子は燃えているのではないか、と気がつく。いま、この絵の値段は、どれくらいだろう？　ポンドで六桁の額、それも七桁に近いほうだ。それ以上かもしれない。競売にかける者の腕次第だ。保険会社は二点の絵の値段をずっと上げつづけてきた。トムに売却する気はない。

あの下品極まるデイヴィッド・プリチャードがすべての贋作を闇に葬ったとしても、当然ながら『赤い椅子』の価値は不変だ。その絵は古く、ロンドン由来だ。プリチャードはバー下手に手出しできないし、蹂躙されることはない、とトムは思った。プリチャードはバーナード・タフツの名前さえ知らない。エロイーズの演奏はコンサートが開けるレベルではないが、フランツ・シューベルトの美しい曲は、トムに力と勇気を与えてくれる。そこには、シューベルトに対する意欲と敬意があった。ダーワットの──いや、バーナード・タフツの『椅子の男』も同様で、バーナードがダーワットの作風でそれを描いたとき、たしかにダーワットへの敬意があった。

トムは肩の力を抜き、指を曲げて、爪を見た。きれいに、ちゃんとしている。偽のダーワットの売り上げが増大しても、バーナード・タフツは分け前を要求することはなかった。トムはおぼえている。バーナードは終始、ロンドンのアトリエで充分に暮らしていけるだけしか受け取らなかった。

　プリチャードのような人物が贋作の秘密を暴露するとしたら——どのように？——バーナード・タフツの名も明るみに出るだろう。バーナードはもうこの世にいないが。贋作者は誰か？　その疑問に、ジェフ・コンスタントとエド・バンバリーは答えざるをえなくなる。もちろん、シンシア・グラッドナーは答えを知っている。興味深い問題だが、はたしてシンシアは、元恋人であるバーナードに敬意を抱いていたから、贋作者の名前を他人に漏らさないのか？　これだけはなんとかしなければ、あの子どもみたいな理想主義者、バーナードを守らなければ、トムにはそんな奇妙にも誇らしい願いがあった。バーナードは罪を犯し、そのために最後には自らの手で（自らザルツブルクの崖から飛びおりて）命を絶った。

　バーナードはホテルを替えたいからとトムにダッフルバッグを預け、別のホテルの部屋を探しに出かけた。そして、そのまま帰ってこなかった。トムはそう供述した。だが実際は、トムはバーナードのあとを追い、バーナードは崖から飛びおりたのである。翌日には首尾よく遺体を火葬して、これはダーワットの遺体である、とトムは主張した。そして、その言葉は信用された。

　バーナードの遺体は結局どこに？　シンシアがそう自問しながら、胸中に敵意をくすぶらせていたならば、それもおかしな話だ。シンシアはトムとバックマスター画廊を恨んでいる、それはトムも知っていた。

7

飛行機は右翼を下にがくんと傾けて降下しはじめた。トムはシートベルトをしたまま、できるだけ腰をうかした。エロイーズの席は窓際だ。トムがその席を勧めたのだ。あれは――タンジールの港だ。印象的な二叉（ふたまた）が内側に湾曲しながら、何かを捕らえようとするかのようにジブラルタル海峡へ突き出していた。

「地図で見たよね？　ほら、そこ！」とトムが言った。

「ええ（ウィ）、あなた（モン・シエリ）」エロイーズは彼ほど興奮してはいないようだったが、円い窓から目を離さなかった。

あいにく窓が汚れていて、外ははっきり見えなかった。ジブラルタルを見ようとしてトムは前かがみになったが、目にしたのはその対岸のスペイン南端、アルヘシラスだった。何もかもがとても小さく見えた。

機体は水平になり、方向を変えて、左に旋回した。景色は何も見えない。だが、ふたたび右翼が下に傾くと、窓外に、大地の高台に白く密集した街が近づいていた。白亜色の小さな建物が立ち並び、小さい正方形の窓がある。着陸後、機体は十分間、誘導路を移動しつづけ、乗客はシートベルトを外して、しびれを切らして立ち上がる者もいた。

乗客たちは入国審査室に通された。天井が高く、陽（ひ）の光がはめ殺しの高い窓から降り注いでいた。暑い、トムはサマージャケットを脱いで、肩にかけた。二列に並んでゆっくり進んでいく人々はほとんどがフランス人観光客のようだが、地元のモロッコ人もいるようだ、とトムは思った。民族衣装のジャラバをまとう者が列に混ざっていたからだ。

隣室で、トムは床に置かれた旅行鞄（かばん）を受け取り——かなり乱雑に並んでいた——千フランスフランをディルハムに両替し、案内デスクに座る黒髪の女性に、中心街に行く最善の手段を尋ねた。タクシーです。料金は？　約五十ディルハムですね、とフランス語で答えた。

エロイーズは〝合理的〟なので、ポーターは頼まず、荷物はトムとふたりでなんとか運んだ。トムは旅行前にエロイーズに、モロッコで買い物をするんだからと、空（から）のスーツケースもひとつ持たせていた。

「五十ディルハムで街まで、行けますか？」ドアを開けたタクシーの運転手にトムはフランス語で言った。「ホテル・ミンザですが？」タクシーメーターがないのは知っていた。

「乗って」無愛想な返事がフランス語で返ってきた。

トムと運転手で、荷物を載せた。

ロケットのように発車した。トムはそう感じたが、それは道が少々でこぼこなのに加え、開いた窓から風が吹きこむためだ。エロイーズはシートと吊（つ）り革（かわ）にしがみついていた。運転席の窓から、埃（ほこり）が吹きこむ。だが、すくなくとも道はまっすぐだ。向かう先は、空から見えた、白い建物が密集した街のようだ。

家々が道の両側に立ち並んでいた。かなり粗末な見た目の赤煉瓦(あかれんが)の住居で、どれも四階建てや六階建てだ。車はメインストリートらしい通りに入った。舗道をサンダルばきの男女が行き来し、カフェが一、二軒あった。小さな子どもが何人かいきなり飛び出してきて通りを横断し、運転手は急ブレーキをかけた。ここは埃っぽく、灰色にくすみ、買い物客と通行人で賑(にぎ)わい、たしかにどう見ても都会だ。タクシーは左に曲がると、数メートル進んで、停まった。

ホテル・エル・ミンザだ。トムは車を降りて、十ディルハム上乗せして料金を払った。赤い制服のボーイが出てきて、荷物運びを手助けしてくれた。

ロビーに入ると、トムは宿泊カードを記入した。天井が高く、かなり格式あるロビーは、すくなくとも清潔感があり、壁は淡いクリーム色だが、赤と臙脂色がひときわ目についた。

数分後、トムとエロイーズは〝スウィート〟にいた。スウィートという言葉の響きに、トムはいつも滑稽(こっけい)なほど優雅な気分になる。エロイーズは手と顔をてきぱき洗い、荷物を解きはじめた。トムは窓から景色を眺めた。ここはヨーロッパ風の数え方で四階だ。眼下には、灰色がかった白い建物がびっしりと広がっている。六階を超える建物はひとつもない。雑然と洗濯物が干され、屋根に立つ旗竿に掲げられた、ぼろ切れのような正体不明の旗がちらほら見え、テレビのアンテナが林立し、屋上にはさらに多くの洗濯物が広げられていた。室内の別の窓から、ホテルの真下を見ると、富裕階級の人々（トムもおそらくそのひとりだ）がホテル内の敷地で大の字になって日光浴をしている。ミンザの屋外プールの周辺は日が陰っていた。ビキニ姿や海パン姿で横たわる人々の向こうには白いテーブルと椅子（いす）が並び、その向こうには遠目にも心地よく手入れされた椰子（やし）の並木と灌木（かんぼく）、花盛りのブーゲンビリアが見えた。

　太腿（ふともも）のあたりに、エアコンが冷気を吹きつけていた。トムは両手を下に差し出し、冷気を袖（そで）から入れた。

「あなた（シェリ）！」ちょっと困ったような声がした。そして、短い笑い声。「水が出ない（ロー・エ・クッペ）！いきなりよ（トゥ・ダン・クー）！」エロイーズは言った。「ノエルの言ったとおり。おぼえてる？」

「一日に四時間は出ないって、言ってなかった？」トムは微笑（ほほえ）んだ。「トイレはどう？風呂は？」トムは浴室に入った。「ノエルも言ってなかったな——ほら、これ！　バケツのなかにきれいな水！　飲む気にはなれないけど、洗うのには——」

　トムはどうにか冷水で手と顔を洗い、ふたりでスーツケースの中身をほとんどすべて周囲に出した。そのあと、散歩に出た。

　トムはズボンの右ポケットのなかでなじみのない硬貨をジャラジャラ鳴らしながら、まず何を買おうかと考えていた。カフェで絵葉書を買おうか？　ふたりはフランス広場にいた。ここから五つの通りが伸びていて、地図によれば、そのうちのひとつが、宿泊先のホテルがあるリベルテ通りだ。

「これ！」エロイーズが革細工の財布を指さして言った。スカーフや何に使うかわからない銅製のボウルと一緒に、店の外に吊るされていた。「きれいね、トム？　めずらしい」

「うーん――店はもっとあるんじゃない？　見てまわろう」もう午後七時に近かった。あたりを見ると、二、三軒で本日の閉店準備を始めていた。トムはいきなりエロイーズの手をとった。「すばらしくないか？　新しい国は！」

エロイーズは微笑みかえした。ラベンダー色の目は、瞳孔から奇妙な黒い線が自転車のスポークのように広がっていた。エロイーズの目のように美しいものにはふさわしくない連想だ。

「愛してるよ」とトムが言った。

ふたりはパスツール通りに入った。広い通りでやや下り坂になっている。店の数が多く、何もかも密集していた。大人も子どもも、女性たちは長いガウンを着て素足にサンダルばきで通りすぎていくが、男性たちはブルージーンズやスニーカー、サマーシャツが好みのようだ。

「アイスティーはどう？　それともキール？　きっとこの国ならキールを作ってもらえるよ」

そこでホテルのほうへ引きかえし、フランス広場で、パンフレットの簡単な地図をたよりに〈カフェ・ド・パリ〉を見つけた。舗道に沿って並んだテーブルと椅子は喧噪に満ちていた。ひとりがけの小さな丸テーブル席しか空きが見あたらないので、トムはそこを確保すると、近くのテーブルから椅子をひとつ拝借した。

「少しだけど、これを」トムは財布を出して、エロイーズにディルハム紙幣を半分渡した。

彼女は優雅にハンドバッグを開けて――サドルバッグに似ていたが、小ぶりなものだ――紙幣や小物をすばやく、だが、しかるべき場所に収めた。「これはなんなの？」

「これは――四百フランある。今夜、ホテルでもっと両替する。ホテル・ミンザのレートは、空港と同じだった」

　エロイーズは話をまるで聞いていないようだが、彼女ならおぼえていてくれるはずだ。周囲にフランス語の話し声はなく、聞こえるのはアラビア語ばかり、目にする文字はベルベル語だ。いずれにしてもトムには理解できない。テーブル席の客はほとんどすべて男性で、いささか重そうな中年男の何人かは半袖シャツを着ている。実際、遠くのテーブル席にいる、ブロンドがかった髪の短パンの男と女が唯一の例外だ。

　ウェイターは少なかった。

「ノエルの部屋、確かめておいたほうがいいかしら、トム？」

「ああ、もう一度確認しておくほうが無難だね」トムはにっこりした。チェックインのときに、明日の晩より宿泊予定のマダム・アスレールの部屋について確認し、フロント係は部屋のご予約はうけたまわっておりますと言っていた。トムはウェイターに合図した。これで三度目だが、トレイを手にした白ジャケットのウェイターは、周囲にまったく注意を払っていないようだ。だが、今度は近づいてきた。

　ワインもビールも扱っていないという。

　ふたりはコーヒーを頼んだ。コーヒーを二杯（ドゥ・カフェ）。

北アフリカに来ても、トムの頭からはシンシア・グラッドナーが離れようとしない。シンシア、冷淡のかたまり、ブロンドの、典型的なよそよそしいイギリス人。彼女はバーナード・タフツに対しては、冷淡ではなかったのだろうか？　結局、思いやりはなかったのか？　まあ、わからないな。それは性的関係の領域に入りこむ事柄で、男女の私生活は世間に見せているものとはまったく別ものなのだから。彼女は自分自身のことも、バーナード・タフツのことも暴露することなく、トム・リプリーのことをどこまで暴くつもりでいるのだろうか？　シンシアとバーナードは結婚することはなかったが、奇妙なことに、ふたりは精神的にひとつに結びついていたとトムは見ていた。たしかにふたりは恋人同士だった。しかも、長いこと——だが、そうした肉体的なことに意味はない。シンシアはバーナードを尊敬し、心から愛していた。バーナードは苦しみながらも最終的には、自分がシンシアを抱く〝価値のない〟男だと考えたのだろう。ダーワットの贋作には、それほどの罪の意識を抱いていたのだ。

トムはため息をついた。

「どうしたの、トム？　疲れたの」

「いや！」疲れてはいなかった。トムは心の底から自由を感じ、ふたたび満面に笑みを浮かべた。いまは〝敵たち〟から数千キロも離れた地にいるという実感があった。彼らを敵と呼んでもかまわなければの話だが。嫌がらせの加害者と呼ぶのはかまわないだろう。プリチャード夫妻ばかりでなく、シンシア・グラッドナーもそのひとりだ。

さしあたって――いつまでもこのことばかり考えてしまう。トムはまた不機嫌な顔になった。自分でもそれに気づいて、額を手でこすった。「明日は――どうする？　フォーブズ博物館は？　ミニチュアの兵隊の。カスバのなかにあるんだ。おぼえてる？」

「いいわね！」エロイーズはたちまち顔を輝かせた。「カスバ！　それから、ソッコ」

グラン・ソッコのことで、大きな市場だ。買い物、値切り、値段の交渉。トムは嫌だったが、やらざるをえないことはわかっていた。そうしないと馬鹿も同然に、高い値段を払うことになる。

ホテルへ帰る途中、淡い緑のイチジクと濃い色のイチジク、いずれも品種がちがうだけで食べごろに熟したものを見つけ、美味しそうな緑のブドウ、それにオレンジとあわせて、値切らずに言い値で買った。トムは屋台の主人からもらったビニール袋ふたつに詰めこんだ。

「あの部屋には、きっとお似合いだよ」トムは言った。「ノエルにも、いくつかあげよう」

水が出るようになっていた。それに気づいたトムは喜んだ。エロイーズが先にシャワーを浴び、トムはあとから浴びた。ふたりはパジャマに着替え、エアコンの気持ちいい冷気のなか特大ベッドでくつろいだ。

「テレビがある」とエロイーズが言った。

トムはとっくに気づいていた。彼はテレビをつけに向かった。「ちょっと観てみるだけだよ」とエロイーズに言った。

だが、つかなかった。プラグを調べたが、きちんと差しこまれているようだ。同じコンセントに差しこまれているフロアスタンドは点灯していた。

「明日にでも」トムは気にすることなく、諦めて、呟いた。「誰かに訊こう」


翌朝、ふたりはカスバへ行く前にグラン・ソッコを訪れたが、当然ながら、メーターのないタクシーでいったんホテルに引き返すことになった。エロイーズが買い物をしたからだ。茶色の革のハンドバッグと赤い革のサンダルで、一日じゅう持ち歩きたくはなかった。トムはタクシーを待たせて、フロントに荷物を預けた。それから、ふたりで郵便局までタクシーに乗り、タイプライターのリボンのような怪しげな品を郵送した。フランスにいるときに包みなおしてあった。リーヴズに頼まれたとおり、航空便で送り、書留は避けた。差出人住所は、でたらめなものも含め、何も書かなかった。

そのあと、別のタクシーでカスバまで向かった。のぼり坂の移動で、狭い道を通り抜けた。ここがヨーク城だ――ここにサミュエル・ピープス（十七世紀のイギリス海軍官吏）がしばらく駐在していたと何かで読まなかったか？――眼下に港が見え、城の両側に小ぶりな白い家が立ち並んでいることもあり、石の城壁がとてつもなく頑丈で巨大なものに感じられた。そばには、緑色のドームの塔が高く聳えるモスクがある。眺めていると、大音量の朗唱が流れはじめた。トムが事前に読んだ説明によれば、日に五回、ムアッジンと呼ばれる者が塔の上から周囲に礼拝の呼びかけを行なうのだが、近年ではどこでも録音された音声が流されているという。早起きして塔の階段をのぼることなどしたくない不精者もいれば、無慈悲にも朝四時に起こされる者もいる、とトムは思った。信者たちは起き出してメッカに向かい、何ごとか唱えなければならないが、それがすんだらまた寝床に戻るのだろうか。

鉛の兵隊を展示するフォーブズ博物館はおもしろかった。エロイーズはそうでもなかったようだが、よくわからない。エロイーズはほとんど無言だったが、トムと同様、目を奪われてはいたようだ。数々の戦闘シーン、血の滲む包帯を頭に巻いた負傷兵が集うテント、各種連隊の行進、馬にまたがった数多の兵士――すべてがガラス張りの長い陳列台に収まっている。兵士や将校は身長およそ十二センチ、大砲や車両も同スケールだ。すばらしい！　七歳に戻れたら、本当にワクワクしただろう――そこでトムの思考はいきなり中断した。鉛の兵隊に魅了される年ごろにはもう、両親は死んでいた。溺死だ。だから、ドッティ叔母の世話になっていたのだ。叔母には鉛の兵隊の魅力などわからなかっただろうし、トムがいくら買いたくても、決してお金を融通してくれなかっただろう。

「すごいよね、ここをぼくたちが独占しているんだよ！」トムはエロイーズに言った。奇妙なことに、どの展示室をめぐっても、大きな室内には誰もいなかった。

入場は無料だった。広いロビーに戻ると、白いジャラバ姿の若めの男性管理人から、よろしければ来客帳にご署名をお願いできますか、とだけ言われた。エロイーズは署名し、トムも続いた。クリーム色の用紙の分厚い来客帳だった。

「ありがとう、ではまた！」三人ともそう言った。

「タクシーはあるかな?」トムが言った。「ほら! あれはタクシーじゃないか?」

緑の芝生が広がるなかに伸びる正面進路を歩いて、タクシー乗り場と思われる舗道際に向かった。埃だらけの車が一台停まっている。運がいい。タクシーだ。

「〈カフェ・ド・パリ〉へ、お願いします（シル・ヴ・プレ）」トムは窓越しにそう言って、車に乗りこんだ。

いま、ふたりはノエルのことを考えていた――ノエルはあと数時間でド・ゴール空港から飛行機に乗る。彼女の部屋（ふたりの部屋の上の階だ）に新鮮な果物をひと皿置いてから、タクシーで空港まで迎えにいく予定だ。トムはレモンの薄切りを浮かべたトマトジュースを飲んだ。エロイーズはミントティーで、話には聞いていながら、飲むのははじめてだった。香りがすばらしい。トムもひと口飲んでみた。うだるように暑いわ、こんなときはミントティーがいいんですって、とエロイーズが言ったが、どういいのか、実感できないようだ。

ホテルは、歩いてすぐだ。トムは支払いをすませ、椅子の背から白いジャケットを手にとった。そのとき、左側の大通りの人込みのなかに、見覚えのある頭と肩を目にした気がした。

デイヴィッド・プリチャード? 横顔はプリチャードのようだった。トムは爪先立ちしたが、通りを行きかう人が多すぎて、プリチャードらしき人物は人込みにまぎれてしまった。通りの角まで走っていって確かめるまでもない。ましてや追いかける意味などない、とトムは思った。きっと人ちがいだ。黒髪に丸眼鏡。一日に何度か見かけるようなタイプじゃないか？

「こっちよ、トム」

「わかってる」トムは途中で、花売りの屋台を見つけた。「花だ！　すこし買おう！」

ブーゲンビリアの葉、ワスレナグサを数本、ツバキの短い花束を買った。ノエルへのプレゼントだ。

リプリーですが、何かメッセージは来てますか？　いいえ（ノン）、ムッシュー、赤い制服のフロント係はそう言った。

客室係に電話し、花瓶をふたつ、ひとつはノエルの部屋、もうひとつはトムとエロイーズの部屋に持ってきてもらった。結局、花はたっぷりあった。そのあと、軽くシャワーを浴び、昼食に外出した。

ノエルに勧められたパブを探すことにした。「街の中心部で、パスツール通りからちょっと入ったところ」とノエルは言っていた。トムはネクタイとベルトを売る屋台で、パブの場所を知っているか尋ねた。二本目の通りの右側にあるという。

「本当にありがとう（メルシー・アンフィニマン）！」とトムは言った。

パブはエアコンが効いているのかいないのか微妙だったが、ともかく快適で楽しかった。エロイーズも喜んだ。イギリス風パブがどんなものか、彼女は知っている。ここの店主はがんばっていた。褐色の垂木（たるき）、壁には、古い振り子時計のほか、スポーツ・チームの写真の数々、黒板のメニュー、ハイネケンの瓶が目につく。狭い店内は、さほど込んでいない。

トムはチェダーチーズ・サンドイッチ、エロイーズはチーズの盛り合わせとビールを注文した。彼女はひどく暑いときに限ってビールを飲む。

「マダム・アネットに電話をかけたほうがいいかしら？」ビールをひと口飲んで、エロイーズが訊いた。

　トムはちょっと驚いた。「どうして？　心配なの？」

「そうじゃないわ、心配してるのはあなたでしょ？」エロイーズはかすかに顔をしかめたが、そんな表情はめったに見せないから、睨(にら)まれた思いがした。

「いや。心配してるって、何を？」

「例のプリーカードのこと、ちがう？」

　トムは両目を手で覆った。顔が紅潮している。暑さのせいか？　「プリチャードね。ちがう」ときっぱり言った。チーズ・サンドイッチと前菜の碗が目の前に置かれた。「あの男に何ができる？」とトムは言い、「ありがとう(メルシー)」とウェイターに言った。あとからエロイーズに給仕していたが、単なる偶然だろう。「あの男に何ができる？」とは、ばかげて無意味な質問だと感じたが、エロイーズを心配させまいと口から出た言葉だった。プリチャードにできることはいくらでもあるが、それはひとえにあの男にどれだけ裏がとれるか次第だ。空疎な質問を重ねるだけと知りながら、「チーズはどう？」とトムは尋ねた。

「ねえ、グレーンリーフと名乗って電話してきたのは、プリックシャードではないんじゃない？」エロイーズはチーズにちょっぴりマスタードを優美に添えた。

グリーンリーフを彼女はそう発音し、名前のディッキーも省いていたので、死体となったディッキーなど遠い彼方の、実在しない存在のように思えた。トムは落ち着いて言った。

「まあ、ちがうだろうね。プリチャードの声は低いほうだ。とにかく、若くは聞こえない。きみが聞いたのは、若い声だったよね」

「そう」

「電話ねえ」トムは考えこむように言いながら、前菜をスプーンでとって自分のプレートの端に載せた。「ばかな冗談を思い出したんだが。聞きたい？」

「聞かせて」とエロイーズが言った。ラベンダー色の目には、それなりの好奇心はたしかに浮かんでいた。

「精神病院の話でね。フランス語だとメゾン・ド・フーだ。患者が何か書いていたので、医者は何を書いているのか尋ねた。手紙です。誰に宛てた手紙かね、と医者は訊いた。自分宛です、と患者は答えた。手紙には何が書いてあるのか、医者が尋ねた。そこで患者は答えた。さあ、まだ受け取ってませんので」

エロイーズは笑ってはくれなかったが、ともかく微笑んでくれた。「ほんとにばかな話」

トムは息を吐いた。「そうだ、絵葉書を買わなければ。駆けるラクダ、市場、砂漠の風景、逆さ吊りの鶏――」

「鶏？」

「絵葉書ではよく逆さ吊りの鶏があるんだ。メキシコなんかではね。そんなふうに市場へ運ばれるんだ」それ以上のことは言いたくなかった。鶏の首が絞められるのは嫌だった。

ハイネケンをさらに二本を飲み、昼食を終えた。瓶はいくらか小ぶりだった。天井の高い優雅なホテル・エル・ミンザに戻り、またシャワーを、今度はふたりで一緒に浴びた。そのあと、ふたりとも昼寝がしたくなった。空港へ出かけるまでには、たっぷり時間があった。

四時すこしすぎ、トムはブルージーンズにシャツを着て、絵葉書を買いに階下へ下りた。フロントで一ダース買いもとめた。マダム・アネットに葉書を書くつもりで、エロイーズも書き添えることができるよう、ボールペンを持ってきていた。歳月は過ぎゆく――それもなんと多くの日々が？　ヨーロッパからドッティ叔母に絵葉書を出したのは、それなりの遺産をもらうために叔母の好意をつなぎとめておきたいからだったと、トムは認めざるをえなかった。叔母は遺言で一万ドルを残してくれたが、叔母の家は別の人間の手に渡った。トムはあの家が好きで、自分のものにしたかった。家の相続人の名前は忘れてしまったが、それはたぶん忘れたかったのだろう。

トムはホテル・ミンザのバーのスツールに腰かけた。ここは照明の具合がなかなかいい。クレッグ夫妻への葉書もまた、親しみのこもったものになるだろう、とトムは思った。パリ東方のムラン近くに住む古きよき隣人、クレッグ夫妻はふたりともイギリス人で、夫のほうは引退した弁護士だ。トムはフランス語で書いた。

親愛なるマダム・アネット

　こちらは、ひどく暑いです。二匹の山羊（やぎ）が舗道を歩いているのを見かけました。引き綱もなしに！

それは事実だったが、山羊を連れたサンダル履きの少年は、角（つの）を摑（つか）んでは、山羊をうまく導いていた。山羊はどこへ向かっていたのだろう？　彼は先を続けた。

　温室近くの小さいレンギョウに水をやるよう、どうかアンリに伝えてください。

では、また（ア・ビヤントー）。

トム

「ムッシュー？」とバーテンが言った。

「いや結構（メルシー）、人を待っているんでね（ジャタン・ケルカン）」とトムは答えた。赤いジャケットのバーテンは、トムがここの宿泊客であることを知っているようだ。モロッコ人は、イタリア人と同様、客の顔をよく観察しておぼえてしまうものらしい。

　プリチャードがベロンブル付近をうろついていなければいいが、とトムは思った。マダム・アネットを不安にさせたくなかった。彼女なら、いまのトムと同様、きっと遠くからでもプリチャードに気づくはずだ。クレッグ夫妻の住所は？　番地がうろおぼえだ。とにかく、葉書を書きはじめてしまおう。エロイーズはいつも、絵葉書を書く労力ができるだけ少ないことを歓迎する。

ふたたびペンを手にして、トムはふと右に視線を向けた。

プリチャードがベロンブルに近づかないかと気遣う必要はなかった。当の本人がカウンターにいた。黒い目でトムを見据えて、四つ向こうのスツールに腰かけている。丸眼鏡に、青い半袖シャツ、手前にグラスが置かれていたが、その視線はこちらにじっと注がれていた。

「こんにちは」とプリチャードが言った。

プリチャードの背後のドアから、プールから戻った客が二、三人入ってきて、サンダルにバスローブ姿でカウンターに歩み寄った。

「こんにちは」トムはおだやかに応じた。常識的にはもっともありえない最悪の事態が、現実のものとなったようだ。フォンテーヌブローで、航空券をまだ手にしていたかポケットに入れていたトムを、プリチャードのクソ夫婦は目撃していたのだ、まだ旅行代理店からほど遠くないあの場で！　プーケット！　その言葉がトムの脳裏に浮かび、旅行代理店のポスターにあった、あの島ののどかな砂浜を思い出した。トムはふたたび手元の絵葉書を見おろした。絵柄は四種類だ。ラクダ、モスク、縞模様のショールをかけた市場の娘たち、青い海と黄色い砂浜。親愛なるクレッグ夫妻へ。トムはペンを握りしめた。

「ここにはいつまでご滞在ですか、ミスター・リプリー？」プリチャードが訊いてきた。

グラスを手にして、大胆にもこちらに近づいてきた。

「ああ——明日には出発しようかと思ってますよ。ここには、奥さんもご一緒に？」

「ええ。宿泊先はこのホテルではありませんが」プリチャードの口調は冷静だった。

「ところで」トムは言った。「撮影されたわが家の写真は、どうするおつもりです？　先日の日曜日のことですが、ご記憶ですよね？」トムはプリチャードの妻に同じ質問をしたことを思い出していた。ティー・タイムにトム・リプリーと会っていたことを、ジャニス・プリチャードはまだ夫に内緒にしているだろう。彼はそう信じていたし、内緒にしていてほしいと思った。

「日曜日ね。たしかに。正面の窓から奥さんかどなたかが外を眺めてましたね。まあ——写真は単なる記録ですよ。前にも言いましたが、わたしは——あなたに関するしかるべき調書を持ってましてね」

プリチャードはそんなことを言っていないはずだ、とトムは思った。「お仕事は捜査部門か何かですか？　国際不審者有限会社とか？」

「アハハ！　まさか、単なる趣味ですよ——わたしと家内の」いくらか語調を強めてさらに言った。「あなたは汲めど尽きせぬ泉です、ミスター・リプリー」

旅行代理店のかなり愚図なあの女がしゃべったのだろう、とトムは思った。デイヴィッド・プリチャードから「先ほどのお客、どこ行きのチケットを買われましたか？　ご近所のミスター・リプリーなんです。いま声をかけたんですが、気づいてもらえなくて。なかなか決心がつかないものの、ちょっとちがう場所に行ってみたいんです」などと尋ねられて、女は「ミスター・リプリーは奥様とふたり分、タンジール行きのチケットをお求めになりました」などと答え、鈍感だから宿泊先まで自分から話したのだろう。とくに旅行代理店は顧客が予約したホテルから手数料を得るわけだし。「あなたと奥さんははるばるタンジールまで、ただわたしに会うために?」とトムが言った。喜んでいるように聞こえかねない口調だった。

「いいじゃないですか? おもしろい」プリチャードは言った。焦茶色の目がトムをじっと見つめている。

迷惑な眼差しだ。プリチャードを見るたびに、この男のほうが半キロほど重そうだ、と思う。妙なものだ。トムはちらりと左を見た。エロイーズがロビーにもう来てもいい。

「われわれの滞在がそんなに短いと、ご迷惑かもしれませんね。明日、出発するんです」

「ほお? カサブランカは見るべきですよ、そうでしょ?」

「まあ、たしかにね」トムは答えた。「カサブランカには行きますよ。どこのホテルにジャニスと泊まっているんですか?」

「ええと――グラン・オテル・ヴィラ・ド・フランス」――プリチャードはこちらに向けて手を振った――「通りのひとつふたつ向こうだな」

話をすべて信用するわけにいかない。「われわれの共通の友人たちは、いかがですか? 大勢いますよね」トムはにっこりした。左手に絵葉書とペンを掴んで、床に足をつけ、黒い革張りのスツールにはただ寄りかかっていた。

「どの友人のことですか？」プリチャードは含み笑いを漏らしたが、いくぶん老人じみて響いた。

トムは相手のふくらんだ鳩尾（みぞおち）を殴りつけてやりたかった。「マーチソン夫人かな？」トムはあえて言った。

「そう、連絡をとりあっていますよ。シンシア・グラッドナーとも」

また、その名前がプリチャードの口から流れるように出てきた。トムは十センチばかり後ずさりし、いまにも広い戸口からバーを出ていこうとする素ぶりを見せた。「大西洋を隔てて、話し合ってるんですか？」

「そうですよ。いいじゃないですか？」プリチャードは四角い歯を見せた。

「だけど――」トムは戸惑ってみせた。「何を話すんです？」

「あなたのことですよ！」プリチャードは笑顔で言った。「事実を積み重ねています」強調するように、またうなずいた。「あと、今後のこともね」

「何がしたいんです？」

「遊びですよ」プリチャードは答えた。「復讐かな」ここで喉いっぱいに笑い声を含ませた。「もちろん、何かの」

トムはうなずいて、愛想よく言った。「がんばって」後ろを向いて、出ていった。

エロイーズはすぐに見つかった。ロビーの安楽椅子に座っていた。フランスの新聞を読んでいる。すくなくともフランス語の新聞だが、一面の下のほうにはアラビア語のコラムもあった。「お待たせ――」エロイーズがプリチャードを目撃したことはトムにもすぐわかった。

　エロイーズは飛び跳ねるように立ち上がった。「またよ！　あのなんとかって奴！　トム、信じられない、こんなところにいるなんて！」

「ぼくだって不愉快だ」トムは小声のフランス語で話した。「でも、いまはさりげなく頼む。バーからこっちを見ているかもしれない」トムは背筋を伸ばして気を落ち着かせた。

「この近くのグランドなんとかホテルに奥さんと一緒に泊まっていると言ってた。あまり信じられないけどね。でも今夜、どこかのホテルに泊まるのはたしかだろう」

「ここまで、あたしたちのあとをつけてきたのね！」

「ねえ、ぼくたちは――」トムは不意に口を閉ざした。この考え方では、崖っぷちのように思えた。自分とエロイーズはいまからここを出て、ホテルを替えれば、プリチャードをうまくまける、そう言いかけたのだ。タンジールでは、うまくいくだろう。だが、ノエル・アスレールはがっかりするはずだ。彼女はこれから何日かホテル・エル・ミンザに泊まるんだと友だちにも話しているだろう。プリチャードという下司のために、どうして自分たちが不自由な思いをする必要がある？「キーはフロントに預けた？」

　預けてあるとエロイーズは言った。「プリーカードの奥さんも一緒なの？」正面入口から外へ出ながら、エロイーズが尋ねた。

プリチャードがバーからいなくなったかどうか、トムは確かめもしなかった。「一緒だと言っていた。だから、たぶんここには来てないと思う」あの男の妻！　どんな関係なんだ。夫は悪党の暴君だ、とフォンテーヌブローのカフェでトムに認めた妻。それでも、離れようとしないふたり。吐き気がする。

「緊張してるのね」エロイーズはトムの腕を摑んだ。おもには離ればなれにならないようにするためだった。舗道は肩が擦れあうほどに混雑していた。

「ごめん。考えごとをしてたんだ」

「考えごと？」

「ぼくたちのこと。ベロンブルのこと。いろんなことだよ」エロイーズの顔をさっと一瞥した。彼女は左手で髪を後ろへかきあげた。ぼくたちが無事でありますように、トムはそう言いたかったが、エロイーズをこれ以上不安にさせたくなかった。「さあ、通りを渡ろう」

人込みと立ち並ぶ店の軒先とに引き寄せられるかのように、またふたりはパスツール通りに来ていた。入口に吊るされた、赤と黒の看板が目にとまった。英語で「ルビー・バー・アンド・グリル」とあり、その下にアラビア語が書かれている。

「入ってみようか？」とトムが言った。

小ぶりなバー・レストランで、観光客ではない男たちが三、四人、ある者は立ち、ある者は座っている。

トムとエロイーズはバーカウンターに立ち、エスプレッソとトマトジュースを注文した。バーテンはコールド・ビーンの小さな皿と、ラディッシュとブラック・オリーブの皿、さらにフォークとペーパーナプキンを突きだしてきた。

エロイーズの背後のスツールに腰かけて、アラビア語の新聞を真剣に読みふける体格のいい男は、昼食を食べているようだ。黄色っぽいジャラバを着ていて、裾（すそ）がほとんど黒い革靴まである。トムは男がズボンのポケットを探るためにスリットに手を入れるのを見た。スリットの縁が多少汚れていた。男は鼻をかみ、新聞から目を離すことなくポケットにハンカチを戻した。

トムはふと思った。ジャラバを買って、勇気をふるって、着てみよう。エロイーズにそう言うと、彼女は笑った。

「写真を撮ってあげる――カスバで？　ホテルの外がいい？」と彼女が言った。

「どこでもいいよ」このだぶだぶの服はなんて実用的なんだ、とトムは考えていた。ジャラバの下には、短パンでもスーツでも、なんだったら水着でも着ることができる。

トムはついていた。〈ルビー・バー・アンド・グリル〉を出て、角をまわったところの店の正面に、鮮やかなスカーフに囲まれてジャラバがぶら下がっていた。

「ジャラバを――いいですか？（シル・ヴ・プレ）」トムは店主に言った。「いや、ピンクでない」店主が最初に薦めたものを見て、彼はフランス語で続けた。「長袖は？」トムは人差し指で手首を指さした。

「ああ！　ありますよ！　こちらに、ムッシュー」店主の平底サンダルが古い木の床をパタンパタンと踏み鳴らした。「ここです――」

いくつかの陳列台の陰に隠れるように、ジャラバの棚があった。身体を横にしても、そこまで入っていく隙間がなかったので、トムは薄緑色の一着を指さした。長袖で、ズボンのポケットまで手を入れられるスリットがふたつある。トムはそのジャラバを身体にあてて、丈を確かめた。

エロイーズは迷惑をかけないようかがんで咳をして、入口に向かった。

「結構、これがいい」トムは値段を訊いて、そう言った。手ごろに思えた。「それから、こっちは？」

「ああ、はい――」店主のフランス語はところどころ理解できなかったが、ナイフの品質を褒めていた。狩猟用、事務用、キッチン用。

どれも折りたたみナイフだ。トムは手早くひとつ選んだ。薄茶色の木の柄は真鍮の象眼細工で、鋭い刃は先端が尖り、峰が凹型に湾曲していた。三十ディルハム。折りたたむと十五センチもなく、これならどのポケットにも入る。

「タクシーに乗ろうか？」トムはエロイーズに言った。「どこへでも手軽に観てまわれるよ。楽しくない？」

エロイーズは腕時計を見た。「まだ大丈夫ね。ジャラバは着ないの？」

「ジャラバ？　タクシーのなかで着られるよ！」トムはこちらを見ている店主のほうへ手

を振った。「メルシー、ムッシュー！」

店主が何ごとか言ったが、トムにはわからなかった。どんな神であろうと、「神のご加護がありますように」と言ってくれたのであればいいが、とトムは思った。

タクシーの運転手は「ヨットクラブで？」と訊いた。

「そこは今度、昼食に行きましょ」エロイーズはトムに言った。「ノエルが連れていきたがってるとこよ」

汗が一滴、トムの頰を流れおちた。「風があって、どこか涼しいところはないかな？」彼はフランス語で運転手に言った。

「〈ラ・アファ〉は？ 風——海。近いよ。ティー・カフェ！」

トムは当惑した。それでも、ふたりはタクシーに乗り、運転手に任せることにした。トムは「一時間後に、ホテル・ミンザに戻っている必要がある」と伝え、運転手に言葉が通じたかどうか確認した。

ふたりとも腕時計を見た。ノエルを迎えにいくのは七時だ。

また猛スピードだ。タクシーのシートはスプリングの調子が悪かった。車はあきらかにどこかの目的地へ向かっている。西の方角だ、とトムは思った。街が徐々に見えなくなっていく。

「あなた、ジャラバ」エロイーズがいたずらっぽく言った。

トムは折りたたまれた服をビニール袋から引きだして広げると、身をかがめて、薄っぺらな薄緑色のガウンを頭からかぶった。上半身を一、二回揺すると、それはジーンズの上にかぶさった。座っても、破れないことを確かめてから、腰をおろした。「ほら！」彼は得意そうにエロイーズに言った。

　彼女は目を輝かせて、満足げに彼をしげしげと眺めた。

　トムは両手をズボンのポケットに入れてみた。簡単に届いた。ナイフは左のポケットにある。

「〈ラ・アファ〉」そう言って運転手は、コンクリート壁の前に車を停めた。壁にはドアがふたつあり、一方は開かれていた。壁の隙間からは、ジブラルタル海峡の青い広がりが見えた。

「ここはどこですか？　博物館？」とトムが訊いた。

「ティー・カフェ」運転手が言った。「待ちますか（ジャタン）？　三十分間（ドゥミ・ウール）？」

待たせておくのが賢明だ、とトムは思い、「オーケー、ドゥミ・ウール」と答えた。

　エロイーズはすでに車から降り、首を伸ばして海を眺めていた。髪が風に吹かれて絶え間なくなびいている。

　黒ズボンによれよれの白シャツの男が、石造りの戸口でゆっくりと手招きしていた。地獄かすくなくとも堕落へいざなう悪霊のようだ、とトムは思った。痩せこけた黒い雑種犬がふたりの足元でくんくんと匂いを嗅ぎはじめた。ひどい栄養失調で見るからに元気がなく、脚を一本ひきずるようにして去っていった。脚をどうしたのかわからないが、もう長いことあの状態のようだ。

トムはほとんど気が進まぬままエロイーズのあとについて、素朴な石造りの戸口を抜け、海の方向に進む石の小道に出た。左側には粗末なキッチンがあり、湯沸かしストーブがある。手すりのない、幅広の石段を海に向かって降りていく。トムは両側に並ぶ小部屋のなかに目を走らせた。どの小部屋も海に面した側には壁がなく、屋根代わりの筵が支柱に支えられ、床にも筵が敷かれている。ほかに備品は何もない。いまは、どの部屋にも客はいなかった。

「妙なところだね」トムが言った。「ミントティーでも飲む？」

エロイーズは首を振った。「いまはいい。どうもここでは」

トムも同感だった。ウェイターも見あたらない。夜や日没時、床の石油ランプを友だちと一緒に囲んで、ちょっとした活気に溢れていたら、魅力的な場所になるのだろうかと想像した。筵の上では脚を組んで座るか、古代ギリシャ人のように身を横たえるのだろう。そのとき、小部屋のひとつから笑い声が漏れた。三人の男が床の筵に胡坐をかき、煙草のようなものを吸っている。陽光の金色の欠片がちらばる日陰には、ティーカップと一枚の白い皿が置かれていて、トムの印象に残った。

タクシーが元の場所で待っていて、運転手は白シャツの痩せこけた男と談笑していた。

エル・ミンザに戻り、トムは運転手に料金を払うと、エロイーズと一緒にロビーに入った。周囲に、プリチャードの姿はどこにも見あたらない。嬉しいことに、ジャラバを着ていてもまったく人目を引かなかった。

「いまのうちに、やっておきたいことがあるんだ――一時間ですむと思う。空港へきみひとりでノエルを迎えにいってもらってもいいかな？」

「いいわよ」エロイーズは考えこんだ様子で言った。「もちろん、ここにすぐに戻ってくるけど。あなたは何をするつもりなの？」

トムは微笑み、口ごもった。「たいしたことじゃない。ただ――しばらくひとりで。じゃあ――八時？　もうちょっと遅く？　ノエルによろしくね。じゃあ、あとで！」

8

トムはふたたび陽射しのもとに出ると、ジャラバの裾を引きあげて、尻ポケットから略図を取り出した。プリチャードが言っていたグラン・オテル・ヴィラ・ド・フランスはたしかに目と鼻の先にあり、どうやらオランダ通りから行けそうだ。トムは歩きだし、薄緑色のジャラバの胸元あたりで額の汗を拭い、歩きながら、ジャラバの両脇を摑んでたくしあげて、頭から脱いだ。あいにくビニール袋がなかったが、かなり小さめの正方形に折りたためた。

誰にも見られていない。トムも通行人をじろじろ見ることはない。道行く人の大半は、男も女も、なんらかの買い物袋を手にしている。散歩に出歩いているわけではない。

　トムはグラン・オテル・ヴィラ・ド・フランスのロビーに入り、周囲を見まわした。ミンザほど贅沢な造りではなかった。ロビーには椅子(いす)に座っている者が四人いたが、プリチャード夫妻ではなかった。トムはフロントに行き、ムッシュー・デイヴィッド・プリチャードとお話ししたいのですがと言った。

「あるいは(ウー)、マダム・プリチャードと」とトムは言いそえた。

「どなた様でしょうか？」フロントの若者が訊(き)いた。

「トーマスとだけお伝えください」

「ムッシュー・トーマス？」

「はい(ウイ)」

　ムッシュー・プリチャードは不在のようだが、若者は背後を確認して、キーはありませんね、と言った。

「奥様とはお話しできますか？」

　若者は電話を切りながら、ムッシュー・プリチャードはおひとりでご滞在です、と言った。

「どうもありがとう。ムッシュー・トーマスが訪ねてきたとお伝えいただけますか？　いえ、ありがとう、こちらの連絡先は、ムッシュー・プリチャードはご存じです」

　トムが入口のほうを向くと、ちょうどそのとき、エレベーターからプリチャードが出てくるのが目に入った。カメラを肩にかけている。トムはゆっくりと彼のほうへ近づいた。

「こんにちは、ミスター・プリチャード!」

「ああ、どうも! これは驚きました」

「ええ。ちょっとご挨拶をと思いましてね。すこしお時間よろしいですか? それとも、お約束でも?」

プリチャードの濃いピンク色の唇が驚きでわずかに開いた。それとも、喜びで、だろうか?「ああ、うむ、いいじゃないですか?」

いいじゃないですかというのはプリチャードのお気に入りの言葉のようだ。トムは愛想のいい態度で、入口に向かったが、プリチャードがキーを預けていたので、待たねばならなかった。

「いいカメラですね」プリチャードが戻ってくると、トムが言った。「ぼくはこの近くの海岸にあるすばらしい場所に行ってきました。そう、どこからでも海が見えるんですよ」

彼は屈託なく笑った。

エアコンの空間からふたたび暑い陽射しのなかに出た。そろそろ六時半だ、とトムは確認した。

「タンジールはよくご存じですか?」トムはこの地に通じているふりをしようとして訊いた。「〈ラ・アファ〉は? さっき話した、すばらしく眺めのいい場所です。それとも——カフェにしますか?」彼は人差し指で宙に輪を描いて、このあたりで、と示した。

「最初におっしゃったところに行ってみましょう。見晴らしのいい場所に」

「ジャニスも行きたがるのでは?」トムは舗道で足をとめた。

「いま、昼寝をしてるんですよ」プリチャードは言った。

大通りで数分かけて、なんとかタクシーをつかまえた。トムは運転手に〈ラ・アファ〉までと告げた。

「風が心地いいですね」すこしだけ開いた窓から風が吹きこんでいた。「アラビア語はわかりますか? ベルベル人の方言は?」

「ほんのすこしだけですが」プリチャードは言った。

トムもまた、多少はわかるふりをする気でいた。プリチャードは通気性のいいメッシュ素材の白い靴をはいている。トムにはその手の靴が耐えがたかった。不思議なほど、プリチャードのありとあらゆるものが癇にさわる。腕時計さえそうで、伸縮タイプの金のバンド、金の本体周囲、文字盤まで金色と、見るからに高価でけばけばしく、ポン引きにお似合いだ。トムの腕時計は茶色い革ベルトの地味なパテックフィリップだが、骨董品(こっとうひん)のような風格で、圧倒的に好ましい。

「ほら! 着いたようです」いつも感じることだが、はじめて行くときよりも二度目のほうが早く着く。プリチャードの反対を押しきって、トムが二十ディルハム支払い、タクシーを帰らせた。「ここ、お茶を飲む場所なんですよ」トムは言った。「ミントティーですね。たぶん、それ以外にも」そう言って、含み笑いを漏らした。注文すれば、キフ、つまり大麻も吸えるのだろう。

彼らは石造りの戸口を抜け、石の小道をくだっていった。白シャツのウェイターがひとり、こちらを見ているのにトムは気づいた。

「どうです、この景色！」トムが言った。

太陽はまだ青い海峡の上空にある。海を眺めていると、埃（ほこり）ひとつ存在しない気持ちにもなるが、足元は右も左も埃と砂がうっすらと積もっている。石の小道には人造繊維の筵（むしろ）の破片も散見され、干からびた地に乾燥した植物が生えているかのようだ。小部屋、と呼んでいいのか、仕切られた空間のひとつは、ほぼ満員で、六人の男がめいめい座ったり横になったりして、活発に話しこんでいた。

「ここでどうですか？」トムは言って指さした。「待っていれば、ウェイターが来たときに注文できます。ミントティー？」

プリチャードは肩をすくめ、カメラの目盛りをまわした。

「いいじゃないですか？」トムはプリチャードの機先を制したつもりで言ったが、プリチャードも同時にそう言った。

プリチャードは無表情にカメラを構え、海に向けた。

ウェイターが空（から）のトレイを片手にさげてやってきた。このウェイターは裸足（はだし）だった。

「ミントティーを二杯、いいですか？」トムがフランス語で言った。

こちらの意図は通じたようで、若いウェイターは下がった。

プリチャードはほとんど背中を向けたまま、さらに三枚ゆっくりと写真を撮った。小部屋のたわんだ屋根の陰にトムは立っていた。やがてプリチャードが振りむいて、かすかに微笑んで言った。「一枚どうですか？」

「いや、結構」トムは愛想よく言った。

「ここに座るんですか？」プリチャードは陽光が斑にあたる小部屋の奥へぶらぶらと歩いていった。

　トムは短く笑った。座る気はまったくなかった。彼は左の小脇に抱えていた折りたたんだジャラバを床にそっと置いた。そして左手をズボンのポケットに戻し、折りたたみナイフに親指をかけた。床には布カバーの枕がふたつあるのに気づいた。きっと横になるときに使う肘載せだ。

　トムは切りだした。「どうして奥さんと一緒に来ていると言ったんですか？　奥さんは来ていませんよね」

「ああ――」かすかに微笑みながら、プリチャードは頭をせわしなく働かせた。「ただの冗談、かな」

「なぜそんな？」

「遊びですよ」プリチャードは無礼な仕打ちをされた仕返しのように、カメラをトムに向けて構えた。

　トムはカメラを地面に叩き落とすような仕種をしたが、手は出さなかった。「いますぐやめてくれないかな。カメラは苦手でね」

「そんなもんじゃないでしょ。カメラを憎んでいるみたいですよ」だが、プリチャードはカメラを下げた。

この男を殺すには絶好の場所だ、とトムは思った。ふたりが会う約束をしたこと、ここで会う約束をしたことを知る者は誰もいない。この男を叩きのめして、ナイフで刺して出血死させ、別の小部屋に引きずっていき（あるいはここに置きっぱなしでも）、立ち去ればいい。

「それほどでも」トムは言った。「うちにもカメラは二、三台あります。それでも、ぼくの家を勝手に写真に撮るような連中は好きじゃないですね、いずれ何かに使うための実地検証でもされてたんですかね」

デイヴィッド・プリチャードはカメラを持つ両手を下にさげたまま、やさしく微笑んだ。

「気がかりですか、ミスター・リプリー」

「まったく」

「たぶん、シンシア・グラッドナーのことが気がかりなんですね――それと、マーチソンの一件が」

「まったく。第一、あなたはシンシア・グラッドナーとは一度も会っていない。どうして会ったことがあるような言い方をするんですか？　ただの遊びですか？　どこがおもしろいんです？」

「それは、あなたがご存じでしょう」プリチャードは口論に熱くなりながらも、依然としていたって慎重だ。皮肉で冷静な姿勢がお好みのようだ。「あなたのような紳士きどりの悪党が破滅するのを見るのは愉快です」

「ほお。まあがんばって、ミスター・プリチャード」トムは両足を踏みしめた。ズボンのポケットに収めている両の拳は、殴りたくて疼いている。お茶はまだ来ないのか、とトムは思う。来た。

若いウェイターがトレイを床の上にがちゃんと置き、金属製のポットからグラスふたつに注いで、どうぞお召し上がりくださいと言った。

お茶の香りはすばらしく、新鮮で、うっとりするばかりで、すべてがプリチャードの対極だった。ミントの葉を載せた皿もある。トムは財布を出し、プリチャードのしつこい反対を押しきって、料金を払った。チップも上乗せした。「いただきましょう」トムはそう言って、グラスに身をかがめながら、プリチャードに対峙する姿勢をくずさないよう留意した。プリチャードのグラスをとるつもりはなかった。グラスには金属性のホルダーがついている。トムはお茶にミントの葉をひと房、入れた。

プリチャードはかがんで、グラスを持ちあげた。「熱！」

茶が身体にはねたのだろうと思ったが、トムは見ていなかったし、興味もない。プリチャードは病的ではありながらも彼なりに、お茶の時間を楽しんでいるのだろうか、とトムは怪訝に思った。ふたりの関係がますます険悪になっただけで、何ごとも起きてはいない。関係が険悪になればなるほどプリチャードには好ましいのか？　たぶん、そうだろう。トムはまたマーチソンのことを考えたが、これまでとは視点が異なっていた。奇妙にも、いまプリチャードはマーチソンの立場にいる。トムの秘密を暴きかねない者、そしておそらくはダーワットの贋作問題を白日のもとに曝し、現在はジェフ・コンスタントとエド・バンバリーが名義上オーナーであるダーワット美術画材のビジネスを潰しかねない者として、動きまわっている。プリチャードは、あのマーチソンと同じように、一歩も譲る気はないのか？　なんらかの切り札を持っているのか、それとも単なる曖昧な脅しにすぎないのか？

　トムはお茶をすすり、立ち上がった。前回と今回の類似点に気づいたのだ。嗅ぎまわるのをやめるか、さもなければ殺されるか、二者択一を相手に迫らねばならないことだ。トムはマーチソンに対して、贋作問題にはそのまま手を触れないでほしい、と嘆願した。脅迫はしていない。しかし、マーチソンは頑として譲らなかったから――。

「ミスター・プリチャード、たぶんあなたには無理なことかもしれないが、折り入ってお願いしたいことがあります。ぼくの人生に足を踏み入れないでもらいたいのです。こそこそ嗅ぎまわるのをやめて、ヴィルペルスから出ていってもらえませんか？　あなたはあの村で、ぼくに嫌がらせをしているだけじゃないですか？　ＩＮＳＥＡＤにだって通ってない」プリチャードのでたらめな話にも困ったものだとばかりに、トムは冷淡に笑った。

「ミスター・リプリー、わたしには住みたい場所に住む権利がある。あなたと同様にね」

「おっしゃるとおりです、あなたが普通の人と同じように振る舞っていればね。ぼくは警察に通報しようと思います。あなたがヴィルペルスにいる限り、目を離さないでほしい、と――あの村でぼくはもう何年も住んでますからね」

「あなたが警察に通報！」プリチャードは噴き出しそうな顔をした。

「わが家を写真に撮っていたことを警察に話してもいい。ぼく以外に、目撃者が三人いる」トムとしては、四人目の目撃者、ジャニス・プリチャードの名前をあげてもよかった。

トムはお茶を床に置いた。プリチャードも身体にこぼしたあと、グラスを下に置いたまま手をつけていない。

日は傾き、トムの右手、プリチャードの背後に広がる青い海にいまにも接しようとしていた。目下、プリチャードは冷静に行動しようとしている。トムはプリチャードに柔道の心得があることを思い出した。本人がそう言っていた。嘘だったのか？　トムは突然、我を失って怒りが爆発し、右脚を振り上げて、プリチャードの腹に蹴りを入れようとした――これが柔術の型だ、たぶん――が、蹴りが低く、プリチャードの股に当たった。

プリチャードが身を折り曲げ、痛みに股間を押さえると、トムはきれいに右パンチを顎に見舞った。プリチャードは石の床に敷かれた筵の上にどさりと倒れた。全身の力が抜けて気絶したかに思える音だったが、たぶんまだ意識はあるだろう。

倒れた男は蹴るな、トムはそう思いながら、プリチャードの腹にもう一発、強烈な蹴りを入れた。トムは激昂にかられ、新品のナイフを取り出して二、三度、突き刺してやろうとしたが、この場は時間切れのようだ。それでもトムは、プリチャードのワイシャツの胸ぐらを掴むと、もう一度、右の拳で顎の下に一撃を喰らわせた。

　このちょっとした諍い（いさか）は圧勝だったな、トムはジャラバを頭からかぶりながら思った。お茶の一滴もこぼれていない。血の一滴も流れていない、トムはそう思った。ウェイターがやってきても、小部屋の入口から見れば、プリチャードは背中を向けて頭を左側に横たわっているので、居眠りでもしているように思うだろう。

　トムはその場を立ち去り、石段を上がった。易々（やすやす）と段をのぼる自分を感じながら、キッチンまで戻り、外に出て、戸外に立っていたよれよれのシャツの若者に会釈した。

「タクシー（アン・タクシー）は？　来るだろうか？（セ・ポッシーブル）」とトムが訊いた。

「はい（シ）――たぶん五分もすれば？（プテートル・サンク・ミニユット）」だが若者は頭を振っていて、五分では無理だと思っているようだ。

「ありがとう（メルシー）。待っているよ（ジャタンドレ）」バスか何か、他の交通手段があるのか、トムは知らなかった。バス停は見当たらない。彼はまだエネルギーを持て余したまま、道の端を（舗道はなかった）わざとゆっくり歩いた。汗ばんだ額に吹くそよ風が気持ちよかった。コツ、コツ、コツ。トムは思索に耽（ふけ）る哲学者のように歩きながら、腕時計に目をやった。七時二十七分。それから、向きを変え、〈ラ・アファ〉のほうへゆっくりと戻った。

　トムは頭を絞りながら、プリチャードがトム・リプリーから脅迫・暴行を受けたとタンジール警察に訴える場面を想像しようとした。想像できるか？　とても現実的には思えなかった。筆舌に尽くしがたいほど困難だ。プリチャードは絶対に黙っている、トムはそう思った。

もしいま、ウェイターが飛びだしてきて（英語かフランス語が話せるウェイターだろう）、「ムッシュー、お連れ様が怪我してます！」と言われても、トムは何も知らないふりをするつもりだった。だが、あれだけ暇そうなお茶の時間（ここではお茶の時間ではないのだろうか？）で、支払いもすませていたから、〈ラ・アファ〉の石造りの戸口からトムを追う人影が興奮して飛んでくることなど、とても考えられない。

十分ほどすると、タンジールの方角からタクシーがやってきて、停車すると男が三人、降りてきた。トムは急いでその車をつかまえながら、ポケットにあった小銭を戸口の若者に手渡した。

「ホテル・エル・ミンザへ、頼む！」トムはそう言うと、シートにもたれてドライブを楽しんだ。彼はかなりつぶれたジタンの箱を取り出し、一本くわえて火をつけた。

モロッコを気に入りはじめていた。カスバ地区に密集する、きれいで小さな白い家々がかなり近づいてきた。タクシーは街に呑みこまれ、長い大通りでは、もう人目につかなくなったように感じられた。左に曲がると、ホテルだった。トムは財布を取り出した。

ホテル・ミンザの正面玄関前の舗道で、彼は平然と裾に手を伸ばして、頭からジャラバを脱ぐと、着る前のように折りたたんだ。右手の中指の傷のせいで、ジャラバに二カ所、染みがあった。タクシーのなかで気がついたが、いまはほとんど血が止まっていた。この程度で本当によかった。プリチャードに嚙みつかれたり、ベルトのバックルでやられたりしていたら、もっとひどいことになっても不思議はなかった。

トムは天井の高いロビーに入った。そろそろ九時だ。とっくにエロイーズはノエルと一緒に空港から戻っているはずだ。

「キーはここにはありません、ムッシュー」フロント係が言った。

メッセージもなかった。「マダム・アスレールは？」トムは訊いた。

彼女のキーもなかったので、トムはフロント係にマダム・アスレールに連絡してほしいと頼んだ。

ノエルが出た。「アロー、トム！　いま、おしゃべりの最中よ――わたしは着替えてるところ」彼女は笑った。「もう着終わるわ。タンジールはどう？」なぜか、ノエルは英語で話していた。陽気な声だった。

「最高だね！」トムが言った。「魅力的な場所だ！　絶賛したいくらいだよ」自分の声が興奮しているのがわかった。たぶん、興奮しすぎだ。だが、頭のなかには、あの筵（むしろ）に横たわるプリチャードの姿が浮かんでいた。いまごろは誰かに発見されているだろうか。プリチャードは明日になっても、そうは回復しそうにない。ノエルが、そのまま待っててくれれば、三十分以内にはエロイーズと下りて合流できるわ、と話していた。そのあと、エロイーズに替わった。

「もしもし、トム。おしゃべり中なの」

「聞いたよ。階下（した）で待ってる――あと二十分ぐらい？」

「あたし、これから部屋へ戻るの。お化粧直したいから」

困ったなとトムは思ったが、それをやめさせる口実が思いつかなかった。しかも、部屋のキーはエロイーズが持っている。

トムはエレベーターで部屋の階まで上がり、部屋のドアの前に着いてすぐに、エロイーズも戻ってきた。エロイーズは階段で下りてきたのだ。

「ノエルはご機嫌だね」トムが言った。

「そう。タンジールが大好きなの！　今夜、海岸沿いのレストランに招待してくれるんですって」

トムがドアを開けて支え、エロイーズがなかに入る。

「とてもいいね」トムは中国人風のアクセントをまねて言った。たまにエロイーズにこれをやると、よくうける。すかさず怪我をした指を口に含んだ。「先に浴室を使っていい？　すぐすむ。急ぐから」

「いいわよ、トム、どうぞ。でも、シャワーを浴びるなら、洗面台を使ってるわ」エロイーズは広い窓の下にあるエアコンのほうへ行った。

トムは浴室のドアを開けた。洗面台がふたつ並んでいる。ホテルでよく見かけるこうした洗面台は、客に快適に使ってもらうためだと思うが、結婚している男女がふたり並んで歯を磨いたり、妻が眉の手入れをする隣で夫がひげを剃っていたりする情景を嫌でも想像してしまい、トムの美意識にかなわず、憂鬱な気持ちになる。旅行のときにはいつも持参する洗剤のビニールパックを、洗面道具入れから取り出した。だが、まずは水洗いだ、と気づいた。血はほとんどついていないが、完全に除去したかった。二カ所の染みをこすり、薄くなったので、水ですすいだ。今度はぬるま湯と洗剤でもう一度洗った。この洗剤は泡立たないが、汚れがよく落ちる。

トムは広い寝室——まさにキングサイズのベッドがふたつ、くっついて並んでいた——に入っていき、正面のクローゼットからプラスチックのハンガーを取り出した。

「あのあと、何してたの？」エロイーズが尋ねた。「何か買った？」

「いや」トムは微笑んだ。「あたりを歩きまわって——お茶を飲んだ」

「お茶」エロイーズはくり返した。「どこで？」

「ああ——小さなカフェだった——どこにでもあるような。しばらく通りを歩く人を眺めていたくてね」トムは浴室へ引きかえし、シャワーカーテンの背後にジャラバを吊るした。これで滴はバスタブのなかに落ちる。服を脱ぎ、脱いだ服をタオル掛けにかけて、冷たいシャワーを手短に浴びた。エロイーズが浴室に入ってきて洗面台を使っている。バスローブをはおり、トムは裸足で新しい下着をとりに部屋に戻った。

着替えを終えていたエロイーズは、白のスラックスに緑と白の縞のブラウスを着ていた。トムは黒い綿のズボンをはいた。「ノエルは部屋を気に入ってた？」

「もうジャラバを洗濯したの？」浴室で化粧をしているエロイーズが、話しかけてきた。

「埃まみれになったんでね！」とトムは答えた。

「なんの染み？　油？」

染みの見落としがあって、エロイーズに見つかってしまったのか？　そのとき、近くの塔から礼拝を呼びかける、物悲しく、甲高い声が聞こえてきた。まるで警報のようだ、トムは思った。もっと悪いことが起こるぞ、と警告されているように思えてくるが、そんなふうに考えるのはやめておこう。油の染み？　それで言い逃れできるか？

「これ、血みたいよ、トム」エロイーズはフランス語で言った。

トムはシャツのボタンをかけながら、浴室に向かった。「そうだけど、たいしたことない。指をちょっと怪我したんだ。何かにぶつけてね」それは事実だ。彼は手のひらを下にして、右手を差し出した。「ちっちゃな傷だよ。でも、染みが残ったら嫌だからね」

「ほとんど落ちてるわ」彼女は真面目に言った。「でも、どうして怪我を？」

エロイーズにはいくつか話しておかなければならないだろう、とトムはタクシーのなかで思っていた。明日の正午までには、正午前にはホテルを替える提案をするつもりでいたからだ。今夜ここに泊まることとさえ、多少の不安があった。「あの――」彼は言葉を探した。

「会ったんでしょ、例の――」

「プリチャードに」トムがあとを続けた。「そう。ちょっとした諍いになってね。カフェの――店の外で――殴りあいになった。あんまり腹が立ったんで、こっちから手を出した。拳で殴りつけたんだ。だが、ひどい怪我を負わせてはいない」エロイーズは話の続きを待っていた。昔から、彼女はそうなのだ。何かが起こったとき、こんなふうにふたり一緒にいたことは滅多にないので、彼女に事実を伝えるのは慣れていない――とにかく、必要以上の話をすることには。

「ところで、トム――彼はどこにいたの？」

「この近くのホテルに泊まっている。奥さんは一緒じゃない。階下（した）のバーで会ったときは、一緒に来てると言っていたが。奥さんはヴィルペルスだと思う。だから、何かを企んでるんじゃないかという気がする」トムはベロンブルのことを考えていた。女性の不審者は、男性よりも薄気味悪く思えた。ひとつには、女性のほうが周囲から怪しく思われにくいからだろう。

「でも、あのプリーシャード夫妻がどうかしたの？」

「前にも話したように、頭のおかしい連中だよ。狂人（フー）たちだ！　ヴァカンスを台なしにすることはない。ノエルも一緒だしね。あの不快な連中が嫌がらせをしたい相手は、ぼくであって、きみは関係ない。断言するよ」トムは唇を濡らして、ベッドに行って腰かけ、靴下と靴をはいた。いろいろ確認するために一度ベロンブルへ戻って、それからロンドンへ行きたかった。彼はそそくさと靴の紐（ひも）を結んだ。

「どこで喧嘩（けんか）したの？　なんで？」

　彼は黙って、頭を振った。

「指はまだ血が出てる？」

トムは指を眺めた。「止まってる」

エロイーズは浴室に行き、バンドエイドを持ってきて、テープをはがした。手早く小さな絆創膏(ばんそうこう)が貼(は)られて、トムは気分がよくなった。すくなくとも、どこにもなんの痕跡も、かすかなピンク色の染みさえ残っていないような気持ちになった。

「何を考えているの？」と彼女が訊いた。

トムは腕時計を見た。「ノエルと会いにそろそろ階下に下りる時間じゃないか？」

「そうね」エロイーズは落ち着いて言った。

トムは財布を上着のポケットにしまった。「今日は殴りあいになって、かえってよかったよ」今夜はホテルに戻ったプリチャードが〝休憩〟する姿が想像できたが、明日になれば何をしてくるか、わかったものではない。「ただ、ミスター・プリチャードは仕返しするつもりだと思う。たぶん明日にでも。きみとノエルはホテルを替えるべきだ。ここにいたらどんな不愉快な目にあわされるかわからない」

エロイーズの眉がかすかに震えた。「仕返しってどうやって？　あなただけ、ここに残るつもり？」

「まだわからない。さあ、下りよう」

五分間、待たせてしまったが、ノエルは機嫌がよさそうだった。ようやく好きな土地に戻ってこられた、といった様子だ。ふたりがバーに入ったとき、ノエルはバーテンと楽しそうに話していた。

「こんばんは、トム！」ノエルはフランス語で言った。「食前酒は何がいい？　今夜はわたしにご馳走させて」ノエルは頭を振って、ストレートの髪をカーテンのように揺らした。大きな薄い金の環のイヤリングをつけ、刺繍の入った黒いジャケットに黒いスラックス。「ふたりとも、夜、冷えないようにしてきた？　大丈夫ね」ノエルは世話焼きな母親のように言い、エロイーズがセーターを小脇に抱えているのを確かめた。

トムとエロイーズは、タンジールの夜は昼間とうって変わって冷えこむと、前もって注意されていた。

ブラッディマリーが二杯、トムはジントニックだった。

エロイーズが話を切りだした。「トムは明日、このホテルを出たほうがいいかもって思ってるの——あたしたちもね。うちの写真を撮ってた男、おぼえてるでしょ、ノエル？」

エロイーズがノエルとふたりだけのときにはプリチャードの話をしていなかったことを知り、トムは嬉しかった。ノエルはちゃんとおぼえていた。

「あの人がここに？」ノエルは声を高めた。心底、驚いている。

「あいかわらず面倒なことされてるの！　手を見せてあげて、トム！」

トムは思わず笑った。手の内を明かしなさい、か。「この怪我を見てほしいな、ぼくの手は嘘をつかない」トムは真面目な顔で言いながら、バンドエイドを見せた。

「殴りあいの喧嘩よ！」エロイーズが言った。

ノエルはトムを見つめた。「でも、どうしてその男はあなたに腹を立ててるの？」

「わからない。まるでストーカーだよね——飛行機のチケットまでわざわざ買ってるんだよ。ちょっとありえない」トムはフランス語で言った。「変人だね」

エロイーズがノエルに説明した。プリチャードは妻と一緒ではなく、ひとりで来ていて、近くのホテルに泊まっている、何か妙なことを企んでいるかもしれないから、みんなでミンザを引きはらったほうがいい、あたしとトムがこのホテルにいることは知られているのだから。

「ホテルならほかにもあるさ」トムは言った。それは言うまでもなかったが、彼は感情を押し殺して、つとめて気楽な口ぶりを装った。ノエルとエロイーズはトムの苦境、目下の緊張状態をわかってくれている、それがありがたく思えた。もちろんノエルはマーチソンの不可解な行方(ゆくえ)不明の理由やダーワット・ビジネスのことなど知る由もなかったが。ビジネスね。ふたつの面がある、トムはそう思い、ジントニックを口にした。たしかにダーワットは一大産業だ。同時に、いまではその半分が偽物だ。どうにかトムは女性たちに意識を戻した。トムは立ったままで、エロイーズもそばに立ち、ノエルだけがスツールに腰かけている。

彼女たちはグラン・ソッコでアクセサリーを買う話で盛り上がっていたが、ふたり同時にしゃべっていながら、おたがいに話の内容は完璧に通じ合っている。いつものことだが。

赤い薔薇(ばら)売りの男が入ってきた。身なりから察して、通りの行商人だ。ノエルは手を振って男を追いはらい、そのまま夢中でエロイーズと話しつづけていた。バーテンが男を入口のほうへ連れていった。

夕食は〈ノーチラス・プラージュ〉。ノエルが予約してくれていた。海辺にあるテラスつきのレストランで、賑(にぎ)やかだが、かなり上品な店内は、テーブルとテーブルの間にたっぷり余裕があり、キャンドルに灯る火の明かりでメニューを見た。海鮮料理の店だ。ただ、話はしだいに明日の問題、次のホテルの件へと戻っていった。彼らはミンザに五日間の滞在を口頭で申し込んでいたが、それは簡単にキャンセルできるとノエルは請け合った。ミンザの従業員たちをよく知っていて、ホテルは予約でいっぱいだから、会いたくない人がここに来るので、とだけ言えばいいという。

「実際、そのとおりなんでしょう?」彼女は眉を吊りあげ、微笑みながら、トムに訊いた。

「間違いない」トムは言った。ノエルは別れた男のことなど忘れてしまったかのようだ、とトムは思った。その男のせいでノエルは辛い目にあったはずなのに。

9

翌朝、トムは早めに起きた。うっかり八時前にエロイーズを起こしてしまったが、彼女も不機嫌そうではなかった。

「階下(した)へ行ってコーヒーを飲んでくる。ノエルは何時にチェックアウトしたいと言ってたっけ——十時?」

「十時ぐらい」エロイーズが言った。まだ目を閉じている。「トム、あたしが荷物の支度をしておこうか。どこへ行くの？」

どこかへ出かけるつもりなのは、悟られていた。だが、とくに行く当てを決めていなかった。「ちょっと偵察にね」と言った。「きみの朝食を頼んでおこうか？　オレンジジュースもつける？」

「自分で頼むわ――食べたくなったら」彼女は枕に頭をうずめた。

魅力的で、くつろいだ妻がここにいる、とトムは思いながら、ドアを開け、背後に投げキスをした。「一時間ほどで戻るよ」

「そのジャラバ、どうするの？」

トムはまた折りたたんだジャラバを片手に持っていたのだ。「さあね。これに似合う帽子を買おうかな？」

階下に下りると、トムは念のためフロントに、その日の午前中にチェックアウトすることをもう一度伝えておいた。昨夜遅く、零時近くにノエルが話しておいたのだが、スタッフが交替していたので、ひとこと断っておいたほうがいいだろうと思ったのだ。それから、男子トイレに入ると、アメリカ人とおぼしき中年男性が洗面台でひげを剃っていた。トムはジャラバをばさっと広げて、頭からかぶった。

アメリカ人が鏡に映るトムを見ていた。「旅で男がそんなものを着たら、つまずくよ！」片手に電気剃刀を握ったまま、男は自分でこらえきれずに笑いながらも、洒落がわかってもらえたか自信がなさそうだった。

「ああ、なるほど」トムは応じた。「悪い冗談ができますね、そう――よいつまずき(トリップ)を！」

「アハハ！」

トムは手を振って、出ていった。

ふたたび、パスツール通りのゆるやかな下り坂。舗道には早くも屋台が並び、もう営業を始めている主人もいれば、準備中の者もいた。ここの男たちは頭に何をかぶっているのだろう？　周囲を見まわすと、大半の男は何もかぶっていない。白い布のようなものを頭に載せた男がふたりいたが、ターバンというよりも、理髪店の熱いタオルのようだ。結局、つばの広い黄色っぽい麦藁帽子を二十ディルハムで買った。

そうして身なりを整え、トムはヴィラ・ド・フランスに向かって歩いた。途中、〈カフェ・ド・パリ〉に立ち寄り、エスプレッソと何かクロワッサンのようなものを頼んだ。それから、さらに進んだ。

グラン・オテル・ヴィラ・ド・フランスの正面入口が見えると、プリチャードが出てこないかと期待して数分の間、あたりをうろついていた。出てきたら、帽子のつばを目深(まぶか)におろして、様子を窺(うかが)うつもりでいた。だが、プリチャードは姿を見せない。

トムはロビーに入り、周囲を見まわして、フロントに向かった。陽射(ひざ)しのなかから入ってきた観光客のように、帽子を後ろに傾け、フランス語でこう言った。「おはようございます。ムッシュー・デイヴィッド・プリチャードとお話がしたいのですが？」

「プリーチャード――」フロント係は帳簿を調べ、トムの左側のデスクで電話のダイヤルをまわした。

　フロント係が眉をひそめて、うなずいている。「申し訳ありません、ムッシュー」彼はこちらを向いて言った。「ムッシュー・プリーチャードはお引きとり願いたいとおっしゃっています」

「トム・リプリーだとお伝えください」トムは声に切迫した調子を込めて言った。「間違いなく――きわめて重要な用事なんです」

　フロント係はもう一度伝えようとした。「リープリー様です。きわめて重要な――」

　フロント係はあきらかにプリチャードに話をさえぎられたようだ。すぐに戻ってきて、ムッシュー・プリーチャードはどなた様ともお話しになりたくないそうですと言った。

　自分にとってゲームははじまったばかりだ、とトムは思った。フロント係に礼を言って、その場を離れた。プリチャードは顎をやられたのか？　歯がぐらぐらするのか？　可哀そうだが、その程度じゃすまないからな。

　ホテル・ミンザに戻った。支払いをしてチェックアウトするから、エロイーズのためにもっと両替しておかなければならない。もうタンジール観光はできないなんて、残念だ！だが一方で――士気が高まり、その結果、自信も回復した――たぶん、今日の午後遅くには、パリ行きの便に搭乗できる。マダム・アネットに電話しなければ、と思った。まず、空港に電話だ。できれば、エールフランスがいい。トムはプリチャードもヴィルペルスへ引き戻したかった。

彼は舗道の花売りからしっかり束ねられたジャスミンの花束を買った。興趣が湧く本物の匂いがした。

部屋に戻ると、エロイーズは身なりを整え、スーツケースに荷物をつめていた。

「帽子ね！　かぶって見せて」

階下のロビーで、トムは無意識に帽子を脱いでいたが、またかぶった。「かなりメキシコっぽくない？」

「全然、そんな格好なんだもの」エロイーズは真顔でしげしげと眺めながら言った。

「ノエルから何か連絡は？」

「最初にホテル・レンブラントに行って、それから――タクシーでスパルテル岬まで行かないかってノエルが。ぜったい観るべきよって。たぶん、お昼もそこでね。豪華なお昼じゃなくて、軽食を」

トムは地図で見たスパルテル岬をおぼえていた。タンジールの西にある岬だ。「岬まで、どれくらいかかるんだろう？」

「四十五分もかかんないってノエルが言ってたわ。ラクダがいて、眺めもすばらしいんですって。トム――」エロイーズの目が不意に悲しげになった。

自分が去ることを、それも今日、発(た)つことをエロイーズは勘づいている、とトムにはわかった。「ぼくは――そう――航空会社に電話する。ベロンブルのことが気になるから！」

去りゆく騎士のように言いそえた。「でも——できるだけ午後の遅い便にする。ぼくも、スパルテル岬が見たいんだ」

「あなた——」エロイーズは畳んだブラウスをスーツケースに落とした。「今朝、プリーショーに会ったの？」

トムは微笑んだ。エロイーズはその名前を無限のバリエーションで呼んでいた。わざとちがう名前で呼んでいるの、と言おうと思ったが、あの男に会いたかったわけではなく、結局、こう言った。「会ってない。ただ歩きまわって、帽子を買って、コーヒーを飲んだだけだよ」話してもエロイーズを心配させるだけにしかならないようなことは、どんなささいなことでも隠しておきたかった。


十二時十五分前には、トムはノエル、エロイーズと一緒にタクシーに乗り、スパルテル岬がある西に向かって、何もない乾燥した土地を横断していた。出発前にホテル・レンブラントのロビーから電話をかけて、ホテル支配人の助力と影響力のおかげで、エールフランス五時十五分発パリ行きの便の予約をとることができた。タンジール空港に着いたら予約の確認ができると支配人は請け合ってくれた。これで安心して注意を景色に向けることができる。ともかくトムはそう感じた。時間がなかったのでマダム・アネットには電話できなかったが、いきなり帰宅しても、驚かせることはないだろう。彼は家の鍵を持っていた。

「ここは歴史上、つねに重要な場所だったの」タクシーを降りると、ノエルはスパルテル岬の話をはじめた。その直前、トムはノエルがさんざん不服を言うのをなんとか押し切って、タクシー代を支払っていた。「ローマ人たちもここに来たのよ――ここには、みんな来るわ」彼女は英語でそう言って、腕を広げた。

彼女は革のハンドバッグを肩から下げていた。黄色い綿のスラックス、シャツの上にはゆったりしたジャケット。絶え間なく吹く風が、服や髪を同じ西の方向へとなびかせている。トムにはそう思われた。それは男たちのシャツやズボンをふくらませ、それでいておだやかな風だった。あたりに建物は二軒の細長いバー・カフェだけしかないようだ。岬はジブラルタル海峡に臨んで聳え立ち、眺めはトムがかつて見たこともないすばらしさで、西に向かって大西洋が見渡す限り広がっていた。

数メートルほど向こうで、にやにや顔のラクダがこちらを見つめていた。二、三頭は脚を折りたたんで、気持ちよさそうに砂の上に座りこんでいる。ターバンを巻いた白いガウン姿の御者がラクダのそばでぶらぶらしていたが、トムたちにはまったく関心がないようだ。ピーナッツか何かを手のひらから食べている。

「いま乗る、それとも昼食のあと？」ノエルがフランス語で訊いた。「ほら！　見える？　うっかりしてた！」海岸を指さした。見事な曲線を描く西の海岸に、黄褐色の日干し煉瓦の廃墟が見えた。廊下と部屋からなる背の低い遺跡だ。「ローマ人はここで魚油を作って、ローマへ送ったの。ここのすべては、古代ローマ人のものだったのよ」

そのときトムは丘の斜面を眺めていた。男がひとりオートバイを降りるなり、頭をさげ、尻をあげて、祈りの姿勢をとった。メッカに祈りを捧げているのだろう。

カフェは二軒とも店内と店外にテーブルがあったが、一軒は海に面したテラスがあったので、そちらの店を選び、白い金属製のテーブル席に腰をおろした。

「きれいな空だ！」とトムが言った。実際、印象的な空で、忘れていた何かを思い出させてくれるような、雲ひとつない蒼穹には、そのとき飛行機も鳥もなく、ただ静寂だけがあり、悠久の時を感じさせた。ラクダも結局は、遠い昔、背中に乗せる人々がカメラを持たない時代から、長い歳月をかけて変化してきたのだろうか、とトムは思った。

お昼は美味しい軽食にした。こういう食事はエロイーズの好みだ。トマトジュース、ペリエ、オリーブ、ラディッシュ、小さいフィッシュフライ。テーブルの下で、トムは腕時計を見た。間もなく午後二時。

女性たちはラクダに乗る話をしていた。ノエルのほっそりした顔、細長い鼻はもう日焼けしている。それともあれは日焼け止めか？　ノエルとエロイーズはタンジールにいつまで滞在するつもりだろう？

「あと三日くらい？」ノエルがエロイーズのほうを見て、訊いた。

「ここには、何人か友人がいるのよ。ゴルフクラブがあって、昼食には快適だわ。今朝はまだ、ひとりにしか連絡をとってなくて」

「電話してね、トム？」エロイーズが言った。「ホテル・レンブラントの電話番号は知ってるでしょ」

「もちろんだよ」

「まったくひどいわ」ノエルは強い口調で言った。「プリートチャードのような野蛮(バルバール)な人に、ヴァカンスを台なしにされるなんて！」

「まあ――」トムは肩をすくめた。「台なしにされてないけどね。ぼくは家でやっておく仕事があるし。ほかにも」トムは言葉を濁す気はなかったが、はっきりしない言い方になった。ノエルには、彼がどんな仕事で、どうやって生計を立てているのか、まったく興味がなかった。トムの漠然とした記憶では、ノエルは家族の収入と、前夫からの慰謝料で生活していたはずだ。

食事をすませて、彼らはのんびりラクダのほうに歩いていったが、最初に撫(な)でたのはラクダではなく可愛い「赤ちゃんロバ」だった。英語で客寄せしていたのは飼い主の男で、サンダルをはき、母親ロバの世話をしていた。赤ちゃんロバは綿毛状の毛に覆われ、耳をたえず母親ロバのそばに近づけていた。

「写真？　写真？」と二頭の飼い主が尋ねてきた。「赤ちゃんロバ」

ノエルは大きなハンドバックに入れていたカメラを取り出すと、飼い主に十ディルハム札を渡した。「赤ちゃんロバの頭に手を載せて」ノエルがエロイーズに言った。パチリ！　エロイーズはにっこり笑った。「あなたも、トム！」

「いや」と答えながらも、トムはロバの親子とエロイーズのほうへ歩み寄って、頭を振った。「いや、ぼくがふたりの写真を撮ろう」

トムはシャッターを切った。女性たちはフランス語でラクダの御者と話しこんでいたが、ひとりトムは去った。荷物をとりにタクシーでタンジールまで戻る必要がある。荷物は持ってきてもよかったが、一度レンブラントに戻って、プリチャードが周囲を嗅ぎまわっていないか、自分の目で確かめたかった。ホテル・ミンザを発つ際には、これからカサブランカへ行くとフロントに告げてあった。

タクシーが来るまで待たねばならない。数分前、カフェの従業員に、電話でタクシーを呼んでもらえないかと頼み、呼んでもらっていた。トムはわざとゆっくりした足どりでテラスを行き来した。

呼び寄せたタクシーかはわからないが、一台のタクシーが到着して、客を降ろした。トムはそれに乗りこんで、「パスツール通りのホテル・レンブラントへ、お願いします（シル・ヴ・プレ）」と言った。

車は勢いよく走りだした。

トムはラクダのほうを振りかえらなかった。ラクダが立ち上がるとき、エロイーズは身体（からだ）を左右に激しく揺さぶられるかもしれず、そんな姿を目にしたくなかったのだ。トムはラクダの背中にまたがって、はるか下の砂の地面を見おろすことなど、想像もしたくなかったが、エロイーズはラクダに乗りながら満面の笑みを浮かべて周囲を見渡すのだろう。そしてラクダが地面にしゃがみこむときも、骨一本折ることはないはずだ。タクシーのスピードが速くて窓から風が顔を叩くように吹きこむので、トムは一センチほどだけ残して窓を閉めた。

これまでラクダに乗ったことがあっただろうか？　高く持ちあげられる不快感が生々しく記憶に残っていながら、それが現実の体験だったのか、どうも自信がなかった。そんな体験はしたくもない。それと似ているのが、プールの飛び込み板に立って、五、六メートル下の水面を見おろしている記憶だ。飛びこめ！　なぜぼくが？　これまで誰かに飛びこみを命じられたことがあったのだろうか？　サマーキャンプのときか？　よくわからない。トムにとって想像力の産物はときに、実体験の記憶と同じくらいに鮮明だ。その一方で、実体験の記憶が色褪せることもある、とトムは思っている。ディッキーを殺した記憶、マーチソンを殺した記憶などは、次第に輪郭を失ってきている。太ったマフィアふたりを絞め殺した記憶でさえも。ドゥーンズベリー（アメリカの同題の風刺漫画の主人公）ならば「疑惑の人物」と呼びそうなあんなマフィアなど、トムにはなんの意味もない。彼らは、トムが何よりも憎むマフィアの一員だった、ただそれだけだ。本当に彼らを列車のなかで殺したのか？　殺していないかもしれない、と無意識的に思いこむことで、意識を守っているのか？　ちょっとちがうだろうか？　だがもちろん、死者二名のことは新聞で読んでいた。いや、読んだのか？　当然、そんな記事を切りぬいて家に保存しておく気なんてない！　事実と記憶の間には、たしかに仕切りがある、というのが実感だが、それをなんと呼んだらいいのかは、わからない。いや、呼び名はある、とすぐに思いなおした。自己保存の本能だ。

いまふたたび、埃(ほこり)っぽくて活気ある、人でいっぱいの通りと四階建ての建物に周囲を囲まれていた。タンジールの街だ。サンフランシスコ通りの赤煉瓦の塔がちらりと見えた。ヴェネチアのサンマルコ広場の塔にどことなく似ていた。あれは白煉瓦のアラビア模様だが。トムはシートの端に座っていた。「もうすぐですよ」と彼はフランス語で言った。運転手がスピードを緩めなかったからだ。

ようやく左に急カーブすると、パスツール通りの外れだった。トムは運転手に料金を支払い、外に出た。

荷物は階下の接客係に預けてあった。「リプリー宛に、メッセージは来てますか?」フロント係に尋ねた。

メッセージはなかった。

トムはほっとした。荷物は小さなスーツケースとアタッシェケースだけだった。「タクシーを呼んでもらえますか」トムは言った。「空港まで」

「承知しました」フロント係は人さし指をあげ、ボーイに何ごとか言った。

「メッセージを残さなくても、誰かぼくを訪ねてきた人はいませんでしたか?」トムは訊いた。

「ええ、ムッシュー。いなかったと思います」フロント係が真面目に言った。

トムはやってきたタクシーに乗った。「空港へ、お願いします(シル・ヴ・プレ)」

車は南へ向かった。街を出ると、トムはシートに深く座って、煙草(たばこ)に火をつけた。エロイーズはモロッコにいつまでいる気だろう？　ノエルに誘われて、どこかほかの国へ行くことになるだろうか？　エジプトとか？　エジプトはわからないが、ノエルがしばらくはモロッコに留まっていたいと思っていることはわかる。じつに好都合だ。ベロンブルの周辺に危険が迫っている、そんな予感がトムにはあったからだ。暴力沙汰だってありうる。なんとしても、あの唾棄すべきプリチャード夫妻をヴィルペルスから遠ざけなければならない。よそ者である――それも、アメリカ人である――トムとしては、あの静かな小さい村で騒ぎや揉めごとを引きおこしたくなかった。

エールフランスの機内は、フランスの雰囲気だった。ファーストクラスのトムはシャンパングラスを受け取り（好きなワインではなかったが）、視界から遠ざかっていくタンジールとアフリカの海岸線を眺めていた。〝ユニーク〟という、旅行パンフレットで濫用される人気の言葉にふさわしい海岸線の輪郭があるならば、それはタンジールの二叉の形をした港だろう。いつの日かもう一度訪ねてみたい。ディナーにしようとナイフとフォークを手にして窓に目をやると、スペインの広大な大地もまた姿を消し、おなじみ牡蠣の身のような灰白色となった。このような退屈な窓の景色は旅客機で旅する人の宿命だ。機内には「ル・ポワン」誌の（彼にとっての）最新号があり、夕食後にめくってから、着陸までゆっくりとうたた寝をするつもりでいた。

トムはアニエス・グレに様子を尋ねに電話をかけたかったので、スーツケースを受け取ると、シャルル・ド・ゴール空港から電話した。アニエスは自宅にいた。

「いま、ド・ゴール空港なんだ」トムはアニエスに問われて答えた。「ぼくだけ早く帰ることにしてね……そう、エロイーズは、友だちのノエルとまだ向こうにいる。変わりない？」彼はフランス語で続けた。

とくにないんじゃないかな、という返事だった。「列車で帰ってくる？　フォンテーヌブローまで車で迎えにいくわ。遅い時間でも遠慮しないで……もちろん、トム！」

アニエスは時刻表を確かめてくれた。深夜零時すぎに駅まで来てくれることになった。楽しみね、と彼女は言った。

「もうひとつ、お願いがあるんだ、アニエス、マダム・アネットに電話して、今夜ぼくひとりで帰ることを伝えてもらえるかな？　そのまま帰宅して玄関を鍵で開けたら、彼女を驚かせちゃうからね」

わかった、とアニエスが言った。

これでだいぶ気が楽になった。トムも同じようにグレ夫妻やその子どもたちに手を貸すことがある。隣人同士で助けあうのは、田舎の生活の一部であり、その醍醐味だ。もちろん一方で、どこかへ出かけるときや、今回のような帰宅時は、やはり面倒だ。トムはタクシーでリヨン駅まで行き、そこから列車に乗り、切符は車内で車掌から買った。駅の自販機がわずらわしくて、わずかばかりの罰金を払うほうがましだった。タクシーで自宅まで行ってもよかったが、運転手とベロンブルの門の前までずっと一緒であることに警戒心を抱いていた。敵かもしれない人間に正確な居所を教えるようなものじゃないか。そんな恐れを感じている自分に気づき、パラノイアの症状ではないかと自問した。だがもしタクシーの運転手が敵だったなら、精神病理的な問題など気にしていたら手遅れになる。

フォンテーヌブローに着くと、アニエスがいた。にこにこと、いつもどおり愛想がいい。ヴィルペルスに向かう車中、トムはアニエスに尋ねられてタンジールのあれこれについて話していた。自分からはプリチャード夫妻の話題に触れなかったものの、ジャニス・プリチャードについて何か、なんでもいいからアニエスが言いださないかと期待したが、この数百メートルばかり離れた隣人についてはひと言もなかった。

「マダム・アネットは、寝ないで待ってるって言ってたわ。本当にマダム・アネットは――」

アニエスにはマダム・アネットの献身ぶりを表現する言葉が見つからないようだったが、それでいい。マダム・アネットは大きな門も開けておいてくれた。

「じゃあ、エロイーズがいつ帰るのか、よくわからないのね？」車をベロンブルの前庭へゆっくり入れながら、アニエスが訊いた。

「そうだね。エロイーズ次第だ。ささやかな休暇を楽しんでくれれば」トムはトランクからスーツケースを出して、お礼とともに、おやすみなさい、とアニエスに挨拶した。

マダム・アネットが玄関のドアを開けてくれた。「お帰りなさい、ムッシュー・トム！」

「ありがとう、マダム・アネット！　家はいいね」薔薇の花びらのいつものほのかな香りと家具のニスの匂いをふたたび嗅いで、ほっとした。お腹がすいていないか、マダム・アネットが尋ねた。お腹は大丈夫、とにかく眠りたい、とトムは言った。ところで郵便物はどこかな？

「ここです（イシ）、ムッシュー・トム。いつもと同じに（コンム・トゥジュール）」

玄関のテーブルにあったが、見たところ、それほど多くない。

「マダム・エロイーズはお元気ですか？」マダム・アネットが心配そうに尋ねた。

「もちろん。友だちのマダム・ノエルが一緒だし。知ってるだろう」

「ああいう熱帯の国々は——」マダム・アネットはわずかに頭を振った。「とくに用心なさらないと」

トムは笑った。「マダムは今日、ラクダに乗ったよ」

「あら、まあ！」

ジェフ・コンスタントとエド・バンバリーに電話をするには、あいにくかなり遅い時間だ。失礼を承知で、トムはとにかく電話をした。まずはエドだ。ロンドンは深夜零時に近いだろう。

エドが出た。すこし眠そうだ。

「エド、こんな夜分に申し訳ない。でも、大事なことなので——」トムは唇を濡らした。

「ロンドンへ行ったほうがいいと思ってるんだ」

「ああ？　何があった？」エドは目を覚ました。

「心配なことがね」トムはため息をついて言った。「できればそっちで——何人かと話をしたほうがいい、わかるよね？　泊まらせてもらえないかな？　ジェフのうちのほうがいい？　ひと晩ほどだが？」

「どちらかは大丈夫だと思う」エドが言った。この場にいるように、張り詰めた声がはっきり聞こえた。「ジェフのところは来客用のベッドがあるし、うちもそうだ」

「せめて最初の晩だけでも」トムが言った。「状況がわかるまで。ありがとう、エド。シンシアからは何か？」

「何も」

「手がかりや噂もない？」

「ないんだよ、トム。フランスに戻ってるのか？　きみはてっきり——」

「デイヴィッド・プリチャードがタンジールに現われた。信じられるか？　あそこまでつけてきたんだ」

「なんだって？」これにはエドも心底驚いたようだ。

「あの男はわれわれに対していい感情を持っていない。とことんやってくるだろう。妻のほうは家に残っている——この村の自宅に。くわしい話はロンドンでしよう。明日また、航空券がとれたら、電話をするよ。何時ごろがいい？」

「明日の朝なら、十時半まで問題ない」エドが言った。「いまプリチャードはどこにいるんだ？」

「まだ、タンジールだと思う。明朝、電話をするよ、エド」

10

トムはぐっすり寝て、八時前に起きた。階下へ下りて庭を見に出た。心配していたレンギョウは水やりがされていて、すくなくとも、見かけはまったく問題なかった。アンリは来てくれていた。温室のそばの堆肥箱の近くに、摘みとったばかりの枯れた薔薇（ばら）の花がいくつか落ちていたのだ。雹（ひょう）の降る嵐でもなければ、二日間では、ひどいことにはなっていないだろう。

「ムッシュー・トム！　おはようございます（ボンジュール）！」テラスに面した三つのフランス窓のひとつから、マダム・アネットの姿が見えた。

たぶん、ブラックコーヒーをいれてくれたのだろう。トムは急いで家のなかに戻った。

「こんなに早くお目覚めになるとは思いませんでした」マダム・アネットはそう言いながら、カップにコーヒーを注いだ。

トレイがフィルターポットと一緒に、リビングルームに置かれていた。

「ぼくもだよ」トムはソファに腰をおろした。「さて、こっちの状況でも聞かせてもらおうかな。座って、マダム」

そんな頼みは珍しかった。「ムッシュー・トム、まだパンを買いにいっていないんですよ！」

「ヴァンの男から買えばいい！」トムは笑顔で言った。パン販売車が路上からクラクションを鳴らすと、部屋着姿の女性たちがパンを買いに外へ出てくる。トムはそんな様子を見たことがあった。

「でも、ここには停まりませんよ。というのも――」

「たしかにね、マダム。でも、パン屋の今朝（けさ）のパンはまだ売りきれないよ、話が二分ですんだら」彼女は村まで歩いてパンを買いにいくのが好きだった。パン屋で知人に会えるからだ。そこではいつも噂話（うわさばなし）が飛び交っている。「何ごともなかったかな？」そう訊（き）かれれば、何か変わったことはなかったかとマダム・アネットが一生懸命考えることはわかっていた。

「ムッシュー・アンリが一度、来ました。すぐ帰りましたが。一時間もいなかったかと」

「あれからベロンブルの写真を撮りにきた者はいなかった？」トムは笑顔で尋ねた。

マダム・アネットは首を振った。おなかの下あたりで両手を固く組んでいる。「ええ。でも――友だちのイヴォンヌから聞いたんですが、あのマダム――ピチャードですか、あの奥様――」

「ピチャード、ま、そんな名前だ」

「いつも泣いているんです――買い物のときに。涙を流して！　想像できます？」

「いやあ」トムが言った。「涙ね！」

「ご主人がいまいないんです。どこかへ行ってしまって」マダム・アネットは夫が妻を見捨てたような言い方をした。

「たぶん出張なんじゃないかな。マダム・ピチャードは村で友だちはできたのかな？」

躊躇していた。「誰もいないと思います。いつも淋しそうにしているので。パン屋から戻りましたら、半熟卵でもお作りしましょうか？」

トムは賛同した。空腹だったが、マダム・アネットをパン屋に行かせないわけにはいかなかった。

マダム・アネットはキッチンへ戻りかけた。「ああ、ムッシュー・クレッグからお電話がありました。昨日のことかと」

「ありがとう。何か伝言は？」

「ありません。ご挨拶だけでした」

なるほど、マダム・プリチャードが泣いている。また芝居がかったことをはじめたな、とトムは思った。たぶん、彼女自身が楽しんでいるんだろう。トムは立ち上がり、キッチンへ向かった。ハンドバッグを手にして自室から戻ったマダム・アネットが、掛け鉤から買い物袋をとっていた。トムは声をかけた。「マダム・アネット、ぼくが家にいるとも、いったん帰ってきたとも、誰にも話さないでもらえるかな。今日また、出かける予定なんだ……そうそう、だから、ぼくのために余分なものは何も買わないでね！　あとでまた話すから」

トムは九時に、フォンテーヌブローの旅行代理店に電話をかけて、当日の午後一時、シャルル・ド・ゴール空港発ロンドン行きのファーストクラスの往復券をオープンチケットで確保した。トムはいつも持っていくものと、ドリップドライのシャツを二枚、スーツケースにつめた。

マダム・アネットには、こう話した。「誰から電話があっても、ぼくはまだマダム・エロイーズと一緒にモロッコにいると伝えてほしいんだ、いいね？　連絡もなしに帰ってくるから！　たぶん、明日か、明後日か……いや、いや、きっと明日には電話するから、マダム」

ロンドンに行くことは伝えたが、滞在先は教えなかった。エロイーズから電話があった場合の指示もしなかった。モロッコの電話事情にうんざりして、電話をかけてこないことをただ願うしかない。

そのあと、二階の自室からエド・バンバリーに電話をかけた。マダム・アネットはいまも英語がひと言もわからないし、彼女の耳は英語を遮断しているんじゃないかとトムはよく思うが、それでも、ある種の会話は完全に彼女の耳に届かない場所で行ないたかった。トムはエドに到着時間を伝え、差し支えなければ、午後三時すぎには訪ねていくと言った。

エドは、都合をつけるよ、と言ってくれた。これでよし。

トムは、メモしてあったエドのコヴェント・ガーデンの住所が間違っていないか確認した。「シンシアのことはよく検討して、彼女が何をしているのか摑まなければならない。

何もしていない可能性もあるが」トムは言った。「密かに探る必要がある。実際、スパイがひとりは必要だ。誰かいないか、考えといてくれないか。では、のちほど、エド！　フランスのもので、何か欲しいものある？」

「うーん、そうね、免税店のペルノーかな？」

「さっそく手に入れる。じゃあ、また（ア・ビヤントー）」

トムが階下へ軽いスーツケースを運ぶと、電話が鳴った。エロイーズだといいが、とトムは願った。

アニエス・グレからだった。「トム――ひとりなんでしょ、今晩、うちでお夕飯を一緒にどうかと思って。うちは子どもたちしかいないの。ほら、あの子たちは夕食が早いでしょ？」

「ありがとう、アニエス」トムはフランス語で答えた。「残念ながら、また行かなきゃならないんだ……そう、今日、ド・ゴール空港から。実は、ちょうどタクシーを呼ぶところだったんだ。ほんとに残念だよ」

「タクシーでどこまで行く？　これから買い物にフォンテーヌブローまで出かけるの。乗ってかない？」

まさに願ってもないことだったので、トムは家まで迎えにきてもらうようお願いし、フォンテーヌブローまで乗せていってもらうことにあっさり決まった。五分か十分後にアニエスがやってきた。マダム・アネットに出がけの挨拶をしているときに、トムが開けておいた門から、アニエス・グレのステーションワゴンが入ってきた。ふたりは出発した。

「今度はどちらへ？」アニエスは笑顔でトムをちらっと見た。いつも遊びまわっている人間と思われているようだ。

「ロンドンなんだ。ちょっとした仕事でね――ところで――」

「なあに、トム？」

「ぼくがひと晩うちに戻ってたことは、誰にも話さないでもらえると助かるんだ。一日ほどロンドンに行くことも。誰にとってもどうでもいいことだけど、でも、ほんとはエロイーズと一緒にいるべきな気がしてね。親友のノエルは一緒にいてくれてるけど。ノエル・アスレールとは会ったことがある？」

「あるわ。二回くらいかな」

「二、三日後には、また向こうに行くんだ――たぶん、カサブランカかな」トムはことさら何げなく装った。「あのおかしな奥様、マダム・プリチャードがこの何日か涙ぐんでるって知ってた？　ぼくはわが家の忠実なスパイ、マダム・アネットから聞いたんだけど」

「涙？　なぜ？」

「さっぱりわからないよ！」ムッシュー・プリチャードはいま家にいないようだね、とは言わなかった。もしアニエスがジャニスの夫の留守に気づいていなければ、ジャニス・プリチャードはかなり人付き合いを避けていることになる。「涙を拭（ぬぐ）いながら、パン屋に入ってくるんだって。変だよね？」

「すごく！　それに、可哀そう」

トムはとっさに思いついた場所をアニエス・グレに伝え、その場所、レーグル・ノワール・ホテルの前で降ろしてもらった。ホテルのボーイが階段を下り、テラスを突っ切ってきたが、トムはこのホテルはレストランとバーしか利用したことがないので、ボーイはトムの顔を知らないようにも思うのだが、ド・ゴール空港まで行ってくれるタクシーを親身になってつかまえてくれた。トムはボーイにチップを渡した。

さほど時間が経ったように思えないが、トムは別のタクシーに乗っていた。今度は左側通行の道を、ロンドンに向かっている。足元にあるビニール袋の中身は、エドに買ってきたペルノーとゴロワーズ一カートンだ。赤煉瓦の工場や倉庫、大企業の看板が見える。気のおけない仲間と思ってロンドンの友人を訪ねにきたが、車窓の風景を眺めていると、場違いに感じてきた。イギリス製の封筒に入った二百ポンド以上の現金（オーク材の箪笥の小さい引き出しに、外貨の残りをしまっていた）と、英ポンドのトラベラーズチェックを身に備えてきた。

「セブン・ダイヤルズを通るなら、道に気をつけてください」トムは丁寧な口調ながら心配を滲ませて運転手に言った。ここでタクシーが道を間違うと悲惨な目にあう、とエド・バンバリーから事前に注意されていた。エドの住まいはベッドフォードベリー街で、古い建物を改修したアパートメントだという。辿り着いた街並みは、なかなか古風で趣があった。トムは運転手に料金を払った。

　エドは約束どおり家にいた。トムがインターホンで声をかけると、なかに入るよう招かれた。その瞬間、雷鳴が轟き、震えあがった。ふたつ目のドアを開けると、天の底が開く音が聞こえ、雨が降ってきた。

「エレベーターがないんだ」エドは手すりに身を乗りだしてそう言い、階段を下りてきた。「三階だ」

「やあ、エド」トムはほとんど囁くような声で言った。各階に住む二家族に声が聞こえそうなときには、大声を控えた。ビニール袋はエドに渡してある。木製の手すりはきれいに磨かれ、壁は白くて塗りたてのようで、通路の絨毯はダークブルーだった。

　部屋のなかも、通路と同様、きれいにリフォームされていた。エドは紅茶をいれてくれた。この時間にはいつもいれるんだ、それに、外は土砂降りだしね。

「ジェフとは話した？」とトムが訊いた。

「ああ、話したよ。きみと会いたがってた。今夜、会えるんじゃないかな。きみが着いたら、電話すると言ってある。三人で話そう」

　ふたりが紅茶を飲んでいる部屋は、トムの寝室としてあてがってくれていた。リビングルームの隣にある書斎風の部屋で、ソファがあるが、これはツインベッドにカバーをかけてクッションを置いたもののようだ。トムはデイヴィッド・プリチャードのタンジールでの行動についてエドにざっと説明した。海に面したミントティーとキフ喫煙の人気店

〈ラ・アファ〉での痛快なエピソードも、店内の石の床にプリチャードが倒れて気絶した最後まで話した。

「そのあとは、会ってない」トムは続けた。「妻のエロイーズはまだ、ノエル・アスレールというパリの友人と一緒にタンジールにいる。そのままカサブランカに行くんじゃないかな。プリチャードが妻に手を出してこなければいいが、たぶん手は出さないと思う。あの男の狙いは、ぼくなんだ。あいつが何を考えているか、さっぱりわからない」トムは香りのいいアールグレイをひと口すすった。「たぶん、プリチャードは頭がおかしいが、それはいい。だが、気になるのは、あの男がシンシア・グラッドナーから何を聞いているのか、だ。何かわかったかい？　たとえば、例の仲立ちした男——シンシアの友人で、あの参加自由の大パーティでプリチャードが話をした相手——についてはどう？」

「そう。その男の名前がわかった。ジョージ・ベントンだ。ジェフがなんとか突きとめたよ。簡単じゃなかったが、問題のパーティ会場で撮影された写真が手がかりになった。ジェフはいろいろ訊きまわったんだ。なにしろ、そのパーティに出てなかったから」

トムは興味を引かれた。「その名前に間違いないか？　ロンドンの人間？」

「まず、間違いない」エドは細い脚を組みなおし、かすかに眉をひそめた。「電話帳には、可能性の高いベントン姓の人物が三人いる。姓がベントンで、名前の頭文字がGの者は、非常に数が多い——ひとりひとりに電話をかけて、シンシアの友人ですかと訊いていくなんて、とてもじゃないができない——」

トムは同意せざるをえない。「ぼくが心配なのは、シンシアがどこまでやるつもりか、ということなんだ。実際のところ、いまプリチャードと連絡をとっているんだろうか？　シンシアはぼくを憎んでいる」トムはそう言いながら、心底、身震いした。「ぼくをひどい目にあわせたいはずだ。でも、もしシンシアが贋作（がんさく）を暴露する決意をして、バーナード・タフツが贋作をはじめた時期を公表すれば——」——トムは声を低くし、ほとんど囁くように言った——「それは同時に、最愛の人、バーナードへの裏切りでもある。そこまではやらないだろうと、ぼくは賭（か）けている。まさに賭けだね」トムは肘掛（ひじか）け椅子（いす）に腰を深く沈めたが、やはり落ち着かない。「むしろ、期待であり、祈りだ。シンシアと会わなくなってしばらく経つ。バーナードに対する態度も変わったかもしれない——そうは変わらないと思うが。たぶん、ぼくへの復讐心のほうが上まわっているんじゃないか」トムはいったん言葉を切り、考えこんでいるエドを見つめた。

「どうして、きみへの復讐、なんだ？　ぼくたち全員がやばいだろ、トム？　ジェフとぼくは——ぼくがダーワットに関する記事を書きまくり、ジェフが撮ったダーワットとその作品——初期作品を添えて発表したんだ」彼は笑顔で言いそえた。「ダーワットが死んでいるのを知っていながらね」

　トムは旧友をじっと見つめた。「シンシアは知ってるからね、バーナードに贋作を描かせようと最初に言いだしたのがぼくだってことを。きみたちの記事は、そのすこしあとだ。バーナードがシンシアに打ち明けて、そのときから、ふたりの仲が壊れだした」

「そのとおり。おぼえているよ」

エドとジェフとバーナードの三人は、とりわけバーナードは、画家のダーワットと友人として付き合っていた。失意の続いたダーワットはギリシャへ行ってしまい、どこかの島で溺死した。自殺である。ロンドンの友人たちがショックを受け、途方に暮れたのも無理はない。実際は、ダーワットはギリシャで〝行方不明〟になっただけで、死体はついに発見されなかった。ダーワットは四十歳ほどだった、とトムは思った。一流の画家として認められはじめ、最高傑作を描くのも目前だった。画家のバーナード・タフツにダーワットの贋作をやらせてみたらどうかと、トムは思いついたのである。

「何をにやにやしてるんだい？」とエドが訊いた。

「ぼくが懺悔したらどうなるか考えていたんだ。神父はきっとこう言うだろう――あなたはそれをすべて詳細に書きだすことができますか？」

エドは頭をのけぞらせて、笑った。「いやあ――神父はこう言うよ、あなたの罪はすべて贖われました！」

「ちがうよ！」トムは笑いながら続けた。「神父は――」

別の部屋で、電話が鳴った。

「失礼、トム。待っていた電話だ」そう言って、エドは出ていった。

エドが電話している間、トムは自分の寝室となる〝書斎〟を眺めていた。大量のハードカバーとペーパーバックが収まった、床から天井までの書棚が壁二面を占めている。トム・シャープとミュリエル・スパークは、ほぼ全著作が並んでいた。最後にエドと会ったときにはなかった上等な家具が増えている。エドの家族はどこの出身だ？　ホープか？

いまごろ、エロイーズは何をしているだろう？　そろそろ午後四時か？　エロイーズがすこしでも早くタンジールを離れてカサブランカに行ってくれれば、嬉しいのだが。

「大丈夫だ」エドがシャツの上から赤いセーターをかぶりながら、戻ってきた。「たいした用事じゃないんで、キャンセルしたよ。もう午後の仕事は終わりで、あとは自由だ」

「バックマスター画廊へ行こう」トムは立ち上がった。「五時半まで開いてるんだろう？六時？」

「六時だったと思う。牛乳はぼくが片づける。あとはこのままでいい。服をかけたければ、その左側のクローゼットが空いている」

「とりあえず、予備のズボンはこの椅子にかけておくよ。さあ、行こう」

エドは玄関まで来て、振りかえった。レインコートをはおっている。「言いたいことが、ふたつあると言っていたね。シンシアのことかい？」

「ああ、そうそう」トムはバーバリーのボタンをかけた。「もうひとつは――細かいことなんだ。シンシアは当然、ぼくが焼いた死体がバーナードだったことを知っている。ダーワットの死体じゃない。きみには言うまでもないけどね。だから、それはある意味、バーナードに対するさらなる侮辱だ――ぼくがバーナードの遺体を別人に偽って警察に通報したことで、いわば、彼の名前をさらに汚したんだ」

エドはドアノブに手をかけたまま二、三秒考えこんだ。苛立たしげに手を放すと、こちらに顔を向けた。「でも、いいかい、トム、これまでずっと、彼女はぼくたちに何も言ってこなかった。ジェフにも、ぼくにも。彼女はただぼくたちを無視していたんだ。こちらとしては、ありがたいことだが」

「これまでシンシアには機会がなかったが、いま、その機会をデイヴィッド・プリチャードが与えている」トムは反論した。「他人に余計な手出しをする、加虐趣味の、常軌を逸した男がいるんだ。シンシアは単にその男を利用すればいい、わからないか？　それが、彼女のいまやっていることなんだ」

タクシーはオールド・ボンド街へ向かい、控えめに灯る窓の明かりが見えた。バックマスター画廊だ。窓枠は真鍮と濃い色の木材で、立派な古いドアの真鍮の把手はいまも磨きこまれていることにトムは気づいた。正面の窓には内側に一枚の古い絵が飾られ、その両脇にひとつずつ鉢植えの棕櫚が置かれて、窓越しに室内はほとんど見えない。

ニック・ホールという男が、年配の男と話をしていた。三十前後と聞いていたこのニックは、まっすぐな黒髪に、かなりがっしりした体格、腕組みは癖のようだ。

壁にかかる絵はトムの思うところ凡庸な現代絵画で、個展ではなく、三、四人の画家による合同展のようだ。年配の紳士との会話が終わるまで、トムとエドは離れた場所に立っていた。ニックが名刺を渡し、年配の男は出ていった。画廊にはほかに誰もいなくなったようだ。

「ミスター・バンバリー、こんにちは」そう言って、ニックが笑顔で近づいてきた。口元にのぞくきれいに並んだ小ぶりな歯はトムの趣味ではないが、ニックはすくなくとも正直者のようだ。あきらかにエドのことをよく知っている様子で、ふたりの良好な関係が感じられた。

「やあ、ニック。友人を紹介しよう――トム・リプリーだ。こちらはニック・ホール」

「お目にかかれて光栄です」ニックはまた笑顔になり、手を差し出さずに、軽く会釈をしてきた。

「ミスター・リプリーがロンドンに滞在されるのはわずか二日間だが、きみに会いたくて、ここに立ち寄られた。いい絵が一、二点でもあればと思っておられる」

エドの態度は楽しげで、トムも調子を合わせた。どうやらニックはトムの名前をこれまで聞いたことがなかったようだ。結構だ。前に来たときとは、まったくちがう（しかも、はるかに安全だった）。そういえば、あのときのマネージャーはレナードというゲイの男で、トムがダーワットになりすましてこの画廊の奥の部屋で記者会見をした事実にも関与していた。

トムとエドはぶらぶらと隣室へ入っていき（展示室はふた部屋しかない）、壁に並ぶコロー（十九世紀フランスの画家）風の風景画を眺めた。その展示室の奥のほうの隅に、油絵が何枚か壁に立てかけられていた。トムには見当がついたが、多少汚れが目立つ白いドアの向こう、奥の部屋にはもっと多くの絵があるのだろう。あの部屋で、ダーワットを演じたトムの記者会見が――実は二度――行なわれたのだ。

ニックはそのとき表側の展示室にいたから、話し声はニックの耳に届かない。トムはエドに、最近ダーワットについてなんらかの問い合わせがあったか、ニックに訊いてほしいと頼んだ。「それから、来客帳を見せてもらえないかな――ここに来た人が署名するやつ」デイヴィッド・プリチャードのような人物なら、きっと署名しているだろう、と思った。「とにかく、バックマスター画廊の人間は――つまりオーナーのふたり、きみとジェフだ――ぼくがダーワットの愛好家であることを知っている、いいね？」

エドはニックに訊いた。

「現在、当画廊には六点のダーワットがあります」ニックはそう言うと、売るチャンスとばかりに、グレーのスーツに包んだ身体をまっすぐ伸ばした。「お名前を失念しておりまして失礼しました。絵はこちらに」

ニックはダーワットを見せるために、カンバスを椅子の上に載せて背もたれに立てかけた。六点ともバーナード・タフツのもので、二点はおぼえていたが、四点は記憶にない。トムがいちばん気に入ったのは、『午後の猫』だ。暖かい赤褐色の、抽象に近い構成で、眠り猫だ。そこにオレンジと白の毛の猫が描かれているとは、ひと目ではわからなかった。『どこにもない駅』は、青、茶色、黄褐色のまだら模様がすばらしい。白亜色だがうす汚れたビルが背景にある。おそらく鉄道の駅だろう。それから――また人物画の――『口論する姉妹』。これは典型的なダーワットだ。だが、トムには制作年でバーナード・タフツとわかる。向かい合うふたりの女性の肖像画で、ふたりとも口を開いている。ダーワットに特徴的な数本の線による輪郭が、躍動感と口論の声を伝えていた。それに赤のアクセント——ダーワットが得意とした手法で、バーナード・タフツも模倣した——は、怒りを暗示する。爪で引っかかれて、そこに血が滲んでいるのかもしれない。

「この絵はいくらかな？」

「『姉妹』は——三十万近くかと。お値段の確認はできます。それから——お売りする前に、ほかのお客様、ひとりかふたりにお知らせすることになります。これは人気が高い一枚ですので」ニックはまた微笑んだ。

『姉妹』を家に飾りたいとは思わなかったが、好奇心から値段を訊いたのだ。「じゃあ、『猫』は？」

「もうすこし値が張ります。人気がありますから。お値段は確認いたしますよ」

トムとエドはたがいに一瞥を交わした。

「最近の相場を把握しているな、ニック！」エドは愛想よく言った。「結構だ」

「恐れ入ります」

「ダーワットに対する問い合わせは多いのかな？」トムが訊いた。

「うーむ——それほどでも、なにしろ高価ですので。ダーワットは当画廊の看板と申しましょうか」

「ネックレスでいえば、いちばん大きな宝石だ」エドが言いそえた。「テイト画廊やサザビーズの関係者も、掘出物や、買いもどされて、またここで売りに出されているものはないか、探しにやってくるんだ、トム。われわれには競買の顧客は要らない」

バックマスター画廊には、購入希望者に連絡を入れる、独自の競買方法があるのだろう、とトムは思った。エド・バンバリーはニックを前にしながら思ったままに話してくれて、あたかもトムとエドが古くからの友人同士である客と画商の関係にあるかのように振る舞ってくれるのが、トムには嬉しかった。画商というのも妙に感じるが、エドとジェフが実際にやっていることは、どの絵を売りに出すかを決め、どの若手画家の（中堅画家も扱っているが）代理人を務めるかを選択することである。その決断は多くの場合、市場であり流行でありに基づいていることはトムも知っているが、エドとジェフの選択は的確だったから、ここオールド・ボンド街の高額家賃を払いながらも、利益を上げていた。

「たぶん、屋根裏部屋かどこかから、知られざるダーワットが発見されるなんてことは、もうないのかな？」トムがニックに言った。

「屋根裏部屋など！　ありえないですね！　スケッチも――最晩年のスケッチだってありません」

トムは考えこんだ様子でうなずいた。「ぼくは『猫』が好きだな。購入できる余裕があるかどうかはともかく――あとでまた考えてみるよ」

「あなたが所蔵されているのは――」ニックは思い出そうとしているようだ。

「二点だよ」トムは言った。「『椅子の男』――これは、ぼくのお気に入りでね――それと『赤い椅子』」

「そうです。たしかに目録にあります」ニックは『椅子の男』が贋作で、『赤い椅子』が本物であることなど、端から知らない様子だった。

「そろそろ行かないと」トムは人と会う約束でもあるかのように、エドに言った。それから、「来客帳はあるかな?」とニック・ホールに言った。

「ああ、はい。デスクの上に」ニックは表側の部屋のデスクへ歩いていき、大きな来客帳の途中まで記入されているページを開いた。「万年筆はこちらに」

トムは身をかがめて、そのページを眺め、万年筆を手にとった。ショークロスだかそんな感じの名前、フォスター、ハンターと、走り書きされた署名が並び、住所が添えられたものもあるが、大半は名前のみだ。前のページをちらりと見ると、すくなくともこの一年間は、プリチャードは署名していなかった。トムは署名したが、住所は書かずに、ただトーマス・P・リプリーとだけ書いて、日付を入れた。

ふたりが舗道に出ると、霧雨が降っていた。

「本当によかったよ、あのステューワーマンを見せられなくて」トムはそう言って、にやりとした。

「たしかに。おぼえてるよね――フランスからきみが不満の悲鳴をあげたのを」

「当然だろう?」ふたりはタクシーを探した。数年前、エドかジェフが――トムとしては、個人的にどちらか一方を名指しする気はない——ステューワーマンという画家を発見し、この男ならまずまずのダーワットを描けるだろうと考えた。まずまずの？　いまだに、トムはレインコートの下で冷や汗をかく思いがする。バックマスター画廊が愚かにもステューワーマンの作品を市場に出していたら、何もかも吹っ飛びかねなかった。画廊から送られてきたカラースライドを見て、ステューワーマンに反対する姿勢を固めたことをおぼえている。問題外だ、どこかでスライドを見て思った。とても使いものにはならなかった。

エドが通りで腕を振っていたが、この時間に、この天気では、タクシーをつかまえるのは難しいだろう。

「今夜、ジェフとはどうなっている？」トムが大きな声で言った。

「七時ごろ、ぼくのうちに来ることになっている。来た！」

霧雨にかすんでタクシーが見えた。屋根には「空車」の黄色いランプが灯っている。ふたりは乗った。

「いまのダーワット、見られてよかったよ」トムは思いかえして喜びに顔を輝かせた。

「タフツの作品——と言うべきか」彼はタフツという言葉を綿のように柔らかく発音した。

「それから、シンシアの問題と言うか、障害と言うか——なんと呼んだらいいんだろう——その解決法を思いついたよ」

「どうするんだ？」

「ただ電話をかけて、尋ねるんだ。たとえば、マーチソン夫人と連絡をとっているのか訊こうと思う。デイヴィッド・プリチャードと連絡をとっているか、も。ぼくがフランスの警官のふりをするんだ。きみのうちからかけてもいいかな?」

「ああ——もちろん!」エドは話の内容を突然理解して、そう言った。

「シンシアの電話番号は知ってたよね? 大丈夫かな?」

「大丈夫、電話帳に載っている。もうベイズウォーターじゃない——チェルシーだったかな」

11

エドのアパートメントに戻ると、トムはシャワーを浴びて、ジントニックをもらい、頭のなかを整理した。シンシア・グラッドナーの電話番号はエドがメモ用紙に書きとめてくれた。

トムはエドを相手に、フランス人警視(コミセール)の話し口調を練習した。「そろそろ七時ですね。ジェフが来たら——なかに入れて、いつもどおりにやってもらいたい、いいね?」

エドはうなずいた。お辞儀をしているようだった。「はい。ウイ!」

「わたしは警察署内から電話をします——今回はムラン警察よりもパリ警察がよいでしょうな」トムはエドの広い仕事部屋を歩きまわっていた。電話が置いてある机の上は、仕事がやりかけで書類が散乱している。「背後には効果音を。タイプライターをパチパチやってもらえるかな。ここは警察署だ。シムノンの小説のような。われわれはみな、知り合いだ」

エドは言われたとおりに腰かけて、タイプライターに用紙を差しこんだ。ガタガタ、パチパチ。

「考えながら打つ感じで」トムが言った。「速くなくて結構」覚悟を決めて、ダイヤルをまわした。まずはシンシア・グラッドナー本人かの確認をした上で、何度かデイヴィッド・プリチャードから連絡を受けたことを告げ、こう訊こう。ムッシュー・リプリーのことでいくつかお尋ねしたいのですが？

呼び出し音が鳴りつづけている。

「マダム・シンシア・グラッドナーは出ませんな」トムが言った。「くそっ！」腕時計を見た。七時十分。トムは受話器を置いた。「たぶん、夕食にでも出たんだろう。休暇中かもしれない」

「明日があるさ」エドが言った。「あるいは、今夜遅くにでも」

玄関の呼び鈴が鳴った。

「ジェフだ」エドがそう言って、玄関に向かった。

ジェフが入ってきた。手にした傘がまだ湿っている。エドより背が高く、大柄だ。最後に会ったときよりも頭頂部の禿げが広がっていた。「やあ、トム！　久しぶりに会えて嬉しいよ、変わらないな！」

ふたりは抱擁せんばかりに、固く握手を交わした。

「濡れたレインコートは脱いで、何か乾いたものでも適当にはおってくれ」エドが言った。

「スコッチは?」

「察しがいいな、ありがとう、エド」

リビングルームに三人で腰を落ち着けた。ソファと手ごろなコーヒーテーブルがある。トムはロンドンに来た理由をジェフに話した。最後に電話で話したときより、事態は悪化している。「妻はまだタンジールだ。女友だちと一緒で、レンブラントというホテルにいる。その隙にやってきたんだ。マーチソンの件に関して、シンシアが何をしているのか――何をやるつもりなのか――どうにか突きとめたい。おそらくシンシアは――」

「そう、例の男と接触していると、エドから聞いている」ジェフが言った。

「――アメリカのマーチソン夫人と接触しているかもしれない。夫人はもちろん、行方不明になった夫の真相を知りたいはずだ。このふたりがつながっているか、探りを入れなければ」トムはコースターの上でジントニックのグラスをまわした。「もしわが家の近辺でマーチソンの死体の捜索が行なわれることにでもなれば――もはや骸骨かもしれないが、いずれにしても警官に発見されかねない」

「たしか、きみの家からほんの数キロのところって言ってたな、ちがうか?」ジェフの顔に恐怖か畏怖の色が浮かんだ。「川だったたな?」

トムは肩をすくめた。「そうだ。運河かもしれないが。正確な場所は都合よく忘れてしまったが、あの晩、バーナードと一緒にそれを投げ捨てた橋は、見ればわかるはずだ、もちろんね」――トムは姿勢を正し、表情を明るくした――「トーマス・マーチソンが行方不明になった原因と経緯は、誰も知らない。オルリー空港で誘拐された可能性だってある、空港まで連れていったのはぼくだけどね」トムの顔に笑みが広がった。まるで自分でも信じこんでいるかのように、マーチソンを「空港まで連れていった」と言った。「マーチソンは『時計』を持ち運んでいたが、オルリー空港でその絵が消えた。まぎれもない本物のタフツ作品だ」ここで、トムは笑った。「マーチソンは、自ら蒸発した可能性もある。とにかく、『時計』は誰かが持ち去ってしまった。われわれは二度とそれを見てないし、噂も聞かない、そうだね？」

「ああ」ジェフは考えこみ、広い額に皺を寄せた。膝の間でグラスを支えている。「例の男女、プリチャード夫婦がきみの近所に住みだして、どれくらいだ？」

「たぶん、半年期間の賃貸契約だと思う。訊くべきだったが、訊かなかった」半年もしないうちに、プリチャードから解放されるだろうと、高をくくっていたのだ。どうしてだろうか。トムは憤怒が沸き上がるのを感じ、プリチャード夫妻の借家の話をエドとジェフに語り聞かせることで、憂さ晴らしをすることにした。偽物のアンティーク家具について事細かに話し、芝生の池に午後の陽射しが反射してリビングルームの天井に模様ができる話をした。「困ったことに、ぼくは心から願っているんだ、夫婦揃ってあの池で溺死しますようにって」トムが最後にそう言うと、ふたりは笑いだした。

「ジントニックのお代わりは、トム？」エドが訊いた。

「いや、もう結構だ、ありがとう。充分だ」トムは腕時計に目をやった。八時をすこし過ぎていた。「出かける前に、もう一度シンシアに電話してみたい」

エドとジェフが協力した。今度もエドは効果音としてタイプライターを打つ役割、ジェフが話し相手となって、トムのフランス語訛りのウォームアップをした。「笑いは禁物ですよ。ここはパリ警察署内です。ムッシュー・プリーチャードから連絡がありましてね」

トムはふたたび立ち上がって、いたって真面目に言った。「わたしはマダム・グラッドナーにお尋ねせねばなりません。ムッシュー・マーチソンかその夫人について彼女は何かご存じかも知れませんので。そうですね？」

「はい」ジェフもトムに倣い、何ごとかを誓うように真面目な顔をして言った。

トムはなんでも書きとめられるようにペンとメモ用紙を用意し、シンシアの番号を記した紙を手にして、ダイヤルをまわした。

呼び出し音が五回鳴り、女性の声がした。

「もしもし、こんばんは、マダム。マダム・グラッドナーですか？」

「そうですが」

「こちらは、パリのエドゥアール・ビルソー警視です。われわれはトーマス・マーチソンのことでムッシュー・プリーチャードと連絡をとっておりまして――マーチソンの名前はご存じだと思いますが」

「ええ、知っています」

　ここまでは順調だ。トムは高く、張りつめた声にしていた。それでもシンシアがトムの普段の声を思い出したら、正体がばれかねない。「ご承知かと思いますが、ムッシュー・プリーチャードは現在、北アフリカです。よろしければ、マダム・マーチソンのアメリカの住所を教えていただきたく思いまして、もしご存じでしたら」

「なんのご用件で？」とシンシア・グラッドナーが尋ねた。あいかわらず不愛想な性格だ。状況によって上唇を強ばらせる癖も昔のままだろう。

「彼女のご主人のことで、いまにも新しい情報が得られそうなんです。ムッシュー・プリーチャードはタンジェから一度、電話をくれました。だが、いま彼との連絡がつかんのです」トムは執拗に声を高くした。

「なるほど」疑っている様子だ。「ミスター・プリチャードは――あなたがおっしゃっている問題について、彼なりの解決法をお持ちだと思います。わたしは無関係です。彼の帰国をお待ちになったほうがよいかと」

「だが、それはできない――待つべきではない状況なんです、マダム。ひとつ、マダム・マーチソンにお尋ねすべきことがありまして。こちらから電話をしたときは、ムッシュー・プリーチャードが不在で、ともかくタンジェの電話は大変つながりにくい」トムは不機嫌そうに咳ばらいをして、喉を痛めた。効果音の合図をした。プリチャードがタンジェ（フランス人はタンジールをタンジェという）にいると知らされてもシンシアは驚いていないようだ。

　エドは机の上の空(あ)いた箇所に電話帳をパタンと置き、タイプライターをパチパチ叩(たた)きつづけた。ジェフは電話から離れた壁に向かい、両手を口にあて、サイレンの音を出している。まさにパリのサイレンだ。

「マダム――」トムは真剣な口調で続けた。

「お待ちください」

　わかってくれた。トムは友人たちには一瞥(いちべつ)もせずに、ペンをとった。

　シンシアが電話に戻ると、マンハッタンの東七十丁目通りの住所を読みあげた。

「メルシー、マダム」丁重ながらも、警察に対する当然の義務を果たしてもらったにすぎないという口調だ。「電話番号は?」トムはそれもメモした。「本当にありがとう、マダム(メルシー・アンフィニマン)。では、よい夜を(エ・ボンヌ・ソワレ)」

「ウィー‐イー‐グル‐グル」ジェフがこんな声を出したとき、トムは丁重に別れを告げていた。海峡をまたいだ通話時にありがちな雑音を表現した迫真の演技だったが、たぶんシンシアには聞こえなかっただろう。

「大成功」トムは冷静に言った。「しかし、マーチソン夫人の住所を知っているとはね」

　トムは友人たちを見た。ふたりともしばらく口もきけずにこちらを見ていた。トムはマーチソン夫人に関するメモをポケットに収め、また腕時計を確認した。「もう一件、電話してもいいかな、エド?」

「使ってよ、トム」エドが言った。「席を外そうか?」

「ここにいてかまわないよ。今度は、フランスだ」

しかし、ふたりはキッチンへゆっくり移動した。

トムはベロンブルにダイヤルした。向こうは九時半だろう。

「アロー、マダム・アネット!」トムが言った。マダム・アネットの声の響きからすると、玄関ホールのようだ。彼女になじんだキッチンカウンターのコーヒーメーカーのそばにも電話がある。

「ああ、ムッシュー・トム! ご連絡先がわからなくて、途方に暮れていました! よくないお話です。マダム――」

「なんだって?」トムは眉をしかめた。

「マダム・エロイーズが! 誘拐されたんです!」

トムは息を呑んだ。「そんな馬鹿な! 誰に言われた?」

「アメリカ人らしい訛りの男です! 夕方の四時ごろ、電話がありました。もうどうしていいかわからなくて。男はそれだけ言うと、電話を切りました。わたしはマダム・ジュヌビエーヴに話をしました。そうしたら、『ここの警察に何ができて?』と言われて、『タンジールに電話をかけなさい。ムッシュー・トムに話すんです』って。でも、どこに連絡を差し上げたらよいかもわかりませんし」

トムは目をかたく閉じた。マダム・アネットの話は続いている。プリチャードが嘘を吹きこんだのだ、とトムは考えていた。トム・リプリーがもうタンジールにいない、ともかく妻と一緒にはいないことに気づき、またひと騒ぎ起こそうとしたのだ。トムは深呼吸し、マダム・アネットに理路整然と話すことにした。

「マダム・アネット、それはいたずら電話だと思う。心配しないで。話したと思うが、マダム・エロイーズとぼくは別のホテルに移ったんだ。エロイーズはいま、ホテル・レンブラントだ。だが、気にする必要はない。今晩、ぼくから妻に電話する――まだそのホテルにいることは保証するよ！」トムは笑った。心から笑った。「アメリカ人らしい訛りね！」トムは蔑むように言った。「それは、北アフリカ人ではないんじゃないかな、マダム？タンジールの警官がアメリカ英語訛りで、正しい情報を連絡してくるように思える？」

たしかにそうだと、マダム・アネットも認めるしかなかった。

「いま、天気はどう？　こっちは雨なんだ」

「マダム・エロイーズがどこにいらっしゃるか、おわかりになりましたら、お電話をいただけますか、ムッシュー・トム？」

「今晩？　ああ、わかった」彼は落ち着いて言いそえた。「ぼくも、今晩じゅうにエロイーズと話ができたらと思っている。またあとで電話するよ」

「何時でも結構です、ムッシュー・トム！　こちらは、家じゅうのドアの鍵をしっかりかけて、表の大門も閉めておきました」

「それでいい、マダム・アネット！」

電話を切ると、トムは「ふーっ！」と息をついた。両手をポケットに突っこみ、友人たちのもとへゆっくりと移動した。彼らはグラスを手にして、書斎にいた。「お知らせがあるよ」トムは言った。悪い知らせであっても、いつものように沈黙を保つ代わりに、いまは話を共有できる相手がいることが嬉しかった。「タンジールで妻が誘拐された、と家政婦に言われたよ」

ジェフが眉をひそめた。「誘拐？　冗談だろう？」

「アメリカ人らしい訛りの男がうちに電話してきて、マダム・アネットにそう告げると——電話を切ったそうだ。確実にいたずら電話だと思う。いかにもプリチャードらしい——あらゆる手段を使って、騒ぎを起こそうとする」

「どうするつもりだ？」エドが訊いた。「ホテルに電話して、奥さんがいるか確認する？」

「無論だ」そう言いながらも、トムはジタンに火をつけ、しばしデイヴィッド・プリチャードに対する嫌悪感に浸(ひた)っていた。どこまでも不快なあの肉体、丸眼鏡、下品な腕時計。

「いまから、タンジールのレンブラントに電話するよ。妻は何もなければ六時か七時には部屋に戻って、夕食に備えて着替えをする。とにかくホテルに訊けば、まだ泊まっているかどうか確認できる」

「もちろん。電話しなよ、トム」

トムはタイプライターのそばにある電話にふたたび向かい、上着の内ポケットからメモ帳を抜いた。タンジールの市外局番とレンブラントの番号が書きとめてある。タンジールに電話するなら、午前三時がいちばん、と誰かに言われなかったか？　トムはそれでもかけようと思い、慎重にダイヤルをまわした。

無音。それから、呼びだし音が短く三回鳴り、たしかに呼びだしている。音がやんだ。今度は交換台に電話をかけて、女性の交換手にレンブラントの番号をお願いし、エドのアパートメントの番号を伝えた。交換手はお切りになってお待ちくださいと言った。一分後、折り返し電話があり、いま先方をお呼び出し中です、と言った。トムにもかすかに聞こえる声を相手に、ロンドンの女性交換手は苛つ（いら）いた声で押し出しよくやり取りしていたが、それもやはり無駄に終わった。

「夜間のこの時間帯ですので――今夜しばらくお待ちの上、おかけ直しになったほうがよいかと思います」

トムは交換手に礼を言った。交換手に問われて、「結構です」とトムは答えた。「いまから外出しますので。あとでまた、自分でかけてみます」

トムは書斎に戻った。エドとジェフはベッドの準備を終えようとしていた。「無駄だね」トムが言った。「つながらない。タンジールの電話は話に聞くとおりだ。とりあえずこの件は忘れて、軽く食事に出よう」

「ひどいもんだな」ジェフは背筋を伸ばした。「あとでまたかけると言ってたね」

「そうするよ。ふたりとも、ベッドの支度をありがとう。今夜はよく眠れそうだ」

数分後、霧雨の街に出た。ふたつの傘を三人で使い、エドお薦めのパブ・レストランへ向かった。アパートメントのすぐそばで、なかに入ると茶色い垂木から木の仕切り席まで暖かみに溢れていた。トムの希望で、テーブル席を選んだ。その席からは常連客の姿がよく見える。彼は昔懐かしいローストビーフとヨークシャープディングを注文した。

トムはジェフ・コンスタントにフリーランスの仕事について尋ねた。ジェフは金のために引き受けざるをえない仕事もあるが、そうした写真は好きではなく、ジェフいわく「人間がいようがいまいが、芸術的なインテリア写真」と同様だという。つまり、たぶん猫や植物がよく似合うような室内のことだろう。商業用写真は、電気アイロンのブツ撮りのような工業デザイン関係だと時間がかかる、と言った。

「あるいは、建築中の郊外の建物とかね」ジェフは続けた。「こんな天候の日に撮影しなければならないことも、まままある」

「エドとはよく会ってるのかい?」とトムが訊いた。

エドとジェフはたがいに微笑み、視線を交わした。そして、エドが言った。

「そうでもないな。だよね、ジェフ? だが、おたがい相手が必要なときは――ともに行動する」

トムは昔のことを思い出していた。あのころ、ジェフは(本物の)ダーワットの絵のすばらしい写真を撮り、エド・バンバリーはその絵を称賛し、ダーワットに関する記事を書きまくり、噂が広がるきっかけになりそうな言葉を注意深く記事の各所にちりばめた。彼らの期待どおりに、噂は広がりだした。ダーワットはメキシコで暮らしている、というのはトムたちがでっちあげた話である。いまでもその地で生活しているが、世捨て人として、取材にも応じず、住んでいる村の名前さえ公表を拒んでいる。だが、その村はメキシコのベラクルス近くで、ダーワットはベラクルスの港から作品を船便でロンドンへ送っている、と世間では信じられていた。バックマスター画廊の元オーナーはダーワットを扱いながらも、たいした成果をあげられなかった。売り込みをしなかったからである。ダーワットがギリシャへ行って入水自殺をしたあと、ようやくジェフとエドがそれを実行したのだ。彼らはみな、ダーワットの知り合いだった（奇妙なことに、トムだけは知り合いではなかったが、トム自身は実際にダーワットを知っている気分によくなった）。生前のダーワットは、注目すべき魅力的な画家でありながらも、ロンドンでずっと貧困の瀬戸際だったが、知人であるジェフ、エド、シンシア、バーナードからは心酔されていた。ダーワットは陰気な北部の工業都市の出身だが、どの街だったかは忘れてしまった。ダーワットの成功は宣伝にある、とトムは実感している。不思議なものだ。一方で、ヴァン・ゴッホのように、宣伝が得られずに苦しんだ画家がいる。ヴィンセントを売り込もうとした者はいたのだろうか？　おそらくただひとり、テオを除けば、誰もいなかった。

エドが細面の顔をしかめた。「この際、これだけは訊いておくよ、トム。本当にエロイーズのことはぜんぜん心配じゃないのか？」

「大丈夫だよ。いま頭のなかにあるのは別のことだ。プリチャードのことならわかってるんだ、エド。知っていることはわずかだが、それで充分だ」トムは笑った。「あんな人間と出会ったことはないが、ああした類いの男のことは本で読んで知っている。サディストだよ。生活に困らない収入がある、とあの男の妻は言ってたが、あの夫婦が口にすることは何もかも嘘じゃないかと思っている」

「奥さんがいるのか？」ジェフが意外そうに訊いた。

「言わなかったかな？　アメリカ人だよ。ぼくには、サドとマゾの関係に思えてならない。たがいに愛しあい、憎しみあう、そんな関係じゃないかな？」トムはジェフに話しつづけた。「フォンテーヌブローにＩＮＳＥＡＤって経営大学院があって、プリチャードはそこでマーケティングの勉強をしているとぼくに話していたが、真っ赤な嘘だった。妻の腕は青あざだらけだ――首にもある。あの男は、ぼくの人生をできるだけ台なしにしたいと思っていて、ただそれだけのために、うちの近所に住んでいるんだ。そこへシンシアがマーチソンのことを吹きこんで、あの男の想像力を焚きつけた」トムはローストビーフにナイフを入れながら、あのことはエドにもジェフにも話さないでおこうと思った。プリチャード（か、その妻）がディッキー・グリーンリーフになりすました電話をかけてきて、トムもエロイーズもその電話をとっていることは、言わなくてもよい。ディッキー・グリーンリーフまで遡りたくなかった。

「そして、タンジールにまできみを追ってきた」ジェフがナイフとフォークの手を止めて、そう言った。

「奥さんは一緒じゃなかったけどね」トムが言った。

「そういう害虫は、どうやって駆除すればいいんだ？」ジェフが訊いた。

「おもしろい質問だ」そう言って、トムは笑った。

その笑いに、ふたりはすこし驚いた様子だったが、ふたりともかろうじて笑みを浮かべた。

ジェフが言った。「これからタンジールに電話をかけるんなら、おれもまたエドのうちに戻るよ。何が起こっているのか、気になるんでね」

「一緒に戻ろう、ジェフ！　エロイーズはいつまで滞在する予定なんだ、トム？」エドが訊いた。「タンジールだっけ？　モロッコ？」

「たぶん、あと十日ほどかな。よくわからない。彼女の友だちのノエルが、以前あそこに行ったことがあるんだ。ふたりはカサブランカにも行きたがっている」

エスプレッソコーヒー。それから、商売のことでジェフとエドが話し合った。ときには、たがいに仕事の方向を多少は修正することもあるのだろう。トムにはよくわかった。ジェフ・コンスタントは人物写真が得意で、エド・バンバリーは新聞の日曜版でしばしばインタビューの仕事をしていた。

夕飯代はぼくが払う、とトムは主張した。「これくらい、払わせてよ」

雨はやんでいた。エドの家のそばまで来たとき、トムがこのあたりをぶらついてみたいと言いだした。アパートメントの玄関が立ち並ぶなか、ところどころに小さな店があり、トムはそうした店が好きだった。店の入口には磨きこまれた真鍮（しんちゅう）の郵便受けの穴がある。

居心地のよさそうな深夜営業のデリカテッセンがあった。煌々（こうこう）と明かりの灯る店内には、新鮮な果物、缶詰類、パンやシリアルの棚が見える。まもなく午前零時だが、まだ営業していた。

「アラブ人かパキスタン人がやってる店だ」エドが言った。「日曜も休日もやっていて、とにかくありがたい」

エドの部屋の玄関まで戻ってきた。エドが鍵でドアを開け、ふたりをなかに入れた。ホテル・レンブラントへの電話は、いまなら多少はつながりやすいだろう、とトムは思った。たぶん午前三時のほうがもっといいのだろうが。有能でフランス語のできる交換手が出てくれることを期待しながら、ふたたび慎重にダイヤルをまわした。

ジェフとエドが話を聞こうとして、ゆっくり部屋に入ってきた。ジェフは煙草（たばこ）を手にしている。

トムは電話をさし示した。「まだつながらない」彼は交換手に電話をして、呼び出しを任せていた。レンブラントにつながったら、折り返し電話がかかってくる。「まったく！」

「つながるかな？」エドが言った。「電報を打ってみるかい、トム」

「ロンドンの交換手が電話してくれることになっている。ふたりとも、先に寝てていいよ」トムはこの家の主人を見た。「今夜タンジールから電話がかかってきたら、すぐにこの電話をとるから、いいかな、エド？」

「もちろん。ぼくの寝室は、電話も置いてないし、聞こえないよ」エドはトムの肩を軽く叩いた。

記憶では、エドに握手以外で身体に触れられたのは、これがはじめてだった。「シャワーを使わせてもらうよ。シャワーの最中でも、電話が鳴ったら聞こえるだろう」

「使ってよ！　大声で呼ぶから」エドが言った。

トムはスーツケースの底からパジャマを取り出し、服を脱ぐと、浴室に入った。浴室は、彼の泊まる部屋とエドの寝室の間にある。身体を拭（ふ）いていたとき、エドに大声で呼ばれた。トムは大声で返事をし、気持ちを静めて、パジャマを着て、ムース皮のスリッパをはき、浴室を出た。エロイーズからか、フロントからか？　エドに訊きたかったが、トムは何も言わずに、受話器を手にとった。「もしもし（アロー）？」

「こんばんは（ボンソワ）、ホテル・レンブラントです。失礼ですが（ヴゼット）――」

「ムッシュー・リプリーです」彼はフランス語で続けた。「マダム・リプリーと話をしたいのですが、ルームナンバーは三一七号？」

「ウイ。失礼ですが（ヴゼット）――」

「夫です（ソン・マリ）」とトムは言った。

「しばらくお待ちください（アン・アンスタン）」

「ソン・マリ」が利いたようだ、とトムは思った。そして、耳を澄ませているふたりの友人を見た。やがて眠そうな声が出た。

「もしもし（アロー）？」

「エロイーズ！　心配したよ！」

エドとジェフはほっとした様子で、微笑んでいる。

「そう、その不愉快極まるプリーチャード――あの男がマダム・アネットに電話してきて、きみが誘拐されたと言ったんだ！」

「誘拐！　今日はあの夫婦、見かけてもいないわ」エロイーズが言った。

トムは笑った。「マダム・アネットには、今晩電話しておくよ。心からほっとするはずだ。ところで」トムはエロイーズとノエルの予定を確かめた。今日はモスクへ出かけ、市場にも行ったという。よかった、明日はカサブランカへ発つ予定だ。

「カサブランカのホテルは？」

エロイーズは思い出そうとしている。メモか何かで確かめているのか。「ミラマーレよ」なんともエロイーズらしい、上機嫌のままだ、とトムは思った。「あいつを見かけなくても、きみの宿泊先を突きとめようと、あたりをうろついてるかもしれない。ぼくもまだ一緒だと思っているのかも。だから、きみが明日カサブランカへ行くのはよかったよ。そのあとは？」

「そのあとって？」

「カサブランカのあとは、どこに行くの？」

「さあ。マラケシュかしら」

「メモしてくれないか」トムが命令口調で言った。エドのアパートメントの電話番号を伝え、復唱させた。

「どうしてロンドンにいるの？」

トムは笑った。「きみはどうしてタンジールにいるんだ？　ぼくは一日じゅう部屋にはいないと思うけど、電話したら、メッセージを残しておいてくれないか——留守電サービスを利用してると思う——」エドがうなずいた。「カサブランカからまた移動するときは、次のホテルを知らせてほしい……そう。ノエルによろしく……愛してるよ。じゃあまた」

「ほっとしたよ！」ジェフが言った。

「うん、ぼくもだ。彼女の話だと、周囲にプリチャードの姿は見えないそうだ——もちろん、それはあまり意味がないけどね」

「プリークハードね」ジェフが言った。

「固い陰茎（ハードプリーク）ね」うろつきながらエドが無表情に応じた。

「もういいから！」トムはにやりとした。「あと一カ所、今晩じゅうに電話するよ——マダム・アネットにね。待ってるから。それはそうと、マーチソン夫人のことが気がかりなんだ」

「なるほど？」エドが書棚に肘（ひじ）をついて、興味深そうに訊いた。「シンシアがマーチソン夫人と連絡をとっていると思うのか？　情報交換をしていると？」

　おそろしい想像だった。トムは考えこんだ。「彼女たちはおたがいに連絡先を知っているだろうが、相手にどの程度、話をしているのだろう？　それに——ふたりが連絡をとりだしたのは、デイヴィッド・プリチャードが現われてからのことにすぎないと思う」

ジェフは立ったまま、落ち着きなく歩きまわっている。「きみはマーチソン夫人に、なんて話すつもりだったんだ?」

「そうだな――」トムは口ごもった。まだ中途半端な考えは話したくなかった。だが、ここにいるのは友人たちだ。「アメリカにいる彼女に電話して――行方不明の夫の真相究明について、新たな動きがあったか、訊いてみたい。しかし、彼女はシンシア同様、ぼくを嫌っていると思う。もちろん、シンシアほどではないだろうが。でも、彼女の夫に最後に会った人物と思われているのは、ぼくなんだ。それなのに、なぜぼくから彼女に電話をかけるんだ?」トムは不意に堰が切れた。「プリチャードに何ができる? あいつが新事実を知ってるって? そんなこと、あるわけないだろう!」

「そのとおりだ」エドが言った。

「マーチソン夫人に電話をかけるなら――きみは物真似が得意だ、トム――あの警部補の声をまねたらどうだい――ウェブスター警部補、だっけ?」ジェフが訊いた。

「そう」トムは、イギリス人警部補ウェブスターの名前など思い出したくなかった。ウェブスターの捜査が真実へ辿り着くことはなかったものの。「いや、危険な賭けはやめておこう。ありがとう」ウェブスターはベロンブルに来て、ザルツブルクへも行っている。捜査に終わりはないと言うが、あの警部補がまだ捜査中なんてことがありうるのか? まだウェブスターはシンシアやマーチソン夫人と連絡をとりあっているのだろうか? いくら考えても、結論は同じだった。新事実など何もない。だから、何を心配している？

「そろそろ行くよ」ジェフが言った。「明日、仕事があるんでね。明日、何してるか連絡もらえるかな、トム？　おれの番号はエドが知っている。きみも知ってたか」

おやすみ、幸運を祈るよ。

「マダム・アネットに電話しなよ」エドが言った。「とにかく、気楽な用件だ」

「とにかくね！」トムが言った。「きみも寝なよ、エド。いろいろ、ありがとう。ぼくもすぐに寝る」

トムはベロンブルに電話をかけた。

「アロー？」マダム・アネットは不安で声が裏返っていた。

「トムだよ！」と彼は言った。そして、マダム・エロイーズが何ごともなく無事だったこと、誘拐話が根も葉もないデマだったことを伝えた。デイヴィッド・プリチャードの名前は口にしなかった。

「でも――誰がこんな意地悪な電話をかけてきたのでしょう。ご存じですか？」マダム・アネットは強い憎しみを込めて「意地悪な（メシャント）」という言葉を使った。

「わからない、マダム。世の中、悪意ある人間は多い。不思議なことだが、こんなことして楽しんでいるんだ。わが家は何ごともない？」

マダム・アネットは、大丈夫です、と自信たっぷりに言った。帰りがいつになるかわかったら、電話する、とトムは伝えた。マダム・エロイーズの帰国がいつになるかはぼくにもわからないが、親友のマダム・ノエルと一緒にいて、楽しくやってるよ。

　トムはベッドに倒れこむと、たちまち眠りに落ちた。

12

　翌朝は、昨日の雨が嘘のような快晴で、何もかも洗い清められたかのようだ。窓から眼下の狭い通りを眺めながら、トムはそう思いたかった。陽光が正面の窓にきらめき、空は青く澄みわたっていた。

　エドはコーヒーテーブルに鍵を置いていった。その下にメモが残されていて、ごゆっくり、午後四時すぎまでは戻りません、とあった。昨日、キッチンは勝手に使ってくれとエドに言われていた。トムはひげを剃り、朝食をとり、ベッドを整えた。九時半にはアパートメントを出て、ピカデリー街のほうへ歩いていった。通りの風景や会話の断片、通りすぎる人々の話し声のさまざまな訛りを楽しんだ。

　百貨店のシンプソンに入り、トムは売り場をぶらついた。いま流行の花の香りが鼻に触れ、ロンドンにいるうちにラベンダーのワックスをマダム・アネットへの土産に買おうと思っていたことを思い出した。トムは散策しながら男物の部屋着ガウンのコーナーへ行き、タータンチェックの品のなかから、エド・バンバリーには軽いウールのブラックウォッチ柄を買い、自分用には真っ赤な格子縞を選んだ。この柄はロイヤル・スチュワートといったかな、とトムは思った。エドはトムよりも、サイズが小さかったはずだ。トムはその二着を大きなビニール袋に入れると、外へ出てオールド・ボンド街のバックマスター画廊へ歩いていった。十一時近かった。

画廊に入ると、ニック・ホールは固太りした黒髪の男と立ち話をしていたが、こちらに気づいて、会釈をした。

トムは隣室に入り、精彩に欠けたコロー、あるいはコロー風の絵をぶらぶら見てまわり、表側の部屋に戻った。ニックの言葉が聞こえてきた。「――一万五千はしないかと。よろしかったら、お調べしますが」

「いや、結構」

「お値段はすべて、バックマスター画廊のオーナーが再検討いたしますので、価格の上下はありますが、通常はごくわずかです」ニックはひと息入れた。「価格を決定するのは市場でして、購入を希望されるお客様個人ではありません」

「わかった。それでは、調べてもらいたい。わたしとしては、一万三千と思っている。わたしは――気に入ったよ、大いにね。この『ピクニック』が」

「かしこまりました。お電話番号は存じておりますので、明日、ご連絡いたします」

ニックが「明日、また電話します」と言わないのは適切だ、とトムは思った。昨日とちがい、今日のニックはいい黒靴をはいていた。

「こんにちは、ニック――いまいいかな」ふたりだけになると、トムが言った。「昨日、お会いした者です」

「ああ、ようこそいらっしゃいました」

ニックはちょっとためらった。「はーーはい。奥の部屋の画帳に保管されていますが、ほとんどが非売品でして。お売りできるのは一点もないかと思いますーー表向きは」

結構、とトムは思った。神聖なる保管所だ。いまや名画となった作品、または描かれなかった名画のための下絵の数々。「だがーーいいのかな?」

「もちろんです。かまいません」ニックは正面入口にちらりと目を走らせ、そちらに向かった。鍵がかかっているか確かめるためか、掛け金をかけにいったのだろう。トムのそばに戻ると、ふたりで隣の展示室を通り抜け、小ぶりの奥の部屋に入った。デスクはあいかわらず雑然として、壁は汚れていた。かつて白かった壁には、カンバスや額縁、画帳が立てかけられている。記者二十人、飲みものを給仕するレナード、カメラマン二、三人と一緒に、詰め込まれたのはこの場所か? まちがいない、トムは思い出した。

ニックはしゃがみこみ、一冊の画帳をとりあげた。「半分は油絵のための下絵です」大きなグレーの画帳を両手で支えながら言った。

ドアのそばにある補助テーブルの上に、ニックは恭しく画帳を置くと、それを開くために三本の紐をほどいた。

「このほかにも多くの画帳が、そこの引き出しのなかにあるんです」ニックは壁際の白いキャビネットを顎で示した。上面は腰の高さほどで、浅めの引き出しが上から下まで六つ以上並んでいる。はじめて見る備品だ。

ダーワットのデッサンは一枚一枚、透明なフィルム袋に入れられていた。木炭、鉛筆、コンテ。ニックがフィルム袋のまま一枚ずつ取り出していくうちに、トムは、ダーワットとバーナード・タフツの見分けがつけられないことに気づいた。ともかく、両者の区別に絶対の自信はもてなかった。『赤い椅子』のデッサン（三点）、これは本物だ。完成画がダーワット作品であることを知っているのだから間違いない。だが、ニックがバーナード・タフツによる贋作、『椅子の男』のためのデッサンを出したとき、胸が高鳴った。うちにある油彩画、大好きな、よく知っている、あの絵だ。絵に没頭するバーナード・タフツは、ダーワットと同様に愛情をこめてデッサンを行なっていたのだ。他人の目に触れない、これらのデッサンで、バーナードは創作意欲を高めてカンバスに臨み、努力の結晶である、あの作品が生まれたのである。

「これらは売り物なの？」とトムが訊いた。

「いいえ。まあ――ミスター・バンバリーとミスター・コンスタントに売る意思はありません。わたしの知る限り、これまで一点も売っていません。人々はあまり――」ニックは口ごもった。「このように、ダーワットが使った紙は――かならずしも上質ではありません。すでに黄ばんでいますし、縁はぼろぼろです」

「どれもすばらしいと思うよ」トムが言った。「いつまでも大切に保存しておいてね。光の当たらない、最適な場所で」

ニックはいつもの笑顔を見せた。「それに、手を触れるのも最小限に」

デッサンはまだあった。トムの好きな『眠り猫』、これはバーナード・タフツの絵（トムはそう思っている）で、かなり安い大判の紙に描かれ、色鉛筆で色構成も試されている。黒、茶、黄、赤、それに緑まで。

タフツとダーワットがこれほど渾然一体であれば、すくなくともこれらのデッサンの一部、あるいは大半は、芸術的観点から両者を区別することは不可能ではないか、という思いがトムの脳裏に浮かんだ。いくつかの意味で、バーナード・タフツはダーワットと化していた。バーナードが恥辱にまみれ、錯乱状態で死んでいったのは、贋作が成功したためだ。それどころか、ダーワットになりきり、ダーワットの昔ながらの生活に倣い、その絵画、その準備デッサンにおいても、ダーワットそのものだった。バーナードの力作、すくなくともバックマスター画廊に保管されるデッサンは、バーナードの鉛筆や色鉛筆の線に気弱なところが微塵もない。バーナードはあきらかに例の構図を体得し、調和と色彩を判断する達人だった。

「興味がおありですか、ミスター・リプリー？」ニックが訊いた。今度は立ちながら引き出しを閉めている。「わたしからミスター・バンバリーに話してもよろしいですよ」

トムは微笑んだ。「迷っているんだ。魅力的だよね。それに——」訊かれて、トムは一瞬、まごついた。「準備用のスケッチ、油絵のための下絵は、一点いくらくらいかな？」

ニックは床を見つめて、考えこんでいた。「わたしには申しあげることができません。本当にわからないんです。当画廊ではデッサンに価格をつけていないのではないかと思います――そもそも値段がつかないかもしれません」

トムは唾(つば)を呑(の)んだ。これらのデッサンの大半は、ロンドンのどこかにあったバーナード・タフツの質素で手狭なアトリエで制作されたものだ。彼は最後までそのアトリエで絵を描き、眠った。奇妙なことだが、デッサン自体が、ダーワットの絵やデッサンの真贋を保証する最高の鑑定書だ、とトムは思った。デッサンなら色の使い方が変わることはない。マーチソンがあれだけこだわったのは、紫色の使い方だった。

「ありがとう、ニック。また来るよ」トムはドアのほうへ向かい、別れを告げた。

バーリントン・アーケードを通り抜けた。ショーウィンドウにはシルクのネクタイや、きれいなスカーフ、ベルトが並ぶが、いまは何を見ても惹かれなかった。ダーワットの大半が贋作だったと〝暴露〟されたとして、何が問題なのだろう？　とトムは考えていた。バーナード・タフツの力作は真作と同等に優れ、外見も本質も完全にダーワットそのものだ。もしダーワットが死んだのが三十八歳ではなくて五十歳や五十五歳だったならば、いや、自殺したときの年齢などどうでもいいが、本物のダーワットが生きていたなら示したであろう成長を、タフツは同じように表現したのである。タフツの絵は、ダーワットの初期作品より優れている、と主張することだってできるはずだ。もし、現存するダーワット作品の六十パーセント（トムの概算）に「B・タフツ」とサインされたならば、なぜ価値が下がることになるのだろう？

答えは、当然、市場を騙したから、である。タフツの作品はダーワットの名前で市場に出たおかげで、現在に至るまで、値段が上がりつづけているのであり、ダーワットの名前には価値がある。それでありながら、ダーワットの死亡時にはその名の価値はほとんどなかったのだ。ダーワットの名前があまり知られていなかったからである。だが、いつもトムの考えはここで行き詰ってしまう。

百貨店のフォートナム&メイソンに入り、日用品売り場はどこかと尋ねると、ありがたいことに現実に引き戻された。「ちょっとした――家具用のワックスなんですが」モーニングジャケットを着た店員に言った。

案内された場で、ラベンダーのワックス缶の蓋を開けて、目を閉じながら匂いを嗅ぐと、ベロンブルに戻ったような気持ちになった。「三ついただけますか？」と、売り場の女性店員に言った。

トムは三つの缶をビニール袋に入れ、大きなビニール袋のなかに部屋着と一緒にしまった。

このちょっとした用件を終えると、たちまち頭のなかは、ダーワット、シンシア、デイヴィッド・プリチャード、そして当面の問題についての考えに戻った。なんとかしてシンシアに会って、面と向かって話をしたほうが、電話よりもいいんじゃないか？　もちろん、彼女会う約束をとりつけるのは難しい。電話をかけても、すぐ切られてしまうだろうし、彼女の家の周囲をうろついて待ち伏せしても、冷たくあしらわれるだけだろう。だが、失うものはない。シンシアがプリチャードに、マーチソン行方不明の件を話したのはたしかだろう。それも、トムの過去のなかでも強調して話しているんじゃないか。トムの過去はあきらかにプリチャードも新聞のバックナンバーで調べている。ロンドンで？　シンシアが現在もプリチャードに電話したり、ときおり手紙を寄せるなどして、連絡をとりあっているのかは確認しておきたい。そして、シンシアの計画を突きとめたい。それともシンシアには他意もなく、トムをただちょっと困らせているだけなのか。

ピカデリー近くのパブで昼食をとり、タクシーでエド・バンバリーのアパートメントへ帰った。贈り物の部屋着が入った大きなビニール袋を、エドのベッドの上に置いた。無造作に、カードも添えなかったが、シンプソンの袋は立派だからいいか、とトムは思った。借りている書斎に戻り、自分の部屋着を背のまっすぐな椅子にかけて、電話帳を探した。エドの仕事机のそばで見つけだし、グラッドナー、シンシア・Lを調べると、シンシアの番号があった。

腕時計を見て――二時十五分前――ダイヤルをまわした。

呼び出し音が三回鳴ったあと、録音されたシンシアの声が応答した。トムは鉛筆を手にした。ただいま仕事中なので、次の番号にお電話ください、とシンシアの声が言った。

その番号に電話をすると、女性の声が出て、何やらヴァーノン・マッカレン代理店などと告げられたので、ミス・グラッドナーをお願いできますかと尋ねた。

ミス・グラッドナーに替わった。「もしもし？」

「もしもし、シンシア。トム・リプリーです」トムは言った。やや低く、真剣な声を出した。「二、三日、ロンドンにいるんだ——もうすぐまた帰るんだけどね。もしよければ——」

「どうして電話なんてしてきたの？」彼女は言った。はやくも気色ばんでいる。

「ぜひ会いたいんだ」トムは冷静に言った。「話を聞いてほしい、ぼくにいい考えがある——きみにも、われわれ全員にとっても、関心のあることだと思う」

「われわれ全員？」

「ご存じでしょう——」トムは姿勢を正した。「きっとご存じのはずです。シンシア、十分でいい、時間をください。場所はどこだっていい——レストランでも喫茶店でも——」

「喫茶店！」ほとんど甲高い声に近かったが、なんとか抑えきったのだろう。

シンシアが感情を抑えきれないことはない。トムは固い姿勢を崩さずに続けた。「そうだ、シンシア、どこでもいい。場所を決めてくれたら——」

「これはどういう風の吹きまわし？」

トムは微笑んだ。「考えがある——多くの問題が解決できるかもしれない——不愉快な状況がね」

「会いたくないの、ミスター・リプリー」彼女は電話を切った。

拒絶の意味についてトムはしばらく考えこみながら、エドの仕事部屋を歩きまわり、煙草(たば)

草に火をつけた。

走り書きの番号にダイヤルし、また代理店の者が出ると、正確な社名を確認し、住所を訊いた。「事務所は何時まで開いていますか？」

「ええと――五時半ぐらいですね」

「ありがとう」トムは言った。

その日の午後、五時五分ごろから、トムはキングス・ロードにあるヴァーノン・マッカレンの事務所が入った建物の玄関の外で待ち伏せをした。新しめの灰色のビルで、一階受付の壁にある入居社名一覧を見ると、十二の企業が入っていた。薄茶色のまっすぐな髪、やや背の高い、細めの女性が出てこないかと見張っていた。待ち伏せされているとは思っていないだろう。それとも、予期しているか？　トムはずいぶん待った。五時四十分までに、たぶん十五回は腕時計を確かめた。飽き飽きしながら、おもに退出してくる男女の顔に視線をさまよわせていた。疲れた様子の者もいれば、一日の仕事を終えた解放感に、笑いながら会話をはずませている者もいる。

トムは煙草に火をつけた。張り込み中、最初の一本だ。まもなく吸えなくなる状況で火をつけた煙草は、たとえば待っていたバスが来るように、しばしば事態を招き寄せる。トムは受付に足を踏み入れた。

「シンシア！」

エレベーターが四台あり、右奥の一台から、シンシア・グラッドナーが現われた。トムは煙草を落として、足で踏み消し、拾い上げると、砂の入った灰皿にぽいと投げ捨てた。

「シンシア」もう一度、声をかけた。最初の声は聞こえなかったようだ。

彼女は不意に足をとめた。まっすぐな髪が両脇ですこし揺れた。唇はトムの記憶より薄く、まっすぐだ。「会いたくないって、言ったでしょ、トム。なぜこんなふうにわたしを困らせるの？」

「困らせるつもりはない。その反対だ。ほんの五分でいい——」トムは口ごもった。「どこかで座って話せないかな？」近くにパブがあることに思いあたった。

「無理。結構よ。そんなに大事な用ってなんなの？」敵意を浮かべた灰色の目でトムを一瞥し、顔をそむけた。

「バーナードに関することなんだ。きっと——きみも関心があるんじゃないかな」

「え？」彼女は囁くような声で言った。「あの人に関するって何？　あなた、また嫌なことを考えているのね」

「まさか、その反対だよ」トムはそう言って、頭を振った。考えていたのは、デイヴィッド・プリチャードのことだ。プリチャード以上に嫌なことが、考えたくないことが、ほかにあるか？　いま現在、トムにはない。また下を向くと、シンシアの踵の低い黒の上靴とイタリア風の黒のストッキングが目に入った。シックだが、近づきがたい印象だ。「ぼくが考えているのは、デイヴィッド・プリチャードのことだ。あの男はバーナードに少なからず傷を与える可能性がある」

「なんなの？　何が言いたいの？」シンシアは背後の通行人に押された。

トムは彼女を支えようと手を差し出したが、シンシアはトムから跳びのいた。「こんなところで立ち話はまずい」トムが言った。「つまり、プリチャードは誰に対してもよからぬことを考える男なんだ。きみにも、バーナードにも、――」

「バーナードは亡くなっている」シンシアがそう言い、トムは「ぼくにも」と言えなくなった。「もう被害なら受けた」あなたのせいでね、とまで、彼女は言いたかっただろう。

「すべて終わったわけじゃない。ないかな？　その角を曲がったところにパブがある！」トムは丁寧ながら強硬な態度でなんとか押し切ろうとした。

シンシアはため息をついて応じ、ふたりは角を曲がった。パブはそれほど大きくなく、店内はさほど騒がしくなかった。小さな円テーブルが空いていた。注文をとりにこようと無視されようと、トムにはどうでもよかった。シンシアもきっとそうだろう。

「プリチャードは何を企んでいるんだ？」トムが訊いた。「覗きやストーカーまがいの行為ですむわけがない。それに、あれは絶対、奥さんに対してサディストなんじゃないか？」

「でも、人殺しじゃないわね」

「ほお？　それを聞いて安心したよ。デイヴィッド・プリチャードには手紙を書いてるの、それとも電話？」

シンシアは深く息を吐いて、まばたきした。「あなた、バーナードのことで話があるんじゃなかった?」

シンシア・グラッドナーはプリチャードとかなり密に連絡をとっている、とトムは思った。だがおそらく、彼女は賢明だから何も書き残してはいないだろう。「ある。ふたつのことで。だがその前に、どうしてきみは、プリチャードのような最悪の男に肩入れしているんだ? あの男は頭がおかしい!」トムは自信たっぷりに微笑んだ。

シンシアはゆっくり口を開いた。「プリチャードの話なんてしたくない――ついでに言っておくけど、わたしは見たことも会ったこともない」

「じゃあ、どうして名前を知っているの?」トムはやわらかい物腰で尋ねた。

ふたたび息を吐いた。シンシアはちらりとテーブルの上に視線を落とし、またこちらに目を向けた。その顔は一気に痩せて老けこんだように見えた。もう四十歳ぐらいか、とトムは思った。

「その質問には答えたくない」シンシアが言った。「はっきり話してくれない? バーナードに関すること、あなた、そう言ったでしょ」

「ああ。彼の作品のことだ。ぼくはプリチャードとその妻に会っている。いまふたりはフランスにいて、うちのご近所なんだ。知っていると思うけど。プリチャードがマーチソンの名前を出してきた――あの男だよ、贋作疑惑を強硬に主張した」

「そして、なぜか行方不明になった」とシンシアが言った。いまは話に耳を傾けている。

「そう。オルリー空港で」

彼女はやや皮肉っぽく微笑んだ。「予約とは別の飛行機に乗ったの？　どこへ向かったの？　それっきり奥さんには一切の連絡を断ったわけ？」彼女は間を置いた。「もうやめてよ、トム。あなたがマーチソンを殺したことはわかってるの。彼の旅行鞄をオルリー空港まで運んだのは、あなたでしょ――」

トムは落ち着きを失わない。「うちの家政婦に訊いてみてよ、あの日、ぼくたちが家を出るのを見ているんだ――マーチソンとぼくのふたりで出かけるのをね。オルリー空港へ向かったんだ」

そう言われては、おそらくシンシアもとっさに反論することはできないはずだ。

トムは立ち上がった。「飲みものは何がいい？」

「薄切りレモンを添えたデュボネをお願い」

トムはバーカウンターまで行き、シンシアの分と、自分にはジントニックを注文した。

およそ三分後には会計を済ませ、飲みものを受け取れた。

「オルリー空港の話に戻るが」トムは腰をおろして続けた。「ぼくは舗道でマーチソンを降ろした。はっきりおぼえている。駐車はしなかった。別れの杯を交わしたりすることもなく」

「その話は信じられない」

だが、トム自身はその話を信じていた。ともかくいまは。はっきりした証拠でも突きつけられない限り、信じつづけるつもりだ。「マーチソンが奥さんとどんな状態だったのか、きみにわかるのか？　ぼくがわかるわけない」

「マーチソン夫人はあなたに会いにきたかと思いますけど」シンシアはにっこりと言った。

「来たよ。ヴィルペルスまで。うちで一緒にお茶をした」

「そのとき、夫婦関係がうまくいってなかったことについて、何か聞いてるんじゃない？」

「いや。でもなぜ彼女がそんな話をする必要がある？　ぼくに会いにきたのは、マーチソンと最後に会ったのが、ぼくだからなんだ――わかっている限りはね」

「そうよ」シンシアはしたり顔で言った。トムの知らない何かを知っているかのような態度だ。

もし本当にそうなら、何を知っている？　彼は待ったが、シンシアは口を閉ざしたままだ。トムが口を開いた。「マーチソン夫人は、やろうと思えば、贋作の問題を蒸しかえすことだってできたはずだ。いつだって。だけど、ぼくと会ったとき、彼女ははっきり言ったんだ、近年のダーワットが贋作だという夫の推論だか仮説については、よくわからないって」

シンシアはハンドバッグからフィルターつき煙草の箱を取り出し、本数を控えているかのように、そっと一本抜いた。

トムはライターを差し出した。「マーチソン夫人から何か聞いてるの？　住まいはたしか、ロング・アイランドだったよね？」

「ちがう」シンシアはかすかに頭を振った。静かな態度のまま、無関心を装っている。シンシアからは、マーチソン夫人の住所を尋ねてきたフランス警察の電話をトムと結びつけて考えている様子はまったく窺えない。ひょっとしてシンシアは芝居がうまいのか？

「ぼくが尋ねたのは」トムは続けた。「その理由は――きみは気づいていないかもしれないから言うが――プリチャードがマーチソンのことで騒ぎを起こそうとしているからだ。プリチャードはとりわけぼくに対して恨みを抱いている。妙な話だよ。あの男は絵のことなど欠片もわからない。どう見ても芸術に無頓着だ――奴の家の家具や壁の絵を見るがいい！」トムは苦笑した。「あの男の家に飲みに行ったんだ。なごやかな雰囲気とは言い難かったが」

シンシアはトムの期待どおり、かすかに嬉しそうな笑みを示した。「あなた、何を心配しているの？」

トムは楽しそうな表情を崩さなかった。「心配しているんじゃない、苛立たしいんだ。日曜の朝、外からわが家の写真を何枚も撮りにきたりするんだよ。他人に無断でそんなことされて、嬉しい？　なぜあの男はわが家の写真を撮りたいんだ？」

シンシアは無言のまま、デュボネをひと口すすった。

「ぼくを陥れるゲームにプリチャードをけしかけているのは、きみでしょ？」トムは尋ねた。

そのとき、トムの背後のテーブルで、どっと弾けるような笑いが起こった。

トムはびくっとしたが、シンシアは平然として、ものうげに片手で髪をかきあげた。すこし白髪が認められた。トムは彼女のアパートメントを想像しようとした――モダンでありながら、古い本棚やキルト布団など、たぶん実家から持ちこんだものが家庭的なアクセントを添えている。シンシアの服装は地味だが、よく似合っている。いま幸せかどうか、あえて聞かなかった。冷笑されるか、グラスを投げつけられるかだろう。部屋の壁には、バーナード・タフツの絵かデッサンが飾られているだろうか？

「ねえ、トム、わたしが知らないとでも思っているの？　あなたがマーチソンを殺した、そして、なんとか――処分した。もうひとつ、ザルツブルクの崖から飛びおりたのは、バーナード。そして、あの人の遺体か遺骨をダーワットだと偽って押し通した」

トムは言葉がなかった。すくなくともしばらく、彼女の激しさに直面して言葉を失った。

「バーナードはこのくだらないゲームのせいで死んだ」彼女はなおも言った。「あなたの考えだしたこと、贋作のせいでね。あなたはあの人の人生を台なしにした――およそわたしの人生もね。でもあなたは、ダーワットのサイン入りの絵さえ生まれつづければ、よかったんでしょ？」

トムは煙草に火をつけた。カウンターに立つ男が、ふざけて真鍮（しんちゅう）の足掛けに踵（かかと）をがんがん叩（たた）きつけ、笑い声までたてて、うるささに拍車をかけている。「ぼくはバーナードに絵を描くよう、描きつづけるよう、強制したことは一度もない」人に聞かれる恐れはなかったが、トムは声を低めた。「強制したくたって、バーナードはぼくの言うことなんて聞かないし、誰の言うことも聞かなかったよ、それくらいわかってるだろう。ぼくは贋作の提案をしたとき、バーナードをほとんど知らなかった。描けそうな人間を誰か知らないかってエドとジェフに訊いたんだ」本当にそうだったか、バーナードに直接話をしなかったのか、自信がなかった。バーナードの絵を、トムは当時ほとんど見たことがなかったが、ダーワット・スタイルとがらりと異なる異質なものではなかった。トムは続けた。「そもそもバーナードはエドとジェフの友人だった」

「でも、あなたがそそのかした——何もかも。あなたがもてはやした！」

　トムは苛立たしかった。シンシアの話は、部分的にしか正しくない。頭に血がのぼった女性の領域に足を踏み入れてしまった。トムはひるんだ。もはや誰の手にも負えない。

「バーナードは、やめたかったら、いつでもダーワットの贋作づくりをやめることができたんだ。彼はダーワットを芸術家として愛していた。バーナードの個人的な事情——彼のダーワットへの思いを、何よりも忘れてはならない。正直言って、バーナードのやることには、誰にも手出しできなくなってしまった——彼がダーワット・スタイルを模倣しはじめて早々にね」トムは確信を込めて言った。「誰にもバーナードを止めることはできなかった」もちろんシンシアだってできなかった、とトムは思った。彼女はバーナードの贋作を最初から知っていた。バーナードとはきわめて親密な間柄で、ともにロンドンに住み、結婚する気でいたのだから。

　シンシアは無言のまま、煙草を吸っている。一瞬、その頬が死者か病人のようにげっそりこけて見えた。

トムは下を向いて、ジントニックを見た。「ぼくたちはたがいに憎み合っている、それはわかっているよ、シンシア。だから、きみにとってはぼくがどれだけプリチャードに悩まされようと、知ったことではないだろう。だが、あの男はバーナードのことまで持ちだそうとしているんじゃないか?」ふたたびトムは声をひそめた。「ただぼくを攻撃したいがために――そんなやり方は、許せない!」

シンシアはじっと彼に目を凝らしていた。「バーナードのことを? まさか。これまでバーナードについて、何か言った人がいる? いまごろ、あの人のことを持ちだしてどうするの? マーチソンだってあの人のこと、知ってたのかしら? 名前も知らなかったと思うけど。それに、知ってたとして、どうなるの? マーチソンはもういない。プリチャードがバーナードの話をしたの?」

「ぼくには何も」トムは言った。話はもう終わり、というように、シンシアはグラスに残った赤い液体を最後の一滴まで飲みほした。「もう一杯飲む?」トムは空(から)のグラスを見て、そう尋ねた。「きみが飲むなら、ぼくも」

「いいえ、結構よ」

考えるんだ、急いで。気の毒に、シンシアは、バーナード・タフツの名前が贋作と絡んで言及されたことは一度もないと思いこんでいる――そう信じきっている。これ以上、贋作の件に首を突っこむなとマーチソンに説得を試みたとき、トムはバーナードの名前を口にしていた（そう記憶している）。だが、シンシアの言うとおり、マーチソンはもういない。説得に失敗した直後に、トムが殺した。バーナードの名前がこれまで新聞に出たことはないが、シンシアはバーナードの名前に傷がつかないよう願っている――トムはそう思っていた。彼女のその願いに訴えかけようとしたが、ほとんど失敗だ。まだだ、トムは試みた。

「きみもバーナードの名前を出されたくないだろう、でも――頭のおかしいプリチャードを放っておいたら、いずれ誰かからその名前を聞きつける」

「誰が言うの？」シンシアが訊いた。「あなた？　ふざけてるの？」

「まさか！」自分の言葉がシンシアには脅迫と受け取られてしまった。「ありえない」トムは真剣に言った。「それどころか、ぜんぜん別の話で――もっと適切な考えが頭に浮かんだんだ、バーナードの名前がダーワットの絵と結びつくことになったらと考えてるうちにね」トムは下唇を噛(か)み、粗末なガラスの灰皿を見おろした。いまと同じように陰鬱(いんうつ)な会話をフォンテーヌブローでジャニス・プリチャードとしたときのことを思い出した。あのときの灰皿には、見知らぬ客の吸い殻が残っていた。

「それは、どんな？」シンシアはハンドバッグを手にして、背筋を伸ばし、席を立とうとしている。

「つまり――バーナードは長年のうちに――六、七年？――成長し、向上した――ある意味、ダーワットその人になった」

「前にもそんなこと言ってなかった？　それとも、あなたが言ったことを、ジェフがそのままわたしに言ったのかしら？」シンシアはなんの関心も示さない。

トムはなおも続けた。「もっと重要なことだが——ダーワットの後期半分、あるいはそれ以上が、バーナード・タフツが描いた絵であると世に知られたら、どんな大惨事になるだろう？　バーナードの作品は絵として劣るのか？　優れた贋作には価値があると言いたいんじゃない——昨今、そんなニュースもあって、流行りだし、新たな商売にもなってるけどね。ぼくが言いたいのは、バーナードはダーワットが成長した画家だった、ということだ——つまり、ダーワットがそのまま描きつづけた姿なんだ」

シンシアはいらいらと身じろぎし、いまにも立とうとしている。「一生、わからないかもね——あなたも、エドとジェフもわかっていない——バーナードほど、自分の手で自分を不幸にした人はいない。わたしたちの仲まで壊してしまった。わたしは——」彼女は頭を振った。

トムの背後のテーブルがまたどよめき、派手に笑い声が響きわたった。バーナードは〝贋作〟を描いていたときでさえ、自分の創りあげる作品を愛し、大切にしていた、そのことをあと三十秒で、どうすればシンシアにわかってもらえるだろう？　シンシアが嫌悪していたのは、ダーワット・スタイルを模倣しようとしたバーナードの不誠実さだ。

「芸術家にはそれぞれの運命がある」トムは言った。「バーナードにはバーナードの運命が。ぼくは全力で——彼に生きつづけてもらおうとした。知ってのように、彼はうちに来て、ふたりで話し合った——そのあと、ザルツブルクへ行ってしまった。バーナードは最後には混乱しきっていて、どういうわけか、ダーワットを裏切ってしまったと思いこんでいた」トムは唇を湿して、グラスの残りを一気に飲んだ。「ぼくは言ったんだ、『わかった、バーナード、贋作はもうやめるんだ。鬱（うつ）を治そう』って。バーナードがもう一度きみと話して、きみたちが昔のように戻るよう、ぼくはずっと願って——」トムは口をつぐんだ。

シンシアはトムを見つめたまま、薄い唇を開いた。「トム、あなたって最悪の人ね、はじめてよ、あなたみたいな人——もし、そうやって他人に気に入られようと思っているのならね。たぶん、思っているんでしょ」

「ちがう」トムは立ち上がった。シンシアが腰をあげ、ハンドバッグのストラップを肩にかけたからだ。

トムはシンシアのあとについて外に出た。彼女が早く別れたがっていることはわかっていた。電話帳の住所からして、彼女がアパートメントにまっすぐ帰るとすれば、ここから歩いていける距離だ。トムに玄関までついてこられたくないだろう。彼女は独り暮らしのようだ。

「さよなら、トム。ごちそうさま」店の外で、シンシアが言った。

「こちらこそ」トムは応じた。

すると突然、トムはひとり、キングスロードに向かって佇（たたず）んでいた。もう一度振りかえり、ベージュのセーターを着たシンシアの背の高い後ろ姿が舗道の人込みにまぎれて消えていくのを眺めた。どうしてもっといろいろ訊かなかったのだろう？　彼女はプリチャードをけしかけて、何をしたいのだろう？　プリチャード夫妻に電話をかけたのかと、なぜはっきり訊かなかったのだろう？　シンシアは答えてくれないと思ったからだ。訊いてもよかったはずだ、マーチソン夫人に会ったことがあるのか？　と。

13

数分かけてタクシーをつかまえると、コヴェント・ガーデンへ向かってくださいと運転手に言って、エドの住所を告げた。腕時計は七時二十二分。トムの視線は店の看板から屋上へ、鳩へ、革紐（かわひも）につながれたダックスフントが横断するキングスロードへと流れる。タクシーは道を曲がり、進行方向を変えて走っていく。トムは考えをめぐらせていた。もしシンシアにプリチャードとよく連絡をとりあっているのか尋ねていたら、猫のような笑みを浮かべて、こう答えただろう。「まさか。なんの必要があって？」

すなわち、プリチャードのような人物は必要以上に焚（た）きつけずとも、勝手に動きつづけるということではないか。すでにシンシアはプリチャードに何ごとか吹きこんでいたが、それというのもあの男がトム・リプリーのことを本気で憎んでいたからだ。

アパートメントに着くと、嬉（うれ）しいことに、ジェフとエドがふたりともいた。

「やあ、おかえり」エドが言った。「何をしてたんだい？　あんなすばらしい部屋着を買ってくれたのは拝見した。ジェフにも自慢したよ」

「ああ——今朝、バックマスター画廊に立ち寄って、ニックと話したよ。ますます気に入ったね」

「いい男だろう？」エドがイギリス人らしく、やや冷ややかに言った。

「ところで、エド、留守電にぼく宛てのメッセージはなかった？　ほら、エロイーズにこの番号を教えてあるから」

「なかったね。四時半ごろに帰ってきたとき、確認した」エドが答えた。「いまエロイーズにかけてみたければ——」

トムは微笑んだ。「カサブランカへ？　この時間に？」しかし、メクネスや、たぶんその次のマラケシュのことを思うと、いささか心配だった。いずれも内陸の街で、砂漠や遠い地平線、人間が沈んでしまいそうな軟らかい大地を易々と歩むラクダのイメージが想起され、トムは砂地獄が秘める禍々しい力を連想した。思わずまばたきした。「今夜遅くに、もう一度かけてみようかな、かまわないかな、エド」

「自分の家だと思ってくれ！」エドが言った。「ジントニックでいい、トム？」

「ぜひ。ありがとう。今日、シンシアと会ったよ」目に見えてジェフが関心を示した。

「どこで？　どうやって？」ジェフはそう尋ねて、声をたてて笑った。

「彼女の仕事先のビルの外で待ち伏せをしたんだ。六時に」トムが言った。「手こずったけど、なんとか説得して、近場のパブで一杯付き合ってもらった」

「ほんとに！」エドは驚きを隠さなかった。

トムはエドに示された肘掛け椅子に腰をおろした。ジェフはすこしたるんだカウチに座ってくつろいでいた。「相変わらずだったよ。彼女、かなりむっとしてた。だが――」

「まあ、落ち着いて、トム」エドが言った。「すぐ戻る」彼はキッチンへ行き、レモンのスライスを入れた氷ぬきのジントニックを手にして、実際すぐ戻ってきた。

その間に、ジェフから質問を受けた。「彼女は結婚している――と思う？」彼は真剣だったが、シンシアがトムに訊かれても答えてくれそうにないことは、ジェフにもわかっているようだ。

「してないと思う。根拠はないけど」トムはそう言って、グラスを受け取った。「ありがとう、エド。ところで、これはどうやらぼくの問題であって、きみたちはどちらも無関係で、バックマスター画廊も――ダーワットも関係ないようだ」トムはグラスをかかげた。

「乾杯」

「乾杯」ふたりともトムに倣った。

「問題というのはつまり、シンシアがプリチャードにメッセージを与えたことだ――ところで、彼女の話では、プリチャードとじかに会ったことは一度もないそうだ――そのメッセージとは、マーチソンの一件を調べてみろ、というものだ。ぼくの問題というのは、そういう意味なんだ」トムは顔をゆがめた。「プリチャードはまだわが家の近所にいる。とにかくいま現在も、あの男の妻は近所にいる」

「だが実際の問題として、その男に——妻でもいいが、何ができるんだ？」ジェフが訊いた。

トムが言った。「ぼくへの嫌がらせ。シンシアに取り入る。マーチソンの死体を発見。どうかな！　だが——ともかくシンシアに、贋作の秘密を漏らす気はないようだ」トムはひと口すすった。

「プリチャードはバーナードのことを知っているのかな？」ジェフが訊いた。

「知らないだろう」トムが答えた。「シンシアは、『これまでバーナードについて、何か言った人がいる？』と言っていた。つまり、誰も何も言っていないんだ。彼女はバーナードをずっと守ろうとしてきた——ありがたいことだし、われわれ全員にとって幸運だった！」トムは座り心地のいい椅子にもたれた。「それどころか——ぼくは今度もまた無理を通そうとした」マーチソンに対してやったようにやろうとしたが、失敗したんだ、とトムは思った。「ぼくはいたって真剣に、シンシアに訊いたんだ、バーナードの作品は最後には、ダーワットが生きていたら描いただろう作品とくらべても遜色ないか、それ以上だったのではないか？　ってね。しかもダーワットと同じ作風の絵だ。もしダーワットの名前がタフツに塗り替えられることになったら、どんな恐ろしい事態になる？」

「うーん」ジェフはそう言って、額をこすった。

「ぼくにはわからないな」エドは言った。腕を組んで、ジェフの座るソファの端に立っている。「絵の値段については、わからない——だが、絵の質についてなら——」

「どっちの名前でも同じ作品に変わりないはずだが、現実はちがう」ジェフはエドを一瞥して、一笑に付した。

「そのとおりだ」エドが認めた。「シンシアとこの話をしたのか？」彼はいくらか心配そうに訊いた。

「まあ、軽くね」トムが言った。「ほかにもすこし、答えのない疑問をぶつけてみた。シンシアが何かする気なら、こっちからその攻撃の矛先を鈍らそうと思ったんだ。でも、実際には何もしてこなかった。シンシアに言われたよ、バーナードはぼくに人生を台なしにされた、彼女の人生も台なしにされたも同然だって。そのとおりだろうね」トムは額をこすって、立ち上がった。「手を洗ってきてもいいかな？」

トムは借りている書斎部屋とエドの寝室の間にある浴室へ行った。彼はエロイーズのことを考えていた。いまごろ何をしているだろう。プリチャードは彼女とノエルを追って、カサブランカまで行っただろうか。

「トム、ほかに何か脅迫を——シンシアからされなかったかな？」トムが戻ってくると、エドはおだやかな声で訊いた。「脅かしめいたこととか？」

エドは話しながら、ほとんど顔をしかめていた。エドにとってシンシアは手に負えない相手だったのだろう、とトムは思った。ときにシンシアは人に居心地の悪い思いをさせる。他人にどう思われようと、何をされようと、決して動揺することなく、どこか超然とした態度でいるからだ。もちろん、トムやバックマスター画廊の仲間のことは、あからさまに軽蔑していた。だがそれでも、シンシアがバーナードの贋作をやめさせられなかったことに変わりはない。おそらく、やめるよう説得をしただろうが。

「いや、そうしたことは何も言ってなかったと思う」トムはようやく言った。「ぼくがプリチャードに悩まされているのを知って、彼女は喜んでたよ。何かできることがあれば、あの男を手助けするつもりだろう」

「シンシアはその男と話をしているのか?」とジェフが訊いた。

「電話で?　さあね」トムは言った。「たぶん、しているだろう。シンシアの番号は電話帳に載っているから、プリチャードがかけようと思えば、簡単にかけられる」シンシアに贋作を暴露する意志がないのなら、それ以外に、シンシアがプリチャードに教えられる重大なことなど、あるだろうか、とトムは考えていた。「たぶん、シンシアはわれわれを――われわれ全員を――悩ませたいのさ。彼女はいつだって好きなときに、秘密を漏らそうと思えば漏らせるんだ」

「だけど、きみの話では、シンシアにその気はないんじゃないか」

「ないね。だがそれでも、シンシアのわれわれへの気持ちは変わらない」とトムは言った。

「変わらないね」エドがおうむ返しに言った。「公表された場合を考えないと」彼は物思いにふける様子で、静かに言った。真剣な口調だった。

エドが言う公表とは、シンシアにとって好ましくないものか、あるいはバーナード・タフツや画廊にとって好ましくないものか、それとも三者にとってなのか?　とにかく、そうなったら恐ろしい、とトムは思った。とくに、カンバス解析による立証は不可能だが、作品の出処記録がないのは致命的だ。ダーワット、マーチソン、加えてバーナード・タフツの三人の行方不明がいまだ充分には原因究明されていない事実も、重みをもってくるだろう。

ジェフはがっしりした顎をあげて、満面の笑みを浮かべた。トムが久しぶりに目にする、あの人なつこい笑顔だ。「おれたちは贋作について何も知らなかった、それを事実として証明できない限りはね」もちろん不可能だと言わんばかりに、笑いながら言った。

「そう、われわれはバーナード・タフツの友人ではない、タフツがバックマスター画廊に来たことは一度もない、と証明できない限りは」エドが言った。「実際、画廊にはまったく来たことなかったな」

「ぜんぶバーナードの責任にすればいいさ」ジェフが言った。真剣な口調になっていたが、笑顔のままだ。

「辻褄があわないな」と言いながら、トムはジェフの言葉についてじっくり考えた。そして、グラスを飲みほした。「考えてみたら、バーナードに責任を丸投げしたら、われわれの喉元はシンシアの爪で引き裂かれるね。思っただけでも、ぞっとする!」トムは大声で笑った。

「もっともだ!」とエド・バンバリーが言った。ブラックユーモアに、にっこり笑っている。「だが、たしかにもっともだが——彼女はぼくたちが嘘をついてると証明できるだろうか？　もし、バーナードが作品を送っていたのが、メキシコからではなくて、ロンドンのアトリエからであることが――」

「わざわざメキシコから送ってきていたんじゃないか、荷札で信じさせるために？」とジェフが言った。顔を輝かせて、空想を楽しんでいる。

「絵のために」トムが言葉をはさんだ。「バーナードはわざわざ中国から送っていたのかもね！　相棒の特別な手助けもあって」

「相棒か！」ジェフが人差し指を立てて言った。「それだ！　その相棒が犯人だ。おれたちにそいつを見つけだすことはできないし、シンシアにだって！　アハハ！」

　彼らはふたたびばか笑いした。ほっとしたのだ。

「ばかげているな」と言って、トムは両脚を前に投げだした。ことによると、友人たちは、みんなで遊ぶ〝思いつき〟をボールのようにトムにトスして、そうすることで、三人全員とバックマスター画廊がシンシアのそれとない脅しや過去に犯したすべての罪から自由になる手段を見つけだそうとしているのか？　もしそうであっても、相棒説は現実的ではない。実はトムが考えているのは、またエロイーズのことであり、ロンドン滞在中にマーチソン夫人に電話してみることだった。マーチソン夫人にどう尋ねたらいいだろう？　論理的で、もっともらしい質問でなければならない。トム・リプリーとして訊くのがいいか、あるいはシンシアを相手にうまくやったように、フランス警察として訊くのがいいか？　シンシアはすでにマーチソン夫人に電話して、フランス警察から夫人の住所を訊かれたことを伝えただろうか？　伝えていないだろう、とトムは思った。マーチソン夫人を騙(だま)すのはシンシアよりも簡単だが、用心するに越したことはない。驕(おご)れるもの久しからずだ。お節介屋のプリチャードは、最近あるいは過去に、マーチソン夫人と電話で話したことがあるのか、知りたかった。そのことの確認がおもな目的であっても、夫の捜索のために夫人の住所と電話番号を確かめるという口実で電話をかけることはできる。いや、なんらかの質問は持ちかけるべきだろう。マダムはムッシュー・プリーチャードがいまどこにいるのかご存じでしょうか、というのも、われわれは彼の消息を北アフリカで見失っておりまして。ご主人の捜索にあたってムッシュー・プリーチャードはわれわれ警察に協力してくれているのですよ。

「トム？」ジェフはトムのほうに一歩進みでて、ピスタチオの器を差し出した。

「ありがとう。いただくよ。好物なんだ」とトムが言った。

「好きなだけ食べてよ、トム」エドが言った。「これは殻を捨てる屑籠(くずかご)だ」

「いま考えていたんだが」トムが言った。「シンシアのことで、はっきりしていることがある」

「なんだい？」とジェフが訊いた。

「シンシアはふた股をかけることはできないんだ。彼女が、プリチャードでも同じだが、われわれをなぶるために『マーチソンはどこにいるの？』と訊いてくる気なら、われわれにマーチソンを排除すべき動機があったことを認めなければならない。すなわち、贋作の件で口封じをされたということを。シンシアがこのまま続ける気ならば、バーナードが贋作していた事実を暴露するしかない。一方で彼女は、バーナードを何ものにも曝（さら）されたくない、そっとしておいてほしいと願っているはずだ。ましてや、搾取されたくなかっただろうね」

　ふたりはしばらく黙りこんだ。

「シンシアだって、バーナードが変わり者だったことくらいわかってるさ。そんなバーナードとその才能をわれわれは搾取した。認めるよ」トムは思慮深げに言った。「バーナードが生きていたら、シンシアは結婚したのかな？」

「したね」エドがうなずいて言った。「そう思う。彼女はああ見えて、おっかさんタイプなんだ」

「おっかさん！」カウチの上で、ジェフが笑いだし、両足を床から浮かせた。「シンシアが！」

「女はみんなそうだ、そう思わないか？」エドが真面目に言った。「ふたりは結婚したと思うね。それもあって、シンシアはあんなに怒っているんだ」

「腹はすいてないか？」とジェフが訊いた。

「ああ——すいてる」エドが答えた。「いい店があるよ——いや、あれはイズリントン区か。この近くに、別のいい店がある。昨夜（ゆうべ）とはちがうところだ、トム」

「ぼくはマーチソン夫人に電話をしておきたい」トムはそう言って、椅子から立ち上がった。「相手はニューヨークだからね。いい時間じゃないかな、昼食でうちにいてくれるかも」

「そうしてよ」エドが言った。「リビングルームの電話を使う? それとも、ここがい
い?」

トムは眉をひそめて多少苛立っていて、ひとりにさせてくれ、と言わんばかりの態度に、ジェフとエドの目には映っているのだろう。「リビングルームがいいね」

エドが身ぶりでうながし、トムは小さな手帳を取り出した。

「自由に使ってくれ」エドはそう言って、電話機のそばに椅子を置いた。

トムは立ったままでいた。マンハッタンの番号をダイヤルし、フランス警察としての開口一番の台詞を声を出さずに頭のなかで練習した。エドゥアール・ビルソー、警視、パリ——彼はマーチソン夫人の住所と電話番号の下に、そのありふれた名前を忘れないようにメモしておいたのだ。今度は、あまり訛りを強調せずに、モーリス・シュヴァリエ(フランス人の歌手・俳優)風の話し方にしよう。

あいにくマーチソン夫人は留守だったが、すぐお帰りになる予定です、と女性の声が言った。使用人か清掃婦だろうかと思ったが、はっきりしないため、念のためフランス人訛りをそのまま続けた。

「どうかお伝えいただけませんか、わたしは——ビルソー警視で——いやいや、メモしなくて結構です——あらためて電話します——今夜——か、明日にでも……ありがとう、マ

ダム」
トーマス・マーチソンの件で電話をしたと話す必要はない。マーチソン夫人には見当がつくだろう。夫人はすぐに帰ってくるとのことだから、今夜またあとで試そう、とトムは思った。

電話をかけても、マーチソン夫人に何を尋ねればいいのか、トムは決めかねていた。デイヴィッド・プリチャードから連絡がありましたか、これはもちろん訊くべきだろう、いまこの瞬間、フランス警察はプリチャードと音信不通になっているのだから。こう訊いたら、「いえ、なんの連絡もありませんよ」と言われることは充分に予想できる。だがそれでも、何か質問するか、何か伝えるかすべきだろう。頻繁にではないと思うが、マーチソン夫人とシンシアは連絡をとりあっているはずだ。エドの仕事部屋に戻るや、机上の電話が鳴った。

エドが電話に出た。「ああ――はい！　ウイ！　お待ちください。トム！　エロイーズだ！」

「わあ！」と言って、トムは受話器を手にとった。「もしもし！」

「もしもし（アロー）、トム！」

「いま、どこ？」

「カサブランカよ。とても爽やかで――すてきなところ！　それで――そっちはどう？　あのムッシュー・プリーチャードが帰ってきてない？　あたしたちは今日の午後、ここに着いたんだけど――あの人、その直後にここに来たみたいなの。きっとあたしたちのホテルも知られてると思う。だって――」

「あの男は同じホテルなのか？　ミラマーレ？」トムは訊いた。やり場のない怒りに駆られ、受話器を握りしめた。

「ここにはいない！　だけどあの人――ここを覗きにきたのよ。あたしたち、ノエルもあたしも、見られてる。でも、あなたが一緒じゃなかったから、いまごろ捜しまわってると思う。それでね、トム――」

「なに？」

「それが六時間前のことなの！　ノエルと一緒に捜してみたの。ホテルもふたつ、電話してみたけど、どっちにも泊まってなかった。あなたが一緒にいないのを見て、ここを発ったんじゃないかと思う」

トムは険しい顔のままだ。「どうだろう。何か根拠があるの？」

カチリと電話が切れたような音がした。悪意ある手に電話を切られたかのように。トムは深く息を吸い、口から出そうになる悪態をぐっとこらえた。

やがて、エロイーズの声が聞こえてきた。平然と話している背後に、潮騒がする。「……いま夕方で、あの人の姿はどこにも見あたらない。それにしてもほんと、うんざりね、つけてくるなんて。やな奴！」

プリチャードはトムが帰国したものと考えて、いまごろはもうヴィルペルスに戻っているかもしれない、とトムは思った。「まだ用心すべきだ」トムは言った。「あのプリチャードだ、何を企んでいるかわからない。知らない人間には、どこで誘われようと絶対についていっちゃいけない。一緒に店に入ろうといった程度の誘いであっても。いいね？」

「ええ、あなた（ウイ・モン・シエール）。でも――昼間は外で、観光や買い物するし、革や真鍮（しんちゅう）の小物とか。心配しないで、トム。大丈夫！　ここは楽しいところよ。あのね（ヘイ）！　ノエルがちょっと話したいって」

　エロイーズの「ヘイ！」にはよく驚かされるが、今夜はその声も懐かしく、思わず微笑んだ。「もしもし、ノエル。カサブランカでは、楽しそうだね？」

「ああ、トム、すばらしいわよ！　カサブランカは三年ぶりだと思うけど、ここの港はよくおぼえてる――タンジールよりもいい港なの。ずっと大きくて……」

　潮騒に似た雑音が大きくなり、声がかき消された。「ノエル？」

「……あの怖い人もここ何時間か見てないし、ほっとしてるの」ノエルはフランス語で話しつづけていた。通話が途切れていたことにも、あきらかに気づいていない。

「プリチャードのことだね」トムが言った。

「そうよ（ウイ）、プリーチャード！　ほんとひどい（セ・アトロース）！　あの誘拐の話（セット・イストワール・ド・キドナッピング）！」

「そう（ウイ）、ひどいよね（イレ・アトロース）！」フランス語をそのまままくり返せば、デイヴィッド・プリチャードが全人類から嫌われた、監獄入りも当然の狂気の人間であると裏書きできるかのように、トムは受け答えた。だが悲しいかな、プリチャードはぬけぬけと娑婆にいる。「ノエル、ぼくはすぐに、明日、ヴィルペルスに帰るよ。プリチャードが戻っているかもしれないからね——どんな騒動を起こされるかわからない。明日また様子を訊きに電話してもいいかな?」

「もちろんよ。ねえ、お昼に? それならわたしたち、ここにいるはず」ノエルが言った。

「ぼくから連絡がなくても、心配しないでね。昼間は、電話がつながりにくいんだ」トムはミラマーレの電話番号を確かめた。手まわしよく、ノエルは番号を手近に控えていた。

「エロイーズのことはわかってるよね——危険があっても、気にもとめないような性格だから。いまは昼間に新聞を買いにいくときでさえ、ひとりでは外出してほしくないんだよ、ノエル」

「わかったわ、トム」ノエルは英語で言った。「ここでは、簡単に人を雇ってなんでもできちゃうものね!」

　考えるだけでも恐ろしいが、トムは感謝の気持ちを込めて言った。「そう! たとえプリチャードがフランスに戻っていたとしてもね」トムは下卑たフランス語で言った。「あんな男、引きずりだして」——あとの言葉は呑みこんだ——「村から出ていってほしいね」

　ノエルは笑った。「じゃあまた明日、トム!」

　トムはマーチソンの電話番号を書いた手帳をまた取り出した。プリチャードに対する怒りで、気持ちが煮えくりかえるのがわかった。受話器を手にして、ダイヤルをまわした。

マーチソン夫人が出た、トムはそう思った。

トムはまた名乗った。パリのエドゥアール・ビルソー警視です。マダム・マーチソンですか？　そうです。トムは警察管区と行政区も言える準備ができていたし、必要な場合に備えて、話もその場ででっちあげていた。うまく聞きだすことができれば、シンシアが今晩すでに、マーチソン夫人に電話をかけていたかについても知りたかった。

トムは咳ばらいして、甲高い声を出した。「マダム、行方不明のご主人に関わることです。いま、デイヴィッド・プリーチャードの所在がわからんのですよ。このところ連絡をとっていたんです——ところが、ムッシュー・プリーチャードはタンジェへ行ってしまいましてね——ご存じでしたか？」

「ええ、存じてますよ」マーチソン夫人はおだやかに答えた。このような上品な声だった、とトムは思い出した。「行くかもしれないと言っていました。ミスター・リプリーがそこへ行くから、と——たしか、奥様もご一緒でしたかと」

「ウイ。おっしゃるとおりです、マダム。ミスター・プリーチャードがタンジェに行かれてから、連絡はありましたか？」

「ありませんね」

「では、マダム・シンシア・グラッドナーからは？　彼女も連絡を差し上げてますかと思いますが？」

「ええ、最近のことですが——手紙やお電話をくださいます。でも、タンジールに行かれた方々のお話ではありません。そのことなら、お役に立てませんわ」

「そうですか。ありがとう、マダム」

「わたくしは、ミスター・プリチャードがタンジールで何をされているのかは存じません。警察が、行くように勧めたのですか？　つまり、フランス警察のお考えですか？」

頭のいかれたプリチャードの考えに決まってるだろ、とトムは思った。リプリーのあとを追う目的が、暗殺なんかじゃなく、嫌がらせだぞ。「いいえ、マダム、ムッシュー・プリーチャードのご判断で、ムッシュー・リプリーを追って北アフリカまで向かったのです。われわれの考えではありません。しかし、普段は、われわれとよく接触しています」

「でも――主人のことで、何かわかったんですか？　何か新しい事実でも？」

トムはため息をついた。ニューヨークを走る車のクラクションが二、三、聞こえた。マーチソン夫人のそばの窓が開いているのだろう。「マダム、残念ながら、報告できることは何もありません。だが、努力はしています。微妙な状況なんですよ、マダム、というのも、ムッシュー・リプリーの身辺を調べているのですが、ムッシュー・リプリーは近所の評判がいい人物なんです。むろん申すまでもなく、ムッシュー・プリーチャードのご意見に従って調査しているのですが――おわかりですね、マダム・マーチーソン？」トムは丁重な口調で話しつづけながらも、口元から受話器を徐々に離していき、声を遠くしていった。口と喉で雑音を出して、通話が切れたかのように、受話器を置いた。

やれやれ！　恐れていたほど状況は悪くなく、まったく危険もなかった、とトムは思った。だが、シンシアが接触していたことは、はっきりした！　もう二度とマーチソン夫人に電話する必要がないといいが。

トムは仕事部屋に戻った。エドとジェフが、夕食に出かける準備はできていると合図した。マダム・アネットには、今夜でなく、明朝、買い物が終わったころに電話することにした。買い物の時間は普段どおりのはずだ。明朝ならばマダム・アネットは、忠実な見張り番からの報告で――ジュヌビエーヴだったか？――ムッシュー・プリチャードがヴィルペルスに戻っているか、知っているだろう。

「さて」トムは微笑みながら言った。「マーチソン夫人と話をしたよ。それで――」

「われわれはうろちょろせず、じっと待ってるのがいいと思ってね、トム」ジェフは話を聞きたそうな顔をしていた。

「プリチャードは接触していた。しかもマーチソン夫人はあの男がタンジールに行ったことも知ってたよ。どんなもんだろうね！　電話を一度かけて知らせただけだと思うが。シンシアがときどき電話や手紙をくれるとも言ってたよ。まずいよね？」

「つまり、みんなつながってたんだ」エドが言った。「そう――かなりまずいな」

「さあ、何か食べに出よう」トムが言った。

「トム――エドと話したんだが」ジェフが切りだした。「エドかおれ、あるいはふたりとも、フランスへ行って協力するよ――あの」――ジェフは言葉を探していた――「妄想にとり憑かれた変人プリチャードに対抗するために」

「タンジールまで行ってもいい」エド・バンバリーがすかさず言葉をはさんだ。「きみの行くところなら、どこでも一緒だ、トム。あるいは、ぼくたちに行ってきてほしい場所があればどこへでも行く。これはぼくたち全員の問題なんだ」

その言葉は心にしみた。実際、元気の出る思いだった。「ありがとう。ぼくが、ぼくたちが何をすべきか、考えてみよう。さあ、行こうか?」

14

ジェフとエドのふたりと食事をしている間、トムは当面の問題について、さほど深刻に考えていなかった。結局、タクシーで向かった先は、ジェフの知っているリトル・ヴェニス地区の店で、静かでこぢんまりしていた。その晩は実際とても静かで、客も少なく、料理についてのような他意のない話題のときでも、トムは小声で話していた。

エドが、もしかしたら自分には料理の才能が眠っていたようだ、今度、ふたりに自分の料理を振る舞ってみよう、と言いだした。

「明日の晩? 明日の昼食?」とジェフは尋ねながら、怪訝(けげん)そうな笑みを浮かべている。

「『アイデアいっぱいの料理』という薄めの本を手に入れてね」エドは続けた。「本が勧めるのは、組み合わせなんだよ、材料と——」

「残り物の?」ジェフはバターが滴りおちるアスパラガスを一本手にとり、その先を口に入れた。

「まあお楽しみに」エドが言った。「今度、きっと作るよ」

「だが、明日になれば、その気がなくなるさ」ジェフが言った。

「明日の夜、トムはまだいるのかな？　トム、どうなんだ？」

「わからない」トムは言った。その目は、空席のテーブルをふたつ隔てて、まっすぐな金髪のきれいな若い女が、差し向かいの若い男と話しているほうを眺めていた。女は黒いノースリーブの服に、金のイヤリング、イギリス以外ではあまり目にしない、幸せそうな自信に満ちていた。ああした美人にはつい目がいってしまう。見ているうちに、エロイーズへのお土産(みやげ)について考えていた。金のイヤリング？　それはない！　エロイーズはもういくつ持ってるんだ？　ブレスレットは？　小物であっても、思いがけない土産を旅先で買って帰るとエロイーズは喜んでくれる。それにしても、エロイーズはいつ帰ってくるのだろう？

　エドは、トムが見入っているほうをちらりと見た。

「きれいだよね、彼女？」トムが言った。

「え――そう――だね」エドは同意した。「ねえ、トム――この週末は時間がつくれる。あるいは、あと二日もあれば、木曜日には、フランスにでもどこにでも行ける。書きかけの記事がひとつあるけど、あとは仕上げてタイプすればいいんだ。必要なら、急ぐよ。きみが困っているならば」

トムはすぐには返事をしなかった。

「エドはワープロを持ってないんだ」ジェフが口をはさんだ。「エドのは旧式でね」

「ぼく自身がワープロなのさ」エドが言った。「それなら、きみの旧式のカメラはどうなんだ？　ずいぶん古いのもあるだろう」

「古くて、ものがいい」ジェフはおだやかに言った。

エドは言いかえそうとして、我慢したようだ。トムは美味な小羊のチョップと上等の赤ワインを楽しんでいた。「エド、きみは古くからの友人だ。心から感謝してるよ」トムは小声でそう言い、左側に目をやった。空席のテーブルをひとつ隔てたテーブルには、そのとき三人の客がいた。「怪我をする危険だってある。用心してほしい。どんな用心が必要かは、わからないが。プリチャードが、たとえば銃を所持しているところは見たことないんだ」トムは頭を低くし、独りごとのように言った。「奴に組みついて殴り合いになるかもしれない。実際にとどめを刺すかどうかは、わからない」

トムの言葉は曖昧だった。

「おれ、けっこう強いんだ」ジェフは陽気に言った。「この力が役立つかもな、トム」

ジェフ・コンスタントはエドよりおそらく強いだろう、とトムは思った。ジェフのほうが背も高く、体格もいい。一方、エドはいざというとき、いかにも機敏そうだ。「ぼくたちみんな、身体だけは大事にしておかないと、そうだろう？　さあ、べたべた甘いデザートを食べる者は？」

ジェフが勘定を持つと言った。トムはふたりにカルヴァドスをご馳走した。

「こんなふうに、また会えるのは、いつになるかな?」トムは言った。

女店主が、カルヴァドスはサービスよ、と三人に告げた。


窓ガラスをパラパラと叩く雨音で、トムは目が覚めた。強くはないが、はっきり聞こえる。新しい部屋着を値札を付けたままはおると、浴室で顔を洗い、キッチンへ行った。エドはまだ起きていないようだ。トムは湯を沸かし、ドリップコーヒーを濃いめにいれた。簡単にシャワーを浴び、ひげを剃り、ネクタイを締めているところに、エドが姿を見せた。

「すばらしい日だ! おはよう!」エドが微笑みながら言った。「ほら、見て、新しい部屋着を着てみたよ」

「なるほど」トムの頭はマダム・アネットに電話することに占められていた。フランスとの時差は一時間で、約二十分後には、彼女が買い物から戻ってくる。楽しみだ。「コーヒーをいれたから、もし飲みたければ。ベッドはどうしておこうか?」

「とりあえず整えておいてよ。様子を見よう」エドはキッチンへ行った。

ありがたいことにエドは、ベッドを整えるか、シーツを外しておくか、どちらをトムが望んでいるのか察してくれるほど、トムのことをわかってくれていた。ベッドを整えるように言ったのは、必要ならば、もうひと晩、泊まっていってもかまわない、ということだ。

エドはクロワッサンをオーブンで温めた。オレンジジュースもある。トムはジュースを飲んだが、緊張のあまり、食べものは喉を通らなかった。

「正午に、エロイーズへ電話をかけてみるよ。つながるかわからないけど」トムは言った。

「もうこの話をしてたか、忘れてしまったが」

「これまで同様、電話は勝手に使ってよ」

正午に、自分はここにいないかもしれない、とトムは考えていた。「ありがとう。様子を見よう」そのとき電話が鳴り、トムはびくっとした。

エドが話しだし、トムにもすぐに仕事の電話だとわかった。キャプションについて何か相談している。

「オーケー、もちろん、大丈夫」エドが言った。「複写はここにある……十一時前に折り返し電話をするよ。問題ない」

トムは腕時計を見ると、先ほどちらりと見たときから、長針がほとんど動いていないことに気づいた。エドに傘を借りて、今朝(けさ)はあたりを散歩してみようかと考えていた。バックマスター画廊に立ち寄って、デッサンの購入を検討してみてもいい。どれか一枚、バーナード・タフツのデッサンを。

エドは黙って戻ってくると、コーヒーポットに向かった。

「家にかけてみる」トムはそう言って、キッチンの椅子(いす)から立ち上がった。

トムはリビングルームでベロンブルの番号をダイヤルした。呼び出し音が八回鳴り、さらに二回待って、諦(あきら)めた。

「マダム・アネットは買い物中だ。たぶん噂話の真っ最中だよ」トムは微笑んで、エドに言った。だが、最近マダム・アネットは耳がすこし遠くなっているから、そのせいかもしれない。

「またあとでかければ、トム。着替えてくるよ」エドは出ていった。

数分しか待たずに電話をかけると、五回目の呼び出し音で、マダム・アネットが出た。

「ああ、ムッシュー・トム！　いまどちらですか？」

「まだロンドンなんだ、マダム。昨日、マダム・エロイーズと話をした。元気だったよ。カサブランカにいる」

「まあ、カサブランカ！　奥様はいつお帰りになるんです？」

トムは笑った。「さあ、いつになることやら？　ベロンブルの様子を訊こうと思って電話したんだ」もし不審者でもいれば、マダム・アネットが報告してくれることはわかっていた。あるいはムッシュー・プリチャードがもう帰ってきて早々に周囲をうろついていたならば、名指しで知らせてくれるだろう。

「平穏です、ムッシュー・トム。アンリは来ていませんけど、何もかもいつもどおりです」

「そういえば、ムッシュー・プリチャードがいまヴィルペルスにいるかどうか、知ってるかな？」

「まだですね、旦那様。ずっと留守でしたが、今日、帰ってきます。ちょうど今朝、パン屋さんでジュヌビエーヴから聞きました。彼女は電気技師のムッシュー・ユベールの奥様から聞いたんですけど、ご主人がお仕事で、つい今朝、マダム・プリチャードに呼ばれたとか」

「そうなんだ」トムはマダム・アネットの情報網に敬意を込めて言った。「今日帰ってくるんだ」

「ええ、そうです、間違いありません」マダム・アネットは日の出や日の入りの話でもしているように、さも当然のことのように言った。

「もしまた――どこかほかへ行くことになったら、そのときは電話するよ、マダム・アネット。じゃあ、気をつけて！」彼は電話を切り、大きなため息をついた。

今日、家に帰ったほうがいい、とトムは思った。となると、次にすべきことは、パリ行きの便の予約だ。彼はベッドに戻り、シーツを外しはじめたが、ここに別の客が来る前に、自分がまた来るかもしれないと考えなおし、元どおりにベッドを整えた。

「用事は終わったようだね」エドが部屋に入ってきた。

トムは説明した。「プリークハードくんが今日、ヴィルペルスに戻ってくる。だから、今度は向こうで、あの男と会うよ。場合によっては、ロンドンへ誘いこむ。ここは」――トムはエドに微笑みかけた。いま話しているのは、ただの空想だ――「通りの数が多い上に、夜は暗い。切り裂きジャックはうまくやってのけただろう？　あの男が――」トムは口を閉じた。

「あの男が、どうした?」

「プリチャードがなんのためにぼくを破滅させたいのか、ぼくにはわからない。サディスティックな満足感、それくらいじゃないか。それに、マーチソンの行方不明事件の真相を暴いて、どうするんだ。あの男にはなんの立証もできないと思う、そうだろう、エド? だが、それはかえってよくないのかもしれない。もしあの男が腹いせにぼくを殺してしまえば、エロイーズが不幸な未亡人になる姿を拝めるわけだ。エロイーズはたぶんパリに戻って暮らすだろう。ベロンブルでひとりで生きていけるとは思えないし——ほかの男と結婚してあそこに住みつづけるなんて想像もできない」

「トム、妄想はやめてくれ!」

　トムは腕を伸ばして、リラックスしようとした。「頭のおかしな連中のことなんてわからないよ」だが、バーナード・タフツのことならよくわかっていた、と思った。そしてバーナードについて言えば、バーナードの自殺を止めることができなかったという意味において、トムは敗北した。「飛行機の予約をしておきたいんだ、いいかな、エド」

　エールフランスの予約センターに電話を入れると、ヒースロー空港を午後一時四十分に発つ便の席がとれた。トムはエドにそれを伝えた。

「荷物を持って出て、そのまま帰るよ」とトムが言った。

　エドはタイプライターを前にして座ろうとしていた。机の上に書きかけの原稿が広がっている。「すぐにまた会えるといいね、トム。来てもらえてよかったよ。離れていても、気持ちはきみと一緒だ」

「ダーワットのデッサンで、売り物のはあるかな？　原則的には非売品だと思うけど」

エド・バンバリーはにっこりした。「手離さないでいるよ――だが、きみならね――」

「何点ぐらいあるの？　値段はだいたいどれくらい？」

「五十点ほどかな？　値段は二千から――高くて一万五千くらいだ。もちろん、バーナード・タフツのも混ざっている。いいデッサンなら、値段も高い。かならずしもサイズで決まるものじゃない」

「当然、正規の値段で買わせてもらうよ。楽しみだな」

エドは噴きだしそうになった。「気に入ったデッサンがあれば、トム、プレゼントするよ！　結局、儲(もう)けは誰の懐(ふところ)に入る？　われわれ三人だ！」

「今日は、画廊を覗(のぞ)く時間があるかもしれない。きみも何か持っているんでしょ？」エドなら持っているはずだと言うように、トムは尋ねた。

「寝室に一点あるよ。見る？」

ふたりは短い廊下の奥にある部屋へ行った。裏返しにして簞笥(たんす)に立てかけられた額に入ったデッサンを、エドはとりあげた。コンテと木炭のデッサンで、画架とおぼしき垂直線と斜線が描かれている。その背後にいるのは、画架よりもいくらか背の高い人物らしい。この絵はタフツだろうか、それともダーワット？

「いいね」トムは目を矯(た)めつ眇(すが)めつして、近づいた。「題名は？」

「『アトリエの画架』だ」エドが答えた。「オレンジがかった赤がいい、暖かみがある。部屋の広さを表現するこの二本の輪郭線。典型的だね」彼は言いそえた。「掛けっぱなしにはしない——一年のうち半年だけだ——だから、いつ見ても新鮮なんだ」

デッサンは縦約七十センチ、幅約五十センチで、これにぴったりの灰色の無難な額縁に収まっていた。

「バーナードかな？」とトムが訊いた。

「ダーワットだ。数年前に購入したが——とんでもなく安かった。四十ポンドだったかな。どこで見つけたかは忘れた！　ロンドンで描かれたものだ。人物の手を見てごらん」エドは右手を人物と同じ位置に、絵に向かって伸ばした。

絵のなかでも、細い筆を持っているらしい右手が伸ばされている。画家は画架に近づこうとしており、左足は靴底を表現するダークグレーのひと筆で描かれていた。

「制作にかかる男だ」エドが言った。「この絵には、勇気を与えられる」

「たしかに」トムは後ろを向いて、戸口へ行った。「いまからデッサンを見にいって——タクシーでヒースロー空港まで向かうよ。いろいろ世話になったね、ありがとう、エド」

トムはレインコートと小さなスーツケースをとりにいった。ナイトテーブルに電話代として二十ポンド札を二枚と、その上に部屋の鍵を置いた。今日か明日にでも、エドが見つけるだろう。

「フランスに着く日を決めておいたほうがいいかな？」エドが訊いた。「明日がいい？

日にちだけ言ってくれればいい、トム」

「どんな状況か、見てみないことにはね。今夜にでも、電話をするよ。電話がなくても、心配しないでくれ。今晩、七時か八時には、家に帰っているだろう——何もかも順調に行けば」

　ふたりは玄関で固い握手をかわした。

　トムはタクシー乗り場らしい舗道まで歩き、そのうちの一台に乗ると、運転手にオールド・ボンド街までと告げた。

　画廊に着くと、今日はニックひとりきりで、デスクでサザビーズのカタログに目を通していたが、トムの姿を見ると立ち上がった。

「おはよう、ニック」トムは愛想よく言った。「また来たよ——ダーワットのデッサンをもう一度見たくてね。見せてもらえるかな?」

　ニックは何か特別な依頼を受けたかのように、得意そうに胸を張って、にっこりした。

「はい——どうぞこちらです」

　ニックが最初に取り出した作品が、トムは気に入った。窓台にとまる鳩のスケッチだった。ダーワットらしく線が数本余計に引かれた輪郭は、敏捷(びんしょう)な鳩の動きを思わせた。オフホワイトがすこし黄ばんだ紙は、なかなか上等なものだが、それでも縁の部分が劣化している。だが、トムはその絵が気に入った。木炭とコンテのデッサンで、透明なビニールシートがかぶせてある。

「値段は？」

「うーん――おそらく一万かと。照合の必要がありますが」

トムは画帳にある別のデッサンを見ていた。混みあったレストランの店内で、トムには魅力が感じられなかった。それから、ロンドンの公園内とおぼしき二本の木とベンチ。いや、やはりあの鳩だ。「手付金を払っておけば――ミスター・バンバリーに話をしてもらえるかな？」

トムは二千ポンドの小切手にサインをし、デスクについたニックに手渡した。「ダーワットのサインがないのは残念だ。サインさえあればね」とトムは言った。ニックがなんと答えるか、見ものだった。

「ああ――お、おっしゃるとおりですね」ニックはのけぞりそうになりながらも、愛想よく答えた。「それこそダーワットですね、そう聞いています。衝動的にスケッチし、サインすることなど念頭になく、あとにはサインすることも忘れてしまう、そして、そのまま――亡くなってしまいました」

トムはうなずいた。「たしかに。さよなら、ニック。ぼくの住所はミスター・バンバリーが知っている」

「ええ、はい、大丈夫です」

ヒースロー空港は、来るたびに混雑がひどくなっているようだ。紙ナプキンや航空券が散乱していて、ダストカートを備えた清掃婦の箒（ほうき）がけはあきらかに追いつけていない。時間があったので、エロイーズへのお土産にイギリス製石鹸（せっけん）六種の詰め合わせひと箱を、ふたりで飲む用にペルノーをひと壜（びん）買った。

いつになったらエロイーズと会えるのだろう？

ゴシップ紙は機内では手に入らないので、一部買っておいた。ファーストクラスの座席で、ロブスターと白ワインの昼食をとるとうたた寝してしまい、目覚めたのはスチュワーデスにシートベルトを締めるよう言われたときだった。眼下には、淡い緑に濃い緑と茶色のパッチワークのようなフランスの畑が整然と広がっている。機体が傾いた。トムは英気が養われたように感じ、いまや何も――ほとんど怖いものはない。その日の朝、ロンドンで、どこでもいいから新聞のバックナンバーを閲覧できる場所へ行き、デイヴィッド・プリチャードのことを調べてみようかと思った。ジャニス・プリチャードが言っていたが、あの男だってトム・リプリーのことをアメリカで調べている。だがデイヴィッド・プリチャードについて、それが本名だとしても、どんな記事が見つかるだろうか？　甘やかされた青春時代の軽犯罪？　スピード違反？　十八歳で麻薬犯罪？　そんなものはアメリカでさえほとんど報道価値がなく、ましてイギリスやフランスでは誰も興味を示さない。それでも、十五歳のときに犬を虐待して殺害したことが記録に残っているかもしれない、そう思いたかった。コンピューターにきわめて小さな情報までとりこまれていれば、そういうちょっとした忌（い）まわしい貴重な情報がロンドンで見つかるかもしれない。飛行機が静かに着陸し、やがてブレーキがかかる。トムは身を引きしめた。彼自身の記録も――そう、彼にかけられた疑惑がおもしろいリストにまとめられているかもしれなかった。しかしながら、有罪判決はゼロである。

出国手続きをすませると、トムはそのまま空(あ)いている電話ボックスへ行き、家に電話をかけた。

マダム・アネットは八回目の呼び出し音で電話に出た。「ああ、ムッシュー・トム！どこにおいで(ウー・エット・ヴー)ですか？」

「ド・ゴール空港だ。うまくいけば二時間後には、帰宅できるよ。何ごともなかったかい？」

何もかもいつもどおりだった。

タクシーで帰路についた。とにかく家に帰りたかったから、運転手に住所を訊かれても警戒しなかった。暑くて、よく晴れた日だった。トムは両側の窓をすこし開けた。運転手に隙間風(クーラン・デール)の文句を言われなければいいが、と思った。フランス人はおだやかな風を好みがちだ。トムはロンドンのことを考えていた。若いニック。ジェフとエド、ふたりはいざとなれば力を貸すと約束してくれた。ジャニス・プリチャードは何をしているだろう？目下の件で、ジャニスはどの程度、夫に協力し、夫をかばい、どの程度、夫を冷笑しているのだろう？　夫に必要とされたとき、夫を孤立させ、見捨てることもありうるのか？ジャニスは何をしでかすか予測できない危険人物(ルース・キャノン)だ。彼女のようなか弱い女性に大砲(キャノン)は似合わないが。

マダム・アネットの耳には、タクシーの車輪が砂利（じゃり）を踏みしめる音が届いていた。玄関のドアを開けて待っていたからだ。タクシーが停まる前には、石の玄関ポーチで出迎えてくれた。トムは運転手に料金を支払い、チップを与えて、玄関まで荷物を運んだ。

「いや（ノン）、いや（ノン）、自分で運ぶよ！」トムが言った。「たいして重くないんだ」

マダム・アネットは昔ながらの習慣を墨守し、いまでもどんなに重い荷物でも運ぼうとする。それが家政婦の務めだからだ。

「マダム・エロイーズから電話はあった？」

「ノン、ムッシュー」

いいニュースだ、とトムは思った。玄関ホールに入ると、古い薔薇（ばら）の花びらの匂いか、何かそれらしい匂いを嗅ごうとしたが、ラベンダー・ワックスの匂いしかしなかった。それで、スーツケースにしまっておいたワックスのことを思い出した。

「紅茶にしますか、ムッシュー・トム？　それとも、コーヒー？　氷を入れた冷たいものにしましょうか？」彼女はレインコートをかけていた。

何にしようか迷いながら、トムはリビングルームに入って、ちらりとフランス窓から庭の芝生に目を走らせた。「そうだな、コーヒーにしようか。それにお酒も必要だね」ちょうど七時を過ぎていた。

「ウイ、ムッシュー。ああ！　昨晩、マダム・ベルトランから電話がありました。旦那様と奥様はお留守だと言っておきました」

「ありがとう」とトムは言った。ジャクリーヌとヴァンサンのベルトラン夫妻は近所の知人で、数キロ離れた別の町に住んでいる。「ありがとう、電話するよ」と言って、トムは階段に向かった。「ほかに電話は？」

「ノン、なかったと思います」

「十分後には下りるよ。あ、まずは――」トムはスーツケースを横にして床に置き、蓋(ふた)を開けて、ビニール袋に入ったワックス缶を取り出した。「お土産だ、マダム」

「あら、ラベンダー・ワックス(シラージュ・ド・ラヴァンド)ですね！　いつでも大歓迎(トゥジュール・ル・ビヤンヴニュー)です！　ありがとうございます(メルシー)！」

十分後、トムは着替えをしてスニーカーにはき替えて下りてきた。気分転換に、コーヒーと一緒にカルヴァドスをすこし飲むことにした。マダム・アネットはまだその場にいて、夕食にお出しするものはこれでよろしいでしょうかと確認してきたが、用意してくれる夕食のメニューはいつだって申し分ない。彼女の話は耳から耳へと抜けていった。トムはあの危険人物(ルース・キャノン)、ジャニス・プリチャードに電話をかけようかと考えていた。

「いいね、美味(おい)しそうだ」トムは愛想よく言った。「マダム・エロイーズが食卓にいないことだけが、残念だよ」

「いつお帰りになるんですか？」

「はっきりしなくてね」トムが言った。「だが、親友と一緒で――とても楽しそうだよ」

リビングはトムひとりになった。ジャニス・プリチャード。トムは黄色いソファから立ち上がり、ゆっくりとキッチンへ入っていった。マダム・アネットに尋ねた。「そうそう、ムッシュー・プリチャードだけど、今日、帰ってくるんだっけ？」つとめてさり気なく、まだ友人ではない普通の隣人について尋ねるかのように心がけた。さらには、冷蔵庫まで行き、何かつまもうかと思ってキッチンに来たんだ、といったふうに、目についたものなら何でもよかったが、くさび形チーズを取り出した。

マダム・アネットが小皿とナイフを用意してくれた。「今朝はまだでしたね」彼女が言った。「たぶん、いまごろはもうお戻りなのでは」

「だけど、奥さんはずっといたんだよね？」

「ええ、いらっしゃいます。食料品店によく来ています」

トムは小皿を手にして、リビングルームに引きかえし、カルヴァドスのそばに皿を置いた。玄関ホールのテーブルの上にメモ帳があるが、マダム・アネットが手を触れることはない。プリチャードの家の番号はすぐ見つかった。電話帳にはまだ掲載されていなかった。

受話器に手を伸ばそうとすると、マダム・アネットが近づいてきた。

「ムッシュー・トム、忘れないうちに、と思いまして。今朝、聞いたんですが、プリチャード夫妻はヴィルペルスで家を買われたそうです」

「本当に？」トムが言った。「いいねえ」だが、まるで関心のないような言い方だった。

マダム・アネットは立ち去り、トムは受話器を見つめた。

プリチャード本人が電話に出たら、無言で切ろう、とトムは思った。ジャニスだったら、賭（か）けに出よう。プリチャードからタンジールでの揉（も）めごとについて聞かされているものとして、夫の顎の様子を訊いてみてもいい。プリチャードがマダム・アネットに電話して、アメリカ英語訛りのフランス語で、エロイーズが誘拐されたと話した件は知っているだろうか？　その話は持ちださないことにしよう、とトムは決めた。どこで礼儀正しい態度が一変し、常軌を逸した言動になるか、その逆も含めて、予測がつかない。慇懃かつ丁重に接すれば間違いあるまい、と自分に言い聞かせて、姿勢を正し、ダイヤルをまわした。

ジャニス・プリチャードが出て、歌うように「もしもーし？」とアメリカ英語で言った。

「もしもし——ジャニス。トム・リプリーです」トムは笑顔で言った。

「あら、ミスター・リプリー！　北アフリカだと思ってました！」

「そうだったんですが、戻ってきました。向こうでご主人と会いましたよ。ご存じかもしれませんが」意識を失うほど殴りつけてやったんだ、とトムは思った。そして、ジャニスから電話越しに見えているかのように、また愛想よくにっこり笑った。

「ええ、ええ。そのようですね——」ジャニスは言いよどんだ。それでも彼女の口調は甘く、しなやかだった。「そう、喧嘩になったとか——」

「いやあ、たいしたことじゃありません」とトムは控え目に言った。デイヴィッド・プリチャードはまだ帰宅していないな、と感じた。「デイヴィッドが無事ならいいのですが」

「もちろん、大丈夫ですよ。あの人が求めて招いたことだと、わたしもわかっています」ジャニスは真剣に言った。「暴力をふるった人は、甘んじて罰を受けるべきです、そうじゃありません？　夫はどうしてタンジールまで行ったんでしょう？」

悪寒がトムの身体を走りぬけた。たぶんジャニスが思っている以上に、その言葉は意味深長だ。「デイヴィッドはもう帰ってくるんでしょう?」

「ええ、今夜には。電話があったら、フォンテーヌブローまで車で迎えにいきます」ジャニスはやはり真剣な口調で言った。「すこし遅れると言っていましたが。今日、パリでスポーツ用品を買うんですって」

「ほお。ゴルフでも?」トムが訊いた。

「いいえ。釣り、だと思います。よくわかりませんが。デイヴィッドの話し方はご存じでしょ、何を話すときでも」

トムにはわからなかった。「おひとりで、何をされているんですか? 寂しかったり、退屈したりしませんか?」

「あら、いいえ、ちっとも。フランス語会話のレコードを聴いてます、もうすこし上達したくて」小声で笑った。「近所の方々は親切ですし」

まったくだ。すぐに二軒離れたグレ夫妻が頭に浮かんだが、夫妻と面識を得たか訊く気はなかった。

「本当に――デイヴィッドときたら。来週はテニスラケットかも」とジャニスが言った。「ご主人が上機嫌なら」トムは含み笑いを漏らした。「わが家のことも忘れてくれるでしょう」寛大な心でおもしろがるような口ぶりは、いっとき何かに熱中する子どもの話でもしているかのようだ。

「あら、どうかしら。夫はこの家も購入しましたから。あなたは魅力的な方だと言ってますよ」

トムはあのときのジャニスの顔をまた思い出した。ベロンブル周辺をカメラを構えてうろつきながら写真を撮っていたプリチャードを迎えにきて、走り去る間際の、あきらかに上機嫌そうなあの笑顔。「ご主人のやることに賛成できないこともあるようですが」トムは思いきって言いだした。「ご主人にやめさせようと思ったことはないのですか？　別れようと思ったことさえ、ないんですか？」

引きつった笑い声。「女は夫を見捨てないものでしょ？　逃げたって、あの人は追ってきます、わたしを！」笑いながらも、最後のひと言は悲鳴に近かった。

トムは笑っていない。笑みさえ浮かべていなかった。「わかりました」ほかに言うべき言葉がなかった。「あなたは忠実な奥様だ！　では、ご主人にもよろしくお伝えください。わたしたちも近いうちにおふたりにお会いできたら」

「ええ、ぜひ。お電話をありがとう、ミスター・リプリー」

「さようなら」彼は受話器を置いた。

まったくどういう家だ！　なにが、近いうちにおふたりにお会いできたら、だ！　いまわたしたち」と言ったが、これではエロイーズがもう帰ってきているみたいだ。いいじゃないか？　プリチャードがうまく引っかかって、さらに暴走するかもしれない。プリチャードを殺してやりたい、トムはまざまざと感じた。マフィアを叩きたいと思ったときの衝動に似ているが、あのときは殺された個人に非があったわけではない。マフィアそれ自体を憎んでいるのだ。マフィアは、残酷な組織的恐喝集団だ。その構成員ならば誰を殺しても、トムはふたり殺したわけだが、なんの問題もない。ゴミがふたつ減っただけだ。だが、プリチャードの場合は、あの男自身に問題がある。自ら首を突っこみ、殺されにきたわけだ。ジャニスは助けになるのか？　ジャニスを当てにしてはいけない、トムは自分に言い聞かせた。あの女は最後には期待を裏切って、夫を助ける側にまわる。おそらくはそうすることで、さらなる精神的、肉体的な苦痛を夫から与えてもらう快楽に耽るのだ。どうして〈ラ・アファ〉でプリチャードを殺さなかったのだろう、せっかくポケットのなかには新品のナイフが入っていたのに？

平穏な生活のためには、プリチャード夫婦をふたりまとめて始末しなければならないか、トムはそう考えながら、煙草に火をつけた。あの夫婦が近所から立ち退く決心をするなら話は別だが。

カルヴァドスとコーヒーの途中だった。トムは残りを飲みほし、キッチンにカップと受け皿を戻した。食事の支度ができるまであと五分は優にかかるだろう、とトムはひと目見て思い、もう一カ所、電話しておきたいところがあるとマダム・アネットに断りを入れた。

彼はグレ夫妻に電話をした。番号は暗記していた。

アニエスが出た。電話の向こうが騒々しい。夕食の最中に電話してしまったかな、とトムは思った。

「そう、今日、ロンドンから帰ってきたんだ」トムが言った。「邪魔をしてしまったようだね」

「いいえ！　シルヴィと片づけしていただけなの。エロイーズも一緒でしょ？」とアニエスが訊いた。

「彼女はまだ北アフリカなんだ。ぼくだけ帰国したことを知らせたくてね。エロイーズがいつ帰るのかはわからない。隣人のプリチャード夫妻があの家を買ったって知ってたかい？」

「ええ（ウィ）！」アニエスは即座に答え、煙草屋兼バーのマリーから聞いたと言った。「それに、騒がしいのよ、トム」アニエスの声はいくぶん楽しげだ。「奥様はいまひとりのはずだけど、四六時中、大きな音でロックミュージックをかけているの！　アハハ！　ひとりでダンスでもしてるのかしら？」

それとも、変態ビデオでも観ているのだろうか？　トムは瞬きをした。「さあねえ」笑顔で答えた。「家のなかまで聞こえてくるの？」

「風向きによってね！　毎晩のことじゃないけど、先週の日曜の夜は、アントワーヌも激怒してたわ。でも、静かにしろと苦情を言いにいくのはやめたの。彼、電話番号を探してたけれど、見つからなかったのよ」アニエスはまた笑った。

ふたりはよき隣人として仲睦（なかむつ）まじく、電話を切った。トムはひとりきりの夕食の席につき、テーブルの上に雑誌を立てかけた。美味しい牛肉の蒸し煮を食べながら、頭のなかではふたりの厄介者について吟味していた。もうデイヴィッド・プリチャードは帰宅しただろうか、釣り道具を買って？　釣りの目的は、マーチソン？　なぜすぐに気づかなかったんだ？　マーチソンの死体を釣りあげようとしているんじゃないか？

　トムの視線は、読んでいた誌面から離れた。椅子に深く座り、ナプキンを唇にあてた。釣り道具？　必要なのは、引っかけ鉤、丈夫なロープ、なによりボートだろう。あの付近の地元民は川や運河の土手に立って繊細な釣り竿と釣り糸を手にしているが、そんなやり方では駄目だ。釣れてもせいぜい小さな白い魚くらいだ。どうやら食用魚らしいが。ジャニスの話では、プリチャードは金には困っていないようだから、上等なモーターボートでも買うつもりか？　助っ人まで雇うか？

　だが一方で、まったくの見当ちがいかもしれない、とトムは思った。もしかしたらデイヴィッド・プリチャードは本当に釣りが好きなのかもしれない。

　その晩、トムは寝る前に、ナショナル・ウエストミンスター銀行の支店へ出す封筒の宛名書きをした。二千ポンドの小切手を切ったから、預金を当座預金口座に振り込む必要があった。明日の朝、タイプライターのそばにある封筒を見れば、出し忘れることはないだろう。

15

翌朝、最初のコーヒーを飲んで、トムはテラスから庭へ出た。夜間に雨が降ったので、ダリアが生きかえったかのようだ。枯れた花の摘みとりをしなければ。何本か切りとってリビングに飾ろう。マダム・アネットが飾ることはめったにない。トムがその日の気分によって花の色を選ぶのが好きなことを知っていたからだ。

デイヴィッド・プリチャードが帰ってきた、とトムは思った。たぶん、昨夜遅くに。おそらく、今日は釣りにとりかかるだろう。どうだろうか?

トムは振り込みの手続きをし、一時間ほど庭を散策し、昼食をとった。マダム・アネットと話しても、朝のパン屋で仕入れるプリチャード夫妻の新情報は話題に出なかった。彼はガレージに入った車二台を見て、ガレージの外に停めてある一台を見た。そのときの外の車はステーションワゴンだった。三台とも調子はいい。トムは三台の窓をすべて洗った。

赤のメルセデスにしよう。彼はこれにはめったに乗らず、エロイーズの車と見なしていた。メルセデスで西の方角に向かった。

平坦な風景のなかを走るこのあたりの道はよく知っているが、モレやフォンテーヌブローのような、買い物に利用する町まで行くときに通る道ではなかった。あの夜、バーナードと一緒に、マーチソンの死体を始末するために通った道がどれだったか、正確には思い出せなかった。適度に遠くにある運河で、ロープでくくった死体を流れのなかに適度な難易度で投げこめる場所を、ただひたすら探していたのだ。マーチソンを包んだキャンバスシートのなかには大きな石を二、三個入れたことを、トムはおぼえている。死体を水底に沈め、沈んだままにするためだ。おかげで、彼の知る限り、沈んだままだ。グローブボックスをちらりと覗くと、折りたたまれた道路地図が見えた。この周辺の地図だろう。だが、さしあたっては勘を頼りにすることにした。この地域の主要な河川、ロワン川、ヨンヌ川、セーヌ川には、運河や支流が名前のないものも含めて数多くあり、そのうちのひとつに橋の欄干からマーチソンを投げ捨てたことはたしかだ。現場に行けば、思い出すだろう。

探しても無駄かもしれない。メキシコの小さな村に行ってしまったダーワットを捜しだそうとしても、それは一生かけても実現しないことだ、とトムは思った。本当は、ダーワットはメキシコに住んだことは一度もなく、ずっとロンドンにいたが、ある日、ギリシャへ行ってしまい、その地で自殺した。

トムは燃料計をちらりと見た。まだ半分以上ある。次の安全な場所でUターンすると、彼は北東へ向かった。およそ三分ごとに一台しか車を見なかった。背が高く密集したトウモロコシ畑が左右に青々と広がっている。牛の飼料用だ。黒いカラスの群れが旋回し、カァカァ鳴いていた。

記憶では、あの夜、バーナードを乗せてヴィルペルスから西へ七、八キロは走ったはずだ。いったん家に戻って、ヴィルペルスの西を中心にした円を地図に描いてみるか？　トムはいま別の道に入ったが、たぶんこのまま進めば、プリチャードの家の前を過ぎ、その先がグレの家のはずだ。

ベルトラン夫妻に電話をかけなければ。トムは不意に思い出した。ジャクリーヌとヴァンサンだ。

プリチャード夫妻は、エロイーズの赤いメルセデスを知っているだろうか？　知らないはずだ。二階建ての白い屋敷に近づくと、速度を落とし、できるだけよく観察しようと思いながら、視線は道のほうに向けつづけた。玄関ポーチ正面の私設車道に停まる、白いピックアップ・トラックが目についた。スポーツ用品の配達か？　ずんぐりした灰色の荷物が、荷台の後方からはみ出ている。男の声とおぼしきものが聞こえた。たぶん男性ふたりの声だが、確信はない。トムはプリチャードの家の敷地を通りすぎた。

ピックアップ・トラックの荷台にあったのは、小型ボートではないか？　荷物を覆う灰色の防水布から、トーマス・マーチソンを包んだもっと濃い灰色の防水布を思い出した。へえ！　どうやらデイヴィッド・プリチャードはピックアップ・トラックとボートを手に入れたようだな。しかも手伝いの男まで雇うのか？　手漕ぎボートか？　男ひとりでボートを運河の水面に下ろすのはまず不可能だ（水深は水門の開閉で変化する）。おまけに船外機もあり、さらに本人が下りるにもロープがいる。運河の岸は垂直に近い。プリチャードは配達人と支払いの話をしていたのか、いや、手伝いに雇うつもりの男と話していたのではないか？

デイヴィッド・プリチャードが帰っているなら、対デイヴィッドの信頼できない味方――ジャニスからはもう話を聞きだすことはできない。電話をしてもデイヴィッドが出るか、ジャニスが出ても立ち聞きされて、その華奢（きゃしゃ）な手から受話器をもぎとられるだろう。

グレの家はそのとき、人のいる気配がなかった。トムは左へ曲がって人気のない道に入り、数メートル先を右に曲がった。この道を行けば、ベロンブルまで着く。

ヴォアジだ、とトムは突然思った。その名がわけもなく頭に浮かんだ。思いがけなく明かりが灯ったかのようだ。マーチソンの死体を投げ捨てた川か運河のそばにあった村は、これだ。ヴォアジ。西の方角だ、とトムは思った。とにかく、地図を見ればわかるはずだ。

家に戻ると、フォンテーヌブロー地区の詳細な地図を探して、調べてみた。すこし西のほうで、サンスから遠くない。ヴォアジならロワン川だ。トムはほっとした。マーチソンの死体は北に向かって流され、そのまま行けばセーヌ川だ。だがあくまで流された場合の話で、それはないんじゃないか、とトムは思った。豪雨や逆流の可能性も考えてみた。逆流なんて起こるのか？　内陸河川だし、それもない、と思った。川でよかった。運河なら修理のために水を抜くことがたまにある。

彼はベルトラン家に電話をかけると、ジャクリーヌが出た。そう、エロイーズと一緒に何日かタンジールに行きましてね、とトムは言った。エロイーズはまだ向こうなんだ。

「息子さんとお嫁さんはどうしてる？」とトムが訊いた。息子のジャン・ピエールは美術学校を卒業していた。数年前、ガールフレンドと同棲を始めて休学したことがあり、のちにその女性と結婚するのだが、当時はジャン・ピエールの父親、ヴァンサン・ベルトランが罵っていたのを、トムはおぼえている。「学問を投げうつに価しない女なんだ！」ヴァンサンはどなり散らしていた。

「ジャン・ピエールはとても元気よ。十二月に子どもが生まれるの！」ジャクリーヌの声は嬉しさにはずんでいた。

「おめでとう！」トムは言った。「それなら、赤ちゃんのために、もっと家を暖かくしたほうがいいね！」

ジャクリーヌは笑っていた。痛いところを突かれたのだ。長い間、流しのお湯も出なかったの、と彼女も認めたが、これから客間の隣にふたつ目のトイレと、湯の出る洗面台を設置するのだという。

「それはいい！」トムは微笑んだ。わざわざ田舎の邸宅で不自由な暮らしをしているベルトラン家では、キッチンの薪ストーヴにやかんをかけて湯を沸かして洗い物をし、トイレも外にあった。

近いうちに会おうと約束した。暇な人間ばかりではないから、約束はかならずしも守られないものだが、それでも電話を切ったあとは気分がよかった。良好な隣人関係は大切だ。

トムはソファでくつろぎながら「ヘラルド・トリビューン」紙を読んでいた。マダム・アネットは自室にいるのだろう。テレビの音が聞こえるような気がした。彼女はメロドラマが大好きで、かつては、トムもエロイーズも観ていないことなど思いもよらず、ふたりを相手によくメロドラマの話をしていたものだ。

四時半、太陽はまだ地平線のはるか上にある。トムは茶色のルノーに乗って、ヴォアジに向かった。ぜんぜんちがうな、とトムは思った。今日は陽のあたる農場風景だが、バーナードと一緒だったあの晩は、記憶では月のない夜で、どこを走っているのかよくわからなかった。いまに至るまで、あの水中の墓は死体の最適な隠し場所だったし、たぶんこれからも変わらない、とトムは自分に言い聞かせた。

ヴォアジと書かれた村の標識まで来たが、まだ村は見えない。村は曲がり角を左に入ったところなので、木々に隠れて視界に入らなかったのだ。右手には橋が見えた。水平にまっすぐかかる橋の両岸は傾斜路になっている。橋の長さは、おそらく三十メートル以上。腰の高さまである欄干のあるあの橋の中央まで、バーナードとふたりがかりでマーチソンの死体を運んでいったのだ。

トムは速度を落とし、低速のまま車を走らせた。橋のたもとまで来ると、右に曲がって橋を渡った。道がこの先どこへ向かうか知らないが、気にしなかった。記憶では、あの夜は橋のそばに車を停めて、バーナードと一緒に防水布の包みを橋の真ん中まで引きずっていったのだ。いや、あえて橋の上まで車で行ったのだったか？

次の手ごろな場所で、トムは車を停めて地図を確認し、交差点を見て、道路標識の指示するヌムールやサンスへの方向に従って、そのまま走らせた。トムは目にしたばかりの川のことを考えていた。うす汚い青緑色の川の両岸は、柔らかい草に覆われた土手で、水面からの高さは約二、三メートル（今日のところは）。土手の縁まで行こうとしたら、足元をとられるかバランスをくずして、川に転落してしまうだろう。

だが川も運河も、もっとヴィルペルスに近いところに二、三十キロ以上も流れている。

いくらなんでも、デイヴィッド・プリチャードがヴォアジを目指してやってくるなど、ありえないのではないか？

トムは家に戻り、シャツとブルージーンズを脱ぎ、寝室で横になった。安心して気持ちも落ち着いていた。四十五分後、甘美なうたた寝から目を覚ますと、タンジールで感じた緊張も、ロンドンで覚えた不安やシンシアとの会話も、プリチャード夫妻がボートを入手したかもしれない懸念も、頭からすっかり消えた気持ちだった。トムはのんびり歩いて、ベロンブルのトムいわく〝右奥〟の部屋に入った。アトリエ、というか作業部屋だ。

床は上質の古いオーク材で、ほかの部屋にくらべれば艶も輝きもないが、いまでもすばらしかった。床の上には、古い麻布やキャンバスシートをすこしばかり広げていた。飾りのつもりだが、多少絵の具がたれても、床に染みがつかない。また、筆を拭いたり洗ったりするとき、ぼろ布としても役に立った。

『鳩』。あの黄ばんだ紙のデッサンは、どこに飾ろう？　きっとリビングルームがいいな、友人たちと一緒に楽しめる。

トムは壁に立てかけてある、自分で描いた油絵をしばらく見ていた。マダム・アネットの立ち姿で、トムのためにいれた朝のコーヒーのカップと皿を手にしている。マダム・アネットが飽きないように、事前に何枚か下絵を描いていた。マダム・アネットは紫色の服で白いエプロンをかけている。こちらの一枚はエロイーズがモデルだ。この部屋の隅、湾曲した窓のそばに立つエロイーズは、右手を窓枠に置き、左手を腰にあて、窓の外を眺めている。このときも下絵用にスケッチをしたことを思い出した。エロイーズは一度に十分以上、ポーズをとっていられないのだ。

この窓の景色を描いてみようか？　あれから五年になる、とトムは思った。わが家の敷地との境界の向こう側に広がる、暗く鬱蒼とした森、あのなかに、マーチソンの死体が最初に入った墓があったのだ——いい思い出ではない。トムは頭を切りかえて、ふたたび構図を考えた。よし、決めた、明日の朝からスケッチだ。見事なダリアを前景の左右に配し、その向こうにはピンクと赤の薔薇を。それでは、この素朴な風景から逸脱した、感傷的で可愛らしい絵になりかねないが、そういうのがトムの狙いではない。パレットナイフだけで試してみよう。

トムは階下へ下り、玄関のクローゼットから白い綿のジャケットを選んだ。これだと、とにかく内ポケットに財布を入れていける。キッチンに行くと、マダム・アネットはもう夕飯の支度をはじめていた。「準備中？　まだ五時だよ、マダム」

「マッシュルームなんですよ、旦那様。下拵えをしておかないと」マダム・アネットが薄い青色の瞳をちらりと向けて、にっこりした。彼女は流しにいた。

「三十分ほど出かけるよ。必要なものがあれば、買ってくるけど？」

「ウイ、ムッシュー——『パリジャン・リベレ』紙、よろしいですか？」

「いいとも、マダム！」トムは外出した。

忘れないうちに、まず煙草屋兼バーで新聞を買った。男たちが一日の仕事を終えるにはまだ早い時間だったが、もういつもの騒々しさがはじまっていた。「グラスの赤ね（アン・プティ・ルージュ）、ジョルジュ！」と叫ぶ声。マリーは夜のきびきびした動きになりかけていた。カウンターのなかの左奥にいながら、手を振ってくれた。トムは思わず周囲を見まわし、デイヴィッド・プリチャードがいないか、ざっと確認したが、いないようだ。いれば目につくだろう。およそ誰よりも背が高く、丸眼鏡も異彩を放つ。目立つ存在で、まぎれようがない。

　トムはふたたび赤のメルセデスに乗ると、フォンテーヌブローの方向へ走りだし、次の曲がり角でわけもなく左へ曲がった。ほぼ南西の方角に向かっている。いまごろエロイーズは何をしているだろう？　カサブランカで、ノエルと一緒に、ホテル・ミラマーレに戻るところだろうか、ふたりとも午後の戦利品でいっぱいになったビニール袋や新品の籠（かご）をたずさえながら？　夕食前に、シャワーを浴びてひと休みしようなどと話しながら？　今夜の午前三時に、エロイーズに電話してみようか？

　ヴィルペルスへの方向を示す標識があり、トムは家のほうに向かった。村まで八キロとあった。彼は速度を落とし、停車して、長い棒を手にした農場の女が鵞鳥（がちょう）を引き連れて道を横断し終えるのを待った。美しい、とトムは思った。三羽の白い鵞鳥はまっすぐ目的地に向かいながらも、ペースを乱すことなく、整然としている。

　次のゆるやかなカーブを曲がると、前方をピックアップ・トラックが徐行していたため、やむをえずトムも速度を落としたが、すぐに、トラックの荷台からはみ出した灰色のかたまりに目がとまった。この道の七、八十メートルほど右側には、運河か川が流れている。

プリチャードと仲間か、それともデイヴィッド・プリチャードひとりか？　トラックのリア・ウィンドウ越しに車内が見えるまで近づいてみた。運転手が助手席の者と何やら話しこんでいる。右手を見ながらあの運河か川について話しあっているのではないか。トムはあらためて速度を落とした。前を走るピックアップ・トラックは、先ほど見たものだ。トムは裏庭か前庭か知らないが、ともかくプリチャードの家の庭に停まっていたピックアップ・トラックに間違いない。

どこでもいいから、右か左に曲がってしまおうかと思ったが、いや、このまま進んで、あのトラックを追い越そう、と決めた。

トムが加速すると、一台の対向車が近づいてきた。周囲の車を無視しているかのような運転をする大型のグレーのプジョーだ。トムは速度を落として、プジョーをやりすごし、アクセルを踏んだ。

ピックアップ・トラックのふたりの男はまだ会話中で、運転しているのはプリチャードではなく、トムの見たことのない、薄茶色のくせ毛の男だ。助手席の男がプリチャードで、トムが左側から追い越したとき、右側の川を指さしながら何か話していた。ふたりとも追い越した車のことなど見向きもしなかった。

トムはヴィルペルスに向かって走りながら、最後の瞬間までバックミラーを覗いていたが、ピックアップ・トラックは、川の様子を近くから見ようと野原を突っきるといったこともなかった。トムが見ている間には、とくに怪しい動きはなかった。

16

その晩の夕食後、トムは落ち着かなかった。気晴らしにテレビを観る気にも、クレッグ夫妻かアニエス・グレに電話をかける気にもなれなかった。ジェフ・コンスタントかエド・バンバリーに電話をかけたものか迷っていた。どちらかは家にいるだろう。なんて言おうか？　できるだけすぐに来てほしい？　ジェフかエドにうちに来てもらえないか頼んでみようかと思った――いざというとき、物理的な助けがいる。それは自分でも認めていた――エドとジェフに認めてもかまわなかった。彼らにすれば、ちょっとした休暇のようなものじゃないか、とくに、もし何ごとも起こらなければなおさらだろう。プリチャードは五、六日、川を漁ってみて無駄に終われば、さすがに諦めるんじゃないか？　それとも、あのような妄想にとり憑かれた変人ならば、何週間でも何か月間でも続けるだろうか？

　おぞましい想像だが、ありうる、とトムは思った。精神的におかしい男が何をしでかすか、誰にも予想できない。心理学者なら予想できるかもしれないが、それには、過去の個人の歴史、類似点、可能性、医者にもはっきりとわからない何か、そうした根拠が必要だろう。

　エロイーズ。ベロンブルを留守にして六日になる。ノエルと一緒にモロッコにいると思うと心強い。プリチャードはもうモロッコにいないとわかっているだけに、なおのことだ。

電話を見ながら、まずエドにしてみるか、と考えた。ロンドン時間が一時間遅れていることは、あとになって電話をかける気になった場合、都合がいい。いまは九時十二分。マダム・アネットは台所仕事を終えて、テレビに夢中になっているだろう。トムは窓外の景色の油絵のために、スケッチでもしておこうかと思った。

二階に上がろうとしたとき、電話が鳴った。

トムは玄関ホールで受話器をとった。「もしもし？」

「こんばんは、ミスター・リプリー」自信たっぷりの楽しげな声がアメリカ英語で言った。「久しぶり、ディッキーです。おぼえている？　ぼくはきみをずっと監視してたよ——どこに行っていたのか、わかっている」

プリチャードの声のようだ。普段よりもすこし高い声を絞り出して、〝若く〟思わせようとしている。子音が欠落したニューヨーク訛りの雰囲気を出そうとして、作り笑いを浮かべながら、口をゆがめているプリチャードの表情を想像した。トムは沈黙を続けた。

「怯えているのか、トム？　過去からの声に？　死者からの声に？」

電話の向こうでジャニスが諫める声がしないか？　空耳か？　忍び笑いの声か？　咳ばらいが聞こえた。「報いを受ける日は間近だ、トム。いかなる行為にも代償がある」

どういう意味だ？　なんの意味もない、とトムは思った。

「聞いてるか？　恐怖で口もきけないのか、トム」

「とんでもない。これは録音されている、プリチャード」

「ほほう、ディッキーだよ。話を真に受けはじめたな、え、トム？」

　トムは沈黙した。

「ぼくは――ぼくはプリチャードじゃない」高い声は続けた。「だが、プリチャードはぼくの知り合いだ。彼はぼくに多少協力してくれている」

　まもなくふたりは来世で知り合いになるだろう、とトムは思い、これ以上、何も言わないことにした。

　プリチャードは続けた。「よくやってくれている。目標は達成しつつある」間があった。「聞いてるか？　ぼくたちは……」

　トムはそっと受話器を置いて、電話を切った。心臓の鼓動がいつになく速い。忌々(いまいま)しい。だが、振りかえれば、いま以上に鼓動が速くなった経験はこれまでの人生で何度もあったじゃないか。体内のアドレナリンを発散させようと、階段を一段とばしで駆けあがった。

　アトリエに入って、蛍光灯をつけると、鉛筆と安物のスケッチブックに手を伸ばした。立って描くのに重宝なテーブルで、窓の外の景色をまず記憶を頼りに描いてみた。木々の垂直な線に、ほぼ水平の線を一本。これは庭の隅と共有林との境目で、向こう側は伸び放題の草と灌木(かんぼく)の茂みだ。記憶を線で再現し、おもしろい構図を模索していると、プリチャードのことが忘れられた。それでも、頭にこびりついて離れないものが残る。

　ヴィーナス鉛筆を放りだし、頭のなかで毒づいた――図々しい奴め、ディッキー・グリーンリーフなどと偽って、二度も電話してくるとは！　エロイーズが出たときも含めれば、三度目だ。この電話はあの男とジャニスが一緒になって実行しているのだろう。トムは家庭を愛していた。愛しいわが家の景観にいつまでもプリチャード夫妻をまといつかせるわけにはいかない。決意は固かった。

スケッチブックをめくり、プリチャードの顔をぞんざいな線で描きなぐった。黒い丸フレームの眼鏡、黒い眉、口をほとんど真ん丸に開き、何ごとかしゃべっている。眉に翳りはほぼない。プリチャードは自らの行為を楽しんでいるのだ。トムは色鉛筆を使い、唇は赤く、両目の下は紫に、緑も混ぜた。かなり灰汁が強く誇張されている。だがトムはその一枚をはぎとって折りたたむと、ゆっくり細かく引き裂いて、屑籠に捨てた。この絵は誰にも見られてはならない、と気がついたのだ。万一、ミスター・プリチャードを抹殺した場合に備えねばならない。

トムは寝室に移った。二階の電話は普段エロイーズの寝室にあるが、いまは自室に持ってきていた。ジェフにかけようと考えていた。現在、ロンドンは午後十時を過ぎたばかりだ。

彼は自問していた。くそったれプリチャードの嫌がらせのせいで、破滅しようとしているのか？　めそめそと助けを求めるほど、怯えているのか？　とにかく、素手での殴り合いでは勝ったのだ。あのときプリチャードはもっと抵抗してきてよさそうなものだが、無抵抗だった。

受話器に手を伸ばすと、電話が鳴った。また、プリチャードか。トムは立ったまま出た。

「もしもし？」

「もしもし、トム。ジェフだ。あの――」

「ああ、ジェフ！」

「そう、エドに確認したら、まだきみから電話がないと聞いてね。それで、どうなってるのかなと思って」

「うん、まあ――盛り上がってきた、ちょっとね。そう思う。プリチャードがこの村に帰ってきたんだ。それで、どうもボートを購入したらしい。断言はできないが。船外機つきの小型ボートだと思う。推測だけどね。シートに覆われて、ピックアップ・トラックに積まれてたんだ。あの男の家のそばを車で通ったときに見た」

「ほお？　それで、何をしようというんだろう？」

ジェフには見当がつくはずだと思うが。「たぶん、運河のなかを浚(さら)って――引き揚げようとしているんじゃないか！」トムが笑った。「つまり、引っかけ鉤(かぎ)を使ってね。はっきりしないが。そう簡単には見つかりっこないがね、請け合うよ」

「ああ、わかったよ」ジェフは小声で言った。「その男は、妄想にとり憑かれてるんだな？」

「とり憑かれてるね」トムは嬉(うれ)しそうにくり返した。「でもね、ボートに乗ってるとこを見たわけじゃないんだ。だが、先を見越して考えるに越したことはない。また報告するよ」

「おれたちが必要なときは、トム、ともに行動する」

「心強いよ。ありがとう、ジェフ。エドにも礼を言ってほしい。ぼくとしては、プリチャードのボートは荷船にでもぶつかって沈没してほしいね。アハハ！」

ふたりはたがいの無事を祈りつつ電話を切った。

援軍が見込めるのはせめてもの救いだ、とトムは思った。ジェフ・コンスタントならば、バーナード・タフツよりたしかに力はあるし機敏だし。あの晩、できるだけ物音をたてず、車のライトを頼りに、庭の裏の墓からマーチソンを掘りだすにあたり、バーナードには作戦とその目的を嚙んで含めるように説明しなければならなかった。警察の事情聴取に備えて、対応の仕方もしっかり教えた。実際、一度あったのだ。

現状において、自分がやらねばならないのは、シートに包んだマーチソンの腐乱死体が多少でもまだ残っているとすれば、それをこれまでどおり水中に沈めておくことだ、とトムは自分に言い聞かせた。

水中に四、五年、あるいは三年でも、死体を浸けておいたらどうなるのだろう？　シートは腐り、たぶん半分以上は消滅している。そうすると、石はなかなか転がり出てしまい、死体はあっさり流されそうだ。肉が残っていれば、すこし浮きあがるかもしれない。膨れあがるだけでは浮かないか？　長期間、水に触れていれば外皮の層はふやけて剝脱していくのではないか。そうなると？　魚が齧る？　あるいは流れにさらされて肉がとれていき、最後は骨だけに？　死体の膨張はとっくに収まっているはずだ。こうした死体の情報はどこに行けば調べられるんだ？

翌日、朝食のあとで、トムはマダム・アネットに、フォンテーヌブローかヌムールへ行って植木ばさみを買ってくると伝えた。何か必要なものはある？

いいえ、ありがとうございます、と彼女は答えたが、これまでの経験的に、彼が出かけるまでに何か思いつくかもしれない素振りが窺（うかが）えた。

マダム・アネットからの頼みはなく、トムは十時前に家を出た。まずヌムールで植木ばさみを見てみよう。時間がたっぷりあると、ついよく知らない道を走ってしまう。各方面への道案内の標識があったので、それだけは一瞥（いちべつ）しておいた。ガソリンスタンドで停車して、満タンにした。今日の車は茶色のルノーだ。

北に向かう道を進んだ。この道なら二キロほど走って左に曲がり、まっすぐ行けばヌムールだ。開いた窓から見えるのは、農地ばかりで、黄色い刈り株畑をトラクターが一台、ゆっくりと横切っていく。道をすれちがうのは、巨大な後部タイヤの四輪トラクターのほうが乗用車より多い。また運河だ。黒いアーチ橋が見え、橋のたもと近くにはどちらも牧歌的な木立がある。このまま走れば、あの橋を渡ることになるな。トムはゆっくり走った。後ろから来る車もない。

黒い鉄橋にさしかかったとき、右手をちらりと見ると、手漕ぎボートに乗るふたりの男がいた。ひとりは腰かけて、とても幅の広いレーキのようなものを握っている。もうひとりはロープを摑む右手を高くあげて立っていた。トムは一瞬、視線を進行方向に戻し、また男たちに向けた。ふたりはトムに気づいていない。

あの腰かけた男、明るい色のシャツを着た黒髪は、デイヴィッド・プリチャードだ。間違いない。立っている男は、ベージュのズボンにシャツ、長身で金髪、トムが見たことのない人物だ。農作業に使うレーキにも似た道具は、T字型の頭の部分が横幅一メートルあまりの金属バーで、バーには小さな鉤爪が六個以上並び、ひとつひとつの鉤爪はまるで船の四つ爪アンカーのミニチュア版だ。

よしよし。彼らは夢中のあまり、車のほうに顔を上げようともしなかった。もはやこの車はデイヴィッド・プリチャードに覚えられていてもおかしくない。一方で、車に気づかれても、あの男の自尊心を満足させるだけでしかない、とも思った。トム・リプリーの奴、不安のあまり車でうろついて、何がはじまろうとしているのか確かめたいんだな、こっちは失うものなど何もないぞ。

ボートには船外機がついていた。それはこの目で見た。ひょっとして、引っかけ鉤の並んだレーキのような道具も、ふたつあるのだろうか？

荷船が通りかかれば、ボートは運河の岸に寄り添うようにしなければならず、ボートがなくても、二隻の荷船がすれちがえるかどうか怪しいほどだ。そんなことを考えても、いまはたいした慰めにもならなかった。プリチャードとその仲間は本気のようであり、簡単には諦めそうにない。あるいは、助っ人にも、いい報酬を払っているのか？　あの男はプリチャードの家で寝泊まりしているのか？　何者だろう、地元の者か、それともパリから来たのか？　何を探しているのかプリチャードは男に話しているのか？　アニエス・グレなら、金髪男について何か知っているかもしれない。

プリチャードがマーチソンを発見する見込みなんて、あるのだろうか？　いまプリチャードは獲物から約十二キロ離れている。

右手からカラスが一羽、羽ばたきをたてながら舞い降りてきて、嘲笑するように「カァ！　カァ！　カァ！」と不快な鳴き声を発した。トムとプリチャード、いずれを嘲笑しているのだろう。むろん、プリチャードだ！　トムはハンドルを握りしめ、笑みを浮かべた。プリチャードは当然の報いを受けることになる、あの厄介者め。

17

数日間、エロイーズからはなんの連絡もなかった。彼女たちはまだカサブランカにいるのだろうと思うしかなかった。絵葉書を二、三枚書いて、ヴィルペルス宛てに投函しているとは思うが、届くのはたぶん、エロイーズが帰国して数日してからのことだろう。以前もそんなことがあった。

トムは気持ちが落ち着かず、クレッグ夫妻に電話をした。夫妻との会話をできるだけ気楽に楽しもうとして、タンジールの思い出や、旅先のエロイーズの今後の予定などを話した。しかし、飲みの誘いはぬらりくらりと断わった。ふたりはイギリス人で、夫は元弁護士、きわめて信頼できる立派な人たちであり、もちろんバックマスター画廊とトムのつながりについては何も知らなかった。おそらくはマーチソンの名前も、かつては頻繁に見聞きすることがあったとしても、もはや記憶の彼方だろう。

新たなインスピレーションが湧き、次にとりかかる油絵の下絵として、トムは玄関ホールに面した部屋の内装をスケッチした。紫色と黒に近い色に、その濃さを引き立たせる薄い色の静物をひとつ配する構図を念頭に描いていた。静物は花瓶がいいだろう、それも、何も活けていない花瓶だ。赤い花が一輪、活けてあるのもいいかもしれない。そうしたければ、あとから描き加えればいい。

マダム・アネットは、トムが「マダム・エロイーズからの便りがないから、気持ち（メラン）が沈みがち（コリック）」だと思っていた。

「それはそうだがね」トムは微笑（ほほえ）みながら言った。「でも、知ってのとおり――あそこの郵便事情ときたら、ひどいんだ――」

ある晩、気分転換をしようと、九時半ごろ煙草屋（たばこや）兼バーへ出かけた。この時間だと、仕事帰りの客で賑（にぎ）わう五時半ごろとはいくぶん混み具合がちがう。トランプに興じる男が何人かいた。以前はそうした男たちはほとんどが独身だと思っていたが、いまでは、そうではないことをトムも理解している。多くの既婚男性は、家でテレビを観たりして夜を過ごすより、地元の居酒屋で過ごすほうが単純に好きなのだ――実際には、〈ジョルジュ＆マリー〉でもテレビを観ることはできる。

「もう、本当のことを知らない人は黙っていて！」マリーが生ビールを注ぎながら、誰かに向かって叫んでいた。店内にいる全員に向かって叫んだのかもしれない。彼女はすぐに赤い唇に笑みをたたえて、こちらに会釈した。

　カウンターに空いている場所があった。ここでは、いつも立って飲むことにしていた。

「ムッシュー・リプリー」とジョルジュが言った。カウンターのなかにあるアルミの流しの縁に、丸々とした両手を突いている。

「うーん――生ビールを一杯」トムがそう言うと、ジョルジュがとりにいった。

「間抜けだよ、こいつは！」トムの右側にいる男がそう言った。その男のことを、仲間の男が肘でつつき、滑稽なことを喧嘩腰に言いかえすと、笑い声をあげた。

　ふたりは酔っぱらいなので、トムはもっと左側に身をずらした。会話が断片的に聞こえてくる。北アフリカ人の話題、どこかのビル建設計画の話題、最低六人は煉瓦職人を必要としている建設業者の話題。

「……プリーチャード、だろ？」短い笑い声がした。「釣りをしてる！」

　トムは顔を向けずに、聞き耳をたてた。トムの背後、左側のテーブル席の話し声だ。横目でちらりと見ると、作業服の男が三人座っていて、いずれも四十前後だ。ひとりがカードを切っている。

「釣りは――」

「なんで土手で釣らない？」別の男が訊いた。「川船でもやってきたら」――ぼりぼり食べながら、手ぶりをまじえる――「あんなばかげたボート、沈んじまうぞ！」

「おい、奴は何をしてるか知ってるか？」また別の声がして、若い男がグラスを手にして近寄ってきた。「釣りじゃない、川底を浚ってるのさ！　鉤の並んだ道具ふたつで！」

「ああ、そうだ、おれも見たよ」テーブル席のカードプレイヤーが関心なさそうに言い、次のゲームに備えた。

カードが配られている。

「あんなんじゃ、ローチ一匹、捕れないだろう」

「無理だね、せいぜい古いゴム長か鮭缶、自転車ぐらいだ！　アハハ！」

「自転車！」まだそばに立っている、若い男が言った。「ムッシュー、冗談にならんよ！　あの男、自転車ならもう釣ってるんだ。おれ、見ちゃった！」彼はげらげら笑った。「錆だらけで、ひん曲がってた！」

「何を釣る気なんだ？」

「骨董品さ！　アメリカ人の趣味って、わけわからんよな！」と、年輩の男。

笑い声があがり、咳きこむ者もいた。

「あれを手伝っている奴がいるんだぜ」テーブル席の男が声を張り上げた。ちょうどゲーム機で高得点が叩きだされて、その一角（入口近く）からどよめきが湧き、男の声が数秒間かき消されてしまった。

「……やはりアメリカ人だ。連中、ふたりで話してた」

「たかが釣りに、ばかばかしい」

「アメリカ人だから──そんなことに使う金があれば……」

トムはビールをひと口飲み、ジタンにゆっくり火をつけた。

「本当にやってるんだ。おれはモレの近くで見た！」

トムはテーブル席に背を向けたまま、マリーと親しげに言葉を交わしながらも、ずっと会話に耳を傾けていた。だが、もうそれ以上、プリチャードについて男たちが話題にすることはなかった。カードプレイヤーたちは自分たちの閉じた世界に戻っていた。男たちが口にしたローチとチャブというふたつの言葉をトムは知っていた。ローチもチャブも、コイ科の食用魚だ。いや、プリチャードが釣る気なのは、そんな銀色の生き物でもなければ、中古自転車でもない。

「マダム・エロイーズは？　まだヴァカンス？」とマリーが訊いた。黒髪で、目つきがいつものようにちょっと険しい感じだが、無意識的に、濡れた布巾で木のバーカウンターを拭いていた。

「そうなんだ」トムは勘定をしようと金に手を伸ばしながら言った。「モロッコは魅力的なところだからね」

「モロッコ！　すばらしいねえ！　写真で見たけど！」

マリーは同じことを数日前にも言っていた。トムはそのことをおぼえているが、マリーは多忙な女なのだ。朝、昼、晩、百人以上の客をもてなさなければならない。トムは店を出る前に、マールボロをひと箱買った。煙草があれば、エロイーズがトムのもとに早く帰ってきてくれるかのように。

帰宅すると、トムは明日使いそうな絵の具を選び、画架にカンバスを立てかけて、絵の構成を考えた。暗く、激しく、明かりのない小部屋のように、不鮮明なままの背景のなか、いっそう暗い場所に焦点がある。すでに何枚かスケッチをしていた。明日は、白いカンバスに鉛筆を走らせる。だが今夜はやめておく。疲れ気味だったから、描きそんじたり、汚したりしそうで、まったくうまくいきそうに思えなかった。

午後十一時になっても、電話は一度も鳴らなかった。ロンドンは午後十時、かの地の友人たちはトムから連絡がないのはよい知らせと考えているだろう。では、シンシアは？今晩は本でも読みながら、トムがマーチソン殺害の犯人であるという、揺るぎない、ほとんど独善的ともいえる確信を胸に抱いているだろう――ディッキー・グリーンリーフが不審死を遂げたことも知っているにちがいない――そして、運命が最後には勝利して、いかなる意味であれ、トムという存在に極印が打たれることを、確信しているだろう。その印はおそらく、トム・リプリーの存在を無効とする、という意味ではないか。

本といえば、その夜、ベッドで読もうと楽しみにしている本があった。リチャード・エルマンのオスカー・ワイルドの伝記だった。トムは一ページ一ページ堪能した。これを読むと、ワイルドの人生はどこか、罪の浄化、人間の隠された運命、のようなものを感じさせる。才能にめぐまれた善意の人は、その作品こそいまなお人々に大きな喜びを与えているが、恨みを抱いた大衆に攻撃され、貶められる半生を送った。人々は堕ちていくワイルドを見て、サディスティックな喜びをおぼえたのである。トムはワイルドの人生を思うと、あの惜しみない善意の人、キリストを思い出す。キリストは広く人々の意識を目覚めさせ、生きる喜びを大きくしようという大志を抱いていた。このふたりはともに、同時代の人々から誤解され、生存中、彼らの死を望む人々、彼らを嘲笑する人々の胸の奥底にひそむ嫉妬心に苦しめられた。年齢を問わずあらゆる人々がワイルドを読みつづけるのは、すこしも不思議ではない、とトムは思った。どうしてそんなに惹きつけられるのか、たぶん気づいてもいないだろう。

　トムはそんなことを考えながら、ページをめくり、レネル・ロッドのくだりを読んだ。ロッドは第一詩集を出版すると、友人として、ワイルドに一部、献本した。その際、ロッドはイタリア語による献辞を手書きで記している——奇妙だが、それは翻訳すれば次のようなものだ。

汝の受難のとき、
汝が語りかけた貪欲で残酷な大衆は挙りて、
十字架の上にある汝を見物にくるだろう、
そして、誰ひとり汝に同情する者はない。

じつに預言的で、不思議な献辞だ、とトムは思った。ロッドは以前にどこかで、このような一節を読んだことがあったのだろうか？　だが、これは読んだ一節ではないだろう、とトムは思う。

ワイルドの詩がニューディゲイト賞を受賞したとき、それを知ったワイルドが感じただろう身震いを、トムは読みながら想像した。受賞したのは、ワイルドが停学の憂き目にあって間もないころのことだった。トムはベッドで枕にもたれてゆったりと、ページをめくる喜びを感じていながらも、頭のなかではついプリチャードとあの忌々しい船外機つきボートのことを考えてしまう。プリチャードの協力者のことも。

「くそ」トムは呟くと、ベッドから起きだした。この村近隣のこと、周辺の水路のことが気になったのだ。これまでも一度ならず地図を調べていたが、もう一度確かめずにいられなかった。

トムはタイムズの大きな地図――『コンサイス・アトラス・オブ・ザ・ワールド』を開いた。フォンテーヌブローとモレの周辺、南はモントローから先までの地域は、川と運河が『グレイの解剖学』の循環器系の解剖図のように張り巡らされている。静脈と動脈が太いの細いの問わず、交差し、分岐している。しかしながら、川と運河のどの線であっても、たぶんプリチャードの船外機つきボートにとっては、大きすぎる。よしよし、プリチャードの作業は容易ではない。

なんとかジャニスと話がしたかった！　こうしたことを、彼女はどう考えているのか？「何か成果はあったの？　夕食用の魚でも釣れて？　また中古の自転車？　それとも長靴？」プリチャードは彼女に何を探していると話しているのだろう？　真実を話しているはずだ、とトムは思った。マーチソン。当然だ。プリチャードは地図や記録を捨てないでいるだろうか？　おそらく捨てていないだろう。

もちろんトムは最初に調べて円を描いた地図を捨ててはいない。鉛筆で引かれたその円には、ヴォアジとそのすこし先の地域が含まれていた。『タイムズ・コンサイス・アトラス』では、運河と川がもっと細かく載っていたし、間違いなくその数も多く見える。プリチャードはまず「広い範囲」をとって、しだいにそれを狭めていくつもりなのか、それとも、目下の場所から、周辺部へと広げていくのか？　トムは後者だと思った。死体を抱えた者ならば、二十キロの距離を運ぶ時間的余裕がなくて、せいぜい十キロ程度で妥協するのではないか。地図上では、ヴォアジはヴィルペルスから八キロの距離だった。

ざっと見積もって、半径十キロの円内にある運河と川の総延長は約五十四キロ。なんて作業だ！　プリチャードは船外機つきボートをもう一隻と助っ人ふたりひと組、追加で調達しかねないのではないか？

どのくらいで、人はこうした作業に飽きるものだろう？　トムはプリチャードが常軌を逸した人間であることを思い出した。

この七日間、いや九日間か、どれほどの距離を探しまわったのだろう？　運河を走行するにあたり（当然、真ん中を走るはずだ）、一時間に二キロとして、午前に三時間、午後に三時間ならば、一日あたり十二キロ。だが、三十分ごとにボートを乗り換え、さらにボートをピックアップ・トラックに積んで別の運河へ運ぶなどすれば、困難ではない。川の場合は幅が広いから、くまなく探るのに一往復は必要だろう。

全体で、五十キロほどボートを走らせれば、概算ではこれから三週間以内に、マーチソンを発見する可能性がある。まだマーチソンが元の場所で発見されるのを待っていて、多少の運にも恵まれればの話だが。

トムは心が軽く震えるのを感じたが、しかし、この時間の見積もりはかなり不確かなものだと自分に言い聞かせた。たとえばマーチソンが北へ流されていて、想定する地域内に留まっていなければ？

また、もし、防水布に包まれたマーチソンの死体がかなり以前に運河まで流されていて、その運河が改修工事で水をぬかれた結果、死体が発見されていた、などという事態が起きていたならば？　水門で流れが止められて水のない運河は数多く見ている。当然、マーチソンの死体は警察に届けられたものの、身元は判明しなかっただろう。身元不明の人骨といった記事を新聞で目にしたことはないが、これまでトムは、そうした記事のことを気にもとめなかった。発見されたら、新聞は必ず記事にするだろうか？　まあ、記事にするな、とトムは思った。フランスであれどこの国でも、大衆はそうした報道が大好きだ。身元不明の人骨が川底より。発見者は――一般の釣り人か？　男性の遺体で、自殺ではなく、暴行・殺害の被害者と思われる。だが、すでにマーチソンを発見されているとは、トムにはちょっと考えがたかった。

ある日の午後、トムが頭のなかで「奥の間」と呼ぶ部屋で制作している油絵がだいぶ捗(はかど)ったとき、ふとトムはジャニス・プリチャードに電話をかけてみたくなった。デイヴィッドが電話に出れば、切ってしまえばいい。ジャニスであれば、そのまま話をする。何か情報が引きだせるかもしれない。

トムは黄土色のついた筆をパレットのそばにそっと置き、階下の玄関ホールの電話へ向かった。

トムいわくの「大掃除」を頼んでいるマダム・クルソーがそのとき、階下の浴室で忙しく立ち働いていた。洗面台のある浴室のドアを抜けると、地下室へ下りる階段がある。彼女は英語がわからないはずだ。わずか四メートルほど先にいる。メモしてあったプリチャード家の電話番号を確認し、受話器に手を伸ばそうとしたとき、電話が鳴った。ジャニスであればありがたい、トムはそう思って受話器をとった。

ちがった。国際電話で、ふたりの交換手の声がぶつぶつ聞こえ、やがてひとりの声が鮮明になり、「ムッシュー・トム・リプリーですか？」と尋ねてきた。

「ウイ、マダム」エロイーズが怪我(けが)でもしたか？

「しばらくお待ちください(アン・アンスタン・シル・ヴ・プレ)」

「もしもし(アロー)、トム！」エロイーズは元気そうだった。

「もしもし。どう、元気？　なぜ――」

「とっても元気よ……いま、マラケシュなの！　そう……絵葉書を送ったわ――封筒に入れて。でも、わかるでしょ――」

「わかってる、ありがとう。そんなことより――何ごともないね？　身体（からだ）の具合も？」

「大丈夫よ、トム。すごくよく効く薬をノエルが知っているの！　何かあれば、買ってきてくれるわ」

まあ、まずはひと安心か。トムはアフリカの奇病の噂（うわさ）を耳にしたことがあった。彼は大きく息を吸いこんだ。「それで、戻りはいつごろ？」

「そうね――」

その言い方から、最低でもあと一週間は戻らないつもりなのがわかった。

「ふたりとも、見たいものがあるし――」電波障害で雑音が入ったか、わずかの間、通話が途切れたようだったが、やがてまた、おだやかなエロイーズの声が聞こえた。「メクネスよ。飛行機でそこへ行くの――あら、何かしら。じゃあ、また、トム」

「どうしたんだろ？」

「……大丈夫。バイバイ、トム」

切れた。

いったい何が起きたんだ？　電話を待っている者でもいたのか？　エロイーズはホテルのロビーからかけていたようだ（電話越しにほかの人たちの声がした）。ありうることだ、とトムは思った。いくらか腹立たしいが、すくなくともいまのところエロイーズが無事であることはわかった。メクネスへ行っても、あそこはタンジールがある北の方角だ。そこで、彼女はきっと帰国の飛行機に乗るだろう。残念だったのは、ノエルと話せなかったことだ。それと、いま泊まっているホテルの名前を聞き忘れてしまった。

　エロイーズの電話で、基本的には元気づけられ、ふたたび受話器をとって、腕時計を確認し——三時十分すぎ——プリチャード家の番号をダイヤルした。呼び出し音が五回、六回、七回。そしてジャニスの甲高い、アメリカ人らしい声が出た。「もしもーし？」

「もしもし、ジャニス！　トムです。こんにちは」

「あら！　お電話いただけるなんて嬉しいわ！　こちらはふたりとも元気よ。あなたは？」

　気味の悪いほど親しげで快活だ、とトムは思った。「元気だよ、ありがとう。いい天気で嬉しくなるね」

「ほんとにね！　ちょうど外で薔薇の花壇の草むしりをしてたから、電話がよく聞こえなかったの」

「あ、聞きましたよ、デイヴィッドが釣りをしてるって」トムはそう言って、挑むような笑顔をつくった。

「アハハ！　釣りだなんて！」

「ちがうんですか？　ぼくも一度見かけたような——この近くの運河沿いを車で走っていたときかな。鯉でも釣ってるのかと？」

「あら、ちがうのよ、ミスター・リプリー、釣ってるのは、死体(コープス)なんです」ジャニスは陽気に笑った。発音が似ているのがおかしいようだ。「くだらない！　何が見つかるかしら？　無駄なことを！」また笑い声。「でも、おかげであの人、せっせと外出してます。いい運動ね」

「死体って——誰のですか？」

「マーチソンという人ですって。デイヴィッドは、あなたの知り合いと言ってます——それも、あなたに殺されたって、デイヴィッドは思いこんでるの。信じられます？」

「まさか！」トムは笑いながら言った。おもしろがっているふりをした。「ぼくはいつ殺したんですか？」返事がない。「ジャニス？」

「すみません、ふたりが帰ってきたかもと思ったもので。ちがう車でした。もう何年も前、なのかしら。あら、ほんとばかげてますね、ミスター・リプリー！」

「本当に」トムが言った。「でも、おっしゃるとおり、運動にはなりますね——スポーツだ——」

「スポーツ！」声を甲高くして、笑い声まで聞こえた。ジャニスが夫の趣味を応援していることが伝わってくる。「鉤爪を引きずって——」

「ご主人と一緒に男性がいましたが——昔からのご友人ですか？」

「いえ！　デイヴィッドがパリで偶然知り合った、音楽を勉強しているアメリカ人の学生なの！　好青年でよかった、泥棒なんかじゃなくて——」ジャニスはくすくす笑った。

「というのも、うちに寝泊まりしてるんです。テディって名前」

「テディ」トムはおうむ返しに言った。ジャニスが姓を言ってくれるかと思ったが、無言だった。「こんなことがいつまで続くんでしょうね？」

「あら、何かが見つかるまでね。デイヴィッドはそう決めてます。夫に代わって、言っておきます。わたしもガソリンを買って、指の怪我を手当てして、食事を作って——毎日、大忙し。そのうち、コーヒーかお酒でも飲みにいらっしゃいませんか？」

トムは面食らった。「それは——どうも。ただ、いまは——」

「いま奥様はお留守と聞きましたが」

「はい、たぶん、あと数週間は戻ってこないかと」

「奥様はどちらへ？」

「今度はギリシャへ向かうでしょうね。友人と一緒にちょっとした休暇中なんですよ。ぼくは、たまった庭仕事をせっせと片づけてますが」トムはにっこりした。マダム・クルソーがバケツとモップを持って、一階の浴室から後向きに出てきたのだ。トムはジャニス・プリチャードに、コーヒーかお茶ならぜひうちに来てくださいと誘いかえす気はなかった。たぶんジャニスは、純真なのか意地悪なのか、誘われたらそのことをデイヴィッドに報告するだろう。そうなればデイヴィッドに、こちらの動きを知りたがってるな、心配してるのだろう、と思われてしまう。ジャニスが何をしでかすか予測できない性格であることくらい、デイヴィッドもわかっているはずだ。そんな性格が夫婦のサディスティックな楽しみにもなるのだろう。「じゃあ、ジャニス、ご主人の成功を祈ってるよ——隣人として心からの——」トムは間をおき、ジャニスは待った。ジャニスは夫がタンジールでトムに殴打されたことを本人から聞かされているのである。だが、この夫婦の世界では、善と悪、礼儀と無礼が重きをなしていないばかりか、忘れ去られているように思われる。それどころか、ゲームより奇妙だ。ゲームならば、なんらかのルールがある。

「じゃあね、ミスター・リプリー。お電話ありがとう」とジャニスが言った。最後まで親しげだった。

トムは庭をじっと見つめながら、プリチャード夫婦の異様性について思案した。電話の結果、わかったことは？　デイヴィッドは無限に続けるだろう、ということだ。いや、そうじゃない。あと一か月も続ければ、直径七十五キロ以内にある地元の川底を浚いきってしまう！　異常だ！　途轍もなく高額な報酬をもらわない限り、テディもやる気をなくすだろう。もちろん、金が続く限りは、プリチャードはほかの人間を雇えばいい。

プリチャードとテディはいま、どのあたりだ？　ともかく体力勝負の作業だ、とトムは思った。毎日数回ずつ、ボートをトラックの荷台から降ろしてはまた載せるのだ！　いまこの瞬間に、ふたりがヴォアジ近くのロワン川の底を浚っている可能性は？　トムは現地まで行ってみたくなった——今度は白のステーションワゴンがいいだろう——好奇心を満たしたい。いま、三時半。だが、見にいくなんて怖くてできないことに気づいた。処理現場の周辺を二度も車でまわるのは危険すぎる。あの日、ヴォアジへ行って、橋を渡ったとき、トムの顔を誰かに見られ、おぼえられていたら、どうなる？　まさにあの場所で引っかけ鉤を引きずっているデイヴィッドとテディに鉢合わせしたら、どうなる？

　そんなことになれば、あのふたりが現地で発見し損ねたとしても、トムは安眠できなくなる。ぜったい行ってはならない、と心に決めた。

　トムは完成した絵を眺めた。かなり満足な、いや、それ以上の出来だ。絵の左側には赤紫の筋があり、室内のカーテンだ。中心からすこし外れたあたりにある、輪郭のぼやけた黒い長方形は奥の部屋への戸口で、その周囲からカンバスの縁まで、青と紫と黒で強烈に塗られている。絵自体は、縦長だ。

　また火曜日になり、トムは音楽教師のムッシュー・ルプティのことを考えた。いつもなら火曜日はレッスンを受ける日だが、トムとエロイーズは一時休止にしていた。北アフリカ旅行から帰る日程がわからなかったし、トムは帰国後も、ひとりで練習はしていたが、ムッシュー・ルプティに連絡を入れていない。ある週末、グレ夫妻から食事に招待されたが、丁重に断わった。平日にトムからアニエス・グレに電話をかけ、午後三時ごろに押しかけていった。

　訪ねてきてよかった、とトムは思った。整然とした機能的なキッチンで、優に六人は座れる大理石のテーブルにつき、少量のカルヴァドスを添えてエスプレッソを飲んだ。そうだな、とトムが言った、エロイーズから二、三回は電話があったよ——突然切れてしまったこともあるけど。トムは笑った。トムがモロッコを発ってから三日後、もう大昔に書かれた葉書が、昨日やっと届いたんだ。特に何ごともないみたい。

「例の隣人は、あいかわらず釣りをしてるみたいだね？」トムは笑顔で言った。「そんな話を聞いたよ」

「釣りね」アニエス・グレは一瞬、茶色の眉根（まゆね）を寄せた。「何かを探しているのよ、なんなのか知らないけど。小型の鉤爪で川底を浚っているの、知ってるでしょ？　お仲間も一緒。わたしは見たことないけど、肉屋でみんなが話していたわ」

　肉屋やパン屋では、みんないつもだらだら話している。店主もその輪に加わるから、客への応対も遅れるが、長居をすれば、それだけ多くの情報が手に入る。

　トムがおもむろに口を開いた。「運河からは――川から、かな、ともかくきっとすばらしいものが揚がってくるだろうね。ぼくも、よくここのごみ処分場（デシャルジュ・ピュブリック）でいろいろ見つけたけど、見せたらびっくりするようなものばかりだよ――いまは、当局に閉鎖されてしまったけどね、まったくひどい話だ。あそこは展覧会のようだった！　アンティーク家具の山！　たしかに、多少修理しなければ使えない物もあったが――わが家の暖炉のそばにある金属の水差しセットは、十九世紀末のものだけど、水漏れもしない。デシャルジュ・ピュブリックからの戦利品だ」トムは笑った。ごみ処分場の一画に面した道はヴィルペルスまで延びている。以前はそこに、壊れた椅子（いす）や古い冷蔵庫、本にいたるまで、古いものならなんでも捨てることができたし、トムは目ぼしいものがあれば拾って帰ることもあった。現在は錠のついた金網に囲まれて、立ち入り禁止になっている。現代の進歩か。

「みんなの話では、物を集めているんじゃないようよ」アニエスが言った。さほど興味もなさそうだ。「引き揚げた金属のがらくたをまた投げ捨てているらしいの。それも、あまりお行儀よくないみたい。最低限、ごみ収集人が集めていけるように、土手にあげておくべきでしょ。そうすれば社会奉仕になるのに」彼女が微笑んだ。「カルヴァドスのお代わり、すこしいかが、トム？」

「いや、結構、アニエス。そろそろ帰らなければ」

「ねえ、どうして帰るの？　仕事？　家には誰もいないのに？　ああ、そうね、あなたには楽しみが多いものね、トム。絵を描いたり、あなたのハープシコードに――」

「ぼくたちのハープシコードなんだ」トムが話をさえぎった。「エロイーズとぼくの」

「おっしゃるとおり」アニエスは首を振って、髪を後ろにやり、彼を見つめた。「でも、どうも落ち着かないようね。帰りたいんでしょ。わかったわ。エロイーズから電話があればいいわね」

トムはにっこりして、腰をあげた。「神のみぞ知る、だね」

「神ならぬあなたが知っていることは、この家ならば、いつでも食事に歓迎されるし、ただふらりと立ち寄るだけでもいい、ということ」

「きみも知ってのとおり、ぼくは事前に電話をかけるのが好みでね」トムの口調も同じように楽しげだった。今日は平日だから、アントワーヌは金曜日の晩か土曜日の昼までは戻ってこない。子どもたちはいまにも学校から帰ってくる、とトムは思った。「じゃあまた、アニエス。美味しいエスプレッソとカルヴァドス、本当にありがとう」

アニエスはキッチンのドアまで見送ってくれた。「なんだか浮かない顔ね。古くからの友だちがここにいることを忘れないで」彼女はトムの腕を軽く叩いた。トムは立ち去り、車へ向かった。

車の窓からさよならと手を振り、通りまで出ると、反対方向からやってきた黄色いスクールバスが停車し、グレ家のエドゥワールとシルヴィが降りてきた。

いつの間にかトムは、マダム・アネットのことを考えていた。彼女の例年の休暇は九月の初旬だ。フランスの伝統的な休暇の月は八月だが、どこへ旅行するにも交通渋滞と人込みがひどいから、マダム・アネットは八月には休暇をとりたくないと言う。それに雇い主が留守になりやすい八月は、村の家政婦たちも普段より自由な時間が多くなるので、彼女とその仲間はたがいに行き来する時間が持てる。だが、もしよかったら、いまから休暇をとらないか、とマダム・アネットに提案してみようか？

安全のためにも、提案するか？　マダム・アネットに村の様子を見聞きしてもらおうと思っても、それには限度があった。

不安になっている自分を感じていた。その実感がトムをさらに気弱にした。この気分をなんとかしなければならない。早ければ早いほどいい。

トムはジェフかエドに電話をかけることに決めた。ふたりともいまは等しく大切な存在に思われた。必要なのは、いざというときに手足となって助けてくれる、友人の存在だ。

なんといっても、プリチャードはひとりではなく、テディという助っ人がいる。

プリチャードが獲物にありつけたら、テディは何を言うだろうか？　なんにしても、プリチャードはテディに、いったい何を探していると話してあるのか？

リビングルームのなかをゆっくり歩きまわっていたトムは、いきなり身体をふたつ折りにして笑いだし、よろめきそうになった。音楽科の学生の——本当か？——テディが発見するかもしれないものは、死体！

そのとき、マダム・アネットが部屋に入ってきた。「ああ、ムッシュー・トム——お元気そうで、本当によかった！」

嬉しさに頬(ほお)もほのかに赤くなっているだろう、とトムは思った。「いまおもしろいジョークを思い出してね……いや、いや、マダム、残念ながら(エラス)、フランス語にはうまく訳せないんだ！」

18

そんな会話の数分後、トムはロンドンのエド・バンバリーの電話番号を確認して、ダイヤルをまわした。エドの音声が流れ、名前と電話番号を残しておくよう求められた。トムが口を開こうとしたとき、ほっとしたことに、エドが出た。

「やあ、トム！　そう、いま帰ってきたんだ。何かあった？」

トムは息を吐いた。「あいかわらずだよ。デイヴィッド・プリークハードくんはまだ近所で釣りに励んでいる、ボートから鉤爪を引きずってね」トムは平静を装いながら話した。

「嘘だろ！　いつからだっけ？　十日——まあ、一週間以上、経ってるか」

エドが日数を数えていなかったのは明らかで、それはトムも同じだが、プリチャードが作業をはじめてからむしろ二週間に近いことはわかっていた。「ほぼ十日だね」トムが言った。「正直言って、エド、奴がこのまま続けていけば——大いにやる気のようだが——例のものを見つけかねない」

「たしかに。驚くね——きみには助けが必要だな」

エドはわかってくれた、とトムは思った。「そう。まあ、そうかもしれない。プリチャードには助っ人がいる。ジェフにはそのことを話したと思うが。テディという男だ。彼らはふたりで疲れも知らずにせっせと、船外機つきのボートに乗って、レーキ——というか、鉤爪をずらっと一列に並べたやつを引きずりまわしてるんだ。もうずっとやっている——」

「そっちへ行くよ、トム、できることはなんでもする。早ければ早いほどいいようだね」

トムはためらった。「正直言って、そうしてくれると気が休まる」

「なんとかする。金曜日の昼が締切の仕事があるが、明日の午後までには仕上げよう。ジェフとはもう話したかい？」

「いや、いまから電話しようと思ってた——でも、きみが来られるなら、必要ないかな。金曜の午後？　夜になるかな？」

「仕事の進み具合によるが、たぶんそれより早く、金曜の正午くらいには行けると思う。また電話するよ、トム――飛行機の時間を知らせる」

電話を切るとトムはほっとし、すぐにマダム・アネットを探した。週末にロンドンから客が来そうだと知らせようと思ったのだが、部屋が閉まっている。物音もしない。昼寝か？　いや、それはめったにない。

キッチンの窓から外を眺めると、右手に見える野生のスミレの一群のそばに、マダム・アネットがかがみこんでいた。淡い紫色のスミレは風にも寒さにも害虫にも超然としている、トムにはそう思えた。彼は外に出た。「マダム・アネット？」

マダム・アネットは立ち上がった。「ムッシュー・トム――スミレを間近で眺めて、見とれていました。可愛らしい（ミニョンヌ）！」

トムはうなずいた。ふたりは月桂樹と箱形の生垣のそばの土をそこに撒（ま）いた。トムはよい知らせを伝えた。料理と、客間の支度でもてなすべき、客が来る。

「ご親友ですか！　元気が出ますね、旦那様も。ベロンブルははじめてですか？」

彼らは屋敷の脇（わき）にある、キッチンの勝手口へ引きかえした。

「どうだったかな。たぶんはじめてだね。不思議だな」エドとの長い付き合いを考えると、奇妙な気がした。ダーワットの贋作（がんさく）の件があるから、エドは無意識にトムの家と距離を置こうとしていたのだろう。あと、バーナード・タフツのベロンブル来訪という大失策も、もちろん関係しているはずだ。

「お客様には、どんなお食事をお出ししたら喜ばれるでしょう?」マダム・アネットは持ち場のキッチンに戻るとすぐに、そう尋ねた。

トムは笑いながら、考えてみた。「フランス料理がいいだろうね。この天気では――暖かいが、暑くはない。

「ロブスターではどうでしょう――冷たくして? ラタトゥイユ? もちろん! 冷たくして。子牛の薄切り肉(エスカロップ)のマデラソース添えでは?」彼女の薄い青色の瞳が輝いた。

「いいねえ」マダム・アネットの発音が食欲をそそった。「美味(おい)しそうだ。到着は金曜日になると思う」

「奥様もご一緒ですか?」

「結婚はしていない。ムッシュー・エドひとりだ」

そのあと、トムは車で郵便局(ビューロー・ド・ポスト)へ切手を買いにいった。まだ自宅まで配達されていない次回集配分に、エロイーズからの便りが届いていないかも確かめたかった。エロイーズの筆跡による宛名書きの封筒が一通あり、胸が高鳴った。消印はマラケシュで、スタンプのインクが薄くて、日付は判読できなかった。なかには葉書が入っていて、こう書かれていた。

親愛なるトム、
すべて順調、ここは元気な町です。とってもきれい! 夕方のながめは、紫色の砂。

ふたりとも元気で、お昼は、ほとんど毎日クスクスを食べてます。次はメクネス。飛行機で行きます。ノエルがよろしくと。愛をこめて。

H

手紙を受け取れたのはよかったが、ふたりがマラケシュからメクネスへ行くことは数日前にわかっていた。

トムは急に思いたって、庭で鋤(すき)の刃を研いだ。アンリがやり忘れていたのだ。アンリは仕事の優先順位のとらえ方がどうも奇妙だった。実務はそれなりに有能で、庭木に関しては博識でさえあったが、脇道に逸れては実にどうでもいいことを丁寧にこなしたりする。それでも、手間賃は高くないし、正直者だ。文句は言えないな、とトムは独りごちた。

ひと作業を終えると、シャワーを浴びて、オスカー・ワイルドの伝記を読んだ。マダム・アネットに言われたように、エドが来るとなったら、元気が出てきた。今夜はどんなテレビ番組があるか、「テレ7ジュール」誌にさえ目を通した。

観たい番組は何もなかったが、ほかにしたいことがなければ、十時の番組を観てみようと思った。トムは午後十時にテレビをつけたが、五分後にはスイッチを切ると、懐中電灯を持って、エスプレッソを飲みに煙草屋(たばこや)兼バー〈ジョルジュ＆マリー〉へ出かけた。

今晩もトランプに興じる客がいて、ゲーム機はカチャン、バタンと音をたてていた。だが、あの奇妙な釣り人、デイヴィッド・プリチャードについての情報は何も得られなかった。夜にはプリチャードもすっかり疲れて、寝る前に煙草屋兼バーでビールでも一杯、という気分でもないだろう、とトムは思いながらも、入口のドアが開くたびに、あの男が来たかと目を向けた。トムは勘定をすませ、店を出ようとしたとき、ちょうどまたドアが開いたので、ちらりと目を向けると、プリチャードのお仲間、テディが入ってきた。

テディはひとりのようだ。身体（からだ）を洗ってベージュのシャツとチノパンに着替えたようだが、いくぶん不機嫌そうにも見えた。あるいは、ただ疲れていただけかもしれない。

「エスプレッソをもう一杯（アンコール・アン・エクスプレス）、ジョルジュ」トムは言った。

「はい（エ・ビヤン・シュール）、ムッシュー・リプリー」ジョルジュはこちらには目もくれずそう言って、スチーム・マシンのほうへ丸々とした身体を向けた。

テディという男は、実際これまでにトムの顔を教えられていたとしても、トムには気づきもしない様子で、ドア近くのカウンターの端に立ちどまった。マリーがビールを持っていって、挨拶（あいさつ）した。はじめてじゃないようだ、とトムは思った。彼女が何を言ったのかは聞きとれなかった。

トムは思いきって不自然なくらい何度もテディのほうにちらちら視線を投げかけ、相手が気づくかどうか、様子を窺（うかが）った。なんの反応もなかった。

テディは顔をしかめて、ビールをじっと見下ろしていた。左側の男と言葉を交わしたが、それもほんのひと言ふた言で、笑みすら見せなかった。

テディはプリチャードの仕事から手を引こうと考えているのか？　パリの恋人と会えな

くて淋しいのか？　デイヴィッドとジャニスの異様な関係に耐えきれず、あの家の雰囲気にうんざりしているのか？　その日も探し物が見つからなかったので、プリチャードが寝室で妻を殴っている音でも聞いたのか？　たぶん、テディは新鮮な空気を吸いたかったのだろう。彼の手を見るに、体力はありそうだ。頭脳派ではない。音楽科の学生だって？ともかくトムもわかっているが、アメリカの大学には職業専門学校と間違いそうなカリキュラムのところもある。「音楽科の学生」でも音楽について知っている必要はないし、音楽に関心がなくてもいい。重要なのは卒業証書だ。テディは身長が百八十以上ある。早く手を引いてくれれば、トムとしてはそれだけ気が楽になるだろう。

トムは二杯目のコーヒーの勘定を払い、ドアのほうへ向かった。バイクのゲーム機のそばを通ったとき、ちょうどライダーが障害物に突っこみ、衝突を模して星が点滅して、しまいにその点滅も止まった。ゲームオーバー。「コインを入れてくださいコインを入れてくださいコインを入れてください」見物する者たちの残念そうな声が、笑い声へと変わっていた。

テディはこちらに目を向けようともしなかった。結局、テディは自分たちがいま探しているものがマーチソンの死体であることを聞かされていないんだ、そうトムは思った。何を探しているとプリチャードは説明しているのだろう、沈んだヨットの宝石？　貴重品の入ったスーツケース？　だがトムの見たところ、その仕事が同じ村に住む、ある住人と関わることだとは、プリチャードから聞かされていないようだ。

トムが戸口から振りかえると、テディはビールに覆いかぶさるように背中を丸めたまま、誰とも話していなかった。

暖かな日で、マダム・アネットがロブスターをメニューに入れる気になったようなので、トムは、フォンテーヌブローで買い物に付き合うから一緒に車で行って、町でいちばんの魚屋にも寄ろう、と提案した。さしたる苦労もなく、その申し出は受け入れてもらえた。マダム・アネットをそのような外出に誘うと、いつもなら一度は固辞されるのだ。

買い物に使う袋や籠を準備したり、クリーニング屋へ出すトムの服をまとめたりと、出かける前にこなすことは多かったが、九時半までには家を出られた。今日も美しく晴れわたり、マダム・アネットいわく、ラジオの天気予報によれば日曜日まで快晴が続くそうです。マダム・アネットが尋ねていわく、ムッシュー・エドマンドは何をされている方なんですか？

「ジャーナリストなんだ」トムは答えた。「エドが実際、どの程度フランス語を話せるのか知らないが、これから必ず身につくはずだね」今後のことを想像して、トムは笑った。

袋や籠は買った品物でいっぱいになり、紐で縛られたロブスターが二匹、大きな白いビニール袋（この袋は二重だよ、と魚屋が請け合った）に入っている。パーキングメーターまで戻って追加料金を入れると、トムは、近くのケーキ喫茶でおやつ（アン・プティ・エクストラ）にでもしよう、とマダム・アネットを誘った。彼女は顔をほころばせて喜びながら（一度は固辞した）、誘いに従った。

　マダム・アネットの注文は大きな丸いチョコレート・アイスで、フィンガービスケットが二本、ウサギの耳みたいにちょこんと突きたち、耳と耳の間にはホイップクリームがたっぷり載っていた。彼女はちらちらと控えめにあたりへ視線を走らせた。どのテーブルでも、ご婦人たちが意味のないおしゃべりに花を咲かせている。意味のない？　まあ、誰にもわからないよな、とトムは思う。みんな満面の笑みでスイーツをつついていた。トムはエスプレッソを飲んだ。マダム・アネットが、このアイス大好きなんです、と打ち明け、トムは嬉しかった。

　週末に何も起こらなければ、とトムは車へ戻りながら考えていた。エドはいつまで滞在できるのだろう？　火曜までか？　そのときはジェフに頼む必要があるものだろうか？　問題は、プリチャードがいつまでこれをやりつづけるか。

「マダム・エロイーズのお帰りが待ち遠しいですね、ムッシュー・トム」ヴィルペルスへ戻る車中で、マダム・アネットが言った。「マダムから何か新しいお知らせはありましたか？」

「新しい知らせ！　ぼくも待ってるんだがね！　郵便が――そう、郵便は電話よりも頼りにならないようだ。一週間もしないうちに、帰ってくるとは思うんだ」

　ヴィルペルスの大通りに入ると、プリチャードの白いピックアップ・トラックが目に飛びこんできた。右側から大通りを横切っていく。それほど減速する必要はなかったが、トムは速度を落とした。船外機の外されたボートの船尾が荷台から突きだしている。お昼休みには、ボートを川から上げているのか？　おそらくそうなのだろう。土手に係留したままでは、誰かに盗まれたり、荷船に衝突されたりする危険がある。暗い色のキャンバスシートか防水布は荷台のボートのそばに畳まれていた。昼食のあと、また川に出るのだろう、とトムは思った。

「ムッシュー・プリーチャード」マダム・アネットが言った。

「うん」トムが言った。「あのアメリカ人だ」

「運河から何かを見つけだそうとしているんです」マダム・アネットが続けた。「みんなそう言ってます。でも、何を探しているのか、本人は話さないんです。あんなに時間とお金をかけて――」

「いろんな噂があるね――」トムはしゃべりながら、笑みを浮かべることができた。「マダムも知ってるだろう、沈没船の宝石の噂、金貨とか宝箱とか――」

「でも、揚がっているのは猫や犬の骨なんですよ、ムッシュー・トム。それを土手の上にほったらかしにして――お友だちとふたりで、そのへんに放り投げるだけなんですから！ご近所でも迷惑してますわ。そばも歩けないし……」

聞きたくない話だったが、トムはしっかり耳を傾けていた。ここで右折して、開けっ放しのベロンブルの正門に車を入れた。

「この村では幸せになれないね。不幸な男だ」トムはそう言ってマダム・アネットをちらりと見た。「この近所に長く住むことは、ないと思うよ」口調はおだやかだったが、胸の鼓動がいくらか速くなっていた。プリチャードは忌まわしい存在であり、それは前からそうだったじゃないか、と自分に言い聞かせた。大声でも小声でも悪態をつかなかったのは、ひとえにマダム・アネットがいたからにすぎない。

キッチンで、ふたりは買い物の品をしまっていった。極上バター、見事なブロッコリーにレタス、三種のチーズ、最高級コーヒー、ローストビーフにぴったりの部位の牛肉。そしてもちろん、生きているロブスター二匹。しばらく経つとマダム・アネットに調理されることになるだろうが、トムはそれを望んでいなかった。マダム・アネットにとってロブスターは、熱湯に放り入れるサヤインゲン程度にしか意味をもたないのだろう、それはトムもわかっている。しかし彼の場合は、茹でられているロブスターが断末魔の絶叫を、すくなくとも呻き声を上げている様を想像してしまうのである。ものの本で読んだ電子レンジ調理（ロブスターを「焼く」ことになるのだろうか）にまつわる話は、同じように気が滅入るものだった。スイッチを入れたら十五秒以内にキッチンを走り出ないと、死を目前にしたロブスターがハサミで電子レンジのガラス扉を叩くはめになり、目撃することもできるのだという。ロブスターが焼かれて死んでいく間に——何秒間だろうか？——ジャガイモの皮剝きにとりかかれる人だっているだろう。トムは、マダム・アネットがそうしたタイプの人であるとは思わないことにしている。いずれにしても、うちにはまだ電子レンジがない。マダム・アネットもエロイーズも、興味ありそうな素振りを見せたことはなかったし、もしどちらかが欲しがっても、トムには対抗手段がある。本によれば、電子レンジで作ったベイクドポテトは、「焼いた（ベイクド）」よりも「茹でた（ボイルド）」に近い仕上がりになるという。その点はトムだけでなくエロイーズもマダム・アネットも看過できないだろう。それに、こと料理に関して、マダム・アネットは性急な真似をすることはない。

「ムッシュー・トム！」

　裏庭のテラスの階段から、マダム・アネットの大きな声がした。トムは温室にいたが、呼ばれても聞こえるように、ドアは開けてあった。「なんだい？」

「お電話です！」

　トムは小走りで向かった。エドだといいが、エロイーズかもしれない。ふた足でテラスの階段を駆けあがった。

　エド・バンバリーだ。「明日のお昼には行けそうだ、トム。正確な時間は――メモとれる？」

「ああ、大丈夫」トムはド・ゴール空港十一時二十五分着、二一二便と書きとめた。「空港まで迎えにいくよ、エド」

「それはありがたい――面倒でなければ」

「ぜんぜん。快適なドライブだ――こっちも楽しいよ。何か――シンシアか誰かから、何かあった？」

「何もない。きみのほうは？」

「あの男、あいかわらず釣りをしてるよ。あとで見るといい――あ、もうひとつ、エド。例の『鳩』のデッサンはいくらかな？」

「きみなら一万だ。一万五千じゃない」エドは含み笑いをした。

　彼らは陽気に電話を切った。

　トムは、『鳩』のデッサンの額縁のことを考えはじめた。薄茶色の木製で、幅は細めかむしろ逆に太めのもの、だが、紙がやや黄ばんでいるので、それに似つかわしい暖かみのある雰囲気がいい。彼はキッチンへ入ると、マダム・アネットに嬉しい知らせを伝えた。明日、昼食に間に合う時間にお客が来られそうだよ。ちょっと暑そうだから、お昼はあまり重くないものがいいね。

　それから、温室に戻って、掃き掃除をして雑用を片づけた。家のなかから持ってきた床掃き用の柔らかい箒を使って、傾斜したガラス屋根の内側の埃も払っておいた。エドのような旧友を迎えるのだから、家はせいいっぱい綺麗にしておきたかった。

　その晩、トムは『お熱いのがお好き』をビデオで観た。いま必要なのは、気楽な気晴らしだった。男性コーラスの常軌を逸した作り笑いでもよかった。

　寝る前に、トムはアトリエの立ち机で何枚かスケッチを描いた。その机だと楽に立っていられた。記憶を頼りに、エドの顔を黒く太い線で描いてみた。下絵用に五分か十分、ポーズをとってもらえないか、エドに頼んでみようか。後退した髪の生え際、薄くて癖のないライトブラウンの髪、上品ながら気難しげな眼差し、唇は薄く、いまにも笑みが浮かびそうでありながら、すぐさま固く閉ざされそうでもある。ブロンドでいかにも英国人らしい顔つきのエドは、肖像画のモデルとして興味深い人物だ。

19

トムはかなり早起きした。約束を控えた日は、いつもそうだ。六時半には、ひげを剃り、リーバイスをはきシャツを着て、物音をたてないよう慎重に、階下へ下りてリビングルームを抜け、キッチンまで行き、湯を沸かした。いつもマダム・アネットは七時十五分か七時半にならないと起きてこない。トムはコーヒーポットとカップと受け皿をトレイに載せて、リビングルームへ運んでいった。コーヒーがはいるのを待つ間に、玄関のドアを開けてさわやかな朝の空気を入れ、ガレージを覗いて、赤いメルセデスとルノーのどちらでド・ゴール空港へ行くかを決めよう。そう考えながら、玄関へ向かった。

縦長の灰色の包みが足元にあったので、トムはちょっと飛びのいた。それは玄関前の階段に置かれていた。トムは戦慄とともに、瞬時に、それが何かを理解した。

それはプリチャードが〝新しい〟灰色のキャンバスシートとでも言うべきもので包んだものだと、トムにはわかった。シートはプリチャードがボートを覆うのに使っていたのと同じもののようで、包みはロープでくくられている。シートには、プリチャードがナイフかはさみを突き刺した跡が何カ所かある——なんだこれは？　指をかけるための穴か？

この荷物はプリチャードが自らここまで運んできたのだ、それもたぶん、ひとりで。トムはかがみこみ、好奇心に駆られて新しいシートの端をめくった。すると、すぐその下に、ぼろぼろに割けて傷んだ〝古い〟シートとともに、灰色がかった白骨が見えた。

ベロンブルの大きな鉄門は閉ざされたまま、内側から南京錠がかけられている。プリチャードは小道に入ってベロンブルの裏庭脇まで車を乗り入れて駐車し、包みを引きずるか抱えるかしながら、芝生を横切って砂利敷きの前庭を十メートルほど進み、玄関のドアの前まで運んだにちがいない。砂利はもちろん音をたてただろうが、マダム・アネットとトムが寝ている部屋は、どちらも屋敷の背面側だ。

何か嫌な臭いがしたように思ったが、むっとする、湿気の臭いにすぎないか――錯覚だろう。

さしあたり、ステーションワゴンがいい。幸いマダム・アネットはまだ起きていない。トムは玄関ホールへ引きかえし、テーブルからキーホルダーを掴みとって外へ飛び出し、ワゴンの後部ドアを開けてきた。それから、包みを縛ったロープに両手をかけてしっかり握り、持ち上げた。思ったほど重くない。

この忌まわしい荷物はせいぜい十五キロ程度だ、とトムは思った。これには、水が含まれていた。ワゴンへ向かおうと荷物を持ってよろめいた瞬間、包みから水滴がしたたり落ちたのだ。驚愕のあまり、玄関前の階段に立ったまま数秒間、全身が麻痺したかに思えた。二度とこんなへまはするな！　荷物を持ち上げてワゴンの荷室に置きながら、どちらが頭でどちらが足だろうと思った。後部ドアが閉められるように、運転席に乗りこんでそこからロープを握って引き入れた。

血がないな。なに馬鹿なことを、とトムはすぐに気づいた。バーナード・タフツの手も借りて包みのなかに入れた石もまた、とっくの昔になくなっていた。骨が浮いてこなかったのは、肉が一片たりとも残っていないからだろう、と思った。

ワゴンの後部ドアをロックして、サイドドアもロックした。ワゴンは、二台格納できるガレージの外に駐車してある。さて、次は？　コーヒーに戻って、マダム・アネットに「おはよう（ボンジュール）」の挨拶（あいさつ）。その間に考えよう。計画を練るんだ。

トムは玄関に戻った。困ったことに、玄関前の階段とマットには何カ所か、水滴の跡があった。だが、すぐに陽（ひ）の光が始末してくれるだろう。マダム・アネットが普段、買い物に出かけるのは九時半ごろだ。しかも、出入りには勝手口を使うことが多い。家に入ると、ホール脇の浴室へ行き、洗面所で手を洗った。右の太腿（ふともも）に湿った砂がついていたので、入念に払いおとした。

いつ、プリチャードは僥倖（ぎょうこう）を得たんだ？　おそらく、昨日の午後遅くか。だが昨日の午前の可能性だってもちろんある。発見したお宝はボートに隠しておいたのだろう。ジャニスには話しただろうか？　おそらく。話さないわけがない。どうやらジャニスは、何ごとに対しても、善悪や賛否についていかなる判断も下さない。疑いなく、自分の夫に対しても例外ではない。そうでなければ、いまでもあの男と一緒にいるわけがない。トムは考えを改めた。ジャニスもまた、デイヴィッド並みに頭がおかしい。

トムは明るく装いながらリビングルームへ入っていった。マダム・アネットがコーヒーテーブルに朝食の用意をしていた。トースト、バター、マーマレード。「美味しそうだ！ありがとう」トムは言った。「ボンジュール、マダム！」

「ボンジュール、ムッシュー・トム。お早いですね」

「お客が来る日は、いつもじゃないかな？」トムはトーストにかぶりついた。

新聞でもなんでもいいから、包みの上に何かかけておくべきだった、とトムは考えていた。そうすれば、ワゴンの窓からなかを覗かれても、それがなんであるか誰にも気づかれない。

もうプリチャードはテディを解雇しただろうか？　それとも、テディのほうから、無関係の犯罪に巻きこまれるのを恐れて、逃げ出していっただろうか？

うちに骨の包みを運びこんで、プリチャードは何を期待しているんだ？　突然、警察を引き連れてやってきて、「見てください！　これが行方不明になっていたマーチソンです！」とでも言うつもりか？

その考えに顔をしかめ、トムはコーヒーカップを手にしたまま立ち上がった。死体はさっさとまた運河へ投げ捨てればいいし、プリチャードも始末すればいい。もちろん、テディに、プリチャードと一緒に死体を見つけ出した、と証言されるかもしれないが、それがマーチソンの死体である証拠はあるのか？

トムは腕時計をちらりと見た。八時七分前。エド・バンバリーを迎えにいくには、遅くとも十時十分前には家を出たほうがいい。トムは唇を湿らせて、おもむろに煙草に火をつけた。ゆっくりとリビングルームのなかを歩きまわりながら、マダム・アネットが戻ってきたらすぐに立ちどまるよう意識はしている。彼はマーチソンが指にはめていた指輪ふたつをそのままにしておいたことを思い出した。歯の治療記録は？　プリチャードがはるばるアメリカまで出向き、警察調書の複写記録を入手していたら？　マーチソン夫人を介せばできることではないか。まるで拷問を受けているようだ。いますぐ外へ出てステーションワゴンのなかの包みをつぶさに観察したいのに、それができない。キッチンにマダム・アネットがいて、あそこには窓がある。ワゴンはキッチンの窓に対して側面を向けているので、マダム・アネットがワゴンのなかを覗きこめば荷室にある包みがちょうど見えるはずだ。だが、わざわざ覗きこむだろうか？　郵便配達がやってくるのも九時半だ。

ステーションワゴンをガレージに入れてしまえば、いますぐ観察できる。思いつくなり、トムは静かに煙草の火を消し、玄関ホールのテーブルからアーミーナイフを取り出してポケットに入れ、暖炉近くの籠から折りたたまれた古新聞をひと掴みした。

エドを迎えにいく準備として、赤のメルセデスをガレージからバックで出し、空いた場所に白のステーションワゴンを入れた。ときどきガレージの電源で小型掃除機を使うことがあるから、いまトムが何をしているのか、マダム・アネットには思いたいように思ってもらえばいい。ガレージの入口はキッチンの窓に対して直角なので死角となるが、トムはガレージの入口のステーションワゴン側を閉め、茶色のルノーがある側を開けはなした。そして、右側の壁にある、金網ガードのかかった照明をつけた。

ふたたびステーションワゴンの荷室に乗りこむと、意を決して、包まれた物体のどちらが頭でどちらが足かを確かめた。どうもよくわからず、マーチソンの死体にしてはずいぶん背が低いことに気づいた瞬間、頭がないのだと悟った。身体から頭が外れている。トムは両脚、両肩のあたりを、手のひらで叩いてみた。

頭はない。

せめてもの慰めだ、歯もなく、身元の特徴を示す鼻の骨なども何もないのだから。トムはワゴンから降りて、運転席と助手席の窓を開けた。シートにくるまれた包みから妙なかび臭い匂いが発散している。死臭ではなく、ひどく湿った匂いだ。トムはふたつの指輪を確認するために手を見なければと思った。首なし死体。では、頭はどこだ？　流れにのってどこかへ転がっていったのだろうが、ひょっとしてもとの場所に転がり戻ってくる、などということは？　ない、川の底でそれはない。

トムはただちに車から出ると、道具箱の上に腰をおろそうとしたが、低すぎたので、結局、フロント・フェンダーにもたれ、頭を低くたれた。気が遠くなりそうだ。リスクを冒してでも、心の支えとなってくれるエドが来るまで、待つしかないか？　現実問題として、これ以上、死体を調べることができなかった。もし警察がやってきたら……。

トムは背筋を伸ばし、必死に頭をめぐらせた。警察がプリチャードとともにやってきたら、こう言おう。あんなおぞましい骨の包みは――骨であることは自分の目で見て手で触って確かめました――当然、道義上、家政婦の目にもとまらぬところに置いておかねばと思いました、ひどく気分が悪くなり、まだ警察にも連絡できていなかったんです。

しかし、エド・バンバリーをド・ゴール空港に迎えに出かけていて自分が家にいないときに、警察に来られては（それもプリチャードの要請で）、不快きわまりない。マダム・アネットは応対におわれ、警察はプリチャードが主張する死体の捜索をはじめるはずだ。発見するまで、そう時間はかからないだろう。せいぜい三十分か。トムは屋敷の脇の小道に出て、屋外給水栓に身をかがめ、顔を洗った。

気分はましになったが、エドが来るのを待ちたい、としみじみ思った。エドがいてくれれば気力も鼓舞される。

これがマーチソンではない、別人の死体ということはないか？　おかしなものだ、人の心にはいろんな考えが浮かぶ。だが、あの色褪せた防水布はどう見ても、バーナードと一緒にあの夜、使ったものじゃないか。

死体が発見された周辺で、いまだプリチャードが頭を探しつづけていることはないか？　ヴォアジの住民たちはなんと言っているだろう？　何か気づいた人がいるだろうか？　地元の人に目撃された可能性は五分五分だと思った。あのあたりは川岸の土手や橋の上を散歩する人もいる。橋の上からのほうがよく見えるだろう。回収されたものは、あいにく人の形をとどめていた。あきらかに、彼とバーナードが使用した二本（三本？）のロープが長持ちしたのだ。さもなければあの防水布は残っていないだろう。

トムは気晴らしに三十分ほど庭仕事をしようと思ったが、気が進まなかった。そろそろマダム・アネットが朝の買い物に出かける時間だ。あと三十分ほどしたら、エドを迎えにいかねばならない。

トムは二階に上がり、朝すでに一度シャワーを浴びていたが、もう一度手短に浴びて、着替えをした。

階下に下りると、家のなかは静まりかえっていた。いま電話が鳴っても、出ないことにした。エロイーズからの可能性もあるがやむをえない。二時間近く家を留守にするのは辛い。腕時計は十時五分前。トムはゆっくりとワゴンバーに歩み寄り、いちばん小ぶりの脚つきグラスを選んでレミー・マルタンをほんのすこし注ぎ、舌で味わい、グラスの香りを嗅いだ。キッチンでグラスを洗って拭(ぬぐ)い、ワゴンバーに戻した。財布、キー、支度はできた。

トムは外に出て、玄関に鍵をかけた。マダム・アネットは気をきかせて鉄門を開けておいてくれた。門は広く開けたまま、北へ向かって出発した。普通の速度で車を走らせた。実際、時間は余裕だったが、環状高速道(ペリフェリック)の車の流れがどうなるか、わかったものではない。

高速道をポン・ラ・シャペルで降り、巨大でもの寂しい空港を目指して北へ走った。トムはいまでもこの空港が好きではない。ヒースロー空港もじつに巨大で、全体像の広がりを把握できないまま、旅の荷物とともに当然のように一キロ以上も歩くことになる。だがド・ゴール空港は、円形建築のターミナルを中心に、道が周囲に広がる、わかりやすい構造でありながら、尊大なまでに使い勝手が悪い。各所に標識はあるのだが、最初の指示を見落としたらもはや最後、引き返すことはできない。

　十五分以上前に着き、屋根のない駐車場に車を停めた。

　やがて、エドが現われた。白のオープンシャツの襟元を暑そうに開けていて、肩にはナップザックの類いをかけている。片手にアタッシェケースを持っていた。

「エド！」エドはこちらに気づいていない。トムは手を振った。

「やあ、トム！」

　ふたりは固く握手した。

「車まではそんなに遠くない」トムが言った。エドのスーツケースは小ぶりで、レインコートを肩にかけている。「シャトルバスに乗ろう！　ロンドンはどう？」

　まったく何もないよ、とエドが言った、フランスまで来るにも支障はないし、誰にも迷惑をかけていない。月曜日まではなんの問題もなくいられるし、必要なら延長もできる。

「きみのほうは？　何かあった？」

　黄色い小型バスのなかで吊り革につかまりながら、トムは鼻に小皺を寄せ、表情を曇らせた。「まあ——ちょっとね。あとで話すよ、ここではね」

　トムの車に乗ると、エドはモロッコのエロイーズの様子を尋ねた。きみはこれまでヴィルペルスのわが家に来たことがあったかな？　とトムが訊き、エドは、はじめてだよ、と答えた。

「おかしな話だね！」トムは言った。「信じられないよ！」

「でも、うまくいっている」エドはそう言って、親しげに微笑みかけた。「仕事上の関係、じゃないかな？」

　ばかげたことを言った、とばかりに、エドは笑いだした。ある意味、ふたりの関係は深い友人関係に似ていたが、事情が異なる。おたがい相手を裏切れば、不名誉、罰金、ことによると投獄という事態になりかねない。「そうだ」とトムは同意した。「ところで、ジェフはこの週末、どんな予定なの？」

「うーん、よくわからないが」エドは窓から吹きこむ夏の風を楽しんでいるようだ。「ジェフには昨晩、電話して、きみのところに行くとは話しておいた。きみがジェフの手助けを必要とするかも、とも言っておいたけど、かまわないよね、トム？」

「まったく」トムは同意した。「まったくかまわない」

「ぼくたちはジェフの手助けも必要になるのかな、どう思う？」

　トムはペリフェリックの渋滞に眉をひそめた。週末の移動はもちろんもう始まっていて、南下の方向はこれからもっと混むだろう。エドに死体の件を話すのは昼食の前後のどちらがいいか、トムは心のなかでくり返し考えていた、「いまはまだ、本当になんとも言えないね」

「この一帯の畑は見事だね！」とエドが言った。車はフォンテーヌブローを離れて東へ向かって進んでいた。「イギリスより広々として見える」

トムは黙っていたが、内心嬉しかった。客のなかには、目が見えないのか白日夢でも見ているのか、窓外の景色になんの感想ももらさない者がいる。エドは同じようにベロンブルにも感嘆し、堂々とした門にはとりわけ感心していたので、トムは笑いながら、防弾じゃないけどね、と言った。エドは正面から見たベロンブル屋敷の調和のとれた外観を褒め称えた。

「そう、それでね――」トムはメルセデスを玄関から遠くないところに、後部を屋敷に向けて停めた。「――不愉快極まることを話さなければならないんだ、エド、誓って言うが、今朝の八時前まで、ぼくもこのことを知らなかった」

「きみの言うことなら信じるよ」エドは顔をしかめて言った。旅行鞄を手に持っていた。

「なんのことだい?」

「そこのガレージのなかにあるんだが――」トムは声をひそめ、エドに一歩近づいた。

「プリチャードが今朝、うちの玄関前の階段に例の死体を置いていった。マーチソンの死体だ」

エドはさらに顔をしかめた。「いや――冗談だろう!」

「骨の包みだ」トムはほとんど囁くように言った。「家政婦はこのことを知らない。知らせないでおく。骨は、そこのステーションワゴンの荷室のなかだ。それほど重くない。だが、なんとかしなければ」

「当然だ」エドも小声で言った。「森のなかにでも捨てる気か？」

「わからない。これから考える。きみにはいま話しておいたほうがいいと思った」

「この玄関前の階段に？」

「そう、そこだ」トムは顎（あご）で指し示した。「もちろん、暗いうちに置いていったんだ。ぼくは寝室にいたが、物音は聞いていない。マダム・アネットも何か聞いたという話はしていない。ぼくが見つけたのは、今朝の七時ごろだ。あの男はここ、屋敷の脇を通っていった――助っ人のテディも一緒だったかもしれないが、ひとりでもさほど困難なく引きずれるはずだ。あの小道からだね。ここからだと見えにくいが、あそこに車も入れる小道があるんだ。そこに停車して、わが家の敷地内に侵入したんだろう」トムがその方向にちらりと目を走らせると、芝生の一部がかすかにへこんでいるように見える気がした。人が歩いた跡じゃないか。骨は引きずらないと運べないほど重くはない。

「テディ」エドが思案げに言い、玄関のほうへ身体を半分向けた。

「そう。名前はプリチャードの妻から聞いた。きみにも話したと思う。テディがまだ雇われているか、プリチャードが作業は終了したと考えているか、わからない。さあ――なかに入って、何か飲みながら、美味しい昼食を楽しもう」

　トムは手のなかに握っていたキーホルダーの鍵で玄関のドアを開けた。キッチンでは、マダム・アネットが忙しそうに働いていた。たぶん彼らの姿は目に入っていただろうが、話しこむ彼らをしばらくふたりきりにさせておこうとでも思ったのだろう。

「じつにすばらしい！　本当にすばらしいよ、トム」エドが言った。「美しいリビングだ」

「旅行鞄はここに置いておくかい？」

　マダム・アネットが入ってきたので、トムは双方を紹介した。彼女は当然、エドの旅行鞄を二階へ運ぼうとした。エドは微笑みながら断わった。

「これは彼女のお決まりでね」トムが小声で言った。「さあ、きみの部屋を見てもらおう」

　トムは部屋に案内した。鏡台にはマダム・アネットがピンクの薔薇（ばら）を一本切って、飾っておいてくれた。細長い花瓶がよく似合っている。エドは、立派な部屋だ、と讃美した。トムは隣の浴室を案内して、一服したらすぐに下りてきて、昼食の前に軽く飲もう、と言い残した。

　時間はちょうど午後一時だった。

「電話はあったかい、マダム？」トムが訊いた。

「いえ、どこからもありませんでした。十時十五分からずっと家にいましたけど」

「そう、よかった」トムは静かに言った。本当によかったと思った。当然、ジャニスは夫から、発見に成功したことを聞かされただろう。彼女はどんな反応を示しただろう、とトムは思った。あのふざけたくすくす笑いはしただろうが。

　トムはCDコレクションを前にして、スクリャービンの弦楽曲——美しいが、夢見心地だ——とブラームスの作品三十九のどちらがいいか迷い、ブラームスにした。ピアノによる十六のワルツである。いまのぼくたちにはこれだ。エドも気に入ってくれればいいが。

ボリュームはあまり上げないようにした。

ジントニックを作り、レモンの皮をツイストしてグラスに入れると、エドが下りてきた。エドも、同じものを求めた。

トムはエドの分を作ると、キッチンへ行ってマダム・アネットに、昼食はあと五分ほどしたら持ってきてほしいと頼んだ。

トムとエドはグラスをあげて、黙って目と目を見交わした。耳はブラームスに傾けていた。トムはすぐにアルコールがまわったが、鼓動の高まりはブラームスのせいもあるだろう。偉大な作曲家はこれ見よがしに、刺激的な音楽的発想を次つぎと立て続けに展開する。あれだけの才能だ、それも当然じゃないか。

エドはテラス側のフランス窓までゆっくり歩いていった。「見事なハープシコードだ！それにこの眺め、トム！　すべてきみの敷地かい？」

「いや、低木の並木までだよ。その先は森なんだ。共有地でね」

「それに——音楽もいいね」

トムはにっこりした。「それはよかった」

エドは部屋の真ん中に戻ってきた。真新しい青いシャツに着替えている。「例のプリチャードの家はどのあたりだい？」彼は静かに言った。

「二キロほど向こうだ」トムは左の肩越しに背後を示した。「ところで、うちの家政婦は英語がわからない——ぼくはそう思っている」彼は苦笑して、「まあ、そう思いたいんだ」

「どこかで聞いたことあるよ、そんな話。都合がいいものね」

「そうなんだ。そういうときもある」

　昼食はコールドハムにカッテージチーズのパセリ添え、マダム・アネットの自家製ポテトサラダ、ブラックオリーブ、ワインは美味しいグラーヴで、ボトルごとよく冷えていた。デザートにはシャーベット。うわべは陽気な雰囲気だったが、トムは次の手を考えていた。エドも同じなのはわかっていた。ふたりともコーヒーは飲まなかった。

「リーバイスにはき替えてくる」トムが言った。「きみはそのままでいい？　ワゴンの荷室で、ひざまずいての作業になると思う」

　エドはすでにブルージーンズをはいていた。

　トムは急いで二階に行き、着替えをした。階下に戻ると、また玄関ホールのテーブルからアーミーナイフを取り出して、エドにうなずいた。ふたりは正面玄関から外に出た。マダム・アネットに気配を悟られぬよう、トムはあえてキッチンの窓に目を向けなかった。茶色のルノーを通りすぎた。ガレージのドアは開いていた。ガレージ内は、車と車の間に仕切りはない。

「そんなに悪い状態じゃない」トムは努めて明るく言った。「頭が見あたらないけどね。いま探してるのは――」

「見あたらない？」

「たぶん、転がってったんじゃないか？　三、四年も経てば、軟骨は溶けて――」

「転がってったって、どこへ？」

「これはずっと水のなかにあったんだよ、エド。ロワン川だ。流れが逆流することはないと思う、運河じゃないからね。だがそれでも——流れはある。指輪だけは調べておきたいんだ。記憶では、指輪をふたつはめてたはずなんだ。ぼくは——はめたままにしておいた。さて、やる気ある？」

エドはうなずいて、やる気を見せようとしてくれた。横のドアを開けると、ダークグレーのシートに包まれたものが、ほぼあらわになった。ロープが二本巻かれていて、一本はどうやら腰のあたり、もう一本は膝のあたりだ。肩と思われるほうはワゴンの前部側を向いている。「肩はこっちだと思う」トムはそう言いながらさし示した。「お先に」トムがまず乗りこみ、死体の向こう側へ這い進み、エドの場所を確保して、アーミーナイフを取り出した。「まず手を確認する」ロープの切断にとりかかったが、簡単にはいかなかった。

エドが包みの端、足のほうに片手を差し入れ、持ちあげてみた。「ずいぶん軽いな！」

「そうだろう」

荷室の床に膝をつき、トムはロープを下側から切ろうとして、小型の鋸歯状の刃を上に向け、ごしごしやった。ロープはプリチャードが用意したもので、まだ新しい。切断できた。ロープをほどき、身がまえた。ここからは遺体の腹部だ。むっとする湿っぽい臭いだけはまだ残っていたが、なんの臭いか考えなければ、吐き気を催すようなものではない。脊柱に、色の薄いぶよぶよした肉片がまだいくらか付着しているのが見えた。もちろん腹部はおよそがらんどうだ。手を、とトムはあらためて思った。

エドが間近で見ながら、何やら呟いていた。たぶん、お得意の感嘆の言葉だろう。

「手だ」トムが言った。「軽い理由がわかっただろう」

「こんなものはじめて見たな！」

「今回限りで見納めになればいいが」トムはプリチャードのオイルクロスを開き、古びたベージュ色の防水布にとりかかった。ミイラのぼろぼろになった包帯のように、いまにもどこからでも崩れ落ちそうだ。

手と手首の骨が、前腕の二本の骨から外れているように思えたが、ともかく、まだつながっていた。右手だ（マーチソンは仰向けに横たわっていたわけだ）。紫色の石のはまった重い金の指輪が、すぐに目にとまった。記憶は曖昧だが、卒業記念指輪じゃないかと思った覚えがある。トムは小指からそれを慎重に抜きとった。簡単に抜けたが、脆そうな指の骨を崩したくなかった。トムは指輪の輪に親指を押し入れて汚れを落とし、リーバイスの前ポケットにしまった。

「指輪は二個と言っていたが？」

「そう記憶している」左腕は曲がっていなくて、左脇にまっすぐ伸ばされていたので、トムは車内後方に移動した。さらに防水布をめくると、身をよじって背後の窓をさげた。

「大丈夫か、エド？」

「もちろん」だが、エドは顔面蒼白だった。

「すぐに終わる」左手が現われたが、指輪はない。落ちていないかと骨の下を確認し、プリチャードのオイルクロスのなかまで調べた。「結婚指輪、だと思うが」トムはエドに言った。「ないな。たぶん、外れたんだろう」

「たしかに、外れることはありうる」エドはそう言って、咳をした。

　エドが必死に耐えているのがわかった。目をそむけたいのだろう。トムはもう一度、大腿骨と骨盤の下を手で探った。パン屑のようなものに触れた。軟らかいが、それほど軟らかくもない。だが、指輪のようなものではなかった。トムは背をもたせかけた。包みをふたつとも剝がしてみるか？　剝がそう。「指輪をこの場で探さなければ。いいかい、エド、電話か何かで、マダム・アネットに大声で呼ばれたら、きみが出ていって、ガレージにいると伝えてほしい。ぼくはすぐに向こうへ行く。われわれがここにいることを、彼女が知っているかどうかはわからない。何をしてるか訊かれたら――そんなことはないが――床でも磨いていたことにするよ」

　トムは一心に作業にとりかかった。温室から剪定用の鋸を持ってきたかったが、もう一本のロープを先ほどと同じやり方で（結び目は固かった）切った。足首と脛の骨をもちあげて、隅々まで目で確かめ、手でさぐった。どこにもない。トムは左足の小指がないことに気づいた。手の指の骨も一、二本失われていた。だが、あの卒業指輪は、これがマーチソンの死体である証拠だ、と思った。

「見つからないな」トムは言った。「さて――」石はどうしよう、と迷った。バーナード・タフツとやったときみたいに、骨を沈めるために、石の準備をするか？　ともかくこれをどうやって始末する？　「包みなおそうと思う。スキー板みたいに見えるように、いいかい？」

「プリチャードの奴、警察に通報しないだろうか、トム？　この家に警察を呼び寄せるんじゃないか？」

トムは息を呑んだ。「うん、普通はそうだ！　だが、相手は頭のおかしい連中だ、エド！　あいつらが次に何をしてくるか考えてみよう！」

「でも、警官が来たらどうする？」

「そうだな——」トムはアドレナリンが急増したように感じた。「警察には、こんな骨なんて客に見せたくなかったからワゴンのなかにしまいこみ、発見したショックから立ち直ったら届けるつもりでした、とでも言おう。それに——誰が警察に通報するんだ？　そいつこそ犯人じゃないか！」

「プリチャードは指輪のことを知っていると思う？　死体の身元確認はできているんだろうか？」

「できてないと思う。指輪を探してもいないんじゃないか」トムは死骸の下半身をまた包みはじめた。

「上のほうは、ぼくがやろう」エドはそう言って、トムがかたわらに置いていたロープに手を伸ばした。

ありがたい。「結び目の分だけ短くなっていると思うから、三重にではなく、二重に巻いてくれ」プリチャードは新しいロープを三重に巻いていた。

「だけど――最終的にどう始末しよう、これ？」とエドが訊いた。

またどこかの運河にでも投げこもう、とトムは内心思ったが、その場合、ふたりで――あるいはトムひとりで――またロープを解いて、シートのなかに石を入れなければならない。いっそ、プリチャードの池にでも投げこんでやるか。トムは突然笑いだした。「プリチャードに投げ返してやるのはどうだろう。あの家の庭に池があるんだ」

エドはまさかと言うように、短く笑った。ふたりは力を合わせて最後の結び目のロープをぐいと引き、しっかりと締めた。

「幸い、地下室にまだロープがある」トムが言った。「すごいよ、エド。いまや、ここにあるものの正体がつかめたんだ、そうだろう？　首なし死体だ、思うに、身元確認はかなり難しい。指紋はとっくの昔に皮膚ごと流されている、頭も行方不明だ」

エドは無理に笑ったが、気分が悪そうだ。

「さあ、出よう」トムはただちに言った。エドがガレージの床に下り、トムもそのあとから滑り出た。トムはベロンブル正面の道を目がとどく限り遠くまで眺めやった。いまここでプリチャードが好奇心丸出しで覗き見していないとは信じがたい。いつプリチャードが姿を現わしてもおかしくない気がした。だが、エドにはそのことを話したくなかった。

「ありがとう、エド。きみがいなければ、ここまでできなかった！」トムはエドの腕をぽんと叩いた。

「またご冗談を」エドは皮肉な笑みを浮かべようとした。

「いや、さっきも言ったように、今朝のぼくには、どうにもできなかった」トムはいますぐ余分なロープを探しにいって、ガレージ内の手近なところに置いておきたかった。だが、エドを見ると、まだ蒼白な顔をしている。「裏庭に出て気分転換でもどう？　陽にあたらないか？」

　トムはガレージ内の明かりを消した。ふたりは屋敷のキッチンのある側をまわって――おそらくマダム・アネットは台所仕事を終えて、いまごろは自室のはずだ――裏庭の芝生へ行った。ふたりは暖かく明るい陽射しを顔に浴びた。トムはダリアの話をした。ちょうどナイフがあるから、何本か切ろうと言った。だがすぐそばが温室だったので、トムはなかに入って温室用のはさみを持ちだした。

「ここは夜も鍵をかけないの？」エドが訊いた。

「普段は、かけない。かけたほうがいいだろうね」トムが言った。「近所の人はたいてい鍵をかけている」彼は思わず車かプリチャードを探すように、舗装されていない脇道のほうに目をやった。とにかく、プリチャードはあの道を通って、運んできたのだ。トムは青いダリアを三本切りとり、ふたりはフランス窓からリビングへ入った。

「うまいブランデーでもすこしどう？」トムが言った。

「正直なところ、ちょっとだけ横になりたい」

「そんなことならいくらでも」トムはレミー・マルタンをほんのすこし注いで、エドに渡した。「まあ、ひと口。気付け薬みたいなもんだ。害はない」

エドは笑みを浮かべて、ぐいとあおった。「ううむ。ありがとう」

トムはエドと二階へ行き、客間用の浴室からタオルを出して、冷水で濡らした。エドに横になるように言い、折りたたんだ濡れタオルを額に載せてやった。すこし眠りたければ、それもいい。

トムは階下に下りると、ダリアの似合う花瓶をキッチンから持ちだして、リビングのコーヒーテーブルの上に飾った。そこには、エロイーズの翡翠製の高価なダンヒルのライターが置かれていた。こんなところに置き忘れるなんてね！　彼女が今度これを手にするのはいつだろうとトムは思った。

一階の浴室と呼んでいる狭い個室のドアを開け、さらに小さいドアを開けて、明かりをつけた。階段を下りると、ワインの保管された一画があり、壁には使わない額縁が立てかけられ、古い本棚には余分なミネラルウォーター、牛乳、清涼飲料のボトル、ジャガイモやタマネギが貯蔵されていた。ロープはどこだ。トムはあちこち覗いて、ビニールの穀物袋を持ちあげ、ようやく見つけた。いったんロープをほぐして、きれいに巻きなおした。五メートル近くある。包みを三カ所で巻いて、なかに石を入れるには、これくらい必要だろう。トムは階段を上がり、玄関から外に出た。通り抜けたドアはすべて閉めておいた。

左のほうからベロンブルにゆっくり近づいてくるのは――白い車だ――プリチャード

か？　トムはそのままガレージまで行き、ロープを奥の左隅、ルノーの左車輪の近くにぽいと置いた。

　プリチャードだ。トムから見て門の右側に車を停め、門の外側でカメラを構えて立っていた。

　トムは近づいていった。「わが家はそんなに魅力的か、プリチャード？」

「ああ、魅力のかたまりだよ！　警官はまだ来てないのか？」

「いや。なぜだ？」トムは腰に両手をあてて立ちどまった。

「ばかなことを訊くな、ミスター・リプリー」プリチャードは背中を向けて車に戻り、一度だけ振りかえって、いやらしい笑みをかすかに浮かべた。

　トムはプリチャードの車が走り去るまで、その場に立ちつくしていた。写真にはたぶん自分も写っているだろうと思った。だからどうした？　彼は砂利の上でプリチャードの去った方角へ向かって唾を吐き捨てると、踵をかえして玄関に戻った。

　プリチャードがマーチソンの頭を手元に保管してる可能性もあるのだろうか、脳裏にそんな疑問が浮かんだ。勝利を約束するものとして？

20

　トムがリビングルームに戻ると、マダム・アネットがいた。

「ああ、ムッシュー・トム、先ほどは、どこにいらしたのか、わからなくて。一時間ほど前ですが、警察から電話がありました。ヌムール警察署からです。お客様と散歩に出られたものと思っていました」

「用件は？」

「昨夜、何か不審なことはなかったでしょうかと訊（き）かれました。とくに何も、と答えましたけれど——」

「不審なことって、どんな？」トムは顔をしかめて言った。

「物音——だとか。車の音とか、そんなことも訊かれました。『いいえ（ノン）、ムッシュー、なんの物音もしませんでした（アブソリューモン・パ・ド・ブリュイ）』そう言っておきました」

「ぼくでも同じように答えたよ。ありがとう、マダム。どんな物音かは言ってなかった？」

「おっしゃってました、大きな荷物が配達されたのだとか。通報があったそうです——アメリカ英語訛（なま）りの人から——警察にとって興味深い荷物だと」

トムは笑った。「荷物！　きっと冗談だろう」トムは煙草（たばこ）を探し、コーヒーテーブルの上にあった箱からようやく一本取り出して、エロイーズのライターを使った。「警察はまた電話をかけると？」

マダム・アネットはぴかぴかのダイニングテーブルを拭（ふ）く手を止めた。「さあ、なんとも」

「そのアメリカ人が何者なのかも、話してなかった？」

き

「何も、ムッシュー」

「こっちから電話をかけたほうがいいだろうか」とトムは独りごちた。当然かけるべきだと思った。警察の来訪を未然に防ぐためだ。それに、骨の包みが敷地内にある限り、荷物など何も知らないと言い張れば、自分の首を絞めかねない、自ら危険を招くことになり、簡単に言えば、嘘をつくことになるという自覚があった。

トムは電話帳でヌムールの警察署の電話番号を調べた。電話をかけて名を名乗り、住所を言った。「家政婦から聞いたのですが、今日、警察署からお電話をいただいたようでして。そちらの警察署でしょうか？」ほかの者にまわされ、そのまま待たされた。

次の相手に、トムは用件をくり返した。

「ああ、ウイ、ムッシュー・リプリー。ウイ」男の声がフランス語で言った。「アメリカ英語訛りの男性からでしたが、警察にとって興味深い荷物を、あなたが受け取られたという通報がありましてね。それで、お電話を差し上げました。本日、十五時ごろです」

「荷物は受け取ってないですね」トムは言った。「今日は、そう、手紙は二通ありましたが、荷物はありませんでした」

「大きな荷物だと、そのアメリカ人は言ってましたが」

「いや、荷物は何も、ムッシュー、間違いなく。誰がそんなことを――その男性、名前は名乗らなかったんですか？」トムは屈託なくさりげない口調を心がけていた。

「そうなんです、ムッシュー、もちろん尋ねましたがね、名乗らなかったんですよ。そちらのお宅は知っています。立派な門のある――」

「ええ、ありがとうございます。荷物があれば、郵便配達は呼び鈴を鳴らしますしね。そうでなければ、玄関の外に郵便受けがありますので」

「そう――それが通常で」

「お電話、ありがとうございます」トムが言った。「だけど、たまたまついさっき家の周囲をぐるっと歩いてたんですが、どこにも荷物などなかったですね、小さいのも、大きいのも」

　彼らはおだやかに電話を切った。

　いまの警官の話では、アメリカ英語訛りの通報者を、ヴィルペルス在住のアメリカ人、プリチャードと関連づけていなかったので、トムはほっとした。あとで何かあるとすれば、この点かもしれない。何もなければいいが。それに、いま話をした警官は、マーチソン行方不明の件で何年か前にベロンブルに訪ねてきた警官ではないようだ。だが当然、訪問記録は警察に残っているだろう。あのときの警官は、ヌムールよりも大きな町、ムランの警察署所属だったか？

　マダム・アネットが控えめにそばをうろついていた。

　トムは次のように説明した。荷物はなかった、ムッシュー・バンバリーと家のまわりを歩いたが、誰も門から入ってきた人もなく、今朝は郵便配達も来ていない（今日もエロイーズからの便りはなかった）、その妙な荷物が周囲にないか調べてみましょうかとヌムールの警官が申し出たが、断わってしまった。

「わかりました、ムッシュー・トム。安心しました。荷物なんて――」彼女は悪ふざけや嘘つきが我慢ならないというように頭を振った。

ありがたいことに、マダム・アネットもプリチャードの仕業だと疑うことはなかった。疑っていれば、彼女はその類いのことを口に出さずにはいられない。トムは腕時計を見た。四時十五分。嬉しいことに、エドは今日の緊張のせいかぐっすり眠っている。お茶にでもしようか？　それならば、グレ夫妻を誘うか？　夕食前に軽く飲みにきませんか、と。悪くない。

彼はキッチンへ行き、こう言った。「マダム、紅茶をいいかな？　そろそろお客さんが起きるころだ。紅茶を二杯……いや、サンドイッチやケーキはいらない……そう、アールグレイなら、申し分ないだろう」

トムはジーンズの前ポケットに両手を突っこんで、リビングルームに戻った。右のポケットにはマーチソンのかなり太い指輪がある。川に捨てるのがいちばんだ、とトムは思った。近いうちにモレの橋の上からでも捨てよう。緊急の場合は、キッチンのごみ袋行きだ。流しの下の戸を開けると、ビニールのごみ袋が躍り出る。道路脇に置いておけば水曜日と土曜日の午前中に回収される。明日は土曜だ。

トムは階段をのぼり、部屋のドアをノックすると、エドがドアを開け、おずおずと笑顔を見せた。

「やあ、トム！　よく眠ったよ！　迷惑じゃなかったかな。ここはとても居心地がいいし、静かだ！」

「もちろん、なんの迷惑もないよ。お茶でもどう？　下りよう」

ふたりは紅茶を飲みながら、トムがスイッチを入れておいた庭のふたつのスプリンクラーを眺めていた。警察から電話があったことは黙っておくことにした。話してどうなる？　エドをさらに苛立たせ、自信を失わせるだけじゃないか。

「提案なんだが」トムは切りだした。「この午後の空気を和らげるために――近所のご夫妻を夕食前の酒に招待するのはどうかな。アニエスとアントワーヌ・グレというんだ」

「いいね」エドが言った。

「じゃあ電話しよう。やさしい人たちでね――近くに住んでいるんだ。アントワーヌは建築家だ」トムは電話機の前に行き、ダイヤルをまわした。トムの声を聞いたら、プリチャードのことを滔々としゃべりだしそうだ。いや、しゃべってほしかった。ところが、そうではなかった。

「この週末、うちにイギリスの古い友人が泊まりにきてててね、もしよければアントワーヌとふたりで――アントワーヌもいるかな、いてくれたらいいんだが――七時ぐらいに軽く飲みにこられないかな、と思って、電話してみたんだ」

「まあ、トム、いいわね！　ええ、アントワーヌはもうこっちよ。でも、ふたりでうちにいらしたら？　お友だちには場所を変えるのもおもしろいでしょうし。お名前は？」

「エドマンド・バンバリー。エドだ」トムが答えた。「ありがとう、アニエス。喜んでうかがうよ。何時がいい？」

「そうね――六時半、早すぎる？　夕食のあと、子どもたちが観たいテレビがあるの」

それで大丈夫、とトムは言った。

「われわれが向こうへ行くことになった」トムは笑みを浮かべて、エドに言った。「グレ夫妻の家は、城の小塔みたいな円形なんだ。蔓薔薇に覆われていてね。そのすぐ近く、隣の隣の家に住んでるのが、あの忌々しい――プリチャード夫妻だ」トムは最後のところで声をひそめ、キッチンのほうの戸口にちらりと視線を走らせた。案の定、マダム・アネットがちょうど戸口から姿を見せて、紅茶のお代わりはいかがですかと訊いてきた。「ぼくはもう結構だ、マダム、ありがとう。きみは、エド？」

「いや、ありがとう、本当に」

「ああ、マダム・アネット――六時半にグレ夫妻のうちへ行ってくる。たぶん帰りは七時半、七時四十五分かな？　だから、夕食は八時十五分ごろだと思う」

「わかりました、ムッシュー・トム」

「ロブスターと、上等の白ワインを頼むよ。ワインはモンラッシェあたり？」

マダム・アネットは機嫌よく承知してくれた。

「ジャケットを着て、ネクタイを締めていくべきかな？」エドが訊いた。

「かまわないよ。アントワーヌはたぶんもうジーンズだ、短パンかもね。今日、パリから帰ってきたんだ」

エドは紅茶を飲みほし、立ち上がった。窓からガレージを眺めている。ちらりと視線をこちらに向けると、またそらした。エドの頭のなかが、トムには手にとるようにわかった。あれ、どうしたものだろう？　いまエドに訊かれなくて、よかったと思った。すぐに答えは出せなかった。

トムは二階へ行き、エドも上がった。トムは黒の綿パンと黄色いシャツに着替えた。例の指輪は綿パンの右ポケットに入れておいた。なぜか指輪を身につけていたほうが安全に感じられた。それから外に出てガレージの前まで行くと、茶色のルノーを見て、私設車道に停めてある赤のメルセデスにちらりと目を向けた。どちらに乗っていこうか決めかねているように――マダム・アネットがキッチンの窓から外を見ているかもしれない。入口を半分閉めたガレージに入り、シートにくるまれた包みが車内にあることを確かめた。

もし留守中に警官がやってきた場合は、包みは昨夜、知らないうちに置かれたのだと思う、と言うことにしよう。デイヴィッド・プリチャードが姿を現わし、ロープなどがいじられた形跡があるなどと言いだしたら？　いや、それはないだろう。だがエドにはこうした話はあまりしたくなかった。さらに緊張させるだけだ。エドにはその場にいないでもらうか、あるいは、警察からふたり一緒に事情を訊かれたら、エドがトムの嘘に気づいて話を合わせることを期待するしかなかった。

エドが下りてきたので、ふたりは出発した。時間もちょうどいい。

グレ夫妻は歓待してくれた。はじめての客である、ロンドンのジャーナリスト、エド・バンバリーに対して興味津々であった。子どもたちも、なんとなくじろじろ見ていた。エドの訛りがおもしろいようだ。アントワーヌは、トムが言ったとおり短パン姿で、陽に焼けた脚はふくらはぎの筋肉が盛りあがり、フランス国境でさえ徒歩で一周できそうなくらい、無敵の疲れ知らずに見えた。その脚が今夜はリビングルームとキッチンの間を往復するためだけに使われている。

「新聞社で働いてるんですか、ムッシュー・バンバリー?」アニエスが英語で訊いた。

「フリーなんです。どこにも所属していません」エドが言った。

「驚きだよ」トムが言った。「エドとは長年の知り合いで、たしかに親友同士という間柄ではなかったが、ベロンブルに来てくれたのは、これがはじめてだったんだ!　ぼくは嬉しくてね、彼が――」

「とてもすばらしい家だよね」エドが言った。

「ああ、トム、昨日からいくつかニュースがあるの」アニエスが言った。「あのプリチャードの協力者?　呼び方はなんでもいいけれど、ともかくあの男がいなくなったの。昨日の午後に」

「ほう」トムはほとんど、あるいはまったく関心がないふりをして言った。「ボートの男だね」ジントニックをひと口飲んだ。

「座りましょう」アニエスが言った。「誰も座りたくないの?　わたしは座らせていただきます」

彼らはまだ立っていた。アントワーヌがエドとトムに家のなかを見せてまわっていたのだ。全部ではなかったが、すくなくとも、アントワーヌが「展望塔」と呼ぶ二階まで見せてくれ、そこには彼の仕事部屋と、その対面、というよりは向かいの半円に寝室がふた部屋あった。さらにその上は、息子エドゥワールの寝室と屋根裏部屋があった。

全員が腰かけた。

「そう、あのテディね」アニエスが続けた。「昨日の四時ごろ、たまたま彼がピックアップ・トラックにひとりで乗り、プリチャードの家から出ていくところを見たの。そのときは、今日は早く作業を終えたんだなって思ったのだけど。彼らが地元の運河を浚って（さら）たことは、お友だちもご存じ？」

トムはエドを見て、英語で言った。「プリチャードの助っ人、テディのことを話しているんだ。川や運河を浚っている、妙なふたりのことは話したよね——宝探しだ」トムは笑った。「妙なペアがふた組あって、ひとつはプリチャードとその妻、もうひとつはプリチャードとその助っ人だ」彼はアニエスにフランス語で続けた。「連中は何を探しているんだろう？」

「そんなの誰も知らない！」今度はアニエスとアントワーヌが笑った。ふたりがほとんど同時に同じ言葉を口にしたからだ。

「本当にわからないの。今朝、パン屋さんでね——」

「パン屋ね！」アントワーヌは女性専用の井戸端会議場を軽蔑するように言ったが、それでも真剣に耳を傾けた。

「そう、パン屋さんでシモーヌ・クレモンが言ってたの、彼女はマリーとジョルジュから聞いたんですって。昨日、テディが煙草屋兼バーに来て二、三杯飲みながら、プリチャードとの仕事は終わったって、ジョルジュに話してたとか。テディは機嫌が悪くて、理由は話してくれなかったんですって。あのふたり、喧嘩したみたい。よくわからないけど。どうもそんな話みたい」アニエスはにっこりして話を終えた。「とにかく、テディは今日、村にいないし、トラックもない」

「おかしな連中だな。アメリカ人は。そういう者もいるか」アントワーヌは「おかしな連中」と言ったのはトムに悪かったとでも思ったのか、ひと言、つけ足した。「ところで、エロイーズから何か連絡はあったかい、トム？」

アニエスがもう一度小さいソーセージ・カナッペとボウルに入ったオリーブの実をみんなにまわした。

トムはわかっていることをアントワーヌに伝えながら、これはあきらかに好都合だと考えていた。テディは気分を害して立ち去った。ついにプリチャードの探し物の正体に気づき、こんなことに関わってはいられないとでも思ったのか？　現場を離れたのは普通の反応ではないか？　それに、たとえ報酬がよかろうと——プリチャード夫妻のふたり揃って の変人ぶりにはさぞうんざりしていたのではないか。真に異常な人間は普通の人間を当惑させるものだ。トムは頭では考えをめぐらせながら、それとは別の話題をどうにか話しつづけていた。

五分後、エドゥワールが戻ってきて庭で何やらやってもいいかと両親に訊いていたが、トムはまだ考えをつづけていた。テディは骨の件をパリ警察に通報する可能性だってある。今日ではなくても、明日には。あらいざらい話すことだってありうるだろう。事前にプリチャードから聞かされていた捜索物は、貴重なお宝、水底に沈んだスーツケース、なんであれともかく死体ではなかった、自分（テディ）はこの死体について警察に知らせるべきだと考えた、などと。テディにプリチャードをやり込めたい気があるならば、これはうってつけの手段とも言えるだろう。

とりあえず、いい知らせだ。トムは顔がほころぶのを感じた。カナッペをつまみ、オリーブは見送った。エド・バンバリーを見ると、アントワーヌ相手にフランス語でかなり互角にやりあっているようだ。アニエスはペザント風の白いブラウスが映えてひときわきれいに見えた。刺繍がほどこされ、短めのパフスリーブ。トムはアニエスのその服を褒めた。

「そろそろエロイーズからまた電話があるころよ、トム」彼とエドが辞去するとき、アニエスがそう言った。「今夜にでもかかってくるんじゃないかな」

「ほんとに？」トムは微笑みながら言った。「ぼくにはなんとも言えないなあ」

今日はいい日になってきた、とトムは思った。これまでのところは。

21

今日は、またひとつ、ささやかながらも、幸運なことが起こった。生きたまま茹でられるロブスター二匹の断末魔を目撃しないですみ、その叫びを聞くこともなければ聞いている自分を想像することもなかった。温かなレモンバターのかかったぷりぷりの身を味わいながら、そういえばエドとグレ家に行っていた間に警察は訪ねてこなかったな、とトムは思った。警察が来ていたら、帰宅と同時にマダム・アネットが話していただろう。

「じつに美味い」エドが言った。「きみは毎晩、こんな食事をしているのかい?」

トムはにっこりした。「まさか、きみのためのご馳走だよ。気に入ってもらえてよかった」彼はルッコラのサラダを口にした。

サラダとチーズを食べおえたとき、電話が鳴った。警察か? それとも、アニエス・グレの予言どおり、エロイーズだろうか?

「もしもし?」

「もしもし、トム!」エロイーズだ。ノエルと一緒で、いまド・ゴール空港。今夜遅く、フォンテーヌブローまで迎えにきてくれる?

トムは大きく息を吐いた。「エロイーズ、帰ってきてくれて嬉しいよ、ただ——今晩だけ、ノエルのところに泊めてもらうことはできるかな?」ノエルのうちに泊められる部屋があることは知っていた。「今夜、イギリスのお客が来てるんだ――」

「誰？」

トムはおずおずと口にした。「エド・バンバリーなんだ」バックマスター画廊の関係者なので、その名前を告げたらエロイーズはかすかな危険を嗅ぎとるだろうことはわかっていた。「今夜――ぼくたち、ちょっと仕事があってね。でも明日は――ノエルは元気？……よかった。彼女によろしく伝えてくれる？　きみも大丈夫だね？　今夜はパリに一泊でごめんね。明日の朝なら、何時にでも電話してくれてかまわないよ」

「わかったわ、あなた。帰るのが楽しみよ！」エロイーズは英語で言った。

ふたりは電話を切った。

「まずい――じつにまずい！」トムはテーブルに戻りながら、そう言った。

「エロイーズだね」エドが言った。

「彼女は今夜、こっちに戻るつもりでいたけど、友だちのノエル・アスレールのうちに泊まることになった。助かったよ」ガレージの死体は白骨だけになっており、たぶん、身元は突きとめられないだろうと思ったが、それでもやはり、死んだ人間の骨だ。とっさに、エロイーズにはしゃべらないほうがいいと思った。トムはモンラッシェをぐいと飲み、のあとは、ちびちびやった。「エド――」

そのときマダム・アネットが入ってきた。なるほど料理とサラダの皿を下げてデザートにする時間だ。マダム・アネットがあっさりした手作りのラズベリー・ムースを出して引き下がると、トムは話を再開した。エドはかすかに微笑みながらも、目は鋭かった。

「今夜、例のものをなんとかしようと思う」とトムが言った。

「きみの考えは――また別の川へ？　あれなら水に沈むね」エドは自信を込めて、だが、おだやかに言った。「浮きそうなものはない」

今回は石は必要ないと言っているのだと、トムにはわかった。「いや、別の考えがある。あれを返してあげようと思う、プリークハードくんの池に投げこむんだ」

エドは微笑み、やがて静かに笑いだした。その頬にすこし赤みが差してきた。「返してあげよう」、滑稽な怪談を聞くか読むかしているように、エドも同じ言葉を口にして、デザートをひと匙食べた。

「ありだね」トムは静かに答えて、食べはじめた。「これは庭のラズベリーで作ったんだ、言ったっけ？」

ふたりともブランデーは避けて、リビングでコーヒーを飲んだ。トムはゆっくりと玄関に向かい、外に出て、空を見あげた。もう十一時近い。雲が多く、星は真夏の満天の輝きにはほど遠い。月はどうした？　手短にすませば、月明かりを気にすることはないだろう。いま月は見えない。

彼はリビングに戻った。「今夜、ぼくと一緒に行ってみる？　プリチャードに会うことはないと思う――」

「もちろん、トム」

「すぐに戻る」トムは二階に駆けあがり、ふたたびリーバイスにはき替えて、重い指輪を黒いズボンからジーンズに移し替えた。何度も着替えるのは、一種のノイローゼだろうか？　着替えればとにかく救われた気がして、新たな力が身についたような錯覚を感じるのか？　トムはアトリエに行き、芯の軟らかい鉛筆とスケッチブックを手にとると、不意に元気が出てきた気分になって、階下に下りた。

　エドは先ほどのまま黄色いソファの端に座って、煙草を手にしていた。

「ちょっとスケッチしたいから、そのままでいてくれる？」

「ぼくを？」だがエドは黙って従った。

　トムは描きだした。背景にソファと枕のような線をざっと引く。じっとトムを見つめているエドの、集中しようとしながらも当惑の隠せないブロンドの眉とまつ毛、イギリス人らしいやや薄い唇を描きこみ、開襟シャツの襟をラフな線で描く。トムは自分の椅子を右へ五十センチ動かし、スケッチブックをめくった。新しいページに同じように描きはじめる。動いてもコーヒーを飲んでもいいと言われているエドは、実際にそうしていた。二十分ばかり鉛筆を走らせると、トムはエドに協力を感謝した。

「協力ね！」エドは笑った。「ぼんやりしていただけだよ」

　マダム・アネットは先ほどコーヒーのお代わりを持ってきてくれたが、いまごろはもう寝ている時間だ。

「ぼくの考えは」とトムが始めた。「まず、プリチャードの家に反対のほうから――グレの家があるほうからではなく――近づき、車を降りて、そこからは徒歩で例のものを運びながらプリチャード家の庭に入り、芝生を横切って、あの池まで行き、そのまま放りこむ、というものだ。あのとおり重くはない。まあ――」

「十キロちょっとかな」エドが言った。

「そんなところだ」トムは小声で言った。「さて――あのふたり、プリチャードと奥さんが家にいれば、物音に気づくかもしれない。リビングルームには池側に窓がある、ふたつだったかな。われわれはただ立ち去るだけだ。好きなだけ文句を言わせてやるさ！」そして思いきったひと言を言った。「電話で警察に通報されてもかまわない」

　しばらく沈黙があった。

「通報されると思う？」

　トムは肩をすくめた。「頭のおかしい男だ、何をするかわからない」彼は諦めきった口調で言った。

　エドが立ち上がった。「行こうか？」

　トムはスケッチブックを閉じて、鉛筆と一緒にコーヒーテーブルの上に置いた。玄関ホールのテーブルからジャケットをとり、引き出しから免許証の入った財布を出した。警察の検問に備えなければ、と心のなかで呟きながら、おもしろがっていた。普段から、免許証なしに運転したことはなかった。今夜、警官に免許証の提示を求められても、ワゴンの後部に積んだ荷物を調べられることはないだろう。一見、運搬用に荷造りした敷物のようだ。

エドもジャケットを着て、階下に下りてきた。ジャケットは暗い色で、足元はスニーカーだ。「いいよ、トム」

トムは明かりを二カ所消し、玄関から外に出て、ドアに鍵をかけた。エドの手を借りて大きな門を開け、ガレージの背の高い金属製ドアを開けた。屋敷の裏側にあるマダム・アネットの部屋は明かりがついていたかもしれないが、ここからは見えないし、気にもしなかった。深夜、客と一緒に車で外出するのは、めずらしいことではない。フォンテーヌブローのカフェに行くとでも思われる程度だろう。ふたりはステーションワゴンに乗り、もうかび臭さはまったくなかったが、左右とも窓をすこし開けた。ベロンブルの門を出て、左に向かった。

できるだけ北向きの道を選びながら、ヴィルペルス南部を北上した。トムはいつもおよその方角さえ合っていれば、どの道でもそれほど気にしなかった。

「道はすべて把握しているわけだ」エドはなかば尋ねるような口調で言った。

「いやあ！　九十パーセントぐらいかな。夜は脇道をつい通りすぎてしまう。目印がないんでね」トムは右折して一キロ進むと、道標があり、そこに並んだ町村名のなかに「ヴィルペルス」は右折とあった。トムは右に曲がった。

ここからは知っている道で、このまま進めばプリチャードの家、空き家、グレの家を順にすぎていく。

「この道沿いのはずだ」トムが言った。「ぼくの考えは――」さらに速度を落とし、後ろから来た車に追い越させた。「荷物を抱えて歩いていく――とにかく三十メートルほどね、そうすれば車の音に気づかれない」ダッシュボードの時計は、ほぼ零時半を指している。車を徐行させ、ライトを弱めた。

「あれかな?」エドが訊いた。「右側の白い家?」

「あれだ」トムは一階と二階の明かりを確かめたが、一カ所だけついていた。「パーティでもやっていることを祈るよ!」トムは笑みを浮かべて言った。「でも、それはないな。そこの後ろの木のそばに車を停める。あとは、成功を祈ろう」彼は車をバックさせて、ライトを消した。近くに、右の小道に入る曲がり角があった。農家の人々がおもに使う類いの未舗装の道だ。車が通りかかる可能性は当然あるが、トムはあまり右に寄せなかった。側溝に車輪がはまるといけない。それが浅いものであっても。「さあ、はじめよう」トムは助手席との間に置いてある懐中電灯を手にとった。

ふたりで後部ドアを開けると、トムは手元側、マーチソンの脛のあたりに巻かれたロープに手を差しこんで、引っぱった。軽い。エドが胴体に巻かれたロープを摑もうとしたとき、「待って」とトムが言った。

ふたりはじっとして、耳を澄ませた。

「何か聞こえたような気がしたが、空耳のようだ」トムが言った。

包みが外に出された。トムは後部ドアを閉めたが、半ドアにしておいた。音をたてたくなかったのだ。トムが頭を振り向けて合図し、ふたりは出発した。道路の右端に沿って、左手に懐中電灯を持ったトムが前になって進んだ。懐中電灯は消していたが、やはりかなり暗いので、ときどき下に向けて道を照らした。

「止まって！」エドが小声で言った。「ロープを持ちなおす」ロープの下にしっかりと手を入れなおし、ふたりはさらに進んだ。

トムがまた立ちどまって、囁いた。「あと約十メートルで、ほら――あそこから芝生に入れる。排水溝もないと思う」

明かりのついたリビングルームの窓が、いまや四隅までくっきり見えた。音楽が聞こえると思ったが、気のせいか？　右に排水溝の類いがあったが、フェンスはない。反対側、ちょうど四メートル先に私設車道があり、夫婦の姿はなかった。トムはまた無言で指示して、歩きはじめた。ふたりは私設車道に入って進み、右に曲がって池へ向かった。暗い楕円の池が浮かびあがった。ほとんど円形に近い。芝生のおかげで、足音はたたない。屋敷から音楽が聞こえる。今夜はクラシックで、たいした音量ではなかった。

「さあ、やるぞ」トムはそう言って、音頭をとった。「一――」揺すった。「――二――三、真ん中だ！」

ドッブーーン！　そして池から、うめくような、ざわめくような水音が響いてくる。たくさんの水飛沫が舞い、あぶくがゴボゴボと湧きたち、トムとエドはゆっくりとその場を離れた。トムが先を行き、道路まで出ると、左に曲がった。念のために一度だけ懐中電灯で道を照らした。

私設車道を出てから二十歩ほど進んだところで、トムは歩みを遅くして足をとめ、エドもそれに倣った。ふたりは後ろを向いて、暗闇の彼方にあるプリチャードの屋敷を見た。

「……どうしたの……音……?」そう尋ねる女の声がきれぎれに聞こえる。

「あの男の妻、ジャニスだ」トムがエドに囁いた。トムがちらりと右に目をやると、白のステーションワゴンがぼんやりと見える。暗い木陰にほとんど隠れていた。トムは振りかえってプリチャードの屋敷に目を向け、惹きつけられた。聞こえてくるのは、水が飛び散る音のようだった。

「おまえ――ああ――わぁ!」これはもっと低い声で、プリチャードのようだ。

ポーチの側面の軒明かりがつき、プリチャードの姿が見えた。シャツが明るくズボンが暗い人影がポーチに立っている。左右を見て、懐中電灯の明かりを芝生じゅうに走らせ、道路をじっと見て、ポーチの階段を下りて芝生に出た。まっすぐ池に行き、凝視した上で、屋敷に目を向けた。

「……池……」その言葉ははっきりプリチャードから聞こえ、粗野な言葉が続いた。悪態をついているのだろう。「……そったれ……庭から、ジャン!」

ポーチに出ていたジャニスは、明るい色のスラックスにトップの姿だ。「……なに……うしたの?」ジャニスが訊いている。

「ちがう――鉤爪のやつ!」きっと絶好の風向きのおかげだろう、ふたりの言葉がまっすぐトムとエドまで運ばれてくる。

　トムがエドの腕に触ると、緊張して固くなっていた。「引っかけ鉤で引き揚げる気のようだ！」彼はそう囁き、おかしくて噴きだしそうになるのをぐっと堪えた。

「退散すべきじゃないか、トム？」

　そのとき、姿を消していたジャニスが、ふたたび屋敷の正面側の角から足早に現われた。一本の棒を手にして、急いでいる。トムは身をかがめて、芝生の庭の隅に茂った野生の灌木の背後から垣間見ていたのだが、その棒がはっきり見えた。例の幅広の引っかけ鉤のレーキではなく、棒の先端に尖った鉤爪が（たぶん）三つ突きでた園芸用の道具で、手の届かない隙間から落ち葉や雑草をかき出すのに使う類いだ。トムは似たものを持っていたが、長さは二メートルもなく、ジャニスが持つ棒はそれより短いもののように見えた。

　プリチャードが、何かをとってくれとぶつぶつ言っている。たぶん懐中電灯だろう（芝生の上に置かれていた）。彼は棒を握って池のなかへ突っこんでいるようだ。

「引き揚げたら、どうする気かな？」トムはエドに呟き、池に身体を向けたまま車の方向に横歩きした。

　エドも従った。

　そのとき、トムがエドを制するように左手を突きだし、ふたりは立ちどまった。灌木の隙間から見えるプリチャードは、上半身を前に折りまげながら、ジャニスが差し出すものを受け取ろうと手を伸ばしていたが、そのとき、プリチャードの白いシャツが視界から消えた。

　ふたりはプリチャードの叫び声を耳にし、大きな水音があがった。「デイヴィッド！」ジャニスが水際に沿って駆けだし、半周ほどめぐった。「デイヴィッド！」

「あれあれ、池に落っこちた！」トムが言った。

「泥が――アア――アア……」その声はプリチャードで、浮きあがって「ププー！」、水を吐きだした。バシャバシャと、水面を腕で叩いている。

「鉤爪はどこ？」ジャニスは金切り声をあげた。「手を……」

　プリチャードが取り落としてしまったのだ、とトムは思った。

「ジャニス！……くれ……下の泥が！　手を！」

「箒か……ロープのほうが……」ジャニスは明かりのついたポーチに向かって走ったが、狂ったように突然向きを変え、池まで戻った。「あの棒が……ないの！」

「……手を……その……」デイヴィッド・プリチャードの声がかき消え、一度だけバシャッと水音がした。

　ジャニスのおぼろげな人影が幻影のように池の縁を彷徨っている。「デイヴィ、どこ？ああ！」何かを見つけて、身をかがめた。

　池の水面が波立ち、その音がエドとトムまで届いた。

「……わたしの手を、デイヴィッド！　指先を掴んで！」

　数秒間の沈黙ののち、ジャニスの悲鳴があがり、つづいて、また盛大に水音があがった。

「おい、ふたりとも落っこちたぞ！」とトムが言った。おかしくてたまらず、小声で言ったつもりだったが、ほとんど普段の声と変わりなかった。

「あの池の深さは？」

「さあね。一メートル半くらい？　想像だけど」

ジャニスが何か叫んだが、水で口をふさがれた。

「助けたほうが——」エドが心配そうにトムを見た。「たぶん——」

エドの張りつめた気持ちが伝わってくる。トムは何かを検討し、イエスかノーか迷っているかのように、体重を左足から右足に移し、また元に戻した。エドがこの場にいなければ、話はちがった。池のなかのふたりはトムの敵だ。自分ひとりだったら、トムはためらいなく、歩き去っただろう。

水のはねる音はもうやんでいた。

「ぼくが池に突き落としたわけじゃない」トムはむしろきっぱりと言った。そのとき、かすかな音が——ひとつの手が水面を乱すような——池のほうから聞こえた。「さあ、いまのうちに離れよう」

あとわずか十五歩ほど暗闇のなかを行けばいい。まったくついている、とトムは思った。一連の出来事があったこの五、六分間、近くを通りかかった者は誰もいなかった。ふたりはステーションワゴンに乗り、トムはバックでそばの小道に入った。そこから左折して出発すれば、来たときと同じ回り道を通って帰ることができる。彼はライトを煌々（こうこう）とつけた。

「なんて運がいいんだ！」トムは微笑みながら言った。そして、反応が鈍いバーナード・タフツとともに——そう——あの骨の主、マーチソンの死体をヴォアジのロワン川に投げこんだあとのうっとりするような高揚感を思い出した。あのときは歌いだしたい気持ちだった。いまは、ただほっとして愉快な気分だったが、エド・バンバリーはそうではなく、そんな気持ちになれないことがはっきり伝わってきた。だからトムは運転に集中し、それ以上なにも言わなかった。

「運がいい？」

「ああ——」いま、濃密な暗闇のなかを走っている。次の十字路ないし道標がどこにあるのか、トムにはよくわからなかった。だが、この道を行けばちゃんとヴィルペルスの南へ戻れるし、大通りも直角に横切るだろうと思った。たぶん、煙草屋兼バー〈ジョルジュ＆マリー〉は閉まっているが、大通りを横切るだけでも、人に目撃されたくなかった。「運がよかった——あの何分間か、車が一台もあそこを通らなかったんだ！　車が通っていても、そんなに気にすることじゃないけどね。池のなかのプリチャード夫妻もあの骨も——明日には発見されるだろうが、ぼくと何の関係がある？」ふたつの死体が水面下数センチほどのところに浮いている様を漠然と想像した。トムは笑いだし、ちらりとエドを見た。

エドも、煙草を吸いながら、トムを一瞥したが、顔を伏せて、額に片手をあてた。「トム、とても——」

「気分が悪い？」トムは心配そうに尋ね、速度を落とした。「停めようか——」

「いや、だけど、われわれは現場を離れ、あそこでは彼らは溺れている」もう溺れ死んださ、とトムは思った。デイヴィッド・プリチャードは妻に向かって「手を！」と叫んだが、あれはまるで故意に彼女を引きずりこむための、最後のサディズム的行為であったかに思える。だが、プリチャードはあのとき足がつかず、生きようと必死だった。エド・バンバリーは自分と同じようには理解していない、トムは失望の思いとともに悟った。「あの夫婦はいらぬ世話を焼いたんだ、エド」トムはふたたび道に神経を集中した。いまは砂の色をした路面が車体の下に向かって前進しつづけている。「忘れないでほしいが、今晩はマーチソンを始末する夜だったんだ。それは――」

エドは灰皿に煙草を押し消した。まだ額をこすっている。

ぼくだってあれに道連れができて喜んでいるわけじゃない、トムはそう言いたかったが、いま笑ったばかりで、それを言っても信じてもらえるだろうか？　トムは息を吐いた。「あのふたりは嬉々として贋作を攻撃してきたはずなんだ――おそらく、マーチソン夫人を使って、バックマスター画廊を、われわれ全員を、狙っていたんだ」トムは続けた。「実際、プリチャードはぼくを探っていたが、これで贋作の秘密は暴かれずにすんだんだ。自業自得だよ、エド。あの夫婦は、完全な部外者でありながら、他人に干渉しすぎたんだ」トムは力説した。

間もなくわが家に着く。ヴィルペルスの田舎風のわずかな街灯が左側に煌いていた。道はベロンブルに通じている。ベロンブルの門の対面にある大きな木が見えた。木はベロンブルに向かって傾いていて、守ってくれている、トムはいつもそう感じた。大きな門は開いたままだ。リビングルームのかすかな明かりが玄関の左側の窓に見える。トムはガレージの空いている側にワゴンを入れた。

「懐中電灯を使うよ」と言って、トムは手にとった。ガレージの隅にあった雑巾でステーションワゴンの荷室の床に残った砂粒を払い落とした。灰色の土くれだ。土？　それはたぶん、間違いなく、マーチソンの残骸、（トムには）形容しようのない人肉の残片のように思えた。コンクリートの床に落ちている、ごくわずかな量のそれを、トムは足でガレージの外にそっと蹴り出した。小さい粒にすぎないから、砂利にまぎれ、すくなくとも肉眼ではもうわからない。

懐中電灯の明かりを頼りに、ふたりは玄関まで歩いた。エド・バンバリーには多忙な一日だった、とトムは思った。エド自身の――トムの――人生における本物の経験をしたんだ、すべてを守るために、やらねばならないこと、ときには為さねばならないことを。しかし、トムはひと言でも、エドに語り聞かせる気はなかった。たったいま車のなかで話したではないか？

「お先にどうぞ、エド」トムは玄関でそう言い、エドを先に行かせた。

トムはリビングルームの明かりをもうひとつつけた。マダム・アネットがカーテンを開けるまでに、まだ数時間はある。エドは一階の浴室へ行っていた。嘔吐しなければいいが、とトムは思った。自分はキッチンの流しで手を洗った。エドには何を出そう？　紅茶？

強いウィスキー？　エドはジンが好みだったか？　それとも熱いココアとベッドのほうが？　エドがリビングルームに入ってきた。

エドは普段どおりに見せようとしていた。楽しそうにさえ見えた。だがその顔には当惑か不安がこびりついているようにトムは思った。

「何か飲む、エド？」トムが訊いた。「ぼくはピンクジンにする、氷なしで。きみは何がいい、紅茶？」

「同じもので。きみと同じものを」エドが言った。

「座って」トムはワゴンバーまで行き、アンゴスチュ・ラビターズ（カクテル用の苦味剤）の壜を振った。そして、同じものをふたつ運んできた。

ふたりはともにグラスをあげ、すこし飲んだところで、トムは言った。「本当にありがとう、エド、今夜は付き合ってくれて。きみがいてくれて、大いに助かった」

エド・バンバリーは笑おうとしたが、うまくいかなかった。「訊くのはなんだが――これからどうなるんだ？　次は何が起こるんだ？」

トムはためらった。「われわれにとって？　何も起こらないさ」

エドはまたすこし飲んだが、喉の通りが悪いようだ。「あの家では――」

「プリチャードの家か！」トムは微笑みながら、低い声で言った。彼はまだ立ったままだ。おもしろい質問だ。「まあ――そうね、明日になればわかる。たぶん、郵便配達が九時ごろに来る、としようか。園芸用のかき出し棒にきっと気づくはずだ。木の持ち手が水面から突きだしているので、そばに寄って見てみようとする。無視する可能性もある。玄関のドアが開いているのを目にするだろう、風で閉まったりしていない限りは。明かりが——ポーチの軒の明かりがついていることにも気づくと思う」あるいは、郵便配達は私設車道の側からポーチの正面階段へ向かってくるのかもしれない。あの園芸用の棒は長さが二メートルもないから、水面からは突き出していないかもしれない、なんといっても底は深い泥だ。プリチャード夫妻が発見されるまで一日以上かかる可能性もある。

「それで？」

「二日以内には、きっと発見される。だが、それがどうした？　あれがマーチソンであることは突きとめられない、身元確認は不可能だ、ぜったいに！　マーチソン夫人にだって」即座にトムは、マーチソンの卒業指輪に考えがおよんだ。まあ、今晩、家のなかのどこかに隠しておこう、まずありえないが、もし明日、警官が来たらまずい。プリチャードの屋敷の明かりがついたままだ、とトムは気づいたが、もともと生活ぶりがかなり変だったから、ひと晩じゅう明かりがついていても、付近の住民が気にしてドアをノックしにくることなど、ないように思えた。「エド、ぼくの経験でもこれほど簡単に片づいたことはなかった、と思う」トムは言った。「われわれは何もしてないんだ、それはわかるね？」

エドはトムを見つめた。背もたれのまっすぐな黄色い椅子に腰かけ、膝(ひざ)に両腕をあずけて、身を乗りだしている。「そうだね。わかった、たしかにそう言える」

「疑いようがない」トムはきっぱりと言い、景気づけにピンクジンをひと口飲んだ。「われわれは池のことを何も知らない。プリチャードの屋敷の近くにはいなかったんだ」とトムは言った。やさしく語りかけながら、エドのそばまで近づいた。「あの——包みがここにあったことを誰が知っている？　われわれに事情を訊こうとする者など誰がいる？　誰もいない。きみとぼくはフォンテーヌブローまでドライブして——結局、バーに立ち寄ることもなく、家に帰ったんだ。われわれが出かけていたのは——四十五分間もない。ほとんど問題ないよ」

エドはうなずき、またトムをちらりと見あげて言った。「そのとおりだ、トム」

トムは煙草に火をつけ、もうひとつの黄色い椅子に腰かけた。「身がすくむ思いなのは、わかる。ぼくはこれまで、もっと悪いことをやむをえずやってきたんだ。もっと、もっと——もっと悪いことを」トムはそう言って、笑った。「さて、明日の朝、何時に部屋にコーヒーを持ってきてほしい？　紅茶がいいかな？　好きなだけ寝てなよ、エド」

「紅茶、かな。優雅だね——何もしないで二階にいながら、まず紅茶をいただけるとは」エドは無理に笑顔を作ろうとした。「まあ——九時、九時十五分前ぐらい？」

「わかった。マダム・アネットはお客をもてなすのが大好きなんだ、わかるだろう？　彼女にメモを残しておく。でも、たぶんぼくは九時前に起きてるよ。マダム・アネットは、いつも七時すぎには起きるんだ」トムは陽気に言った。「それで、パン屋まで歩いていって焼きたてのクロワッサンを買ってきてくれる」

パン屋には、いろんな情報が集まってくる。午前八時に、マダム・アネットはどんなニユースを仕入れて帰ってくるだろうか？

22

トムは八時すぎに目が覚めた。すこし開けてある窓の外で、鳥が囀っている。今日も晴れるようだ。トムは――やむにやまれず、神経症のようだ――オーク材の箪笥に向かい、いちばん下、靴下を収めた引き出しを開けて、黒いウールの靴下に触れ、例の塊、マーチソンの卒業指輪を探った。ある。トムは角が真鍮の引き出しをまた閉めた。昨夜、そこに指輪を隠しておいたのだ。あのまま、指輪をただズボンのポケットに入れっぱなしにしていたら、気になって、眠れなかっただろう。たとえば、うっかりズボンを椅子にかけてたなら、絨毯の上に指輪が落ちて万人の眼にさらされる。

シャワーを浴び、ひげを剃ったあと、トムは昨夜と同じリーバイスに真新しいシャツを着て、静かに階下へ下りていった。エドの部屋はドアが閉まっていた。まだ眠っていてくれればいいがと思った。

「ボンジュール、マダム！」とトムは言った。いつになく元気な声なのは自分でもわかった。

マダム・アネットは笑顔で応じ、いいお天気ですね、今日一日はもちそうですよ、と言った。「さあ、コーヒーをどうぞ」彼女はキッチンへ戻った。

恐ろしいニュースが何かあったら、マダム・アネットがすでに話しているはずだ、とトムは思った。まだパン屋に行っていないのかもしれないが、友人から電話がかかっているだろう。我慢だ、とトムは自分に言い聞かせた。その分だけいざ聞いたときに驚くだろうし、間違いなくあのニュースのはずだから、驚いて見せなければならない。

最初のコーヒーのあと、トムは外に出て、咲いたばかりのダリアを二本と、目にとまった薔薇を三本切り、マダム・アネットにも手伝ってもらって、キッチンから花瓶を持ってきた。

それから、箒を手にして、ガレージへ行った。彼は急いでガレージの床の掃除をはじめた。葉っぱも埃も、外の砂利まですっかり掃きだした。トムはステーションワゴンの後部ドアを開け、荷室の床にある灰色っぽい粒を掃いた。ごくわずかで、ほとんど目につかなかったが、最後は同様に砂利にまぎれこませた。

今朝、モレへ出かけるのはいいかもしれない、とトムは思った。あそこはエドに案内したいし、川のなかへ指輪を捨てられる。それにおそらく、というよりもトムの希望だが、そのころまでにはエロイーズから電話があって、列車の到着時間もわかっているはずだ。そうなれば、モレに立ち寄って、フォンテーヌブローで出迎えて帰宅、とすべて一度ですみ、ステーションワゴンの大きさならば、荷物も充分載せきれるはずだ。エロイーズのことだ、空のスーツケースにも入りきらないほど買い物で荷物がふくれあがっていることだろう。

ちょうど九時半の郵便で、エロイーズから絵葉書が届いた。日付は十日前、マラケシュから投函(とうかん)されたものだ。実にモロッコらしい。まったく音沙汰(おとさた)のない先週に届いていたなら、どんなに嬉(うれ)しかったことか！　絵葉書は、縞柄(しまがら)ショールの女性たちがいる市場の風景写真だ。

トム様

またラクダに乗りましたが、もっと楽しかった！　リール（フランス北部の都市）から来た男性ふたりと知り合いになりました。食事相手にふさわしい愉快ですてきな人たちです。ふたりとも、奥さんから休暇をもらってます。ノエルからキス(ビズ)を。ＸＸＸ　わたし(ジュ・)から愛をこめて口づけを(タンブラス)！

Ｈ

「奥さんから休暇」ね、「女から」ではなく。「食事相手にふさわしい」というからには、エロイーズとノエルは実際に男たちと食事をしたのだろう。

「おはよう、トム」笑顔で階段を下りてきたエドは、頬(ほお)が薔薇色に染まっていた。エドの頬がときおり意味もなく赤らむことにトムも気づいていたが、イギリス人の妙な特性と考えるしかないだろう。

「おはよう、エド」トムが答えた。「今日もいい天気だ！　ついてるね」トムは続きの小部屋にあるテーブルのほうをさし示した。隅にふたり分の席が用意され、ゆったりできるだけのスペースがあった。「陽射しがまぶしい？　カーテンを引こうか」

「このままがいい」とエドが言った。

マダム・アネットがオレンジジュースと温かいクロワッサン、いれたてのコーヒーを運んできた。

「茹で卵は好きかい、エド？」トムが訊いた。「コドルドエッグがいい？　ポーチドエッグ？　ありがたいことに、この家でできないものはないと思うよ」

エドは微笑んだ。「卵は結構だ、ありがとう。きみが上機嫌な理由はわかっている――パリにいるエロイーズが、今日、帰ってくるんだろう」

トムが満面の笑みを浮かべた。「きっとね。今日だと思ってる。もったいなくてパリから離れられないような何かがなければ。想像できないけどね。ナイトクラブのショーだってそこまでじゃない――彼女も、ノエルも、ショーが好きなんだ。いまにもエロイーズから電話があるんじゃないかな。そうそう！　今朝、エロイーズから葉書が届いたよ。マラケシュから十日もかかってるんだ。信じられないよね？」トムは笑った。「マーマレードも試してよ。マダム・アネットの手作りなんだ」

「ありがとう。郵便配達は――ここに来てから、あの家へ行くのかい？」かろうじて聞きとれるような声だった。

「実際、知らないんだ。うちのほうが先だと思うけど。中心部から周辺部へ、かなと。よくわからない」エドの顔に不安の色が浮かんでいた。「今朝考えたんだが——エロイーズから連絡があったらすぐ——モレ・スュル・ロワンへドライブに出かけよう。すてきな町だ」トムは間を置き、そこの川に指輪を投げ捨てるつもりだと言いかけた。話したほうがいいと思ったのだ。エドの心に引っかかる、不安をかきたてる存在がひとつでも減ったほうがいい。だから、話しておいたほうがよいとそのときは思ったのだ。

　トムとエドはフランス窓から外に出て、裏庭の芝生を散歩した。クロウタドリの群れがほとんど警戒する様子もなく、餌をついばんでいる。一羽のコマドリがこちらをじっと見ていた。カラスが一羽、不快な声で鳴きながら飛んでいき、トムは耳ざわりな音楽でも聞いたように顔をしかめた。

「カァ——カァ——カァ！」トムが鳴き声をまねた。「たまに二度しか鳴かないと、もっと気持ちが悪い。中途半端な気がして、もうひと声鳴くのを待ってしまう。それで、思い出したんだが——」

　電話が鳴っている。家のなかからかすかに聞こえてきた。

「たぶん、エロイーズだ。失礼」と言い、トムは駆けだした。家に入り、「大丈夫、マダム・アネット、ぼくが出る」と言った。

「もしもし、トム。ジェフだ。どうなっているか、訊きたくてね」

「わざわざどうも、ジェフ！　事態は——そう——」エドがフランス窓からそっとリビングルームへ入ってくるのが見えた。「——かなり平穏だ、これまでのところは」彼はエドにわかるように目くばせし、真面目な顔をしていた。「おもしろい話は何もない。エドとすこし話す？」

「ああ、近くにいるんなら。その前に――忘れないでもらいたい、いつでも喜んでそっちへ行くから。本当になんでも言ってくれ。遠慮するなよ」

「ありがとう、ジェフ。感謝している。じゃあ、エドに替わるから」トムは受話器を玄関ホールのテーブルに置いた。「われわれはずっと一緒にいて――何も起こらなかった」トムはすれちがうときに、エドに囁いた。「そういうことにしたほうがいい」受話器を手にとるエドに、そう言いそえた。

トムは黄色いソファのほうへゆっくり歩いていき、そこを通りこして、電話の会話がほとんど聞こえない、高い窓のそばに立った。彼が聞いたのは、リプリー家の周囲はいたって平穏であり、屋敷も天気もすばらしいと言っているエドの言葉だけだった。

トムは昼食についてマダム・アネットに話をした。マダム・エロイーズは間に合いそうにないから、ムッシュー・バンバリーとふたりだけの昼食になる。これからパリのマダム・アスレールのアパートメントにいるマダム・エロイーズに電話をかけて、今日の予定を訊くつもりだ、と告げた。

そのとき、電話が鳴った。

「きっとマダム・エロイーズだ！」マダム・アネットにそう言うと、トムはその場を離れて、電話に出た。

「もしもし?」

「もしもし、トム!」アニエス・グレのおなじみの声だった。「あの話、もう聞いた?」

「いや、なんの話?」トムは言った。エドが聞き耳を立てているのがわかった。

「プリチャード夫妻よ。今朝、池で死んでるのが発見されたの!」

「死んでる?」

「溺死よ。そうらしいの。土曜の朝から――近所じゅう、もう大騒ぎよ! ルフェールの息子さん、ロベールを知ってるでしょ?」

「いや、知らないかな」

「その子はエドゥワールと同じ学校なの。とにかく、ロベールが今朝、宝くじのチケットを売りにうちに来たのよ――お友だちと一緒に。その子の名前は知らないけど、どうでもいいわね。もちろん、十枚買ってあげたら、その子たちは喜んで、出ていった。丸一時間は前のことね。ほら、うちの隣は空き家でしょ、だから当然、今度はプリチャードの家に行ったらしいの――そしたら、子どもたちがわが家まで駆けもどってきたわけ、怯えきってね! 子どもたちの話では、玄関のドアが開いていたというの。呼び鈴を鳴らしても誰も出ないけど、電気はついている、それで、きっと好奇心からね、あの屋敷のそばにある池を見にいったのよ、池は知ってるでしょ?」

「あの池ね、見たことがある」トムが言った。

「そこで、見えちゃったのよ――たぶん水が澄んでるからだと思うけど――ふたりの死体が——なかば水中に沈んで！　なんて恐ろしい、トム！」

「いやあ、まったく（モン・ディユー）！　なんて言ってるの、警察は——自殺？」

「ああ、そう（ウイ）、警察ね、もちろん、いまもあの家にいて、うちにもひとり、警官が話を聞きにきたわ。わたしたちはただ——」アニエスは大きなため息をついた。「でも（アロール）、わたしたちに何が話せて、トム？　あの夫婦の暮らしぶりは変わってて、大きな音で音楽をかけてた。近所に引っ越してきたばかりで、うちには来たことないし、わたしたちもあの家にうかがったことないのよ。最悪なのは——ああ、いやだわ（ノン・ド・ディユー）、トム——黒魔術みたい！　恐ろしい！」

「なんのこと？」わかっていたが、トムは尋ねた。

「池のなかの——ふたりの下に——警察が見つけたの、骨なのよ——」

「骨？」トムはフランス語でおうむ返しに言った。

「遺体の——人間の骨なの。何かに包まれていたんですって、近所の人に聞いたんだけど。好奇心でみんな見にいったみたい」

「ヴィルペルスの人たちが？」

「そう。いまは警察がロープを張って、立入禁止だけど。わたしとアントワーヌは行かなかったの。それほど物好きじゃないから！」アニエスは緊張を緩和させるかのように笑った。「言葉もないわ。あの人たち、頭がおかしかったのかしら？　自殺かどうかも、骨がプリチャードの引き揚げたものかどうかも、まだ何もわかっていないの。あのふたりの頭のなかなんて、誰にもわからない」

「そうだね」誰の白骨死体なのか、トムは尋ねようと思ったが、アニエスが知るわけないし、わざわざ好奇心を示してどうする？　アニエスに倣い、ただひたすら驚いていた。

「アニエス、知らせてくれて、ありがとう。まったく――信じられない」

「イギリス人のお友だちには、すてきなヴィルペルス初体験ね！」また緊張緩和の笑い声をあげながらアニエスは言った。

「まったくだ！」トムが微笑みながら言った。ほんの数秒間、不愉快なことが思い出された。

「トム――わたしたちは家にいるわ。アントワーヌも、月曜日の朝までいるの。こんな怖いことがすぐ近所であるなんて、はやく忘れたいわ。友だちとのおしゃべりがいいわね。ところで、エロイーズから連絡はあった？」

「いま、パリにいる！　昨夜、電話があったんだ。今日には帰ってくるよ。昨夜は友人のノエルのうちに泊まったんだ。パリにアパートメントがあるのは知ってるよね？」

「ええ。エロイーズによろしくね」

「もちろん！」

「もっと何かわかったら、今日また電話をするわね。なんといっても、うちはご近所でしょ、運が悪いわ」

「ハハハ！　お察しするよ。本当にありがとう、アニエス。アントワーヌによろしく――

子どもたちにも」トムは電話を切った。「やれやれ！」

　エドはすこし離れて、ソファのそばで立っていた。「昨夜、一杯やった家の方だね——アニエス——」

「そう」とトムが言った。彼はトンボラのチケットを売り歩いていた少年ふたりが池を覗(のぞ)きこみ、夫婦を発見した経緯を話した。

　事実を知っていながらも、エドは顔をしかめた。

　トムもまた、はじめて聞いた出来事のように話をしていた。「あれに近寄ったのが子どもだったとは可哀(かわい)そうに！　男の子たちは十二歳ぐらいだと思う。記憶では、池の水はたしかに澄んでいた。底が泥でも。ただ、あそこのまわりが妙なんだ——」

「まわり？」

「池のまわりさ。コンクリートだと誰かから聞いたおぼえがある——たぶん、厚みがないんだ。草に隠れてコンクリートは見えないが、それほど高さがない。だから、たぶん端のほうは滑りやすく、落っこちやすい——何か抱えてるときはとくにね。ああ、そうだ、池の底から、警察が人骨の包みを発見したとアニエスは言ってたよ」

　エドは黙って、トムを見た。

「警察はまだ現場にいるって。まあそうだよね」トムは深く息を吐いた。「マダム・アネットに知らせてくるよ」

　正方形の広いキッチンを一瞥(いちべつ)すると、誰もいなかった。そこで、マダム・アネットの部屋のドアをノックしにいこうと思い、右側の短い廊下に向かったら、マダム・アネットが部屋から出てきた。

「ああ、ムッシュー・トム！　なんてこと！　大事件です！　プリチャードのお宅で！」彼女は何もかも話したい勢いである。マダム・アネットの部屋には彼女専用の番号の電話がある。

「ああ、マダム、ぼくもいまマダム・グレから聞いたんだ！　まったく驚いた！　ふたりも死ぬなんて――こんな近所でね！　知らせにきたんだ」

　ふたりでキッチンに入っていった。

「マダム・マリー・ルイーズからいま聞きました。彼女はマダム・ジュヌビエーヴから聞いたそうです。村じゅうの評判です！　人がふたり溺れ死んだって！」

「事故死なのかな。みんなはなんて？」

「ふたりは喧嘩(けんか)の最中に、ひとりが足を滑らせ、池に落ちたんじゃないかって話です。しょっちゅう喧嘩してましたものね、ご存じでしょう、ムッシュー・トム？」

　トムは口ごもった。「そういう噂(うわさ)は――聞いたことがある」

「でも、池のなかの骨！」マダム・アネットは声をひそめた。「おかしいですよね、ムッシュー・トム――ほんとにおかしい。おかしな人たちです」まるでプリチャード夫妻は常識の理解を超えた宇宙人だと言っているかのようだ。

「たしかに」トムは言った。「奇怪(ビザール)だ――誰が聞いてもそうだよね。マダム――ぼくはこれからマダム・エロイーズに電話をかけなければ」

　トムが受話器をとろうとすると、また電話が鳴った。今度は苛立ち(いらだ)から無言で悪態をついた。警察か？　「もしもし？」

「もしもし(アロー)、トム！　ノエルよ！　いい知らせよ(ボンヌ・ヌーヴェール・プール・ヴー)——エロイーズがそちらに着くわ(エロイーズ・アリーヴ)……」

　エロイーズが十五分後に到着する。ノエルの若い友人のイヴが新車を買って、慣らし運転がしたくて、送ってくれているという。しかも車にはエロイーズの荷物をすべて積めたので、列車よりも便利だった。

「あと十五分だね！　ありがとう、ノエル。元気だった？……エロイーズも？」

「ふたりとも、どんな精悍な探検家にも負けないくらい元気よ！」

「近いうちに会いたいね、ノエル」

　ふたりは電話を切った。

「もう間もなく、エロイーズの乗った車が着く」トムは破顔しながらエドに言った。それから、マダム・アネットに知らせにいった。とたんに彼女の表情が輝いた。プリチャード夫妻が池で死んだことを考えるよりも、エロイーズがいてくれるほうがよほど明るくなる、とトムは思った。

「昼食には——コールドミートでどうですか、ムッシュー・トム？　今朝、とてもいい鶏のレバーペーストを買っておきました……」

まったく美味しそうだ、とトムは賛同した。

「それから、今夜は——牛ヒレ肉のステーキが充分、三人前あります。今日の夕方には奥様もお帰りになると思っていましたので」

「あと、ベイクドポテトも。なかまで火が通ったの、できるかな？　いや！　全部、戸外のグリルで、ぼくが焼こう！」たしかに、それがいちばん楽しくて美味しいポテトと牛ヒレ肉の焼き方だ。「それに、美味しいベアルネーズソースを？」

「もちろんです、ムッシュー。それと……」

彼女は今日の午後、新鮮なサヤインゲンとほかに何か、たぶん、マダム・エロイーズの好きなチーズを買うつもりでいた。マダム・アネットは上機嫌だった。

トムがリビングルームに戻ると、エドが「ヘラルド・トリビューン」紙の朝刊に目を通していた。「すべて順調だ」トムは言った。「散歩でもしない？」ジョギングするか、障害物でも飛びこえたい気分だ。

「それはいい！　脚を伸ばせる！」エドは即答した。

「新車を運転するエロイーズに会えるんじゃないかな？　いや、運転はイヴかな？　ともかく、そろそろ着く」トムはふたたびキッチンへ行った。マダム・アネットが黙々と台所仕事をしている。「マダム——ムッシュー・エドとすこし散歩をしてくる。十五分もしたら、帰ってくるよ」

玄関ホールで待つエドのもとに、トムは行った。そのとき、朝、思いついた憂鬱な可能性がまた頭に浮かんだ。トムはドアノブに手をかけたまま、立ち止まった。

「どうした？」

「たいしたことじゃないんだ。ただ、これまでもぼくは――きみを信じて打ち明けてきたから――」トムはまっすぐな茶色の髪に指をかき入れた。「その、今朝、ふと思ったんだが、プリークハードくん、日記をつけてなかっただろうか――いや、つけてるなら、彼女のほうかな。ともかくあのふたり、骨を発見した、とどこかに書き残していないだろうか」トムは声をひそめ、ちらりと広い戸口からリビングルームに目を走らせて、先を続けた。「それに、昨日、あれをうちの玄関前の階段に投げ捨てたことも」トムは陽の光と新鮮な空気が欲しくて、ドアを開けた。「頭をあの敷地内のどこかに隠したなんてことも書いているかもしれない」

ふたりは砂利の前庭に出た。

「警察が日記を発見したら」トムは続けた。「プリチャードの暇つぶしのひとつがぼくへの嫌がらせだったことも、すぐに知られるだろう」不安な気持ちを他人に話すのは好きではない。とにかく、そんな気持ちはすぐ消えるものだ。だが、エドなら信用できる、とトムは自分に言い聞かせた。

「だけど、ふたりともあんな変人だ！」エドは顔をしかめてトムを見て、砂利を踏みしめる音よりも小さな声で言った。「何を書き残していようと――妄想かもしれないし、必ずしも真実ではないかもしれない。たとえ日記があっても――あのふたりの言葉ときみの証言、どちらが正しいかだな」

「奴らが骨なりをここに運びこんだことを、なんらかの形で書き残していたとしても、ぼくは否定するだけだ」それでこの問題は終わりだとでもいうように、トムは静かに断言口調で言った。「そんなことにはならないと思うが」

「そうだよ、トム」

ふたりは弱気を振りはらうように、歩きつづけた。車はほとんど走っていないので、並んで歩けた。イヴの車は何色だろう、とトムは思った。最近でも、新車の慣らし運転は必要なのか？　彼はまさにスポーツカー風（トレ・スポルティーフ）の黄色い車を想像した。

「ジェフは来てくれるかな、エド？　用がなくても？」トムが訊いた。「いまなら休みがとれると言っていたけど。ところで、エド、あと二日は泊まっていってほしいんだけど、いいかな？」

「大丈夫だよ」エドはちらりとトムを見た。イギリス人のピンクがまた頬にさしている。

「ジェフに電話して訊いてみようよ。それがいい」

「アトリエに寝椅子がある。とても快適なんだ」トムはたった二日間の休暇でも、旧友たちとベロンブルで大いに楽しみたいと思った。と同時に、いまは十二時十分すぎ、いまにも家の電話が鳴るんじゃないかと思っていた。警察は彼に何か話を聞きたいはずだ。「ほら！　あれ！」トムは跳びあがって、指さした。「黄色い車！　きっとあれだ！」

幌（ほろ）をおろした車が近づいてきて、エロイーズが助手席から手を振っている。シートベルトが許す限り身体を伸ばし、ブロンドの髪が後ろになびいている。

「トム！」

トムとエドは向かってくる車と同じ車線側にいた。

「やあ！　お帰り！」トムは両腕を振りあげた。エロイーズはずいぶん日焼けしている。

運転手がブレーキをかけたが、トムとエドの脇を通りすぎてしまい、ふたりは車まで駆け戻った。

「お帰り！」トムはエロイーズの頰にキスをした。

「こちらはイヴ！」エロイーズが紹介すると、黒髪の若者が微笑みながら言った。「はじめまして、ムッシュー・リプリー！」彼の車はアルファロメオだ。「乗りませんか？」彼は英語で言った。

「こちらはエド」トムはさし示した。「いや、ありがとう。あとから追いつきます」彼はフランス語で言った。「じゃあまた、家で！」

後部座席には小型のスーツケースが積まれ、そのうちのひとつはあきらかにトムがはじめて目にするものだ。小犬一匹乗せる余裕もなかった。エドと一緒に小走りでその場を離れ、やがて駆け足になって笑い声をあげ、あと五メートルで黄色いアルファロメオに追いつくというところで、車は右折してベロンブルの門をくぐった。

マダム・アネットが姿を見せた。賑やかなおしゃべりと挨拶と紹介。なんとか全員で手分けして荷物を運び入れた。車のトランクには数えきれないほど細々した物の入ったビニール袋がいくつもあったからで、今度ばかりはマダム・アネットも比較的軽いものを選んで二階へ運ばせてもらえた。エロイーズはうろうろしながら、ビニール袋のいくつかについては「モロッコの菓子やキャンディ」が入ってるから、みんな注意して扱って、と指示を出していた。

「つぶさないよ」トムは言った。「キッチンへ持っていくだけなんだから」彼は持っていき、戻ってきた。「何か飲みものはいかがです、イヴ？　よかったらお昼も食べていってください」

イヴはどちらも丁重に断わり、フォンテーヌブローで人と約束をしていて、すこし遅れそうなんです、と言った。エロイーズとイヴの間で、別れとお礼の言葉が交わされた。

トムはマダム・アネットに頼んで、ブラッディマリーを二杯、自分とエドのために、それとエロイーズの希望でオレンジジュースを一杯、持ってきてもらった。トムはエロイーズから視線をそらしたくなかった。体重は減っても増えてもいない、そう思った。薄い青のパンツルックの太腿が描く曲線は美の化身、芸術品のようだ。モロッコの話題をフランス語半分、英語半分でしゃべりつづけるその声は、トムの耳には音楽であり、スカルラッティよりも甘美だった。

エドに目を向けると、トマト色の飲みものを手にして立つエドは同じようにエロイーズを見つめていた。エロイーズはフランス窓から外を眺めている。アンリについて尋ねてきて、最後に雨が降ったのはいつかしらと言った。玄関ホールにはビニール袋がふたつ置かれたままで、エロイーズはリビングに持って入ってきた。ひとつには真鍮のボウルが入っていた。シンプルで余計な飾りがないでしょ、とエロイーズが嬉しそうに言った。もうひとつはマダム・アネットに買ってきたもので、つや出し剤かな、とトムは思った。

「あとこれ！　ねえ見て、トム！　すごく可愛くて、すごく安かったの！　あなたの机の書類入れよ」彼女は長方形の茶色い柔らかい革製品を取り出した。縁にだけ箔押し模様があり、さほど精巧ではない。

どこの机のことだ、とトムは思った。ライティングテーブルならあるが、だが――。

エロイーズはその革製品を開いて、トムに四つの内ポケットを見せた。片面にふたつずつあり、やはり革製だ。

なおもトムはエロイーズのほうを見つめていたい気持ちだ。いまは間近にいるので、その肌から陽射しの匂いがしたかに思えた。「すばらしいね。ぼくへのお土産なら――」

「もちろん、あなたへのお土産よ！」エロイーズは笑って、エドをすばやく一瞥し、ブロンドの髪を後ろにやった。

また彼女の肌が髪の色よりも気持ち濃くなっている。以前にもこれくらい焼けた彼女の肌を何度か見ていた。「これ、財布だよ――ちがう？　書類入れじゃないと思う――書類入れには普通、把手があるんだ」

「まあ、トム、そんなに真剣に！」エロイーズはふざけてトムの額をつんとひと押しした。エドが笑った。

「エド、きみはこれ、なんだと思う？　レターホルダー？」

「英語では――」エドは言いかけて、途中でやめた。「いずれにしても書類入れじゃないよね。ぼくに言わせれば、レターホルダーかな」

トムは同意した。「でも、すばらしいよ。ありがとう」エロイーズの右手を摑むと、すばやくキスをした。「愛用させてもらうよ。いつも磨いて――大切にする」

トムは半分以上、別のことを考えていた。プリチャード夫妻の悲劇について、エロイーズにはいつどこで話すのがいいだろう？　マダム・アネットは昼食の給仕に専念しているから、あと二時間はその話題を持ちだしてくることはない。だがいつ誰が新たな情報をもたらそうと電話を鳴らしてきても、おかしくない。グレ夫妻がかけてくるかもしれないし、事件の話題が何キロも遠方まで広がっていれば、クレッグ夫妻の可能性だってある。とにかくトムは昼食を楽しむことにし、マラケシュの土産話や「食事相手にふさわしい」フランス人紳士、アンドレとパトリックの話に耳を傾けた。食卓は笑い声に満ちていた。

エロイーズがエドに言った。「わが家にお迎えできて、本当によかった！　楽しんでくださいね」

「ありがとう、エロイーズ」エドが答えた。「すばらしいお宅で――じつに快適です」エドはトムをちらりと見た。

トムはそのとき下唇を嚙んで、考えこんでいた。何を考えているのか、エドにはわかっただろう。プリチャード夫妻の件はすぐにエロイーズに話しておく必要がある。もし食事中にエロイーズが彼らのことを尋ねてきたら、トムは曖昧に話すつもりでいた。嬉しいことに、彼女がそれに触れてくることはなかった。

23

昼食後、誰もコーヒーを求めなかった。エドは、遠出して「村のあちこちを」歩いてみたいと言った。

「本当に、ジェフに電話をするつもり？」とエドが訊いた。

トムはテーブルについて煙草を吸っているエロイーズに説明した。エドと考えたんだが、昔からの共通の友人のカメラマン、ジェフ・コンスタントも誘えば、何日か喜んで泊まりにきてくれると思うんだ。「ちょうど時間ができたらしくてね」トムが言った。「エドと同じで、フリーで仕事をしている」

「もちろん、トム！　かまわないわ。どの部屋に泊まっていただくの？　あなたのアトリエ？」

「ぼくもそう考えたんだが。あるいはぼくがきみの部屋で寝て、ジェフにはぼくの部屋を使ってもらっても」トムは微笑んだ。「きみに任せるよ」以前にも、何度かそうしたことがあった。彼がエロイーズの部屋で一緒に寝るほうが、彼女が必要なものを彼の部屋へ持ちこんでくるよりも、なぜかうまくいく。ふたりの部屋はどちらもダブルベッドだった。

「それでいいわ、トム」エロイーズはフランス語で言った。彼女が立つと、トムとエドも立ち上がった。

「ちょっと待ってて」トムはエドに向かってそう言い、キッチンへ行った。

マダム・アネットはいつものように食器洗い機に皿を入れていた。

「マダム、美味しかったよ――ありがとう。ところで、ちょっと話があるんだ」トムは声をひそめて言った。「これからマダム・エロイーズにプリチャードの事件のことを話すことにする――他人から聞かされる前にね――そのほうが、たぶん、ショックが少ないだろう」

「ウイ、ムッシュー・トム。おっしゃるとおりです」

「それから、もうひとつ、イギリスの友人をもうひとり、明日、招待することにした。来てもらえるかどうかわからないが、あとで知らせるから。来客がある場合は、ぼくの部屋を使ってもらう。何分かしたらロンドンに電話をかけるから、わかったら知らせるよ」

「楽しみですね。でも、お食事のことですが――メニューは?」

トムはにっこり笑った。「たいへんだったら、明日の晩は、どこか外で食事してくるよ」

明日は日曜日だ、とトムは気づいたが、村の肉屋は明日の午前中は店を開いていた。

彼は急いで階段を上がった。いつ電話がかかってくるかわからないと思ったのだ――たとえば、グレ夫妻。彼らはエロイーズが帰ってくることを知っている――それに、誰かがプリチャードのことをしゃべりだすかもしれない。二階の電話は、普段はエロイーズの部屋に置いてあるが、いまはトムの部屋にあった。しかし、彼の部屋で電話が鳴れば、たぶん、彼女が出るだろう。

エロイーズは自室で荷を解いていた。トムが見たことのない綿のブラウスが二枚あって、目を引いた。

「これはどう、トム？」エロイーズは縦縞のスカートを腰にあてた。紫と緑と赤の縞だ。

「変わったスカートだね」トムが言った。

「そうなの！　だから買ったの。このベルトは？　それからマダム・アネットへのお土産！　これなんだけど――」

「実はね」トムがさえぎった。「話があるんだ――ちょっとよくない話が」エロイーズがこちらに注意を向けた。「プリチャード夫妻はおぼえてるね――」

「ああ、プリーチャード夫妻」彼女がくり返した。この世でいちばん退屈で魅力のない人たちと言わんばかりだった。「それで？」

「あの夫婦は――」エロイーズがプリチャード夫妻を嫌っているのはわかっていたが、それでも言葉にするのはためらわれた。「事故にあったんだ――もしかしたら、自殺かもしれない。どちらかわからないけど、たぶん、警察の発表があるだろう」

「亡くなったの？」エロイーズの唇はそのまま開かれていた。

「今朝、アニエス・グレから聞いたんだ。電話をくれてね。芝生にある、あの池で発見されたそうだ。おぼえてる？　あの家を見にいったとき、池があっただろう――」

「ああ、あれ、おぼえてる」彼女は茶色のベルトを手にしたまま立っていた。

「一緒に足を滑らせたのかもしれない――ひとりがもうひとりを引きずりこんだ可能性もあるが、わからない。一緒に底の泥――ド・ラ・ブ――から抜けだすのは、たぶん、簡単ではないだろう」トムはしゃべりながら、顔をしかめた。夫妻に同情しているかのようだが、実は、泥に足をとられて溺死(できし)するのが本当に恐ろしくて、顔をしかめたのだ。足元はただどろどろで頼りなく、靴のなかまで泥まみれ。溺死など想像するのも嫌だった。話の先を続け、くじのチケットを売り歩いていたふたりの少年の話をした。その少年たちがグレ家にひどく怯(おび)えて駆けこんできて、人がふたり、池に落ちていると知らせたのだ。

「なんてこと(サクルブルー)!」エロイーズはそう呟(つぶや)いて、ベッドの端に腰をおろした。「それで、アニエスが警察に連絡を?」

「たぶんね。それから――彼女が誰に教わったのか聞いたかどうかも忘れてしまったが、警察は夫妻の死体の下から人骨の包みを発見している」

「え(クワ)?」エロイーズは驚きのあまり、息を呑(の)んだ。「骨?」

「あのふたりは変だよ――あんな夫婦、見たことない」トムは椅子(いす)に腰をおろした。「これがすべて、ほんの数時間前の出来事なんだ。あとで、もっといろいろわかるだろう。しかし、きみがアニエスやほかの誰かから聞かされる前に、ぼくから話しておきたくてね」

「アニエスに電話しなくちゃ。現場のすぐ近くよね。それにしても――人骨の包み! あの人たち、それをどうするつもりだったのかしら?」

トムは頭を振って、立ち上がった。「あの家からは、ほかにも何か出てくるんじゃないか？　拷問の道具？　鎖（くさり）の拘禁具？　なんにしてもクラフト・エビング（性的倒錯の研究で有名なドイツの精神科医。サディズムという用語の考案者）の領域だ。警察はまだほかにも骨を見つけるかもしれない」

「恐ろしい！　彼らが殺したの？」

「誰にもわからないよ」実際、トムにもわからなかったが、それでも、デイヴィッド・プリチャードはどこかで掘りだした人骨をお宝として大切に保管していた可能性もあるように思え、なかには自ら手を下した死体の骨が混ざっていることも、ないとはいえない。プリチャードは大嘘（おおうそ）つきだった。「忘れてはならない、デイヴィッド・プリチャードは妻を殴ることに喜びを感じていた。他人の妻も殴りつけていたかもしれない」

「トム！」エロイーズは両手で顔を覆った。

トムは彼女のもとに歩みより抱きよせて、腰に両腕をまわした。「口に出すべきじゃなかったね。ただそんな可能性もある、というだけなんだ」

彼女はトムをきつく抱きしめた。「今日の午後は——楽しみだったのに。でも、こんな恐ろしい話のせいで、台なし！」

「でも、今夜があるよ——まだ、たっぷり時間はある！　きみはアニエスに電話をかけたいんだろう。そのあと、ぼくがジェフに電話をする」トムは彼女から離れた。「ジェフとは一度ロンドンで会ったことがなかったかな？　エドよりすこし背が高くて、体格がいい。髪はブロンドだ」いまこの場では、ジェフとエドが、トムとともに、バックマスター画廊創業時の仲間であったことを、彼女に思い出させたくはなかった。バーナード・タフツの記憶を呼びさますことになるからだ。バーナードは見るからに頭のおかしい一風変わった男だったから、エロイーズにはいい思い出がまったくなかった。

「名前はおぼえてる。あなたが先に電話して。あとですれば、それだけアニエスの情報が多くなるでしょ」

「それはそうだ！」トムは笑った。「ところで——マダム・アネットも、もちろん今朝、池の事件のことは聞いている。友だちのマリー・ルイーズからだと思うが」トムは無理に微笑んだ。「マダム・アネットには電話仲間がいる。アニエスよりも多くの情報が得られるかもしれない！」

トムは部屋に住所録がなかったので、玄関ホールのテーブルに置いてあるだろうと思った。階下へ下りて、ジェフ・コンスタントの電話番号を調べ、ダイヤルした。七回目の呼び出し音で、幸い相手が出た。

「トムだ、ジェフ。いまのところ、何ごともない。だから、こっちへ来て、エドやぼくと短い休暇を過ごさないか？　なんなら、もっと長くいてくれてもかまわない。明日はどうかな？」トムは電話が盗聴されていることを懸念するかのように、慎重に言葉を選んでいる自覚があった、これまでのところ、ベロンブルの電話が盗聴されたことはないが。「エドはいま散歩に出ている」

「明日か。ま、大丈夫だ。行けると思う。飛行機がとれたら、喜んで。おれが泊まれる場所はあるんだね？」

「大丈夫だよ、ジェフ！」

「ありがとう、トム。飛行機の時間を調べて、折り返し電話をする――一時間もかからない。それでいいかな？」

もちろん、それでよかった。ド・ゴール空港まで車で迎えにいくよ、とトムは請けあった。

トムは電話が終わったとエロイーズに伝え、ジェフ・コンスタントは明日来られそうで、二、三日泊まれるだろうと報告した。

「よかったわね、トム。じゃあ、アニエスに電話をするわ」

トムはそこを離れ、ふたたび階下へ下りた。炭火焼き用のグリルを点検して、今夜に備えておきたかったのだ。防水カバーを折りたたみ、グリルを適当な場所まで運びながら、プリチャードがマーチソン夫人に骨の発見を報告していたらどうなるだろう、と考えていた。骨はご主人のものに間違いありません、右手の小指に卒業指輪がありましたから、とでも言っただろうか？

どうして警察はいまだに電話をしてこないのだろう？

おそらく彼の問題はまだ終わらないのだろう。もしプリチャードがマーチソン夫人に報告していたならば――その場合、シンシア・グラッドナーにも話しているかもしれない、やれやれ――遺骨をトム・リプリーの家の玄関前の階段に投げ捨てた（あるいは、投げ捨てるつもりでいる）ことも話しているのではないか。さすがにマーチソン夫人には、投げ捨てたとは言わないで、届けてきたとか、置いてきたとか言うだろうか、とトムは思った。また、その一方で――考えのとりとめなさに、トムは思わず苦笑した――マーチソン夫人に話していても、プリチャードは誰かのもとに遺骨を届けるつもりだなどとは口にしなかったかもしれない。そのような行為は死者への敬意に欠けているからだ。遺骨はプリチャードがやったように自宅まで運んだら、本来なら警察に連絡すべきだろう、とトムは思った。遺体を縛ったロープがそのままだったところを見ると、プリチャードは指輪を探していないのかもしれない。

また別の可能性として、古いシートには小さな裂け目がいくつかあったから、プリチャードは指輪を自分で外して、自宅のどこかにしまいこんだのかもしれず、その場合は、警察が指輪を発見することだってありうる。もしマーチソン夫人があの男から遺骨の報告を受けたならば、夫がいつも身につけていた二個の指輪について言及している可能性があり、警察がそれを発見したならば、その指輪の持ち主を特定されてしまう危険もある。

考えがますます薄っぺらになってくる、とトムは感じた――というのも、警察がそれを発見することなど現実的にはありえないように思えるのだ。プリチャードが指輪を本人しか知らない場所に隠したのだとすれば（これは、結婚指輪がロワン川の底で抜け落ちたのではないという仮定の上での話だ）、それは見つけにくい場所のはずだから、あの家が全焼して、その灰を篩（ふるい）にでもかけない限り、まず誰にも見つからないだろう。ことによると、テディが――。

「トム？」

トムはびくっとして、後ろを振りかえった。「エド！　やあ！」

家の周囲をまわってきたエドが、背後にいた。「おどかすつもりじゃなかったんだ！」

エドはセーターを首に巻いていた。

トムは苦笑した。銃で撃たれたように跳びあがったのだ。「ぼんやり考えごとをしていたんだよ。ジェフに連絡したら、明日、来られそうな話だ。すばらしくないか？」

「いいのかい？　ぼくは嬉しいけど。で、最新のニュースは？」彼は声を低くして訊いた。

「何かあった？」

トムは炭の袋をテラスの隅に運んだ。「ご婦人方がいま、情報交換中のようだ」玄関ホールの近くで、エロイーズとマダム・アネットが活発に話しあう声が聞こえていた。彼女たちは同時にしゃべっていたが、こういうときでも、ふたりは相手の話を完全に理解しあっているのだ。話はいくらか堂々巡りする傾向にあるが。「見にいこう」

ふたりはフランス窓からリビングルームへ入っていった。

「トム、警察が――こんにちは、ムッシュー・エド」

「エドで結構ですよ」とエド・バンバリーが言った。

「――警察が家宅捜索をしてたのよ」エロイーズが続けた。マダム・アネットは聞き耳をたてているようにも見えるが、エロイーズは英語で話していた。「警察は今日の午後三時すぎまで現場にいたって、アニエスが言ってたの。そして、グレ夫妻のところにもまた聞き込みにきたんですって」

「当然そうなるよね」トムが答えた。「警察はなんて言ってるの？　事故死？」

「遺書はないの！」エロイーズが言った。「アニエスの話では、警察は――たぶん事故死だったんじゃないかって考えているみたい。夫婦ふたりであれを投げこんだときに誤って。ほら、あれ――あの――」

トムはマダム・アネットをちらりと見た。「骨」彼は静かに言った。

「――骨を――池に。ウワッ――！」エロイーズは苛立たしげに嫌悪感をあらわにして、両手を振った。

マダム・アネットはいかにも仕事に戻るかのような様子で、その場を離れた。骨という英語の意味なんて知りません、といった態度に見えたが、おそらくは本当に知らないのだろう。

「誰の骨か、警察は突きとめていないのかな？」トムが訊いた。

「まだ捜査中ね――ともかく、まだ公表していない」エロイーズが答えた。

トムは顔をしかめた。「アニエスとアントワーヌは骨の包みを見たんだろうか？」

「ノン――でも、ふたりの子どもは現場に行って、見たと言ってる――芝生に置かれていたのを――すぐに、警察から付近に近づかないよう言われたらしいけど。きっと、家のまわりには非常線が張られて、パトカーが来てるのよ――いまも、いるんでしょ。そうそう

――骨は古いものだって、アニエスが言ってた。警官から聞いたんですって。何年も――水に浸かっていたって」

トムはエドにちらりと目をやった。真剣そのものの様子で興味深そうに聞いている。

「彼らは骨を引き揚げようとして――池に落ちたのだろうか？」

「ああ、ウイ！　アニエスの話では、警察はそういう見方をしているらしいわ。引っかけ鉤のついた園芸用具がやはり池のなかにあったから」

エドが言った。「警察は身元確認のために、骨をパリかどこかへ持っていったのだろうか？　あの家の以前の所有者は、誰なんだい？」

「さあね」トムが言った。「しかし、それはすぐにわかるさ。きっといまごろ、警察の調べはついている」

「水がとてもきれいだった！」エロイーズが言った。「池を見たときのことをおぼえてるけど、可愛い魚だって飼えそうに思った」

「でも、底は泥だよ、エロイーズ。何かが沈んでいたのかもしれない――何かとんでもないものが」トムが言った。「普段、このあたりはじつに閑静なところだが」

彼らはみなソファのそばに立っていて、座ろうとしなかった。

「トム、ノエルはもう知っているかしら？　テレビじゃなくて、ラジオの一時のニュースでこれを聞いて」エロイーズは髪をかきあげた。「トム、紅茶が飲みたいわね。ムッシュー・エドも、でしょ？　マダムに頼んでくれる、トム？　あたしはひとりで――庭を散歩したい」

トムは嬉しく思った。しばらくひとりでいたらエロイーズも落ち着くだろう。「それがいい！　もちろん、マダムには紅茶をいれるように頼んでおくよ」

エロイーズは外へ出て、短い階段を芝生まで駆けおりた。彼女は白いスラックスにテニスシューズをはいていた。

トムはマダム・アネットのところへ行き、みんな紅茶を飲みたがっていると話した。そのとき、電話が鳴った。

「ロンドンの友人からだと思う」トムはマダム・アネットにそう言って、リビングルームに戻って玄関ホールに行き、受話器をとった。

そのとき、エドの姿は見えなかった。

電話はジェフからだった。到着時刻がわかったという。イギリス航空八二六便、明日の午前十一時二十五分。「チケットは変更もできる」ジェフが言った。「万一の場合は」

「ありがとう、ジェフ。みんな、楽しみに待っているよ！　とてもいい天気だが、セーターを持ってきたほうがいい」

「何か手土産(てみやげ)を持っていこうか、トム？」

「きみが来てくれたら充分だ」トムは笑った。「そうそう！　都合がついたら、チェダーチーズを一ポンド。ロンドンのチーズのほうが、いつも美味しいんでね」

三人は、リビングルームで紅茶を楽しんだ。エロイーズはカップを手にして、ソファの端に深く座り、ほとんど口をきかなかった。トムは気にかけず、六時のニュースのことを考えていた。あと二十分ほどだ。そのとき、温室の近くに大柄のアンリがいることに気がついた。

「おやおや、アンリだ」と言って、トムはカップを置いた。「なんの用か、訊いてくる——用はないだろうけど。ちょっと失礼」

「約束してたの、トム？」

「いや、何も」それから、エドにこう言った。「庭師として働いてもらってるんだ、親切な大男でね」

トムは外に出た。睨んだとおり、アンリは土曜の夕方のこの時間から仕事をはじめにきたのではなく、プリチャード屋敷の事件について話したかったのだ。アンリは心中と言っていたが、それでも大きな身体の血が騒いでいるようでもなく、まして緊張しているようには見えなかった。

「そうそう、ぼくも聞いたよ」トムは言った。「今朝、マダム・グレが電話してくれて。ほんと衝撃的なニュースだ！」

アンリの厚底のブーツにかかる体重が左から右へ、また左へと移動した。大きな両手は一本のクローバーの茎をひねくっていて、茎の先では薄紫色の丸い花が揺れていた。「それに、池の底の骨」その骨がなぜかプリチャード夫妻に与えられた天罰であるかのように、不吉な低い声で言った。「骨だよ、ムッシュー！」くねくねと茎をひねる。「あんなおかしな人間が――このすぐ近くに！」

　トムは動揺するアンリをはじめて見た。「どう思う――」トムは目をそらして、芝生のほうを見たが、またアンリに目を戻した――「本当に覚悟の自殺だったのかな？」

「誰にもわからんね」アンリは太い眉をあげて言った。「妙なゲームでもしてたかね？　ふたりで何かしでかそうとして――でも何をだ？」

　曖昧すぎる、と心のなかでトムは思った。だがたぶん、アンリの言葉は村の住民みんなの意見が反映しているのだ。「はやく警察の発表が聞きたいね」

「もちろん！」

「それにしても、誰の骨だろう？　誰か知っているのかな？」

「いや、ムッシュー。あんな古い骨！　まるで――そう――知ってるだろうが――誰でも知ってるが――プリチャードはこのあたりの運河や川を浚ってたんだ！　なんのためだ？　趣味？　あの骨はプリチャードが運河から引き揚げたものだって話も聞いた。それであいつと奥さん、ふたりで骨の奪いあいになったんだと」アンリはこの夫婦の不都合な秘密を暴露したかのような目で、トムを見つめた。

「骨の奪いあいになった」トムは田舎者のように、おうむ返しに言った。

「不思議だね、ムッシュー」アンリは首を振った。

「そう、そうだね」トムは諦念を滲ませながら、ため息まじりにそう言った。悩みごとは毎日起こるが、悩みながらも人はひたすら生きていかねばならない、とでも言うかのように。「今夜、テレビでもニュースで流すかもしれない——テレビがヴィルペルスのような小さい村にも関心を持ってくれれば、ね？　アンリ、そろそろ妻のところに戻るよ。ロンドンからお客さんが来ていて、明日、もうひとり来るんだ。こんな時間から仕事をはじめるつもりじゃないんだろう？」

アンリは仕事をしないで、温室のなかでワインを一杯、ご馳走（ちそう）になった。トムはそこにボトルをひと壜（びん）——風味が落ちないように、まめに交換している——アンリのために置いていた。グラスもふたつある。あまりきれいとは言えないが、ともかくふたりはグラスをあげて、ワインを飲んだ。

アンリは低い声で言った。「あのふたりが、骨と一緒に村からいなくなるのは、いいことだ。あれは変わり者（ビザール）だった」

トムは勿体（もったい）ぶってうなずいた。「奥様によろしく（サリュタシオン・ア・ヴォートル・ファム）、ムッシュー」アンリはそう言って、ゆっくりと芝生を横切り、脇（わき）の小道のほうへ去っていった。

トムはリビングルームに戻って、紅茶を飲んだ。

エドとエロイーズが話題にしていたのは、よりによってブライトンのことだった。

トムはテレビのスイッチを入れた。そろそろ時間だ。「ヴィルペルスが国際ニュースに一分でも取り上げられる価値があるか、見ものだね」トムはエロイーズに言った。「国内ニュースでもいいけど」

「そうね！」エロイーズは椅子の上で背筋を伸ばした。

テレビは部屋の真ん中へ移動させてあった。最初のニュースはジュネーヴ会議で、つづいて、どこかのボートレースが流れた。興味が薄れ、エドとエロイーズは英語でまたおしゃべりをしていた。

「出た。ほら」トムは言った。落ち着きはらっていた。

「あの家！」エロイーズが言った。

全員が注視した。プリチャード夫妻の二階建ての白い屋敷が画面に映り、アナウンサーの声が流れている。あきらかにカメラマンは道路から先に近づけなかったらしく、写真はたぶんこれ一枚だけだな、とトムは思った。アナウンサーの声が言う。「……今朝、奇怪な事故がモレ近郊のヴィルペルス村で発生しました。デイヴィッドとジャニス・プリチャード、ともに三十代半ばのアメリカ人夫婦が、自宅の芝生の庭にある深さ二メートルの池のなかから、遺体となって発見されました。ふたりとも衣服と靴を身につけており、誤って池に転落して死亡したものと見られています……プリチャード夫妻は最近、この家を購入して……」

アナウンサーがプリチャードのニュースを読み終え、骨の話がなかったな、とトムは思った。エドを見ると、わずかに眉をあげていたから、エドも同じことを考えているにちがいない。

エロイーズが言った。「ひと言もなかったわね、あの——骨のこと」彼女は不安そうにトムを見つめた。骨の話を口にするたびに、エロイーズは心が痛むようだ。

トムは頭を整理した。「こういうことじゃないかな——骨はどこかに運ばれて、推定年齢とかを調査しようとしている。たぶんそれが理由で、骨の件については報道を控えるよう、警察に言われている」

「現場の非常線の張り方が」エドが言った。「変わっているね、そうは思わなかった？　池の写真さえ一枚もなくて、屋敷の遠景だけだった。警察は警戒しているよ」

まだ捜査は続いている、とエドは言っているのだろう。

電話が鳴り、トムが立ち上がって、電話に出た。思ったとおりアニエス・グレからで、夜のニュースを見たのだ。

「アントワーヌなんて、『せいせいした』だって」アニエスが言った。「もともと正気じゃない夫婦が、たまたま人骨を引き揚げてしまい、それで——熱狂しすぎて、ふたり揃って池に落ちたんだ、なんて彼は言ってる」アニエスはいまにも笑いだしそうだ。

「エロイーズと替わろうか？」

アニエスは、ぜひ、と言った。

エロイーズが電話に出て、トムはエドのそばに戻ったが、そのまま立っていた。

「事故死だ」トムが考えこんだ様子で呟いた。「実際そうなんだ、事実だ！」

「そのとおり」エドが言った。

ふたりとも、エロイーズとアニエスの賑やかな会話は聞いていなかったし、聞こうともしなかった。

マーチソンがベルトじゃなくてサスペンダーをしていたのは運がよかった、とトムは考えていた。このことを考えるのはたぶん二度目のことだ。ベルトならそのまま残ってしまっただろうし、それをデイヴィッド・プリチャードが取り外して、もうひとつの装身具として保管していたかもしれない。ベルトは結婚指輪より屋敷のなかから発見されやすいだろう。いや、マーチソンはベルトをしていたか？　実際のところ、おぼえていなかった。トムはコーヒーテーブルの上の皿からチョコレート・ビスケットの最後の一枚をつまみあげた。エドはその一枚を辞退した。

「ちょっと二階で休んでくる。八時十五分前に炭の支度をするよ」トムは言った。「外のテラスで」にっこり笑った。「楽しい夜になりそうだ」

24

着替えたシャツの上にセーターを着て、トムが階段を下りたとき、電話が鳴った。彼は玄関ホールの電話に出た。

男の声で、ヌムール警察のエティエンヌ・ロマール警視（コミセール）とかなんとか名乗った。ムッシュー・リプリーに少々お話をお聞かせ願いたいことがありまして、これからお宅にうかがってもよろしいですか？

「お手間はとらせません、ムッシュー」警視が言った。「しかし、重要な用件でして」

「もちろんかまいませんが」トムが言った。「いまからですか？……わかりました、ムッシュー」

いまの警視はうちの場所を知っているようだ、とトムは思った。アニエス・グレと電話で話したエロイーズからは、警察はまだプリチャードの家にいて、付近の道にはパトカーが二、三台停まっていると聞いていた。彼は二階へ上がってエドに知らせなければという衝動に駆られたが、思いとどまった。エドもこういう展開はわかっているはずだし、警官が来たとき、彼が同席する必要はない。代わりに、トムはキッチンへ行き、サラダ用の生野菜を水洗いしていたマダム・アネットに、五分ほどしたら警察が来ると伝えた。

「警察」そうくり返したが、さほど驚いた様子はなかった。彼女には無関係の領域だ。

「わかりました、ムッシュー」

「警察が来たら、上がってもらう。すぐに帰るさ」

トムはお気に入りの古いエプロンをキッチン・ドアの裏側のフックからとって、首にかけ、腰のところで結んだ。「食事中」という黒い文字が赤い前ポケットにある。

トムがリビングルームに入ると、エドが二階から下りてきた。「もうすぐ、警察が来る」トムが言った。「たぶん、ぼくらが――エロイーズとぼくが――プリチャード夫妻と知り合いであることを、誰かがしゃべったんだろう」トムは肩をすくめた。「ぼくらはふたりとも英語が話せるしね。このあたりで英語が話せる人は多くないんだ」

ノッカーでドアを叩く音がした。ノッカーも呼び鈴もあったが、どちらを使うかは人それぞれだった。

「席を外そうか？」

「勝手に一杯やっててくれ。好きにしててよ。きみはわが家のお客だ」トムが言った。

エドはリビングの向こうの隅にあるワゴンバーに向かった。

トムはドアを開けて、警官に挨拶をした。警官はふたりいて、どちらもはじめて見る顔だと思った。彼らは名前を名乗り、帽子に軽く手を触れた。トムはふたりを招き入れた。

ふたりともソファではなく、背もたれのまっすぐな椅子を選んだ。

エドの姿が見えたので、立ったままトムは、彼は旧友のエドマンド・バンバリー、ロンドンからこの週末泊まりにきているお客さんです、と紹介した。エドはグラスを手にしてテラスに出ていった。

ほぼ同じ年格好の警官は、かつては階級も同じだったのだろう。ともあれ、ふたりの話は次のようなものだった。ニューヨークのミセス・マーチソンという方からプリチャード家に電話があった。デイヴィッド・プリチャードかその奥さんにかけてきたが、電話に出たのは警察だった。ミセス・マーチソンとは、ムッシュー・リプリー、お知り合いですか？

「はい」トムは真面目に答えた。「この家で、一時間ほどお話ししたことがあります――数年前――ご主人が行方不明になったあとでした」

「そのことです！　彼女はその話をされたんです、ムッシュー・リプリー！　それで――」

警官は重々しく自信ありげにフランス語で続けた。「マダム・マーチソンからの情報によれば、昨日、金曜日に電話が——」

「木曜日です」もうひとりの警官が訂正した。

「かもしれない——そう、最初の電話は木曜だ。デイヴィッド・プリチャードが電話をかけてきて、ご主人の——そう、骨ですな、ご主人の骨を発見したと彼女に報告したんです。その件で、プリチャードはあなたと話をするつもりだと言っていたとか。その骨をあなたに見せると」

トムは眉をひそめた。「ぼくに見せる？　どういうことでしょう」

「それを届ける」もうひとりの警官が相手に言った。

「ああ、そうそう、それを届ける」

トムは息を吸いこんだ。「ミスター・プリチャードからはそんな話、何も聞いていませんよ、たしかです。彼はぼくに電話した、とマダム・マーチソンがおっしゃったんですか？　それは間違いですね」

「彼はそれを届けると言っていた、そうだな、フィリップ？」警官が訊いた。

「そう。でも金曜日、とマダム・マーチソンは言っています。昨日の朝、届けたはずだ、と」フィリップは答えた。

警官はふたりとも帽子を膝に置いている。

トムは頭を振った。「うちには何も届いていませんが」

「ムッシュー・プリチャードのことはご存じですね？」

「この村の煙草屋兼バーで、向こうから名乗ってきました。お宅にも一度うかがって、酒をご馳走になりました。何週間も前のことですね。妻とふたりで誘われたんですが、行ったのはぼくひとりで。うちに来たことはありません」

背の高い、ブロンドのフィリップが咳ばらいして、もうひとりの警官に言った。「写真は？」

「ああ、そうだ。プリチャードの家からお宅の写真が二枚見つかったんですよ、ムッシュー・リプリー――外から撮ったものです」

「本当ですか？　わが家の？」

「そうです、間違いありません。写真はプリチャード家の暖炉の上に立てかけてありました」

トムは警官が手にしている二枚のスナップ写真を眺めた。「なんとも妙なことだ。わが家は売りに出してはいませんよ」トムは微笑んだ。「そういえば――そう！　一度、うちの外の道にプリチャードがいるのを見かけましたよ。数週間前のことです。家政婦に言われて気づいたんですが――この家の写真を撮っている者がいたんです。小さな――ごく普通のカメラで」

「それであなたは、その者がムッシュー・プリチャードだと気がつかれた？」

「ああ、はい。写真を撮られるのは嫌でしたが、無視することにしました。妻も、彼を見ています――その日、うちに来ていた妻の友人も」トムは思い出すように、顔をしかめた。

「車に乗ったマダム・プリチャードも見ました――数分後には夫を乗せて、走り去っていったんです。奇妙でしたよ」

そのとき、マダム・アネットが部屋に入ってきて、トムは彼女のほうに意識を向けた。彼女はふたりのお客様に何か出したほうがいいのか気にしているのだ。早く食事の支度をしたがっていることはわかっていた。

「ワインをいかがですか？」トムが訊いた。「それともパスティス？」

ふたりとも、勤務中なので、と丁重に断わった。

「ぼくもまだ結構だ、マダム」トムが言った。「ああ――マダム・アネット――木曜か金曜に、ムッシュー・プリチャードからぼくに電話があったかな？」――トムはそう訊きながら警官たちにちらりと目を向けると、ひとりがうなずいていた――「うちに何か届けるという用件で？」トムは本心から尋ねた。プリチャードが届け物についてマダム・アネットに話していながら、トムに伝え忘れていた可能性もあるのか、と不意に思い当たったからだ（彼女に限ってまずありえないが）。

「いいえ（ノン）、ムッシュー・トム」彼女は首を振った。

トムは警官たちに言った。「もちろん、家政婦は今朝（けさ）、プリチャード家のご不幸を聞いています」

ふたりは小声で言った。当然ながら、こういうニュースはあっというまに広がるな！

「うちに何か届け物がなかったか、マダム・アネットに直接お訊きになってもかまいませんよ」とトムが言った。

一方の警官が尋ねると、マダム・アネットはまた首を振って、否定した。

「お荷物は何もありません」マダム・アネットはきっぱり言った。

「これは」――トムは言葉を選んだ――「これもムッシュー・マーチソンに関係していることなんだよ、マダム・アネット。おぼえているかい――オルリー空港で行方不明になったあの紳士のこと？　数年前に、うちに一泊したアメリカ人だが？」

「ああ、ウイ。背の高い方ですね」マダム・アネットはかなり曖昧な言い方をした。

「そうそう。ぼくたちは絵の話をしたんです。うちには、ダーワットが二点ありましてね――」トムはフランス人警官のために、壁のほうを身ぶりで示した。「ムッシュー・マーチソンも、やはりダーワットを一点、持っていました。それがオルリー空港で不幸にも盗難にあうわけですが。翌日、ぼくがオルリー空港に彼を送っていったんです――たしか十二時ごろでした。おぼえているね、マダム？」

トムは何げなく、強調もせずに話したが、幸い、マダム・アネットは彼に応えて、同じ調子で相槌をうってくれた。

「ウイ、ムッシュー・トム。おぼえています、旅行鞄を――車まで運ぶお手伝いをしましたね」

彼女は以前は、ムッシュー・マーチソンが家を出て車に乗りこんだのをおぼえている、と話していたのだが、これはこれでいい、とトムは思った。

エロイーズが階段から下りてきた。トムが立ち上がり、警官たちもそれに倣（なら）った。

「妻です」トムが言った。「マダム・エロイーズ――」

ふたりの警官はまた名前を名乗った。

「プリチャードのお宅の話をしているんだ」トムはエロイーズに言った。「何か飲む？」

「いいえ、結構よ。待ってる」エロイーズは、ちょっと庭へでも、というように、その場を離れたそうな素振りを見せた。

マダム・アネットはキッチンへ戻った。

「マダム・リプリー、お宅のどこかに何か荷物が届けられ――置かれていたのに気づきませんでしたか？――これぐらいの大きさですが」警官は両腕を広げて大きさを示した。

エロイーズは当惑しているようだ。「花屋からですか？」

警官たちは苦笑した。

「ノン、マダム。ロープでくくられた、キャンバスシートの包みなんですよ。木曜日か――金曜日です」

トムが口出ししないでいると、エロイーズは、今日のお昼にパリから帰ってきたばかりなんです、と答えた。金曜日の夜はパリにいて、木曜日はタンジールにいました。

それで、その話は終わりだった。

警官たちは話し合っていたが、やがてひとりが言った。「ロンドンのご友人に話を聞いてもかまいませんか?」

エド・バンバリーは薔薇のそばに立っていた。トムが大声で呼ぶと、小走りでやってきた。

「うちに届けられた荷物のことで、話を聞きたいそうだ」トムはテラスの階段に立って言った。「ぼくもエロイーズも、見覚えがまったくないんだ」トムは屈託なく言った。背後のテラスに警官がいるかどうかも気にしていなかった。

エドが戻ってきたときも、警官たちは室内にいた。

長さ一メートル以上の、灰色がかった荷物を見ませんでしたか、私設車道か、生け垣のなかか——門の外でもどこでもいいのですが、と訊かれたエドは、「ノン」と答えた。「ノン」

「ここへはいつ到着されました、ムッシュー?」

「昨日——金曜日の正午です。昼食はここでいただきました」エドの生真面目そうなブロンドの眉のおかげで、嘘偽りのない表情に見えた。「ムッシュー・リプリーがド・ゴール空港まで迎えにきてくれました」

「ありがとうございます。ご職業は?」

「ジャーナリストです」とエドが言った。そのあと、警官のひとりが差し出したメモ帳に、名前とロンドンの住所を書かされた。

「マダム・マーチソンとまた話をされる機会がありましたら、くれぐれもよろしく伝えてください」トムは言った。「感じのいいかたですね――昔のことなので、曖昧な記憶ですが」笑顔で言いそえた。

「彼女にはまた話を聞きます」癖のない茶色い髪の警官が言った。「彼女は――ええと――発見された骨――つまり、プリチャードが発見した骨は、ご主人の遺骨じゃないかと思っているんです」

「ご主人の」トムは怪訝そうにくり返した。「しかし――プリチャードはどこで見つけたんですか？」

「はっきりとはわかりませんが、おそらくここから遠くない場所でしょう。十キロか十五キロか」

ヴォアジの住民が何かを目撃していたとしても、まだ何も言いだしていないな、とトムは思った。プリチャードはヴォアジの名は話していなかったようだ――それとも話していたのか？「きっと骸骨の身元は判明しますよ」とトムは言った。

「遺骨は不完全なんです、ムッシュー。頭部がありません」深刻な顔をしてブロンドの警官が言った。

「恐ろしい！」エロイーズが呟いた。

「まず、それが水に浸かっていた時間を特定することになるでしょう――」

「衣服は？」トムが訊いた。

「いやいや！　腐って、何も残ってませんよ。亡骸の包みのなかには、ボタンひとつありませんでした！　魚か——水流か——」

「水流（ル・フィル・ド・ロー）」茶色い髪の警官が身ぶりをまじえながら、くり返した。「川の流れで、じわじわと——衣服も、肉も——」

「ジャン！」もうよせ！　ご婦人の前だ！　とでも言うように、フィリップがすばやく手を振った。

　短い沈黙があり、やがてジャンが話を続けた。

「おぼえていますか、ムッシュー・リプリー、かなり前のことですが、ムッシュー・マーチソンが実際にオルリー空港の出発ロビーへ入っていったかどうか？」

　トムはおぼえていた。「あの日は、車を駐車場に入れずに——道路脇（わき）に停めて、ムッシュー・マーチソンが旅行鞄と——絵の包みを持って——車から降りるのを手伝い——ぼくはそのまま帰ってきてしまいました。降ろした場所は出発ロビー入口前の舗道です。荷物は少なくて、運ぶのは楽だったでしょう。ですから——たまたま——彼が出発ロビーへ入っていくところは見ていません」

　警官たちは小声でぼそぼそと話し合い、メモを見ている。

　以前の供述内容と照合しているのだろう、とトムは思った。発覚当時、警察には、旅行鞄を持ったマーチソンをオルリー空港の出発ロビー入口前の舗道で降ろした、と話していた。同じ趣旨の供述がいまでもきっと記録に残っているはずですよ、と念押しすることはやめておこう。また、何者かがマーチソンをこの地域に連れもどして殺害したというのも、マーチソンがこの近くで自殺をはかったというのも、自分にはちょっと妙に思える、と口にすることも控えておいた。そのことも口にするつもりはなかった。トムはいきなり立ち上がり、妻のほうへ行った。

「大丈夫かい？」彼は英語で訊いた。「もうすぐ終わると思う。座らないか？」

「このままでいい」エロイーズはいくらか冷ややかに言った。そもそも知らないところでトムがおかしな行動をとるから警官がやってきたりするのだし、ここに警官がいること自体、不愉快で耐えがたい、とでも言いたそうだ。彼女は警官から距離をおいて、腕を組んで戸棚にもたれていた。

帰りを催促するような態度は見せないように、トムは警官たちのほうに戻り、腰をおろした。「マダム・マーチソンにお伝えいただけますか——彼女に連絡されるときには——もう一度喜んで話をしたいと？　ぼくが話せることはすべて、彼女は知っているんですが、でも——」彼は途中でやめた。

フィリップと呼ばれたブロンドの警官が言った。「わかりました、ムッシュー、そうお伝えいたします。お宅の電話番号はご存じなんですか？」

「以前は知っていました」トムは愛想よく言った。「番号は変わっていません」

ジャンが口うるさい相棒に向かって指を一本立てると、こう言った。「イギリス在住の、シンシアという女性のことですが、ムッシュー？　マダム・マーチソンがおっしゃっていたんですが」

「シンシアですか──ええ」トムは徐々に思い出したかのように言った。「いくぶん知っていますが。なぜです？」

「最近、ロンドンで会われましたね？」

「ええ、そのとおりです。パブで一杯飲みました」トムは微笑んだ。「どうしてそれをご存じで？」

「マダム・マーチソンから聞きました。夫人は彼女と連絡をとりあっているんですよ、マダム・シンシア──」

「グラッドナー──」ブロンドの警官がメモ帳を見て、付けくわえた。

トムは不安をおぼえはじめた。この先の展開を読もうとした。次に何を訊かれる？

「ロンドンで彼女に会って話をされたのは、なんらかの事情があってのことですか？」

「そうです」とトムが言った。エドを見ようと、椅子に座ったまま向きを変えた。エドはまっすぐな椅子の背もたれに寄りかかっている。「シンシアをおぼえている、エド？」

「ああ、なんとなくね」エドが英語で言った。「もう何年も会ってない」

「ぼくが会った理由は」トムは警官に向かって話を続けた。「ムッシュー・プリチャードがぼくに何を求めているのか、シンシアに訊きたかったからです。なんというか、ムッシュー・プリチャードは──いささか過剰なくらい友好的でした、わが家に招いてほしがったりとか──妻が嫌がっていましたよ！」ここでトムは笑った。「一度、プリチャード家で一緒に飲んだとき、彼が話題に出したのがシンシア──」

「グラッドナー――」とフィリップがまた言いそえた。

「はい。あの家で飲んだとき、プリチャードが遠回しに言ってきたんです。ぼくに対して、シンシアはいい感情を持っていない――敵意のようなものを抱いているって。その理由をプリチャードに尋ねましたが、教えてくれませんでした。愉快じゃありませんでしたよ。だが、いかにもプリチャードらしい！　それで、ロンドンに行ったとき、マダム・グラッドナーの電話番号を調べて、本人に訊いたんです。プリチャードはなんのつもりなんだ？　って」トムはとっさに思い出したが、シンシア・グラッドナーはバーナード・タフツを贋作者のレッテルが貼られないように守るつもりでいる（というのはトムの見解だ）。シンシアは自分で制限を設けているので、それがトムには有利に働いてくれるはずだ。

「ほかに何か？　何かわかりましたか？」茶色の髪の警官が興味を示した。

「あいにく、たいしたことは。シンシアの話では、プリチャードと会ったことはない――見たこともないそうです。出し抜けに彼から電話がかかってきたとか」不意に、ジョージなんとかという男のことが脳裏に浮かんだ。ロンドンで開かれたジャーナリスト向けの大きなパーティで、プリチャードとシンシアの間を仲立ちした男だ。この会にプリチャードとシンシアも出席していた。プリチャードからリプリーのことを訊かれたこの男は、リプリーをひどく嫌っている女性が会場にいることを教えた。このとき、プリチャードは彼女の名前を知ったが（シンシアがプリチャードの名前を知ったのもこのときだろう）、ふたりが会場内で直接顔を合わせることはなかった。トムはそれを警察に話すつもりはない。

「奇妙な話だ」ブロンドの警官が呟いた。

「プリチャードは実際、奇妙な男でした！」トムは座りっぱなしで身体(からだ)が強(こわ)ばってしまったかのように、立ち上がった。「ぼくはそう思ってます。もう八時近いですし、ジントニックでも飲みますが、みなさんは何にします？　グラスの赤ワイン(アン・プティ・ルージュ)？　それともスコッチ？　なんでもお好きなものを」

当然飲むものとしてトムが切りだしたので、警官たちはふたりとも赤ワインを頼んだ。

「マダムに伝えてくるわ」と言って、エロイーズがキッチンへ行った。

ふたりの警官は壁にかかったダーワットを、とりわけ暖炉の上の一枚を褒めた。バーナード・タフツの作品だ。シャイム・スーティンも称賛した。

「気に入ってもらえて、嬉(うれ)しいですよ」トムが言った。「これらを手に入れることができて、本当に幸せです」

エドはワゴンバーでお代わりを注ぎ、エロイーズも輪に戻ったので、みながグラスを手にして、雰囲気が和やかになった。

トムは茶色の髪の警官に静かな口調で言った。「申し上げておきたいことが、ふたつあります。マダム・シンシアとも、ぼくは喜んで話がしたいと思っています――彼女にさえその気があれば。もうひとつは、うかがいたいのですが――」トムはちらりと視線を周囲に走らせたが、誰も聞いてはいなかった。

ブロンドの警官、フィリップは帽子を小脇に抱えて、エロイーズに見とれているようだ。

たぶん、骨や腐敗した肉の話をするよりも、何もしゃべらないでいるほうが楽しいのだろう。エドもエロイーズのそばにいた。

トムは話を続けた。「うかがいたいのですが、ムッシュー・プリチャードは庭の池の骨をどうするつもりだったのでしょう?」

ジャンはじっと考えこんでいる様子だった。

「あれが川から引き揚げられたものだとしたら——どうしてまた池に投げこんだか、それと——ひょっとして、計画的な自殺だったのでは?」

ジャンは肩をすくめた。「あれは事故死だったように思いますよ——ひとりが足をすべらせて池に落ち、そのあと、もうひとりまで。あの園芸用の道具で、ふたりは何かを引き揚げようとしていた——そう思います。テレビはつけっぱなし、飲みかけのコーヒー、酒——」また肩をすくめて、「リビングは人がいたままの状態だった。たぶん、一時的に骨を隠しておこうとしたんでしょう。明日か明後日(あさって)には、何かわかるかもしれないし、わからないかもしれない」

警官たちは脚つきのグラスを手にして立っていた。

トムはまた別のことを考えていた。テディのことだ。彼はテディについて話題にしようと決心し、みんな集まっているエロイーズのそばに行った。「ムッシュー」彼はフィリップに言った。「ムッシュー・プリチャードには友人がひとりいました——とにかく、彼が運河で釣りをしていたとき、一緒に男がひとりいたんです。みんな、そう言っています」

トムは「探しもの」ではなく、「釣り(ペシェ)」という言葉を使った。「どこかで聞いたんですが、男の名前はテディだそうです。この男とは話をしましたか?」

「ああ——テディね。テオドールですよ」とジャンが言った。警官ふたりはちらりと視線を交わしあった。「ウイ、メルシー、ムッシュー・リプリー。ご友人のグレ夫妻から、彼のことは聞いていますー—とても親切なご夫婦ですね。そのあと、プリチャード家の通話履歴から、名前とパリの電話番号がわかりました。今日の午後に、パリで彼への聞き取りは行なわれています。川で骨が見つかった時点で、プリチャードに頼まれた仕事は終わったのだとか。彼は——」警官は口ごもった。

「それで、彼は立ち去った」フィリップが言った。「悪いね、ジャン」

「そう、立ち去った」ジャンはちらりとトムに目を向けて、そう言った。「彼も驚いたでしょうな、骨——人間の骸骨が、どうやらプリチャードの探しものだったようですから」そこで、ジャンはトムを睨(にら)みすえた。「それで、テディはそのブツを目にして——パリに帰った。テディは学生です。金をすこし稼ぎたかった——それだけです」

フィリップは何か言いかけたが、ジャンに身ぶりで制止され、口をつぐんだ。

トムは思いきって言った。「近所の煙草屋兼バーで、そんな話を聞いたことがあったと思います。テディはびっくりして——プリチャードから、おさらばすることにした」今度は、トムが軽く肩をすくめた。

警官たちは何も言わなかった。トムは断わられることを承知の上で、夕食にふたりを誘ったが、彼らにそれ以上長居する気はなかった。ワインのお代わりも辞退した。

「お邪魔しました、マダム。ありがとうございました」ふたりはエロイーズに心をこめてそう言い、お辞儀をした。

　ふたりはエドの滞在予定を尋ねた。

「すくなくとも、あと三日はいてもらえたら、と」トムは微笑んだ。

「決まってないんですよ」エドが愛想よく言った。

「ぼくたちはここにいます」トムはふたりの警官にきっぱり言った。「ぼくも妻も。もし何か協力できることがありましたら」

「ありがとう、ムッシュー・リプリー」

　では、よい晩餐を、と言って、警官たちは出ていき、前庭に停められた車に向かった。

　トムは玄関から戻るなり、「じつに感じのいい男たちだ！　そう思わないか、エド？」

「そう――たしかに」

「エロイーズ、火をおこしてくれないか。いますぐ。すこし遅くなったが――さあ、ご馳走にしよう」

「あたしが？　なんの火？」

「炭火だよ。テラスで。ここにマッチがある。さあ、外に出て、マッチを擦るんだ！」

　エロイーズはマッチ箱を持って、テラスに出た。縞柄のロングスカートが優雅だった。緑の綿のブラウスを着ていたが、袖がすこし捲りあげられている。「でも、これはいつもあなたがやることでしょ」彼女はマッチを擦りながら、そう言った。

「今日は特別だよ。きみは――」

「女神だ」エドが言いそえた。

「わが家の女神だよ」トムが言った。

炭に火がついた。炭の上で、黄色と青が半々の短い炎が踊っている。マダム・アネットはすくなくとも半ダースのジャガイモをホイルに包んでくれていた。トムはまたエプロンをかけて、働きだした。

そのとき、電話が鳴った。

トムがうめいた。「エロイーズ、きみが出てくれ。グレ夫妻かノエルだよ、間違いない」

グレ夫妻だった、トムがリビングルームに入る際、エロイーズの話し声でわかった。エロイーズはもちろん、警官から聞いた話や訊かれた質問をふたりにくわしく説明している。トムはキッチンでマダム・アネットと話をした。ベアルネーズソースも、最初のひと品のアスパラガスも、準備はすっかりできていた。

とても美味しい食事で、忘れられないものとなった。そう言ったのはエドである。電話は鳴らなかったし、電話のことを口にする者もいなかった。トムはマダム・アネットに、明日の朝、朝食がすんだらぼくの部屋を片づけてもらえないかな、とお願いした。イギリスからお客が来るんだ、ムッシュー・コンスタントといって、シャルル・ド・ゴール空港に十一時半に到着の予定だ。

マダム・アネットは待ち遠しそうに顔を輝かせた。花や音楽があれば家庭が生き生きと魅力あるものに感じられるように、マダム・アネットにとっては、客や友人が来ればそう感じられるようだ。

リビングルームで三人でコーヒーを飲みながら、トムは思いきってエロイーズに尋ねてみた。アニエスかアントワーヌ・グレは何か新しい情報を手に入れていただろうか。

「ノン——ただ、この時間でもまだあの家には明かりがついているんですって。グレの子のひとりがあそこまで犬の散歩に行ってきたみたい。警察はまだ——何かを探しているのね」エロイーズは、その話にはうんざりのようだ。

エドはちらりとトムを見て、かすかに微笑んだ。エド、きみがいま考えてることは——まあ、その考えを言葉にすることはトムにだってできない、ましてやエロイーズの前では！　プリチャード夫妻の異常性を考えれば、警察が探しているもの、見つけるかもしれないものについて、どんなに極端な想像をしてみても、現実はその想像をはるかに超えているかもしれない。

25

翌朝、最初のコーヒーを飲んだあと、トムはマダム・アネットに、村へ出かけたとき、手に入る新聞を全部（日曜日だった）買ってきてほしいと頼んだ。

「いますぐ出られますが、ムッシュー・トム、ただ――」

マダム・アネットは、マダム・エロイーズに出す、紅茶とグレープフルーツの朝食のことを心配しているのだ。マダム・エロイーズが目を覚ましたら、ぼくが支度するよ、とトムは言った。目を覚まさないと思うがね。ムッシュー・バンバリーのほうは、ちょっとわからなかった。昨夜、ふたりは遅くまで起きていた。

マダム・アネットは家を出た。新聞を買うためよりも、パン屋で近所の噂を聞くためなのは、トムにはわかっていた。より信用できるのは、どちらだろう？　パン屋は生き生きとして、誇張もあるが、つねに多少割り引いて考えれば、真実に近づくことができる。当然ながら、新聞より数時間は情報が早い。

トムが薔薇とダリアの枯れた花を摘みとって、〝ふわっとしたオレンジ〟ダリア一本と黄色いダリア二本を選び終えたころに、マダム・アネットが帰ってきた。カチッというドアの掛け金の音が聞こえた。

トムはキッチンで新聞に目を通した。マダム・アネットは買い物網からクロワッサンとフランスパンを取り出している。

「警察は――頭を探しています、ムッシュー・トム」他人に聞かれる心配はなかったが、マダム・アネットは小声で言った。

トムは眉をひそめた。「あの屋敷のなかを？」

「ありとあらゆる場所です！」また小声だった。

見出しには、「モレ・シュール・ロワン近郊の異常な家族」とあり、トムは記事を読んだ。デイヴィッドとジャニス・プリチャード（アメリカ人、三十代）は自宅の敷地内の池で溺死（できし）した。誤って足を滑らせたか、奇怪な自殺を遂げたものと思われる。警察の発表によれば、約十時間後に、十二歳未満の少年ふたりが遺体を発見し、その報告を受けた近隣住民より通報があった。発見された遺体の下、池の底の泥土内からは、袋に収められた白骨化した遺体が見つかった。その白骨遺体には一部に欠落があり、頭部と片足部分がいまだ発見されていない。遺体は高齢の男性と見られ、現在は身元不明である。プリチャード夫妻はいずれも無職で、デイヴィッド・プリチャードはアメリカ在住の親族より収入を得ていた。つづく段落にこうあった。欠落のある白骨遺体は期間は不明であるが何年間か水中に埋葬されていたものと見られる。近隣住民によれば、プリチャードは、この埋葬物の発見が目的と思われる、地域の川や運河の底の探索を行なっていたという。その探索は白骨遺体の発見とともに、去る木曜日に活動が停止されていた。

別の新聞も基本的には同じような内容だが、記事は短く、全体的に次のようなことが書かれていた。プリチャード夫妻はきわめて物静かな夫婦で、現在の家に住みはじめて、まだわずか三か月にすぎないが、隣人との付き合いを避け、二階建ての一軒家で夜間にレコードを大音量で聴くのが唯一の楽しみであったらしく、最後には、運河と川の水底を漁（あさ）ることを趣味にしていた。警察は、デイヴィッドとジャニスの各親族と連絡をとることができた。二名が遺体で発見されたとき、自宅の照明はつき、ドアも開かれたままで、リビングルームには飲み終えていないグラスがそのまま置かれていたという。

新しいことは書かれてないな、とトムは思ったが、何度読みかえしても、やはりいささかショッキングだった。

「実際、警察は何を探しているんだろうね、マダム？」とトムが話しかけた。何かがわかればという期待とともに、マダム・アネットを喜ばせたかった。彼女は知識を披露するのが大好きだ。「頭じゃないよ、きっと」トムは真顔で囁いた。「手がかり、じゃないか――自殺か事故死か判断するための」

マダム・アネットは、流しの前で、手も濡らしたまま、話にのってきた。「ムッシュー・トム――今朝、聞いたんですが、鞭が見つかったそうですよ。ほかにも、マダム・ユベール――ご存じでしょう、電気技師の奥様ですが、彼女の話では、鎖が見つかったとか。太い鎖かはわかりませんが、とにかく鎖ですよ」

エドが階下へ下りてきた。トムはリビングルームでおはようと声をかけ、新聞を二紙とも渡した。

「紅茶、それともコーヒー？」トムが訊いた。

「コーヒーがいいな。温かいミルクを入れてもらってもいいかな？」

「どうぞ。テーブルに座っててくれ。あっちのほうが快適だ」

エドはクロワッサンとマーマレードも頼んだ。

もし本当に遺体の頭がプリチャードの敷地内から発見されたら？　トムは頭をめぐらし

ながら、エドの注文を伝えにキッチンに向かった。結婚指輪が意外な場所に隠されていた、たとえば床板の隙間にハンマーで打ちこまれていた、といった事実が発覚したならば？　その指輪にイニシャルが刻まれていたら？　あるいは、頭を隠したのが敷地ではないどこかで――そのためにテディが我慢の限界に達した可能性は？

「ぼくも一緒に空港へ行っていいかな？」トムが戻ると、エドが訊いてきた。「楽しいだろうなと」

「もちろん！　ぜひそうしてほしい。ステーションワゴンで行こう」

エドは新聞に目を戻した。「新しいことは何も書かれていないね？」

「ぼくもそう思った」

「そうだ、トム――ところで――」エドは話を中断して、にっこりした。

「もったいぶるなよ！　何か楽しいことか！」

「楽しいことだ――でも、やめにしたよ。ほんとはサプライズにしようと思ってたんだがね。たぶん、ジェフはスーツケースに入れて持ってきてくれるよ、『鳩』のデッサンを。イギリスを発つ前に、ジェフに話しておいたんだ」

「すごいじゃないか！」と言って、トムはリビングルームの壁にちらりと目を走らせた。

「待ちきれないな！」

マダム・アネットがトレイを手にして入ってきた。

一時間もしないうちに、トムは自室をジェフに使ってもらうためにエロイーズと一緒に室内を見てまわって、赤い薔薇一輪をフルートのようなガラスの花瓶に挿して鏡台に飾り、準備を終えて、エドとともに空港へ出発した。昼食には戻るよ、とトムはマダム・アネットに言った。うまくいけば、一時すぎには。

トムは靴下を収めた引き出しにしまった黒いウールの靴下のなかからマーチソンの指輪を取り出していて、いまはズボンの左ポケットにあった。「モレを通っていこう。あそこの橋はとても見事だし、そんなに遠回りじゃない」

「いいね」エドが言った。「すてきだ」

天気もすてきだった。その日の早朝は雨が降っていて、周囲の様子からして六時ごろのことだろう。ちょうどいいお湿りで、庭と芝生が生き生きしている。当然、今日はトムも水撒きをしないですんだ。

モレの橋の塔が視界に入ってきた。がっしりした塔で、川の両側に一基ずつある――ピンクがかった黄褐色で、古色蒼然として景色に溶けこんでいる。

「とにかく、川の近くまで行ってみよう」トムが言った。「橋は両面通交だけど、塔の下は道が狭くてね、対向車が通りすぎるのを待たなければならないこともある」

ふたつの塔にはいずれもアーチ形の通路があったが、車がすれ違える道幅はなかった。橋を渡ってくる車が二台あったので、すこしの間、停止して待ち、それからロワン川を渡った。トムはどうしてもここで指輪を投げ捨てたかったが、車を停めるわけにはいかなかった。対岸の塔を抜けると左車線に入って、黄色い線が引かれているのもかまわず、舗道に車を寄せた。

「橋まで歩こうか、とにかくちょっと景色を見よう」とトムが言った。

ふたりは橋の上の道まで行った。トムは両手をポケットに入れて、左手で指輪を握っている。ポケットから左手を出し、その拳のなかに指輪を収めていた。

「十六世紀の建築物なんだ、これ全体が」トムは言った。「ナポレオンがエルバ島から帰還したとき、ここで一夜を過ごした。ナポレオンの泊まった家には記念のプレートが飾られていたよ、たしか」トムは両の手のひらを合わせ、指輪を右手に移した。

エドは無言で、何もかも吸収しようとしているようだ。トムは橋の欄干（らんかん）に近づいて立ち、背後を車が二台通過した。数メートル下のロワン川は、申し分ない深さに見えた。

「ムッシュー――」

トムがびくっとして振り向くと、警官がいた。濃紺のズボンに薄い青の半袖（はんそで）シャツで、サングラスをかけている。

「はい（ウィ）」トムが言った。

「きみが白のステーションワゴンを停めているのは――」

「ウイ」

「あそこは駐車禁止なんですよ」

「ああ、ウイ！　すみません（エクスキユゼ・モワ）！　すぐ移動します！　恐れ入ります」

警官は敬礼して、去っていった。腰には拳銃を収めた白いホルスターがあった。

「きみのことを知っているのかな?」とエドが訊いた。

「さあ。どうかな。罰金をとらないなんて、いい人だね」トムは微笑んだ。「あとから請求されることもないだろう。行こう」トムは右腕を振りかぶって、川の真ん中めがけて勢いよく指輪を放りなげた。いま川の水嵩はさほど多くない。真ん中近くにぽちゃんと落ちて、トムは安堵した。エドにかすかに微笑みかけ、ふたりはステーションワゴンに向かって歩いていった。

石でも投げたのかなと、エドは思ったんじゃないか。それならそれでいい。

訳者あとがき

本書は、Patricia Highsmith 著 *Ripley Under Water*（一九九一年）の全訳である。

一九五五年の『太陽がいっぱい』、一九七〇年の『贋作』、一九七四年の『アメリカの友人』、一九八〇年の『リプリーをまねた少年』、そして、一九九一年の本書。あらためて断わるまでもないだろうが、トム・リプリーを主人公とするこの五作品は、パトリシア・ハイスミス唯一のシリーズものである。

本書を上梓した四年後に、作者は『スモールgの夜』という最後の作品を残して、七十四年の生涯を閉じている。結果的に本書がシリーズの最終作となった。つまり、シリーズ第一作の『太陽がいっぱい』から五作目の本書まで、三十六年もの歳月をかけて、このシリーズをときに変則的とも言える長い間合いを置きながら、粘り強く書きついできたことになる。彼女の作家生活そのものとほぼ重なり合うほどの息の長い仕事ぶりである。

こうしたシリーズものは、コンスタントに刊行しつづけていくのが一般的なやり方だろうが、どうやら作者には当初、これをシリーズ化しようという意図はなかったようである。

Andrew Wilsonによるハイスミスの伝記 *Beautiful Shadow: A life of Patricia Highsmith* によれば、続編の構想自体は第一作が刊行されて三年後の一九五八年には、「リプリー氏の驚くべき帰還（The Alarming Return of Mr Ripley）」としてすでに検討されていたというが、実際に『贋作』として刊行されたのは十五年後のことだった。

『贋作』は、作品内では『太陽がいっぱい』の六年後、トムが三十一歳の出来事であり、『アメリカの友人』はその半年後、『リプリーをまねた少年』は『贋作』から約二年後、『死者と踊るリプリー』は『贋作』から五年後の物語である。一作目が現実世界と同時代の作品だとすれば、『贋作』以降は刊行時点よりもかなり過去を舞台にしていることになるが、いずれも作中で描かれている時代背景はほぼリアルタイムのものになっている。本書においても、前作まではレコードを聴いていたリプリーがCDを聴いたりと、明らかに一九八〇年代後半ごろが舞台である。作中の時間の流れを考えれば不自然だが、一作目から二作目までのブランクが長かったためか、どうも作者は『贋作』のときから意図的に時間をずらしていたようである。一作一作が独立した長編として読者に楽しんでもらえるように考えていたのだろう。

なお、本書は二作目の『贋作』で扱われている「ダーワット事件」がベースになっていて、内容的には『贋作』の続編とも言える作品である。本書の原題は *Ripley Under Water*、二作目のそれは *Ripley Under Ground* であり、ふたつのタイトルは対をなしている。

主人公トム・リプリーには、さまざまな後ろ暗い過去がある。ニューヨークでは、まともな職にもつかず、警察の目をたえず気にしながら、ちっぽけな悪事に手を出し、その日その日をなんとか凌いでいた。そんなある日、彼に幸運が舞いこむ。富豪の依頼を受けて、ヨーロッパへ渡ることになったのだ。しかし、彼はその地で殺人事件を起こしてしまう。自ら招いた窮地だが、かろうじて逮捕はまぬがれる。それどころか、殺害した金持ちの息子ディッキー・グリーンリーフの遺産までをも手に入れることになる……では、その後のトムは、果たしてどうなったのか。それについては二作目の『贋作』で明らかにされるが、その顛末は読者の意表をつくものであった。大富豪の娘エロイーズと結婚して、パリ近郊のヴィルペルスにある城館のような立派な邸宅「ベロンブル」で優雅な日々を送っていたのだ。

この思いがけない境遇の変化は、『太陽がいっぱい』の結末から必然的に導きだされたものにちがいない。第一作目では、そのエンディングの場面がきわめて印象的に描かれている。トムはディッキーの父親から手紙を受けとり、冗談としか思えないほどの意外な内容に最初は戸惑いを隠せない。にわかには信じがたいことがしたためられていたのだ。だが、もちろん、これは冗談ではなかった。本当に、「彼のものになったのだ！　ディッキーの金と自分の自由が」まさに僥倖としか言いようのない結末であった。

「ディッキーの金と自分の自由」、ここでトムの言っている「自分の自由」とは、ただ単に警察の捜査から逃げおおせたことを意味しているのではないだろう。つまり、逃げおおせたと同時に、彼本来の自由な人間としてのアイデンティティがしっかり守りぬかれたということでもあるのだ。トムは根っからの自由人であり、これまでずっとそのように生きてきた。だからこそ、他人になりすますことも平気でやってのけられたし、いざとなれば、人の命を奪うことだって躊躇(ためら)わなかった。「自分の自由」には、もちろん、その種の意味も含まれていた。実際、邪魔者の抹殺、つまり殺人とは、言ってみれば、究極の自由であり、その実践でもあるのだ。

だから、豊かな生活を手にしても、急に心を入れかえて、それにふさわしい行儀のいい男になるわけでもなかった。むしろ筋金入りの自由人として、より強く、より逞しくなっていた。そして、またもやぬけぬけと他人になりすまし、完全犯罪を目論んだり、殺人に手を貸したりもするのである。その生き方には、当然ながら、つねに危うさがつきまとっていた。

本書では、プリチャードというアメリカ人夫婦が近所に越してきたことから、事態が動きだす。見知らぬアメリカ人夫婦がなぜかトムに近づいてきて、身辺を探ろうとするかのように胡散(うさん)くさい行動を取りはじめるのだ。ただその程度のことであっても、彼としてはなんとなく不安に駆られずにはいられない。一見優雅に見える現在の生活も、ほんのちょっと探りを入れられるだけで動揺をきたすような心許(こころもと)ないものだった。不安はトムを脅かすようにどんどん広がっていき、後ろ暗い過去へと彼を引きもどそうとする。この辺のサスペンスフルな、スピード感に溢(あふ)れたストーリー展開は実に巧みである。

過去の出来事については、他人を欺き、警察をごまかすことはできても、当人の心のなかにはどうしても綺麗さっぱり始末できないものが残るのだろう。トムのような男でも、過去の残り滓から逃れることはできない……プリチャードはなにかを企んでいるらしいが、もどかしいことに、それがわからないのだ。ただ、敵対的な行動をとっていることだけは確かである。トムが言うように嫌がらせ程度で終わるものかどうか。掴みどころのないその曖昧さが不気味さをさらに増幅していく。不気味さは過去から逃れられない彼の内面の反映とも言え、ある意味で、プリチャードは殺された男たちの亡霊のようなものであり、不本意ながら、トムはそれに悩まされているということになる……。

　ここで語られているのはけっして尋常な出来事ではないが、ハイスミスの筆の進め方はあくまで日常的な次元からはみ出さない。日常的なエピソードを丹念に積みあげていくことによって、そこに小説のリアリティが生まれると信じているのだろう。たしかに、ここに描かれている登場人物はいずれも、しっかりした存在感があり、ディテールも具体的でわかりやすい。読者を飽きさせずに引っぱっていくハイスミスの円熟したストーリーテラーとしての手並みはなかなかのものであると言えよう。

佐宗鈴夫

解説　カタツムリのセクシュアリティ

安藤礼二

パトリシア・ハイスミスは自らが創り上げた虚構のキャラクター、トム・リプリーに深く魅せられ、生涯にわたって、その犯罪を反復させることになった。『太陽がいっぱい』（一九五五年）以来、リプリーを主人公に据えた長編小説は五作を数え、本作『死者と踊るリプリー』（一九九一年）がシリーズ最終巻にあたる。

さらなる続編の構想もあったというが、この『死者と踊るリプリー』自体、誰もが『太陽がいっぱい』のみでその役割を終えたと思ったリプリーを物語の主人公として再登場させた、つまりは真の意味でリプリーのシリーズがはじめられた『贋作』（一九七〇年）を意図的に反復しているという点で、その集大成としての役割、もはやこれ以上リプリーを主人公とした物語を書く必要はないという役割を果たしている。

ハイスミスは、半世紀近くの間、その死（一九九五年）の間際に至るまで、リプリーの犯罪を観察し、それを書き続けていったのだ。作者自身をこれほど魅了する、アンモラル（unmoral＝道徳に反する者）ではなく、アモラルな（amoral＝道徳自体をもたない）犯罪者、人間の道徳にまったくとらわれることなく、逆に人間の道徳を超え出てしまうような無道徳で自由な犯罪者リプリーとは、一体、何者であったのか。

『太陽がいっぱい』がまとめられる数年前に『キャロル』（一九五二年）が別の名前（クレア・モーガン）で発表され、『死者と踊るリプリー』が刊行される直前に、自らの名前（パトリシア・ハイスミス）を付して再刊されていることは、何事かを語っていよう。

ハイスミスにとって、『キャロル』の主人公、当時の等身大の自分の姿が投影されていたテレーズが憧れ、同性愛の関係を結ぶに至る美しい人妻キャロルと、『太陽がいっぱい』以降、無道徳な犯罪を積み重ねていく青年リプリーは、互いによく似てはいるが正反対の姿をもった鏡像のような存在であったはずだ——実際、偶然に遭遇したリアルな人物をモデルとしてキャロルとリプリーという虚構のキャラクターが創出されている点においても、両者は双子のような関係にある（その詳細については、ぜひとも、新装版『贋作』の巻末に付された柿沼瑛子による「解説」を参照していただきたい）。

分身にして鏡像、よく似てはいるが正反対の姿をもった者。それがキャロルとリプリーであった。だからこそ、いまあらためて『太陽がいっぱい』を読み直してみれば、そこに漂う濃厚な同性愛の気配に気がつく。事実、作中で、リプリーは同性愛者として批難されてさえいる。リプリーは、深く愛するが故、自らの鏡像のような存在であったディッキーを無残に殺害し、ディッキーに成り変わろうとする。その分身となろうとするのだ——そうした分身と鏡像、その相互交換という構造は、ハイスミスの処女長編『見知らぬ乗客』

にさえ見出すことが可能である(『見知らぬ乗客』が主題とした「交換殺人」とは、分身と鏡像の「交換」なのである)。

リプリーが、ディッキー殺害に至る直接の理由は、ディッキーがもつ高価な衣装を身につけ、ディッキーになりきっていた自らの姿を——しかも鏡を通して——眺めていたところを、ディッキー自身に目撃され、口汚く罵倒されたからだ。鏡像こそが真の自分(真の分身)に、偽物こそが本物にならなければならない。『太陽がいっぱい』は、ただそうした鏡像と分身、偽物と本物のドラマだけを描ききった作品であった。『太陽がいっぱい』から十五年後に、あらためてリプリーを主人公としてまとめられた『贋作』は、そうした鏡像と分身、偽物と本物のドラマが、さらに幾重にも重なり合い、交響するものだった。死者と生者が、贋作者と犯罪者が、互いに互いを模倣しては反復する。コピーはオリジナルとなり、オリジナルはコピーとなる。『死者と踊るリプリー』は、『贋作』の直接の続編であり、『贋作』を直接に反復するものであった。『死者と踊るリプリー』が、リプリー・シリーズの最終巻となったのはまったくの偶然であるとともに、そこには深い必然性があった。

乱反射し合う鏡像たちのドラマの中心には、つねにアモラルな自由人リプリーがいる。リプリーは、無性格であることによって多様な性格(ペルソナ=仮面にして人格)を身にまとうことが可能になり、無性であることによって多様な性(セクシュアリティ)を身にまとうことが可能になった。『太陽がいっぱい』のなかで、ハイスミスは、リプリー自身に、自分は性をもたない人間なのかもしれないと述懐させている。アセクシュアル(asexual＝無性)、つまりは男女に分割される性をもたないことによって、性の分割そのものを乗り越えた超性的（トランス・セクシュアル）な存在になることができる。ハイスミスが、あるいはキャロルに憧れるテレーズが、真に望んでいたのは、そのような存在になることだったはずだ。そして、ただリプリーのみが、作者の想像力によってこの世に生み出された虚構のキャラクターのみが、性の自由な横断にして性の自由な接合を可能にしてくれたのだ。

リプリーは本物よりも偽物を愛し、オリジナルよりもコピーを愛し、創造者よりも模倣者を愛する。さらには、自ら偽物としての生、コピーとしての生、模倣者としての生を全うしようとする。それは、ハイスミスにとって自らが生き、自らが理想とする小説家の、あるいは芸術家のモデルであった。おそらく、それだけではない。自らが愛し、自らそうなろうとした同性愛者にして超性愛者の理想のモデルでさえあった。だからこそ、ハイスミスはリプリーを描き続けなければならなかったのだ。

男女に分割された人間的な性愛を越えてしまう存在とは、必然的に非人間的な存在にならざるを得ない。自由な犯罪者リプリーは、その軽快さによってほとんどそう意識されることはないであろうが、ある意味で怪物そのものである。その怪物性は、かのハンニバル・レクター博士を容易に凌駕（りょうが）してしまうものですらあるだろう。リプリーが体現する怪物性は、ごく普通の人間のなかに潜んでいるものであり、それが善にも悪にも、破壊にも救済にもなるという両義性をもっているという点で、それを生み出した作者にとっても、それを生きる作中人物としても、測りがたい深度をもっている。

しかもその怪物としてのリプリーがもつに最もふさわしい形象、最もふさわしいセクシュアリティさえをも、『太陽がいっぱい』を書き終えたハイスミスは見事に言語化している。『太陽がいっぱい』に続いて書き上げられた『水の墓碑銘』（一九五七年――柿沼瑛子による邦訳が河出文庫から刊行されていたが、残念ながら現在では入手できない。引用は同書に拠る）の主人公、リプリーと同様に突発的な殺人を犯してしまい、この物語では最後に破滅を迎える文学愛好家――プライベート・プレスを主宰している――ヴィクターが観察し続けているカタツムリがもつ性愛として（カタツムリの観察はハイスミス自身の趣味でもあった）。

カタツムリは、雌雄同体である。つまり、一つの身体のなかに男性と女性を兼ね備えている。互いが互いの分身にして鏡像である。カタツムリの性愛は、互いを攻撃し合うようにも見え、また同時にその攻撃のなかで死にまで至る深い恍惚（こうこつ）、言葉にできないほどの官能性を互いに分かち合っているようにも見える。しかも、その分身にして鏡像同士のカップルは、互いを認識し合い、深い絆（きずな）によってむすばれ合っている。『水の墓碑銘』の主人公、ヴィクターは、両性具有にして雌雄同体のカタツムリのカップルに、エドガーとホーテンスという名前をつける。物語が破局を迎える直前、ヴィクターは、カタツムリのカップルの間に交わされる性愛の絶頂を目にする――。

カタツムリたちは物音ひとつたてなかった。まず、ホーテンスが交尾の矢を射つ。失敗。それとも、これも恋愛ゲームの一部なのだろうか？　少したってから今度はエドガーが試みたが、また失敗した。引き戻して再度挑戦する。目指す箇所に命中した矢はそのままなかに入っていき、ホーテンスもそれに刺激されたかのようにもう一度試みた。上向きに狙いを定めなければならない彼女は、エドガーよりもさらに苦労したが、慎重に我慢強く挑戦を重ねた結果、三回めで的を射た。その瞬間、二匹はより深い恍惚感に襲われたかのように頭を少し後ろにそらし、お互いの触手を引っこめた。もし彼らの目に瞼があったなら、きっとそれは閉じられていることだろう。二匹はいまやぴくりとも動かない。

互いに深く傷つけ合うことが、互いに深く愛し合うことと等しい。エドガーとホーテンスはテレーズとキャロルであり、リプリーとディッキーである。

ハイスミスは、生涯を通して、カタツムリのセクシュアリティをもったアモラルな天使たちを求め、自身もまたそうあろうとした。最も近しい者、自己の分身にして鏡像こそが自己から最も遠い。精神分析の体系を打ち立てたフロイトは、不気味なもの（ウンハイムリッヒ）のなかにこそ故郷（ハイム）があると説いた。人は故郷から離れようとすればするほど、故郷は繰り返し、不気味なものとして目の前に立ち現れてくる――『死者と踊るリプリー』とは、不気味なものとして存在するリプリーの過去、その偽物たちの、コピーたちの、模倣者たちの甦りそのものであった。

ハイスミスと同様、同性愛的な傾向を濃厚にもった超性愛者にして、やはりハイスミスと同様、生涯を通して「変身願望」に取り憑かれ、「一人二役」のトリックを中核としたミステリーを書き続けた江戸川乱歩——『見知らぬ乗客』を読み込んでもいた——は、故郷とは、人間の幼年期にのみ許された全能の残虐性そのものであると喝破した。幼児たちは残虐なゲームに心奪われる。アモラルな天使たるリプリーはゲームとしての犯罪をやめることができない。

ハイスミスにとってリプリーとは、絶えずそこから離れてはまた回帰していく、表現者の原型にして、表現の故郷そのものであったはずだ。

（文芸評論家）

パトリシア・ハイスミス作品リスト

●長編

1　Strangers on a Train（1950）『見知らぬ乗客』青田勝訳、角川文庫（一九七二）／白石朗訳、河出文庫（二〇一七）

2　The Price of Salt（1952）／改題 Carol（1990）『キャロル』柿沼瑛子訳、河出文庫（二〇一五）
＊クレア・モーガン Claire Morgan 名義で刊行され、一九九〇年にハイスミス名義で『キャロル』と改題の上、イギリス版が刊行。同年それに先駆けてドイツ語版が刊行

3　The Blunderer（1954）『妻を殺したかった男』佐宗鈴夫訳、河出文庫（一九九一）

4　The Talented Mr. Ripley（1955）『太陽がいっぱい』青田勝訳、角川文庫（一九七一）→改題『リプリー』角川文庫（二〇〇〇）／『太陽がいっぱい』佐宗鈴夫訳、河出文庫（一九九三／二〇一六）→改題『リプリー』河出文庫（二〇〇〇）　＊トム・リプリー・シリーズ1

5　Deep Water（1957）『水の墓碑銘』柿沼瑛子訳、河出文庫（一九九一）

6　A Game for the Living（1958）『生者たちのゲーム』松本剛史訳、扶桑社ミステリー（二〇〇〇）

7　This Sweet Sickness（1960）『愛しすぎた男』岡田葉子訳、扶桑社ミステリー（一九九六）

8　The Cry of the Owl（1962）『ふくろうの叫び』宮脇裕子訳、河出文庫（一九九一）

9　The Two Faces of January（1964）『殺意の迷宮』榊優子訳、創元推理文庫（一九八八）

10 The Glass Cell（1964）『ガラスの独房』瓜生知寿子訳、扶桑社ミステリー（一九九六）

11 A Suspension of Mercy（1965）／アメリカ版 The Story-Teller『慈悲の猶予』深町眞理子訳、ハヤカワ・ノヴェルズ（一九六六）→改題『殺人者の烙印』創元推理文庫（一九八六）

12 Those Who Walk Away（1967）『ヴェネツィアで消えた男』富永和子訳、扶桑社ミステリー（一九九七）

13 The Tremor of Forgery（1969）『変身の恐怖』吉田健一訳、筑摩書房 世界ロマン文庫16（一九七〇）→ちくま文庫（一九九七）

14 Ripley Under Ground（1970）『贋作』上田公子訳、角川文庫（一九七三）→河出文庫（一九九三／二〇一六）＊トム・リプリー・シリーズ2

15 A Dog's Ransom（1972）『プードルの身代金』瀬木章訳、講談社文庫（一九八五）／岡田葉子訳、扶桑社ミステリー（一九九七）

16 Ripley's Game（1974）『アメリカの友人』佐宗鈴夫訳、河出文庫（一九九二／二〇一六）＊トム・リプリー・シリーズ3

17 Edith's Diary（1977）『イーディスの日記』上下、柿沼瑛子訳、河出文庫（一九九二）

18 The Boy Who Followed Ripley（1980）『リプリーをまねた少年』柿沼瑛子訳、河出文庫（一九九六／二〇一七）＊トム・リプリー・シリーズ4

19 People Who Knock on the Door（1983）『扉の向こう側』岡田葉子訳、扶桑社ミステリー（一九九二）

20 Found in the Street（1986）『孤独の街角』榊優子訳、扶桑社ミステリー（一九九二）

21 Ripley Under Water（1991）『死者と踊るリプリー』佐宗鈴夫訳、河出文庫（二〇〇三／二〇一八）＊トム・リプリー・シリーズ5

22 Small g: a Summer Idyll (1995)『スモールgの夜』加地美知子訳、扶桑社ミステリー（一九九六）

●短編集

1 Eleven (1970)／アメリカ版 The Snail-Watcher and Other Stories『11の物語』小倉多加志訳、ミステリアス・プレス文庫（一九九〇）→ハヤカワ・ミステリ文庫（二〇〇五）

2 The Animal-Lover's Book of Beastly Murder (1975)『動物好きに捧げる殺人読本』大村美根子・榊優子・中村凪子・吉野美恵子訳、創元推理文庫（一九八六）

3 Little Tales of Misogyny (1975)『女嫌いのための小品集』宮脇孝雄訳、河出文庫（一九九三）

＊一九七五年刊行はドイツ語版。英語版は一九七七年刊。アメリカでは一九八六年刊

4 Slowly, Slowly in the Wind (1979)『風に吹かれて』小尾芙佐・大村美根子他訳、扶桑社ミステリー（一九九二）

5 The Black House (1981)『黒い天使の目の前で』米山菖子訳、扶桑社ミステリー（一九九二）

6 Mermaids on the Golf Course (1985)『ゴルフコースの人魚たち』森田義信訳、扶桑社ミステリー（一九九三）

7 Tales of Natural and Unnatural Catastrophes (1987)『世界の終わりの物語』渋谷比佐子訳、扶桑社（二〇〇一）

8 Nothing That Meets The Eye: The Uncollected Stories of Patricia Highsmith (2002)『回転する世界の静止点　初期短篇集 1938-1949』『目には見えない何か　中後期短篇集 1952-1982』宮脇孝雄訳、河出書房新社（二〇〇五）

本書は二〇〇三年一二月、河出文庫より刊行された『死者と踊るリプリー』の改訳・新装新版です。

死者と踊るリプリー

二〇一八年 六 月一〇日 初版印刷
二〇一八年 六 月二〇日 初版発行

著 者 P・ハイスミス
訳 者 佐宗鈴夫
発行者 小野寺優
発行所 株式会社河出書房新社
〒一五一―〇〇五一
東京都渋谷区千駄ヶ谷二―三二―二
電話〇三―三四〇四―八六一一（編集）
〇三―三四〇四―一二〇一（営業）
http://www.kawade.co.jp/

ロゴ・表紙デザイン 粟津潔
本文フォーマット 佐々木暁
本文組版 KAWADE DTP WORKS
印刷・製本 凸版印刷株式会社

Printed in Japan ISBN978-4-309-46473-2

キャロル

パトリシア・ハイスミス　柿沼瑛子〔訳〕　46416-9

クリスマス、デパートのおもちゃ売り場の店員テレーズは、人妻キャロルと出会い、運命が変わる……サスペンスの女王ハイスミスがおくる、二人の女性の恋の物語。映画化原作ベストセラー。

太陽がいっぱい

パトリシア・ハイスミス　佐宗鈴夫〔訳〕　46427-5

息子ディッキーを米国に呼び戻してほしいという富豪の頼みを受け、トム・リプリーはイタリアに旅立つ。ディッキーに羨望と友情を抱くトムの心に、やがて殺意が生まれる……ハイスミスの代表作。

贋作

パトリシア・ハイスミス　上田公子〔訳〕　46428-2

トム・リプリーは天才画家の贋物事業に手を染めていたが、その秘密が発覚しかける。トムは画家に変装して事態を乗り越えようとするが……名作『太陽がいっぱい』に続くリプリー・シリーズ第二弾。

アメリカの友人

パトリシア・ハイスミス　佐宗鈴夫〔訳〕　46433-6

簡単な殺しを引き受けてくれる人物を紹介してほしい。こう頼まれたトム・リプリーは、ある男の存在を思いつく。この男に死期が近いと信じこませたら……いまリプリーのゲームが始まる。名作の改訳新版。

リプリーをまねた少年

パトリシア・ハイスミス　柿沼瑛子〔訳〕　46442-8

犯罪者にして自由人、トム・リプリーのもとにやってきた家出少年フランク。トムを慕う少年は、父親を殺した過去を告白する……二人の奇妙な絆を美しく描き切る、リプリー・シリーズ第四作。

見知らぬ乗客

パトリシア・ハイスミス　白石朗〔訳〕　46453-4

妻との離婚を渇望するガイは、父親を憎む青年ブルーノに列車の中で出会い、提案される。ぼくはあなたの奥さんを殺し、あなたはぼくの親父を殺すのはどうでしょう？……ハイスミスの第一長編、新訳決定版。

著訳者名の後の数字はISBNコードです。頭に「978-4-309」を付け、お近くの書店にてご注文下さい。